中篇小说精选·典藏

等到天晴

蒋兴强 著

九州出版社
JIUZHOUPRESS

图书在版编目（CIP）数据

等到天晴 / 蒋兴强著. —北京：九州出版社，
2020.10（2022.3重印）

ISBN 978-7-5108-9575-3

Ⅰ.①等… Ⅱ.①蒋… Ⅲ.①中篇小说－小说集－中
国－当代　Ⅳ.①I247.5

中国版本图书馆CIP数据核字（2020）第179435号

等到天晴 _____

作　　者	蒋兴强　著
责任编辑	周红斌
出版发行	九州出版社
地　　址	北京市西城区阜外大街甲35号（100037）
发行电话	（010）68992190/3/5/6
网　　址	www.jiuzhoupress.com
电子信箱	jiuzhou@jiuzhoupress.com
印　　刷	天津中印联印务有限公司
开　　本	710毫米×1000毫米　16开
印　　张	20
字　　数	268千字
版　　次	2020年10月第1版
印　　次	2022年3月第2次印刷
书　　号	ISBN 978-7-5108-9575-3
定　　价	59.00元

蒋兴强：一个敢于超越自我乐于蝶化的作家

冯晓澜

　　结识蒋兴强大约在2016年初，一聊，他竟是中篇小说不时上名刊、散文屡获大奖的那位实力作家，还是达州老乡。之后，我们同在某个QQ高端群，随着微信兴起，我俩又进了同一个文学微信群，甚觉投缘，也就直呼老蒋了。

　　许是爱写文学评论之故，我喜欢静观默察。几年下来，老蒋在群中自曝那一二"丑照"，给我印象极其深刻：比如，写得作品来，锅儿烧穿了；又如，边煮饭边构思，一瓢水倒进了米缸。老蒋醉心于文学世界，可见一斑。直觉告诉我，这位曾经以散文《老家那盘青石碾》斩获第二届"中国散文"特等奖、长篇小说曾获得贾平凹、阿来等大家亲笔题词推荐的老兄，还会有大动静。

　　果然，2018年，老蒋以《远去的野渡》获得"第八届冰心散文奖"单篇奖，成为达州首摘全国散文类最高奖作家，但他并未停留在个人殊荣和"最高奖"的光环之下，一如既往交替耕耘着散文和中篇小说，每月都有散文、每年都有中篇小说发表于大报名刊。2019年12月推出他个人第一部精选散文集《远去的野渡》，而且出现加印、热销的可喜局面；仅隔七八个月，又打来电话，说他第一部中篇小说选集《等到天晴》即将出版，让我写点"批评意见"。本人才疏，难堪大任，权当写点印象吧。

对于老蒋的散文和小说，我陆续读了不少，给我的印象是：他不仅数十年专注于小说、散文的阅读、创作，还爱隔三岔五去学习文学理论，并结合自己的实际，习惯性地安排时间去研究一些经典作品的短长，从而化"长"为我所用，避免出现同样的"短"，其作品的艺术性、特色，可想而知。所以，老蒋的每一篇作品，创作思路都非常清晰，知道哪些题材有特色，明白该写什么，要怎样写才有生命力。借他的话——"作品不在多，要几十近百年后有人看，才是好东西！"

可见，老蒋是一个沉稳、务实的作家。其沉稳，静得下心，扎得住劲，不跟风，不凑热闹，咬定目标，下沉文气，稳步推进，从而用文字的世界而不是嘴上的空谈，形塑了他文学征途上稳健的身姿。事实上，在不多的几次文学活动的面见中，他给人的印象是一个三句话不离文学的人。他对文学的执着和对世界的好奇及忧患思维，催生出一种责任感，正如略萨所言，"不是为了讲述生活，而是为了改造和反抗生活。"[1]因此，这让老蒋一直葆有文学的天真并成为颇有问题意识、锐意反思和不懈耕耘的写作者。

关于老蒋写小说的动机，我有如下的猜度：当他自觉不能以直抒胸臆的散文，尽兴地反映日益纷繁的社会世相和复杂的人性，或者说被他写得得心应手的散文已无力表达他的所见所闻所思所想时，便毅然拿起小说这把"虚构之刀"承载起他对心灵、人生和社会的思考，以民俗、亲情、家庭为基点对时代做文学化的演绎和记录。

转向小说写作的十余年间，小说这把"刀"在老蒋手上舞得风生水起，先有书写跨境边地民俗风情的中篇小说《瓜客》亮相而一鸣惊人，被著名作家、文艺

---

[1] 马里奥·巴尔加斯·略萨：《水中鱼·略萨回忆录》，人民文学出版社，2018。

学教授张运贵誉为"四绝"①，后有写亲情题材的《丢失的人》(后简称《丢失》)《为儿为女》接力，继而是《二婚》《等到天晴》之爱情题材的拓展，再是写同行"相残"的社会题材《同行同根》等，都是清一色中篇小说，且全是在诸如《青年作家》《滇池》《延安文学》《黄河》一类名刊精彩登场！在写作者众多，一本期刊容量有限，连刊载短小的散文、诗歌都难，能在一期老牌刊物，发表洋洋洒洒三五万字、达二三十页篇幅的一部中篇小说，得与多少名家或新锐比拼那一两个名额？这于身处基层的老蒋而言，显然，拼的不只是自信、耐力，还有实力和底气！

如果说老蒋的底气，源于他写散文敢于否定自我，超越自我，再否定、再超越，不断突破瓶颈，那么在这里，我们又看到熟悉的身影，竟写出十七八部中篇，继中篇小说《丢失》被选入《小说选刊》，近作《隔单》又获建国70周年、达州建市20周年全国征文最高奖（排名首位）之殊荣，并被老牌名刊《黄河》2020年第4期（双月刊）刊载。几乎是同时，老蒋从这些年所发的中篇里精选六篇，以《等到天晴》为名结集出版，是小说界的喜事，也是四川中篇小说创作的又一成果。

老蒋的中篇小说集《等到天晴》，从所反映的题材而言，无疑是广阔丰富的；从写作方向而言，他选中篇小说为主攻方向，无疑是富有成效的；从切入视角而言，他的小说大多以家庭这扇窗口为出发点，无疑深谙小说之道。因为，家庭是社会构成的基本细胞，文学作品对家庭伦理亲情的记录和书写，犹如晴雨表，是反映社会和时代变迁的体温，能以小见大，去映照、透视世界的变化、人心的跳动和人性的演变，表达对人类命运的关切。

老蒋在以家庭为窗口的中篇《丢失》中，书写了一家之主父亲被子女因金钱异化"遗忘"而"丢失"；最近，又以透视时代变迁的中篇《隔单》再次塑造了

① 见《青年作家》2010年第7期《生动传神的艺术形象与民族风情》一文。

一个悲剧父亲的形象。前者是"人"的丢失，亲情的丢失，人性的丢失；后者却是父亲薛亮被亲情人为隔开，孤单而亡，是家庭伦理亲情的分裂、崩溃和消逝。显而易见，后者比前者悲壮，提出和探索的问题，也更为深广、从容。应该说，事隔几年之后，老蒋对家庭伦理亲情的关注、书写和坚持，有了更深入的认知和发现：那就是金钱于现实胜过亲情，导致家庭伦理亲情之解体，道德滑坡的危机，到了触目惊心的地步。《隔单》文学图景所呈现的老薛晚景之悲凉，既发聋振聩，又令人深思并发出追问。

这种追问也体现在社会题材的书写中，其《奸小》以敏锐的眼光，选取了西部天州辽包水果批发市场，以"奸小"来命名，反映同行间竞争，必然关地盘、涉利益。小说讲述一段尘封已久的故事。这绝不仅仅是出于怀旧的需要，而是从文学的角度发现了当代精神生活的某种根源。以此，与当下烛照产生跨越时空的现实感，给读者提供一个回顾的视角和一具解剖的标本。小说借天州辽包水果老板集团的兴衰，让我们窥见到市场经济建立之初，人们为利益分配所左右而上演的一场人性深处的悲喜剧。水果商贩们由无序到有序，又由利益分配导致人性幽暗复杂的呈现。小说批判与弘扬兼具，带给我们诸多思考和启迪，更传递出积极向上的信心和力量。其他诸如爱情类的小说，都试图走出个人情感的小天地，与时代接轨并书写出人性所共有的真假、美丑、善恶的挣扎与决斗，体现出老蒋积极介入现实的写作伦理姿态。

老蒋的小说，均以现实主义创作手法为主，但表达手法是多样化的，而且所营造的小说世界也是浑厚驳杂的，其人物精神之基调虽站低处，却总是昂扬向上、向善、向美的。他的小说既写乡村的凋落，也写城市化进程的变迁和缩影，还写时代飞速发展、物质富足导致的欲望化无止境、人心被金钱异化的裂变和人性背离传统的精神溃败。他的小说富有对人性追根溯源的历史感和观照当下的强烈现实感，所关注的不是粗浅外表的现实，而是个人生存的现实、生命的现实、内心的现实、精神的现实。总之，即便是写边境生活的《瓜客》，老蒋的小说都有巴蜀人物的出现或巴蜀人的生活，都游走于都市与乡村之间，通过对现实世界人物的勘探和书写，流露出强烈的批判现实精神和为当代人反省并寻找精神出路的忧患意识——这一点尤其珍贵！以此实现文学成为映照现实的镜子，同时，也成为照亮心灵的灯火。

这些都源于老蒋的胆识、良知和责任感，也得益于爷爷是"纤夫"的坚韧、父亲是石匠的"精雕细刻"之家传。他在《我和〈舒洁〉》的创作谈中，对工匠精神的熏染和养成，进行了自画像："即便是做了职业记者，"几十年来也毫无轻车熟路的随意，"需一两小时的稿子，会用三四个小时去构写；要三四天的，就多放一两天才交稿。不知不觉，竟养成一种习惯，哪怕是烂熟于心的题材，'材'无价值，决不轻易动笔"。于此，足见老蒋对文字的敬畏、对选材的审慎和对工匠精神躬身践行与不断超越。

工匠精神，并不高深，那是对所从事职业一丝不苟的认真态度和精益求精从一而终的精神。老蒋既有不断追求完美的工匠精神，又有一个优秀作家敢于破茧、乐于创新、奋力超越"工匠精神"的自觉行为，这才有他今天的成就。如果老蒋能在传统的现实主义基础之上，更多地吸取现代主义、浪漫主义等创作方法，并加以融会贯通，形成自己独特的叙事风格，那么，他的小说会更上层楼，蝶化出更多精彩之作！

2020.7.11雨夜定稿

作者简介：冯小贵，笔名冯晓澜，评论家，达州市文艺评论家协会副主席。主要从事文学评论及散文随笔写作，有作品百余篇散见于《文艺报》《作品与争鸣》《名作欣赏》等国内报刊。曾获2014年下半年度《人民文学》"近作短评"金奖等奖项。

目录
CONTENTS

瓜客

山青青，水蓝蓝，一衣带水根相连。云飘飘，雾霭霭，微风细雨秀天然。走云南，闯越南，风情南疆梦缠绵。

——题记

1 异国白马解人意

大巴疾驶在昆河高速路上。

刘文躺在卧铺上层，恹恹欲睡。连续两天，转火车、乘汽车，一路上，他矿泉水喝个不停，还是口干舌燥。这一见火就要燃的气温，似乎在暗示，这个季节西瓜走俏，他心里又有了几分喜悦。临行前，合伙的生意精猪儿（按属相取的小名）给他交代：在越南收几车瓜，这"二拐"（信息员）非云南江口县的牟大妈不行。大妈娘家在越南，是那边土生土长的；而且能文能武，年轻时就是备受中越人民爱戴的歌唱家。不管是哪条道上的人，只要见她往跟前一站，就得敬畏几分。难道她是当年精于辞赋书画、忧国忧民的秋瑾重生？还是心持信仰、艺高胆大的双枪老太婆再现？刘文对此充满好奇。

不知不觉，车到了江口。

刘文一看时间，上午十点。睡了一夜的太阳，显得格外精力充沛，把原本就是红土的菠萝山染得满身血红，那耀眼的光亮照在一栋栋镶嵌了瓷砖的高楼上，折射出一束束灼热的气流。刘文知道这一带吸毒贩粉的多，并且专盯外地客商下手，常常派老人迷惑顾客，或以"美眉"诱惑过客上钩，只得提醒自己小心行事。刘文一下车，就见一慈眉善目、上穿红色短袖、下着蓝色休闲裤的大妈向他走来。他赶紧拨打猪儿提供给他的号码。那大妈看了一眼手机，就走了过来，说："你就是小刘吧？"

"噢？您是？"

"我姓牟！"

"牟大妈，您好，您好！"

双方寒暄几句，刘文就把猪儿捎的信递给大妈。一见那熟悉的字迹，大妈朗朗一笑："这个猪儿，做事还是那么谨慎。朋友间打个电话就行了嘛，还写个啥信？生意人时间要紧，回头再去我家，我们先去越南，到沉霞那里看看吧！"

"沉霞？"刘文不无诧异："就是那个红河两岸一枝花？"

"对呀！"大妈颇有几分骄傲："她还是我干囡呢……"

见大妈欲言又止，刘文感到自己的话触动了她的心思，就不便多问，跟着大妈上了去越南的客车。在路上，刘文脑海里又浮现起了刚才谈及"干囡"时，牟大妈那一丝不易察觉的尴尬，莫非她与干囡间有点特殊关系？为啥一说到沉霞，她又一脸春风得意呢？

车过了江口大桥，沿着山谷向大山深处行约两小时，穿过片片茂密如盖的香蕉林，在一片绿油油的芒果林里停了下来。大妈指指丛林里一座竹楼说："到了！"

刘文提着行李，跟着大妈到了院里。这是一座占地三间的两层竹楼，两个门都关着，但没有上锁。楼前的青石院坝宽宽坦坦，院坝外的牲口棚里拴着一匹白马。那马高大强悍，筋骨突显，脖子上系着一朵做工精美的木棉花，正在"叽叽嚓嚓"吃着主人给的嫩草。它听见脚步声，远远就抬起头来，长长的睫毛下眨巴着一双圆而聪颖的大眼。一见大妈它就发出"呜呜——"的亲近之声，摇晃着辫子般的尾巴，前蹄欢快地拍打着地面。

"西纳（公主），沅霞呢？"不知大妈在问谁，环视四周也没有发现人影，只有白马仰望东山，晃动着它那长长的脖子，呜呜呼应，似乎在说什么又像在指方向。大妈抚摸着马的脖子，说："一年四季耕地驮物都靠西纳，别看它是牲口，从小就通人性。亲朋好友来了，它老远就和你招呼亲热，还帮主人操心，你问它主人去哪儿了，它就晃晃脖子跟你说。这不，它刚才就告诉我：沅霞上西边山去了。可惹人喜欢了，左邻右舍都夸沅霞灵巧，养的马都灵性。平时看它犁田耙地驮物凶悍卖力，实则性情温顺，乖巧得像个懂事的姑娘，沅霞就给它取了一个美丽的名字'西纳'。"

刘文心想，西纳都这般灵性，那它的主人又该多聪明伶俐呢？他们刚进院子，一个浓眉大眼、身材魁梧的平头小伙，就跟了进来，说："大妈，来了？"

"呵，是孟檬啊！"一听这语气，刘文就知道来者是附近的熟人。小伙向刘文乜一眼，笑容可掬地对大妈道："沅霞可能要下午才回来。早晨，我说去帮她把那点活突击了，唉……"

不等孟檬说完，大妈手一挥，打断了他的话："你来得正好，回去把你摩托开来，照老规矩半天40元。我们去看看附近的西瓜！"

大妈开了门，接过刘文的行李，说干囡不在家，她就是这里的主人了。刘文刚一落座，一杯热气腾腾的青茶端了上来。这是一个有着浓郁红河风情的民家。金黄色的慈竹方桌、长条茶几做工考究、竹藤混编的沙发、单人靠背椅精致典雅，一台42英寸的液晶彩电与进口音响摆放在竹木混制的电视柜上。刘文正满目新奇地瞧着，大妈又端了一竹篮桂圆、香蕉出来。刘文吃了一根香蕉，喝了几口茶，三人便上了摩托。

摩托虽然很旧，但发动机强劲有力，一鼓作气就到了外山一个村庄。孟檬说摩托还有点毛病，需要拾掇一下，便留了下来。刘文跟着大妈进了村。

2 山高路险订货难

这村庄有八九户人家，两三座瓦屋，四五家竹楼，稀稀落落分布在坡底和坝里，掩映在香蕉树下。一条条碎石小路通往一户户青石院坝，院坝前都盖有一个牲口圈棚，里面或圈着猪羊或拴着驴马，顺着羊肠小道，头上蕉叶如盖，一路树影婆娑。他们走进一家院里，只见一位年近六旬的村民正在编织箩筐。一见来人，他赶紧放下，从房檐下端来两张竹椅，一条长凳，老人皱着眉回忆着："吭七王力踏踢，无米（好面熟啊，你是）？"

"罗阿叔，我是沉霞她干妈！"大妈笑着改用了汉语。

罗阿叔一拍脑袋，恍然大悟："你看这记忆！老'摩雅'（医生）是你阿爸嘛。"

"四川老板要些西瓜，你们村有多少？"

"噢！中国板友（朋友），坐坐坐！西瓜，有有有！"罗阿叔从里屋取出一盒"中国下关"字样的茶叶和三只云南曲靖产的陶瓷水杯，一边泡茶，一边介绍："我们村二十几户，几乎家家都有。如果收的标准不是很高，一家谈成，一卖都卖了。吃茶，吃茶！"

刘文学着大妈，端起茶杯，浅浅抿了一口，说："时间不早了，我们先看看瓜吧！"

"你？能上那山？"罗阿叔看刘文一身书卷气，目光像一把梳子先从头梳到脚，又从脚梳到头，说："带轱辘的全用不上，得上下两道梁，再爬一座山，还要走一条沟，来回得两三小时呢！"

中国的山虽有悬崖绝壁其势险峻，但上有道下有梯，登一段就有平缓的川道；而越南的山看似其貌不扬，却上无攀缘，下无梯道，且一上就没有个完，也难有个缓。曾有一位云南作家在这里采风，写下一句民谣："云南的茶，越南的山，江口的太阳可点烟。"

好不容易到了瓜地，刘文一看那瓜个个如拳头，状若山芋，就像火烧了一般透熟，谁还敢运输？再一望山下回去那遥不可测、深不见底的险路，刘文一肚子的火变成了怨气，道："你们村都是这种货？"

"噢？"罗阿叔见次货留不住客，对方转身要打道回府，立马表态，"你要好货啊，那价钱恐怕……"

刘文心里想："嘿？这些越南人也和中国人一样，先拿次货投石问路呢！等你出够了价，好货的价也就顺着竿儿上去了。"于是，他故意不接对方的招，装着不感兴趣，说："那些地方的山也这么高吧？"

"不不不！在山下边！"

刘文抬眼望去，原来竟在山南边的悬崖峭壁下，稍不留神一跟头下去，人就会报销。牟大妈随手从地边拾起一根木棍交给刘文，说："拄着它！这面山蛇多！"

刘文拄着棍子，小心翼翼地蹭着步子。坡长路窄，惯性大，踩不稳，刘文就半蹲着抓着树枝、野草，一点一点下滑。山里天气十分凉爽，沙蚁般的飞蚊密织如网，不时闯进鼻孔，钻进耳里，扑进眼里，飞进嘴里。一些长着尖牙利齿的怪虫，竟从路旁的野草丛中，或从密密的树叶下飞出，见缝就钻，有肉就咬。他们一边"啪啪"拍打不停，一边还得挥舞着棍子。走着走着，"吱——"地窜出一条蛇来，瞪着一对绿莹莹的眼睛，气势汹汹地逼着你，信子"嗞嗞"地喷着毒气，还没反应过来，头上又掉下来两截碎蛇，吓得人浑身哆嗦连挪动的劲也没有。若是口渴了，发现路旁一泓清泉，蹲下去，正准备掬一捧解渴，却见旁边躺着饮水中毒尸体腐烂的禽兽。

下到半山腰，刘文抬头望去，一片达几十亩的瓜地出现在眼前。那是由三块瓜地连在一起组成的。孟檬和另外两个青年正站在三块瓜地的叉道口。据孟檬说，那长得敦敦实实的是田耕，瘦瘦削削的叫鲜乩。刘文一见尽是绿油油的瓜蔓藤叶，西瓜只偶尔一二，就摇了摇头，而罗阿叔却哈哈大笑起来："你们中国不是有句俗话'好瓜不见瓜'吗？"

"走！到近处去看看。"大妈一听，来了兴趣。

刘文半信半疑地跟过去。果然，在那茂密的藤蔓下，一个个瓜，圆溜溜、胖乎乎，睡了一地，都皮色青润，熟度适宜，"翻身"也勤，几乎没有一个"白肚皮"，重量大多在八公斤以上，三块地的瓜不相上下。田耕不等他们走拢就摘了个瓜，"嚓啦"一声在地坎上拌开，那瓜肉红沙细，熟度刚七成，刘文一看那质量就没挑剔的，但这些年的经验告诉他，货好一点的果农，十之八九都心重，一般很难做成生意。刘文不屑地斜了眼瓜地，顿生"欲擒故纵"之计，伸出划出血的手臂，遗憾地摇摇头："这山高路远，运下去的瓜擦伤厉害，买不得！"

"运送是我们的事，擦伤的瓜不给你。价钱好商量嘛！"田耕满口答应了条件。刘文一看有戏，淡淡地问："多少钱一公斤？河对面交货。"

"一元！"孟檬要价爽快。鲜乩一听，忙责备道："江口上午的行情是一块三呢！"

"这生意可能做不成。"刘文一副苦不堪言的模样，巧妙地化解着对方唱双簧式的小儿科伎俩，"我家里发价才一元呢！"

"七角咋样？"田耕一下就给降了三角。他担心这人一走，五天内再没有老板来，自己一季心血就全报废了。刘文见这位长相敦敦实实的小伙眼里闪过一丝惊慌，就知道这里来的客人少，干脆又给抹两角："顶多五角！"

"越南是我娘家，小刘也是第一次来越南收货。"牟大妈看看双方，说，"你们也望中国老板赚了钱再来，刘老板你也知道农民种瓜的艰难，双方都往拢走一步：六角五！"

两个越南老乡互相会意地点了点头，刘文无不责备地瞥了一眼大妈。为防止没完没了的讨价还价，大妈果断地阻止了双方："吃亏赚钱，都别说了。"

刘文无可奈何地掏出一沓百元纸钞递给大妈。大妈疑惑不解："你这是？"

"定金啦！"刘文"哗哗"抖着手里的钞票。大妈"扑哧"一笑："在越南订货不像在中国要写合同交定金。越南人做买卖，没有一个人不守信用的，哪怕旁人的价长了十倍八倍，他们也说一不二！"

生意谈成，三方都愉快。越南老乡们前几天白天愁没有老板，夜里急那瓜越来越熟，眼下瓜有了主户，心头那块悬着的石头落了地，脸上也舒展明朗了。孟檬说他们也栽了日本富士苹果树苗，引进的山东"巨丰"葡萄比中国的还早一个月成熟，而且越南也在实施改革开放。大妈则介绍中国早就在搞西部开发了，江口农场今年的香蕉全部换成了泰国品种。

刘文则在后边盘算："这瓜在越南加杂费八角，运回秦巴加运费、税收、管理，一吨找五百，一车稳赚八千！两车……"刘文眼睛一亮，立即把"全球通"递给大妈，说："明天发两车，你从其他点再联系一车……"

3　初与沉霞骑一马

赶到山下，一个浑身灵气，上着短白袖、红坎肩，一双明眸会说话的姑娘，已等候在三轮摩托旁。她一见大妈，就奔上去搂着脖子亲热："妈也——"

"沅霞！"大妈向干囡示意，"中国来客人了！"

沅霞向客人点点头，打了招呼，就和大妈一起挤进了摩托边斗，与大妈面对面坐在斗帽上，时而神秘秘给说悄悄话，时而又谈些令人捧腹大笑的新鲜怪事，间或问一些她阿爸阿妈的近况。摩托在山道上颠簸、吼叫，洒下一路银铃般的笑声……

"哪里那么多话说？"大妈故意逗沅霞，"都大姑娘了，也不怕客人笑话。"

"客人就是自己人嘛，自己人还笑话我？"沅霞伶齿利牙，又甜甜地问刘文，"客人！你说是吧？"

"嗯！嗯嗯！"面对机敏的沅霞，不善言语的刘文越发显得拘谨，手足无措。那摩托仿佛见不得沅霞与刘文说话似的，"吭哧"一声，像犯了哮喘病一样熄火了。孟檬捣鼓了两下，说是得到县城买配件，让大妈另想办法送刘文去县城调车。

"哼！"沅霞嘴一瘪，连瞅也不瞅孟檬一眼，几步就自个儿窜到前面去，在路口上停了下来等刘文、大妈，"咱开动这'11号'，还健美！"

刘文礼节性地向孟檬打了招呼，就跟着大妈往回走。只听得孟檬在后边，近乎哀求地喊："沅霞，你，你留下跟我帮帮忙嘛……"

"你没看到我家里来客人了吗？"

"没事，我来帮你！"家住附近刚走到半山腰的田耕忙说。鲜乩一听，也折了回去："大妈、刘老板，你们走吧！"

"这女子，人大脾气也大了呵！孟檬，你就自己捣鼓吧！"大妈风趣一笑，走了一截，才悄悄对刘文说，"你看孟檬这小伙多帅，可我这干囡啊，总嫌人家不做正事，开辆摩托到处窜，老让人家下不了台！年轻人的事，管不了了。"

回到沅霞的竹楼，大妈告诉刘文，在越南，城里乡里吸毒吃粉的多，万一他碰上那伙亡命徒，咋办？这些年，沅霞从小跟她爹练擒拿，手脚上有两下，调车的事还是让沉霞一路去，有个伴放心些。刘文打心里佩服老人心细。他觉得这座极具南国风情的民居也分外亲切，几根端正结实的树干搁着，再铺上一层竹块，四周木架竹壁，房上盖着一层厚厚的麦秆。喝茶这间，在四川又称堂屋，摆放着四张做工灵巧大方的大竹椅，中间一张纯木方桌。竹壁上稀稀疏疏贴着几张极具青春活力的中越明星图。木柱上歇息着一顶苇叶编织的红绳锥形遮阳帽和一把带木柄的"7"字形镰刀，那镰刀不蚀不锈，不知历经了多少个冬去春来的磨砺，浑身透出一股沧桑与风雨中披荆斩棘的锐光……

刘文刚一落座，沉霞就从里屋提出一篮五颜六色、新鲜欲滴、果香四溢的芒果、荔枝、香蕉、菠萝……沉霞选了块肥大的芒果，小心翼翼地剥开，递给刘文，说："常年这样？"

"嗯！"

"都一个人？"

"嗯！"刘文接过，点点头又拘谨地摇摇头。沉霞抿嘴一笑，进了里屋。一会儿，她换了一身淡雅的鹅黄色连衣裙出来，绛唇微点，柳眉轻描。刘文发现此刻的沉霞竟如此清纯、美丽、脱俗，一下目瞪口呆，愣怔半晌，也不敢相信，这就是刚才那位衣着朴素裤脚高挽的女子。他一头雾水，问："莫非她要去与谁幽会？"

"不认识了？"沉霞抬起那纤嫩的双臂，向刘文一个潇洒示意，"上马！"

"我不会骑呀。"

"还有我呢！"沉霞故作傲慢的样子，"本公主保护你！"

"两，两人骑一匹？"刘文吓得连连后退。沉霞故作生气道："哪有那么多马给你排场？"

"这……"刘文把头摇得像拨浪鼓。他觉得一个大小伙与一个大姑娘骑一匹马……

"哈哈哈……"大妈在一旁笑得直不起腰，"越南人可比中国人开放，在这里，小伙子和姑娘骑一匹马就像在中国坐一辆车、在一起吃饭看电视一样平常。"

"刘老板，还要我专门买匹马不成？"沅霞抖抖缰绳。刘文无可奈何地摇摇头，抓住鬃毛，一脚单立，一脚刚一接触马背，那马一耸肩，刘文就蹿过了头；刘文蓄上力，使劲一跃，那马挪挪步，刘文又扑了空。沅霞在一旁，捂着嘴"噗哧"一笑，嗔怪道："笨蛋！"只见她拍拍马脖子，说："西纳，让客人骑。"

刘文一咬牙，沅霞顺势一推，刘文就骑了上去。沅霞脚尖一垫，腰一闪，就坐在刘文身后。她缰绳一抖，"西纳"四蹄欢快，留下了一串激越的脆响。

夜，深邃、神秘、宁静……

与女孩子靠这么近，刘文还是第一次。他始终让自己后背与沅霞保持一定距离，那马一纵一蹿，忽上忽下，刘文左摇右晃，竟险些摔下。

"傻帽！小心摔着！"沅霞一把搂过刘文。

刘文感到背后像是贴着一面奇异的烤炉。靠着时，热乎乎，暖烘烘；即使保持一定距离，也有一种暖融融的躁动。沅霞却似乎没觉得有什么不自在，问："你们家乡在中国的哪一个省？"

"四川。"刘文正襟危坐，唯恐沅霞看出什么。

"你们四川没马？"沅霞把脖子往前伸了一点，侧着头问。

"没马。"刘文感觉到有两只软乎乎的圣物与自己若即若离。刘文想回过头去看沅霞一眼，但他又差那份勇气，只好漫无目标地看着路旁的森林，讲话也心不在焉："嗯，是牛。走路慢悠悠的。"

马慢了下来，沅霞眼底有了刘文骑牛的幻影，忙问："也和女孩骑一头牛吗？"

"谁敢？"刘文心里陡然升起一种神圣与自豪，"我们那里男女界线就和这边界一样分明。"

"男孩女孩没有偷偷相爱的？"沅霞嘴一瘪，不以为然。刘文红着脸，憨厚老实地点头，说："有……多！"

"假设你在外地有了满意的女孩，你爸妈也不准？"

"咋不准？噢，下午那个孟檬，我看对你很不错嘛……"

"哈哈！到底是商人，说话都转弯抹角。"沅霞把缰绳一抖，马就"得得得"地蹄急声脆，主人也快人快语了，"就他那熊样，商人不像商人，农民不像农民，本姑娘会嫁他？"

……

他们刚进江口街头，刘文就借口"上厕所"连滚带跳下了马。他知道同行们见了，很快就会把"刘文和越南姑娘骑马"当成"国际新闻"在全国各大市场和一个个瓜果大县传开。沅霞一下来，就照刘文的脸戳了一指："你呀！还不如我们姑娘呢！"

沅霞把马拴在一棵槐树下，和刘文一道走进了一家兼营百货、副食、日用品的信息部。

4　边贸小店买赠品

走进信息部，不等刘文开口，一位六十岁开外的老人就问刘文是买东西还是调车。当老人听说刘文想调两台车拉西瓜去秦巴市后，连忙招呼他们坐竹椅上，紧接着就递上一张名片，说自己叫孟红河，是这"红河信息与旅游服务中心"的经理，以后管他叫"老孟"就行了。老孟泡来两杯"下关"茶，让他俩先看电视，自己就从抽桌里取出一本记账簿大小的电话记录本，"嘟嘟嘟"拨开了那些密密麻麻的号码。老孟接连打了几个电话，一会儿"个旧""开远"，一会儿"蒙自""陆西"，不是车没回，就是嫌运价低，最后总算在"砚山"联系了两台车，运价每吨八百元，明天一早到装货地点。

刘文付了三百元信息费，就观察起这家边贸城市的商店来。

这是一间占地约三十平方米的门市，左边一张大凉床上摆着五颜六色、呈点状或片状花形的木底拖鞋、藤编凉鞋。这些鞋的式样大多稀奇古怪不合中国人的口味。初看，花型简洁，图案大方，色泽有别；细瞧，有塑料的、皮质的，还有皮质和木质组合加工的。老孟见他们对商品感兴趣，又给刘文介绍那些挂在墙壁上的工艺品："这些草帽都是我们越南有名的编织工艺，那锥形的是芦苇编织的，那圆顶的是用麦秆、竹类编织的。噢！这藤条编织的是越南有名的岳山一绝，你看这纤柔均匀的藤条，润泽而又光亮，尤其是这极具边陲风情的奇特图案。往头上一戴，再系上精美的彩绳，刮风下雨飘雪、乘车赶船锄地，稳稳沉沉，不像你们的草帽放风筝似的飘飘浮浮，麻烦！"

这草帽经都快被老孟念成美文了。刘文打心里佩服起这位老头的文化水平来。

老孟见刘文既不说买也不问价，心里明白他是初来乍到，想饱饱眼福看看而已，也就自顾喝茶，看中国的文艺频道了。

刘文虽然是商人，但从小爱好文学艺术，"素材本"从不离身，一到少数民族地区和边疆城市，就爱观察体味那里的民风民俗，留意那些文化艺术，作家们管那叫深入生活、积累。刘文顺着狭窄的选货过道进去，里面摆着背篓、箩筐、提篮之类，甚至连姑娘的袖珍腰包、馈赠亲友的精美花篮的选料也是或藤或竹，依然沿袭了竹木的广泛运用。那饭蒸、馍笼、盆、桶、瓢、勺、货架、食品柜、电话箱、收银台做工极其考究。远看，朴素平常；近看，大的小的、一斧一刨、一雕一刻、一花一草无不积淀着几千年民间艺术的精华。既有越南民间简洁流畅的奇妙风格，又有东方精雕细刻的古朴神韵。

"小刘，你看这些都是你们中国货呢！"沅霞指着右边的副食柜里一排排食品，说，"你们中国人整天都在研究吃喝啊！"

"噢！"此时，刘文才注意到商店里的副食品，大多是中国生产。刘文灵机一动，也想幽默一把，"你把名儿念对一半，我就服了！"

"我们来点物资刺激，赌个啥？"

"就这店里的，你挑一件！"

"拉钩！"

"拉钩！"

"先从烟给你念，你可听好！"沅霞虚张声势，卖一下关子，就一字一句有板有眼念起来，"这是'玉溪''塔山''黄桷树'，还有'红河''中华''阿诗玛'；那些啤酒是'青岛''山城''蓝剑'，外加'北京''成都''燕山'；再那边的'真遗憾''老川东''娃哈哈'我都知道；至于'黑妹''飘柔''潘婷''月月舒'，那我们就更熟悉了……"

"小伙，你咋跟她打赌嘛？"老孟见他的生意有戏了，也走了过来火上浇油。待沅霞像背顺口溜般一串串地把那些商品都快念遍了，他才笑眯眯地对刘文说："她可是我们江口街上有名的中国通，人家爸妈都是中国人，还是干部呢！中国朋友，你就准备好钞票，让沅霞姑娘领奖品吧！便宜一点的，就几十块，贵一点的，也不过两三千元。"

如果在祖国内地，哪怕是三岁小孩对商品名称倒背如流，刘文都不会感到奇怪，但是，能在越南的江口街见到这么多中国名牌，而且还都被越南人如此烂熟于心、朗朗上口，作为一个商人，刘文深深感到商品流通的神奇，也终于明白当年的亚洲金融危机、美国次贷危机为啥会影响全世界。他觉得今后自己在这一带收货的时间还长，很多方面都离不开沅霞的帮助，哪怕花几百块钱，也不能言而无信。"中国人说话算数，你挑吧！"

"按你们的话，这叫'君子一言，驷马难追'！"沅霞才不会放过中国朋友，尤其是这么一位英俊潇洒的青年送给她的礼物呢，她早就在柜台前浏览起那些商品了，"你可知道在越南，男孩说话不算数，是连媳妇都找不上的。我挑上了，你可别心疼啊！"

"这一枚钻戒，是刚到的新款。那一颗玛瑙是当下最时尚的。"精明的老孟，早已戴上了宽边黑架眼镜，拉开了正式做买卖的架势，他唯恐沅霞没发现那些标价昂贵的首饰，竭力向沅霞推荐，"瞧，这是足金的，戴上庄重成熟，配上这翡翠，更是清纯典雅……"

一看标价七八千，刘文就目瞪口呆了。如果不是牟大妈的女儿，他真有点"上了导游贼船，进了歪店门槛"的后悔之意。不过，刘文毕竟已在全国各地闯荡了五六年，他耳闻目睹过也经历过那些"抢""诈""骗"的场面，心里虽略有不安，但面上还是若无其事。

尽管老孟一个劲儿地想诱惑沅霞去选高档饰物，可沅霞只过去看了一眼价目就回到了一排普通旅游纪念品前，那些纪念品的标价高的五六百，低的七八十。沅霞指了指一尊佛像，说："'九木（寨）沟纪念'，拿来看一下！"

"小沅姑娘，你真会简化啊！"老孟借字幽默沅霞放着贵的不买要买便宜的，"那叫九寨沟！"

"中国有别字先生，越南就没有别字女子？"沅霞灿烂一笑。

刘文打心里佩服沅霞的厚道而又不失机灵。沅霞故作一副老成持重、学识渊博的样子，对店老板说："我呀，这是考考你的中文基础知识！"

沅霞接过菩萨，天真虔诚地问店主："它是上帝？"

"嗯，上帝！"

"它能保佑我逢凶化吉？"

"嗯！"

"你这标价三百多元太高。当着上帝的面，老板你可不能说假话。最低啥价？"沉霞脑袋聪明，与店老板讲价，把"神"都"请"来帮忙。老孟一愣怔，似乎也相信"上帝"，说："你、你出三百咋样？"

"五十元！愿意卖，我们就买一只；不愿，咱们可走了。"沉霞装着真要离开的样子，招呼刘文，"走，回！"

老孟做着折本甩卖，苦不堪言："看在上帝分上，卖你！"

这时，一胖一瘦两个青年，走了进来买烟。沉霞示意刘文马上离开，刘文付了钱，礼节性地向老孟点点头，就与沉霞出门上了马。沉霞缰绳一抖，"西纳"精神振奋，一声长嘶，消匿在夜色里……

5　枪口相对险走火

夜，厚重的帷幕把苍苍茫茫、连绵起伏的群山和偏远的村庄隐没。近的树梢和远的峰峦迷蒙一片，偶有一束摩托的亮光在山巅、山后一闪或一扫，倒影在波光粼粼的红河里，折射在山腰，眨眼间就不知山多深、河多宽、路从何去有多远了。那西纳却轻蹄熟路，老马识途。坐在身后的沉霞问："有女朋友了？"

"耍过！"刘文感到沉霞那瀑布般的长发散发着幽幽清香，洒落在他后颈上痒痒的。

"现在呢？"沉霞紧紧追问。

"吹了！"

"啥叫'吹了'啊？"

"就是分手，没有关系了。"

"哈哈哈！四川人真逗！我还以为'吹了'是接吻呢！"沉霞轻轻一拳敲在

刘文肩上。

刘文感到后背有一种怪怪的暖热在烘烤，竟让他心驰神往、欲罢不能。刘文清楚这是一条无形的警戒线，一盏不敢轻率逾越的红灯，但那暖热偏偏在不断升温，仿佛是块强大的磁场在悄无声息地加力，而紧逼后背的另一块活物似乎也在自然靠近，那种吸引几乎让任何神经正常的人都没法控制。他想到了沉霞那冰清玉洁的肌肤和温馨、神秘而又略显高傲的脖颈下，那对高耸、对称又极具弹性的双峁……

"小心！"沉霞搂住刘文，"别以为骑了几个小时就不会摔倒，现在不那么怕了吧？"

"感觉好点儿。"刘文想这马要是永远走下去，那该多美啊。

"感觉再好点……"沉霞"扑哧"一笑，"恐怕就重演当年我妈与中国小伙的浪漫故事了哟！"

"你妈啥故事？"随着马的晃动，刘文让后背微妙地与沉霞若即若离，"她与我们中国有关？"

"无关，我就没有这个干妈了，你也就没有机会和我骑一匹马了。"随着西纳那"哒哒"的脚步声，沉霞遥望远方，神思远驰，话也不急不缓……

越南与中国一衣带水。千百年来，两国的文化、习俗都在互相熏染、融合，中越人民如鱼水情深，亲密无间，一些官方的、民间的文化活动，自然也就你来我往。二十年前，越南有一个最走红的女歌唱家来中国演出，与一位年轻的文体局局长相爱了。当姑娘怀上了局长的骨肉，把孩子生下来后，那局长才坦白，为了与她在一起，竟然放弃了同他恋爱多年的同学，也是他大学校长的女儿。而在当年，他这样的做法是要砸饭碗的。结果，亲生骨肉成了父母的累赘，他们不得不含泪把孩子交给一对从越南人民军退伍、没有生育能力的两位老功臣夫妇哺养。不久，那姑娘也与局长完了婚，被安排在农场场部工作。而那帮他俩照管孩子的越南老乡，由于没有生育能力，自然视孩子如同己出，生父生母只好认骨肉为"干囡"了。

"呵！原来那个文体局长就是你爸，那个歌星是你的亲妈啊？怪不得你浑身都是灵气！"刘文听得入迷竟侧身搂住了沉霞的肩，立即又尴尬松开。沉霞抿嘴一笑，假装生气地对刘文道："你以为你才是中国人啊？我也是半个中国人呢！"

"养育你的那两个老军人呢？"

"他俩就是我的阿爸阿妈。阿爸去世三年了，阿妈快六十了，在河内一所老年机构上班。我一直舍不得离开越南这个家，就是因为他们待我太好了！"

"呜——呜呜呜！"突然，西纳脚下一绊，刘文、沉霞连马带人摔翻在地。只见西纳侧仰在地，四脚让一圈绳子捆着在空中踢蹬。刘文惊魂未定，沉霞已在人马摔下的瞬间，拔出了腰刀，"呼"的一声割断马腿上的绳索，警惕地环顾着四周的动静："谁瞎了狗眼，给我站出来！"

"嘿嘿！"随着不怀好意的笑声，一道雪亮的手电光射了过来，来人讲着略显生硬的中国话，"沉姑娘！"

寻着那阴森恐怖的声音望去，雪亮的光柱正从坡上的一块岩石上照射下来，只见两个蒙面人提着家伙挡住了去路。

刘文不由得打了一个寒战，随即就冷静下来。多年走南闯北，与形形色色之人交手的经历，培养了刘文遇事冷静的性格。他正紧张地思谋对策，沉霞挺身而出就接了招："既然你们知道我沉姑娘，今天我也把话说明白，这江口街、越南街就是块草帽大的地盘。你们钟、李、龙三大帮的老大都不敢打我沉家的主意，我也知道这是你们几爷子悄悄背着老大出来干的蠢事。今天，你们这只破船也该翻了！"

"哈哈！两国通，到底是两国通。今天我也跟你直说吧！"两个蒙面人边说边向这边走来，其中一大个蒙面人果断地说："只要钓到了鱼，道上就没有空着手回去的规矩！"

"站住！"沅霞裙子一撩，拔出家伙，"我越南阿爹是大名鼎鼎的侦察兵出身，我沅霞的名字你们不是没听说过吧？我只要一动手，你们两个立马就得报销！我知道，这四周还有两三个人，明天你们一个都跑不脱！跑脱了，那两家也要把你们供出来！"

一听沅霞暗示，刘文立马就与沅霞两背紧贴，警惕地观察另一个方向，顺手掏出一个牛皮方形包来。见后面果然有两个黑影正在向这边靠近，刘文大声道："你几个想试试中国四大发明的厉害吗？"

"噢？"几个蒙面人听到这话一愣怔，纷纷停止了前移。

"告诉你们吧，中国的火药就像你们这里的藤条、草帽一样多，家家户户都会造鞭炮、手雷，这土玩意威力不大，只有手榴弹的三倍。兔崽子们，来试试！"

对方一见这阵势，洋的土的都给准备着。一个蒙面人顺势给那大个递了句话："这里是三哥说了算，我们听他的！"

"沅姑娘，这一周我们连个虾米都没发现，就靠这笔买卖吃饭。"蒙面大个见硬来自己要吃亏，兄弟伙也会被放倒一两个，口气就软了下来，"你看不清我们的面目，我们可知道你住在前面山下。兄弟们这七八天，总得有碗饭吃，吸两次烟啦！今天给你沅姑娘个面子，你让老板给五千块钱吧！"

刘文一想，这伙人日子也不好过，再加上出门在外，多一事不如少一事，生意人也不在乎这几千块钱。刘文一瞧沅霞，见沅霞默许，就一口江湖义气地说："在外面跑，都图个吉利。我知道你们这里是五个人，给你们'六六顺'——六千。这位三哥两千，其余一人一千！"

"慢！"见几个劫匪就要过来，沅霞立即点了点几位："我这位朋友仁，你们也不能不义。你们只能过来一人，不能带家伙。越南讲的是明来明去，中国讲的是好汉做事好汉当。既然兄弟们都称你三哥，你这三哥就该取掉面具，一个人来拿钱。不行，我们就各走各的人，你们先离开！”

“好！”蒙面大个把面具一卸，“这规矩我懂！我来！”

“不行！”沅霞见大个装糊涂提着家伙往这边来，便一声喝令，直指大个：“把家伙放回去！”

“不行！”这时，几个蒙面人见大个果然放下了家伙，纷纷反对：“三哥，他们有家伙！”

“三哥，还有四大发明！”

大个听了兄弟们的提醒，脚步犹豫了一下，随即又义无反顾地走了过来。

这人正是刚才离开信息部时，遇上的那两个中的一人。显然，那个瘦白脸也来了。他前额偏宽，颌骨突出，浓眉大眼下，一对三角眼略陷，那黄色的特大号T恤，穿在魁梧、宽大的腰板上，稍显瘦削，一双猿臂熊爪。这位被称为“三哥”的人果然不凡。刘文拿出一沓五十元，又加了十张一百元大钞，按沅霞的吩咐，放在了公路边靠悬崖一面的石头上。大个大步朝放钱的地方走去，正要弯腰拾取，沅霞晃了晃手头的家伙，命令道：“慢！先让你的兄弟们全部撤退到两百米外的公路上，这可是新崭崭的六千元钱啊！”

“撤！撤，撤，撤，兄弟们！”

沅霞见对方五人都撤到了后面的公路上，若无其事地掏出手机，在手上掂了掂，才不慌不忙地说：“我这手机是带遥控装置的。你可不要乱跑啊，下面是三百米的悬崖峭壁；你下去了，那颗‘四大发明’也会跟着扔下去。即使不炸，还有我手头这遥控！”

“沅姑娘，你放心，越南人说话都算数！”

“算数就照办！”

大个拾起钱，在手上轻轻一抛，对沅霞得意一笑，一个娴熟优雅的动作把钱揣进了怀里。大个正要离开，沅霞却"哈哈"一笑，也把手机潇洒一抛，又接在手上："这手机功能还真不少呢！"

"你要干啥？"

"这位三哥可真把我姓沅的当笨蛋了啊？告诉你吧！刚才你的一举一动，我都录音、录像了。"

"姓沅的！你！"

"我怎么样啊？"沅霞眼睛一斜，话锋一转，"不过呀，我还没有报警，如果让警察知道你们抢了外商……"随即，沅霞洒脱地一挥手，接着说："算了！这六千块钱，我回去让我干爹干妈给客人出了，你走吧！"

"三哥，万一她报案，"一个瘦劫匪提醒老大，"我们都要被抓进去的啊。"

"三哥，我家还有三个娃娃呀！"

"三哥，我母亲还要我养老啊！"

"三哥……"

见兄弟们吓得个个惊慌失措，大个一跺脚，牙一咬，眼一横："好个姓沅的啊，我老三竟差点栽在你手里。钱，今天我不要了。算我倒霉，我们走！"

"哎！钱你拿上呀……"

刘文、沅霞上了马，西纳似乎也早想回家了，蹄声"得得"，轻快悦耳。这时，只听得身后传来一阵"叽哩咕噜"的说话声，刘文惊魂未定，问沅霞那伙人是不是又在打什么歪主意。沅霞"扑哧"一笑："在骂我呢！"

"骂你啥？"

"说我那么厉害，嫁不出去！"

刘文则说："咋嫁不出去？在我们四川，最吃香的就是像你这种聪明、泼辣、能干的姑娘，不管是经商办企业，还是种田持家，都能让男人少操心，左邻右舍也夸，公婆还喜欢得不得了。"沅霞说："那我今后就嫁给你们四川人算了。"刘文一听，答："那好，我就给你找个经商的年轻老板，以后他在外面进货，你就在家发货收钱，凭你这机灵劲儿，当地的二道贩子肯定服你，二杆子也不敢欺负你。"沉霞伸出手，说："来，击掌为定。"刘文"啪"的一掌，拍了个响亮。沉霞却不依了，说这一掌把她击痛了，要刘文说出刚才那个方形黑皮匣子里究竟是啥东西，才肯罢休。刘文就告诉她，那是跟重庆司机学来的。有个重庆司机在云南麻栗坡送货，也碰上了打劫的，灵机一动拿出装驾驶证的皮匣子当手雷，才逃过一劫。沉霞用指头一点刘文，说："看不出来，你这个闷葫芦肚子里还有点货。"刘文则开玩笑说："沉霞，今天这一出戏是'妇唱夫随'，嘿嘿，我只是个'配角'。"沉霞却撅起了嘴，边嗔："你坏！你坏，占了我便宜。"边"噼噼啪啪"地在他背上擂起了花拳……

西纳识途，不知不觉，刘文、沉霞就到了家门前。

6　夜宿越南沉霞家

回到家，大妈端出香喷喷的饭菜。这一天上山下山，乘车骑马，再加上遭遇那伙劫匪的折腾，刘文早已饿得饥肠辘辘。他正准备向饭桌靠拢，沉霞拿出一条云棉厂生产的新毛巾，一盒"天香"香皂交给刘文，说是夜饭前，她们这里都讲究先"冲凉凉"（洗凉水澡），让他到房后边去洗。

刘文从儿时与伙伴一起放牛割草时，就养成了洗澡脱得赤条精光的习惯。在学校，同学们在澡堂个个都穿条"小三角"面壁而立，一副羞涩害臊的模样，他却说："都是一样的，怕啥？"在部队洗澡，战友们纷纷穿着那一条顶三条大的"和尚裤头"，他则一脱到底，要洗就洗个淋漓尽致、痛痛快快。

澡房离前屋还隔着一间厨房。刘文见沉霞已准备好清水，满盈盈两木桶和一个大木盆，旁边放着一条小木凳。一见那清澈山泉，刘文就想起这几天一路风尘仆仆，又汗流浃背地上山下山，心里的燥热就如火一般燃烧。刘文掩上门，立即除去里里外外的衣服，就像扔掉刚才遇上的烦恼一样把最后一件短裤狠狠往旁边一甩。一撩那水，奇寒异凉，刘文便有了童年山谷戏水的亲切；一桶水从头泼下，刘文禁不住"呀"的一声惊叫。外屋沅霞以为刘文踩上毒蛇，冲了进来，一见刘文脱得赤条条的，羞得赶紧转过身去，说："咬……咬着没有？"

"水，水太凉……"

"你吓死我了……"

刘文洗过澡出来，沅霞和大妈正在外屋一边做藤编活，一边等他吃夜饭，桌上斟满了三杯啤酒。刘文乜了一眼沅霞，觉得自己脸上发烫，说话也吞吞吐吐："我，我不喝酒……"沅霞微微一笑，说："越南来了新客，吃饭前都要饮些酒。来，入乡随俗，少喝些。"刘文接过酒浅浅抿了一点，就低着头风卷残云吃起饭来。沅霞见刘文饿极了，吃得香甜可口，一股爱怜油然而起，不住地往他碗里添菜，眼睛看着刘文就不离开。他那瘦削的方脸，白净而又棱角分明，眉宇间一双精明的大眼又不乏书卷气，活力毕露而又稳健成熟。沅霞心里美滋滋地想："多么英俊、实在又聪明能干的男子汉啊！"

吃过夜饭，沅霞在门前的青石坝子边点燃了驱蚊子的苦艾，一股淡淡的草香和清幽醒神的苦味飘散开去，原本密集的沙蚊也渐渐飞得无影无踪。沅霞端出一张竹制茶几，用标有"昆玻"字样的玻璃茶具，泡了一壶"下关果茶"，又从屋里取了一把竹椅一只蒲扇，招呼刘文先坐，自己则帮刘文收拾睡房去了。

这是一间不大的卧室，但窗口大，通风好，视野开阔。窗外，弦月当空，山色幽静；谷底，溪水逶迤，波光粼粼；两岸，青石憨厚，树影摇曳；山巅，怪石突兀，峰峦叠嶂；耳边，飞鸟啼鸣，山风如语。卧室里，一张木床顺墙而放，那床沿、床架、床脚全是一色的上等黄木。初看那床架式样简单、大气，线条流畅、柔和，极具现代意识，细瞧那一丛丛花卉草木却是百态千姿，一对对鸟儿或比翼飞翔，或追逐嬉戏，或栖息枝头林下，一雕一刻既有中国碑壁木物镌刻工艺的精湛之美，又显越南民间工匠、艺术大师几千年的文化积淀。床上铺一张编织精致、极具特色的竹席。竹席一头中文，一头越文织着"花好月圆"，床头一只精美竹编软枕，白色枕巾上一枝木棉花含苞欲放。床中央，两张睡单叠放整齐，一张淡黄温馨，一张洁白如雪。床头的木制梳妆台上，一面弯月镜，几瓶中国发胶、香水和几把越南木梳，由低到高有序而放，两束无名鲜花插在白玉花瓶里，暗香幽幽，房间摆设清丽整洁。沉霞左瞧瞧右看看，东挪挪西掸掸，擦了床席又摆睡单，然后把一根仿发辫状的草艾点燃，又回头审视一遍，发现一把木梳高低顺序不当，忙过去调换重摆，退后再看，又觉得那木梳有点轻重倒置，再回去倒了个方向，才到院里对刘文说："房间简陋，睡吧！"

"江口跟别的地方不一样，早晨五点明，中午热死人。"大妈在用藤条编织一只花篓。她一边忙着手里的活计，一边对刘文说，"明天赶早要收货，早点休息吧！"

7 闺房花梦不眠夜

刘文端上杯茶，走进卧室，一见那简捷、明快而又不失精致，满目洋溢着恬淡、幽雅、温馨的二八春光，眼睛为之一亮：这少女味十足的仙境，原来就是沉霞歇息的港湾？自己真的也要在此度过美妙一夜？

"条件差，刚才连杀蚊剂也忘了买。"沉霞掸掸本来就没有灰尘的枕巾，又挪挪被单，说，"这苦艾虽然有一点儿苦味，但是纯草药，没危害，足够燃到天亮，保证没一个蚊子。那窗就让它开着，别忘了盖睡单，夜一深就凉凉的。我跟外贸签了一批藤具，还有六天就要交货了，我得去赶货。你睡吧。"

"小沉，你也早点休息……"

沉霞点点头，美目在刘文脸上一瞟，莞尔一笑，掉头就编藤活去了。

一个十八九岁的姑娘，天天起早睡晚，种庄稼，管菠萝、香蕉、荔枝，还要饲养那么多牲畜家禽，家里竟也收拾得井然有序，出门一身倩，还会一手藤编绝活。刘文看在眼里，爱在心里。待沉霞一走，他轻轻关上门，便细细审视起来，房间里有摆放整齐有序的香水、木梳、发夹，还有那造型别致、一尘不染的弯月镜、藤条腰包、手提花篮，玻璃衣柜里的花衬衣、连衣裙、内衣款式新颖大方，挂放疏密得体，绿的淡雅，白的圣洁，甚至连门后的毛巾、床下的凉鞋，都令刘文觉得那么亲切、别致。

"唉！这些年，自己寻寻觅觅，想找个与自己一样感情纯洁、心地干净的女子，却比九天揽月还难。清纯、勤奋的女子少若凤毛麟角了……"继而，刘文又一阵窃喜，枕着松软清香的枕头，或许能做一个美梦吧！如果，沉霞能在梦中与自己……刘文美滋滋地躺了下去。

一躺下，刘文就迫不及待地想让自己早些进入梦乡，可他愈想美梦，那梦却偏偏不来，甚至连一点瞌睡的影儿也没有。仰睡，刘文觉得沉霞就在竹楼上翻晒玉米；侧卧，不是左墙上的藤条腰包在晃动，就是右墙上的手提花篮有幻觉，还伴有沉霞那一头飘逸的长发。刘文越是辗转反侧越不能入眠，外面编织藤具那"唏唏嗦嗦"的声响和偶尔几句的说话声，越是那么清晰、悦耳。刘文觉得这样的休息，纯粹是一种二十多年来从没有过的折磨。

刘文不知不觉来到门后，借着那门缝鬼使神差地向外面看去。

沉霞一边飞快地编织着一只花篮，一边打趣干妈："妈，我都编了三只了，你还是第二个呀！我看啦，你干脆到江口广场去跳'嘣恰恰'算了哟！"

"死丫头，你还没把老娘急死！"

"妈——你都说一百遍了！'机关小伙，沅霞嫌人家倒文不武；大老板的儿子，沅霞说人家是老爸的本事；江口小商贩，沅霞说一分一厘都抠，那是爬不上井台的青蛙。'对吧？你囡嫁不出去哟！"

"哎，"大妈向里屋努努嘴，"你看这小伙不错吧？"

"妈，你胡说啥呢？人家有文化又稳重，年纪轻轻就能独当一面，哪里看得上我呀！"沅霞把编完的篮子往旁边一搁，"妈，你休息吧！剩下这点，我来编！"

"头晚不睡好，第二天脸色不好看。你赶紧去洗了澡早点睡吧，妈马上就完了！"

"那我洗了澡，在床上看书等妈妈！"沅霞在干妈脸上一吻，利利索索地把坝子里的散藤、篮子、板凳一拾掇，顺手将下晾在屋檐下的衣物进屋洗澡去了。

刘文的眼光也不由已，借那竹壁的一点缝，跟着沅霞进了澡房。只见沅霞取下头上的发夹，散了用一根橡皮筋略略束着的长发，又脱了下午去江口调车穿的那一身鹅黄色连衣裙。霎时，一幅自然、流畅、光滑、白嫩的美妙曲线图让刘文目瞪口呆，有如小鹿撞胸，呼吸急促。那一对活跃如脱兔望日、美妙胜玉蚌映月的灵物正要露面，门外却响起一阵狗叫声，刘文一震，如梦方醒，才意识到自己在窥视人家姑娘的隐私。一拍脑袋，慌忙回到床上睡觉，但心里还是欲潮翻涌，无法平静，今生如能与沅霞相伴该有多好啊……

随着"吱"的一声轻响，只见沅霞脚趿碎花拖鞋，上着白色低胸衫，下穿青色超短迷你裙，提着一瓶开水进来，放在了梳妆台旁的茶几上，又悄无声息地拧开刘文的茶杯，给杯里续上水，把水杯轻轻放在刘文伸手可及的床头柜上，再拾掇了一下那正燃着的飘着药香味的苦艾，回头默默地看了熟睡的刘文一眼，就匆忙而去。假装睡着的刘文见沅霞站在床前，像欣赏一幅名画一样美滋滋地看着自己，紧张得大气不敢出，待沅霞一出去，一颗悬着的心才踏实下来。伴着轻微的鼾声响起，刘文不知不觉入睡了……

8　来者不善决斗起

刘文刚一迷糊，就觉得有轻微的叩门声。他揉揉眼，发现是自己的睡房门，开了门一看，原来是孟檬。刘文正要开口，孟檬"嘘"的一声示意到外院去，他有话要说。

两人来到院坝边，月色如水，静寂清凉，空气中弥漫着一丝野草苦味。孟檬自顾点燃一支劣质香烟，一口一口地狠吸。烟头上的火，伴着唇齿间发出的"嗞——嗞——"声响，忽明忽暗，就像夜空里的战斗机闪着红色信号灯。虽然香烟在一截一截减短，一股股对着月亮喷出的浓烟却丝毫不见消减，似乎那月亮永远也走不出烟雾弥漫的云海。草丛中，一只孤独的秋虫在浓烈呛人的烟味中，"吱吱"鸣叫。

见到这情景，刘文想到四个字"来者不善"。他装着散步的样子，伸伸腿弯弯腰，若无其事地来回踱着步，小心翼翼地等待对方出牌。直到第二支烟抽了一半，孟檬才以一个娴熟、潇洒的动作把烟弹出去两三米。"今晚找你出来，跟你把话挑明！"

刘文想装糊涂敷衍过去。

"劝你别跟我来江湖上那一套！"孟檬一句话就把刘文砸晕了，"你们今晚路上那亲热劲儿，我都看到了！咱们都是男人，你说怎么了断？"

刘文一愣，立刻就意识到，下午孟檬说摩托坏了是借口，是他有意让自己与沅霞单独接触，设下的陷阱。只见孟檬叹了一口长气，目光遥望远山。儿时，无论是放牛割草，还是下河捉鱼捞虾，他与沅霞就经常在一起，村里的人也常常说他俩一个聪明漂亮，一个英俊帅气，是天生的一对。即便上了小学、初中，他俩也常是一路去一路回，可自从上高中后，沅霞对他就愈发冷淡了。而这些年来，沅霞也没有耍朋友，就是有小伙们对她献殷勤，也没发现沅霞对谁特别好。"今天就怪了，你们在路上竟那么亲热，难道不是你姓刘的给了钱或承诺了什么吗？"

"给了！承诺了！你说咋办？"一听孟檬对沅霞那近似污辱的话，从来将爱情看得无比纯洁、神圣的刘文觉得这对自己的人格也是一种侵犯，一股无以名状的怒火悄然升起。

孟檬一冷笑，说："今晚，我就是为这事来的。你们中国有入乡随俗的说法，我们也尊重风俗。你是有钱商人，我没法与你比；我在近邻是有名的帅小伙，你也没法比。这两个问题，我们扯平，都不比了。按越南的规矩，你与人家相爱在后，你只能提出一项；我与人家相爱在前，可以提出两项。比输了的一方，如果不是姑娘主动追你，你就不得再去纠缠。你敢来比比吗？"

"咋不敢？比啥项目，你先说！"

"好！我说比摔跤、掰手腕！"

"嗯……我是瓜客，当然是比'瓜技'（验瓜技术）了！"

"为了不影响人家休息，我们今晚就比前两项！"孟檬挺胸抬头，说话间已上前一步，竟高出刘文半截脑袋。刘文一见孟檬那粗如牛足一样的胳膊和肥厚浑圆的肚皮，便知道孟檬摔跤可能笨，但臂力绝对不会差。而一想到沅霞的单纯、聪明，一个男人的力量就开始膨胀起来，过去在部队摔跤的感觉也回来了："咱们先摔跤，再掰手腕！"

谁知，刘文话音一落，孟檬就一把锁住刘文的脖子，一只腿也顺势伸到了刘文右脚边。刘文一见对方想要把自己连撵带摔个"死鱼晒肚"，忙双手扣死对方胳膊，借势一个肩扛腰弯，屁股猛地一翘，一招干净利索的"背麻袋"。孟檬还没明白咋回事，就"咣"的一声，摔了一个"王八望月"。这一跤，孟檬被摔得不轻，一只手竟有些麻木，往衣服上一擦，才感觉生生的痛，发现手给摔破了皮在流血。孟檬撑着爬起来，又心生一计，口头上却说："这一回，我们来点文明的。双方抱好了，再动手！"

"行！"刘文嘴上虽然回答得从容，心里却清楚对方是想借身高、体重、本力好的优势，牢牢控制自己，再伺机硬把自己往地上摔。果然，孟檬一上来就死死箍住了刘文的腰，刘文马步虚蹲，让肌肉、神经处于高度敏感的状态，时刻注意着对方的发力动机。双方都在紧张地寻找出击的机会和观察对方的破绽，但又都装着一副"轻松"状态。突然，孟檬双臂一抢，身子一转，把刘文当只燕子一般连续抢转了足足两圈。当他满以为可以把刘文扔出去五六米时一撒手，谁知，刘文却双手紧紧抓住他双臂不放，任他旋转，且一双脚依然是宽宽松松的马步，随时恭候着"着陆"。结果，刘文不但平平稳稳地如松，还反上前一个肩顶脚绊，孟檬挨了个结结实实的坐墩……

行家明白，如果是比武，此刻刘文只需伸腿一招"脚劈五岳"，再上前一个"弓步双掼"，足可致孟檬于绝境。然而，刘文只是轻轻松松活动了两下脚尖、手腕，那意思是腿劈、拳击给你免了，嘴上却平静地问："算不算数？"

"咋不算数！"孟檬霍地意识到危险，腾地站了起来，"来，掰手腕！"

……

月光下，在越南的国土上，一个中国小伙，一个越南青年，为了自己的心仪之人，一场几乎不为人知且常人根本无法想象的，甚至有些荒唐的智商与力量的角逐，就这样发生了。然而，两个男人的简短对话，却让人感到这场决斗才刚刚拉开帷幕。

"摔跤你赢，掰手腕我赢！"

"平局！"

"不是平局！"孟檬猛地擦了一把手腕上的血，斜瞪着一双眼，"我提醒你，还有一项没有比。沅霞还是我的女朋友，现在你不能动她一根指头，否则……"

"我也告诉你，别说还比一项，就是八项，我也奉陪到底！"

"那好！"孟檬话锋一转，"我们今晚就干脆来个鲜的！"

"你们在干啥？"正在这时，田耕一下从暗处站了出来，挡在他俩中间。"孟檬，你就算比赢一百回，人家沅霞也是想嫁谁就嫁给谁，你最好别折腾了！"

"噢！是田耕啦！"孟檬一惊，随即讥讽道，"你这么晚来这里，是不是也在打沅霞的主意呀？"

"放屁！我知道我配不上沅霞，但也不允许有人欺负她！"

"癞蛤蟆就是想吃天鹅肉呢！"孟檬见田耕火气上来了，顺势把火烧到刘文身上，"我们内供都不够，有人一来就想把沅霞骗走啊！"

"你！"刘文正要争辩，田耕制止了刘文，对孟檬冷冷地说："你们要比就正大光明地在白天比。虽然我田耕笨，但我知道你孟檬心术怎样，如果刘文在这里出了差错，你看大妈、沅霞饶不饶你！"

"你，你问刘老板，我们是公平竞争……"

"夜深人静的，不像样！"

9　一觉醒来突生变

这一夜，刘文失眠了。一股飕飕凉风把他冷醒，外面，西纳在"嚓嚓"地吃草，林里，小鸟鸣啭啁啾。刘文出来，院里，一只红公鸡、一只白母鸡正在亲近啄食；沅霞在添料拌草，却轻做细干没一点儿声响。她见刘文起来，便向阶沿努努嘴："先去洗漱，在冲凉房里。"

原来，沅霞已把洗脸水、毛巾、香皂全准备好了，连牙膏都挤在了牙刷上。"心细而美丽"的沅霞，使刘文心里涌出一股暖流。原来被沅霞爱，不仅是一种荣耀，还可享受入微的体贴。

沅霞甩甩沾在手上的饲料，一边拧开从山上引下来的泉水龙头洗手，一边说："妈把合菜都煮好了，今天早晨就吃云南的过桥米线，喜欢吗？"

"喜欢喜欢！"刘文一面漱口一面点头，唯恐表达不清，"大妈呢？"

"天不明，妈就出去了。我们先吃着，她一会儿就回来！"沅霞端出两碗肥肠煮米线，又把两双筷子整整齐齐放在碗上。常年在外，入乡随俗，平顶山的干炒面、天水的锅盔馍、新疆的手抓羊肉、花江的狗肉、乌江的鱼，刘文都习以为常、入口即香，而肥肠米粉于他则实属一道美食，这也是河口一带款待亲友的特色美味。刘文端起一尝，果然味美汤鲜。那辣味、麻味和四川的家乡味一样；那米线纯白、质软，在嘴里轻轻一搅就滋溜溜滑下去；那肥肠洗得净、炖得"㶣"，一进嘴就烂；那汤也不油不水，不像中原、秦陇一带汤多肥肠少，放些八角五香之类的杂味。说是过桥米线，实则汲取了贵州肠旺面的精粹，肥肠、米线三七开，味清汤淳，辣中带一丝儿麻，喝在嘴里不冲不腻不晕头，舒心清神。早晨这一顿饭，不管多忙，刘文都得吃饱，不然，午饭或许要拖到晚上。由于职业流动性强，刘文没有按时吃饭的习惯，其吃法吃相也是相当率直、快速，满满一碗肥肠米线片刻就见底。沅霞见刘文狼吞虎咽，放下碗筷又给他盛了一大碗，说："妈说男人饭量大，她让我多煮了些。来，端上！"

刘文知道饭做得不少，也不客气，接过碗又风卷残云般吃开了。沅霞斯斯文文一边捏着筷子一根根数，一边看刘文吃饭那速度、阵势，她才领悟到男人为啥叫"男子汉"，才明白在云南，姑娘出嫁前夜"闹花园"时，那些年老的妇女们都爱唱的《好大一座山》："红河岸边一座山，风来它给挡，雨来它是伞，三伏妹不热，三九也不寒，只要阿妹疼阿哥，勤劳阿哥哟——好大一座山。"

沅霞也一直在寻觅那座山。每次红娘吹得天花乱坠，她见面就失望。那些男人不是装腔作势，像一副好看的衣架，就是自以为有几个钱，满身劣习，一见面就往拢蹭，动手动脚想搂抱。可刘文就不一样，思维敏捷而不虚猾，吃苦耐劳而不粗俗，语言得体不见狂羁，专心事业也不放荡，嫁给这样的男人安全，心里踏实……想到这些，沅霞又叹息自己命苦，生在了山村，而且偏偏是N国不是中国。一个在被誉为天府之国的城市，一个在偏僻贫穷的异国山区，唉……

刘文刚放下碗，大妈就汗流满面地回来了。说昨晚刘文睡着后，江口信息旅游中心老孟专程来退还那300元信息费，说他调的那两台车，一台抛锚出了事故，另一台要帮忙也来不了。大妈一早就到村里通知去了，等车调来了才摘西瓜。刘文正考虑咋办，大妈说："老孟说，昆明回四川的返空车多，今天去明天就调回来了。"

"昆明？"刘文以前押货走的是罗平、兴义、贵阳、遵义那条路线，昆明是个啥样，有几个停车场，刘文一点都不了解，"我从来没去过昆明呀！"

"我去过！"正在里屋的沅霞一下蹦了出来，上前一步与刘文并肩站在大妈面前。她腰系白围裙，双手拿着一只正在擦洗的瓷碗，"妈，我陪他去！"

"鬼丫头，也不怕客人笑话？"大妈故作生气，"山上菠萝地的草要锄，屋里的藤具也要交。"

"妈——菠萝地的草，我早就锄完了，藤具还有五天交货呢！妈，田耕家也有摩托，你赶快喊他来送我们吧！"沅霞用肘拐碰碰刘文，"刘老板，你说行不行啦？"

"行，行行行！"刘文一愣怔，还没有反应过来，沅霞说了一声"我去收拾一下"，就进屋里去了。

10　商路漫漫藏陷阱

刘文刚准备好行李，沅霞就收拾停当走了出来。她肩挂红色单肩包，上穿白色圆领短袖对襟衫，下着青色迷你超短裙，那稀疏的刘海下，一对弯弯的淡眉映衬着长长的睫毛，似有若无的口红，湿润光鲜。沅霞见刘文满目惊喜，甜甜一笑，道："本姑娘这打扮，既有白族的庄重，又有汉族的亲和，怎样？"

"无须梳妆自带美！"刘文文绉绉的话一出口，沅霞就斜睨着一对大眼，不认识似的说，"哟，还是儒商呢！"

摩托一拢江口，一辆长途卧铺快巴正好徐徐出来，年过二十的女售票员把头伸出窗外，正在扯开嗓子揽客："昆明！昆明！"

沅霞眼疾手快，一招手快巴就停了下来。还离得老远，女售票员就在招呼沅霞："快点，老同学！"

"噢？是秦姐呀！"

在江口读高中时，秦姐比沅霞高一级，年龄大三岁，现在已是一个孩子的母亲，说话也比沅霞直露、大方："沅霞，今天你打扮这么漂亮，是不是去昆明省（有意把市说成省，幽默）度蜜月啊？"

"都像你秦姐，读书耍朋友，毕业抱娃娃，学校不真成摇篮了？"沅霞嘴下不留情，逗得一车人都笑了。她回头一想，自己明明跟刘文一起上车，肯定瞒不过这女人的眼睛，话就绕了个弯，说："我亲戚家里有几十亩西瓜，准备拉到四川去卖。正准备问姐姐，回四川的货车爱停在昆明哪几个车场呢！"秦姐说："可以去西站或黄瓜营、东菊、董家湾市场附近看看，平时很多回四川的车都在那里等货。"

车刚进昆明市区，秦姐便告诉沉霞，前面有个停四川车的车场。车约行了两站，沉霞和刘文下了车，往左一拐就是一个双开大铁门，上面挂着个以大小货车图为背景的牌子，白底红字地写着"川滇停车场"。他们刚进门，一个近三十岁，上下着一身迷彩服的男子就迎了上来，问道："老板，是调车的吧？"

"到四川秦巴。"刘文若无其事地瞥了一眼停车场，发现车场内都是八米以下的中、短型车，没有他要的十米以上的加长型，便示意沉霞稳起，自己才漫不经心地说，"装十五吨西瓜，在离瓦街三十五公里的越南乡下，要两台十米以上的加长车！"

"我转业到地方，正好我们单位有两台三凌车要到四川。"迷彩服一双眼睛不停地观察着刘文、沉霞的表情，"去拉一批救灾物资回昆明。"

"我也是当兵出身，曾经在五十二师！"刘文一听对方曾经是军人，立即伸出了双手，"你是老兵，我今年刚二十三岁，是新兵！"

"不分老兵新兵，都是战友，战友！"迷彩服一听，便爽快答道，"我们车长十一米，你装的西瓜不超过二十吨就行！"

"我们那个市场卖不起价。"尽管对方也当过兵，但一提到"司机"二字刘文就头疼，十个驾驶员十一个都狡猾，要价高，吨位也限制得死。有的一路上吃喝挑肥拣瘦不说，看到路边的"野味"往往还胡思乱想，要货主给埋单，稍有怠慢就一路叽叽呱呱唠叨吨位多了，明明天下货主没有一个不超重，却偏偏要开起车去复磅卸货，拖拖拉拉三天行程走五天。生意亏，往往就在运输环节。刘文很有分寸地问："战友，我只能调便宜的返空车——你要价太高了。"

迷彩服目光却在沉霞胸前那高耸的双峰和迷你短裙下的一双白腿上游弋着说："这样吧，给你装十五吨，运费每吨六百五十元。一路上的生活费，你给五百元就行！"

"你要价比私车都贵。算了，等几天我再拉。"一见迷彩服那眼神，刘文就不舒服，但一想到对方只是眼睛"打个牙祭"，人家找货和自己做生意都是为了挣钱，刘文又继续叫苦："吨位就按你说的装十五吨，但运价一吨最多三百元；一路上的生活费，我出五百元没问题，但你必须按行情给我帮忙多拉两吨货。行，现在就走，不行，就不怪我了！"

"大哥，单位的事是领导一句话。"沉霞一见刘文把运价压到了极限，要是迷彩服再坚持下去，刘文就没有回旋的余地，便莞尔一笑，"我阿爸也当过兵，你给说些好话，不就行了？"

"唉！"迷彩服一拍脑袋，媚眼向沉霞一乜，对刘文道，"兄弟，现在的事你该明白，话不是那么好说的……"

刘文一听就明白对方的意思，灵机一动升东降西道："我再给七千，你去处理关系。不过，一台车得帮忙多拉五吨。"

迷彩服一听刘文把话说到这份儿上，立即掏出手机先汇报了这边谈运费的经过，接着暗示道："这位货主，人耿直。他主动提出给你'七支烟'……嗯嗯，货主一台车拉十五吨，两台都要，一吨只出三百元……嗯嗯，货主也直爽，一车要多拉五吨不计费……嗯嗯！"

刘文则在算账，一吨节省运费五百元，三十吨节省一万五千元；加上不计费的五吨货运费四千元，除去七千元，两车在调车上就是一万两千元……

"唉——终于给你搞定了！"迷彩服优雅地一合手机盖，点燃一支烟，长长地吐出一股烟雾，"我们领导是山东人，跟你一样耿直。走吧，我们马上就到他那里去领油票、开路单！"

"等等！"刘文一路小跑，在停车场外买来一条硬壳"中华"，用黑塑料袋装着，递给迷彩服，"咱当兵的人就是不一样，来，奖励你！"

迷彩服执意不收，说他在单位从来没收过老百姓一分钱的礼物，领导正是看重了他对自己要求格外严，才让他出来全权负责联系货源。刘文则说生意人吃的就是口中信誉饭，初次交道，一点心意。迷彩服见刘文言辞恳切，才勉为其难地接过，喊来了一辆出租车，说是去单位。

出租车在一个绿树成荫的单位前停了下来，迷彩服让刘文、沅霞在外面等等，他一会儿就出来。迷彩服进去十余分钟，就急匆匆地出来，悄悄对刘文说："兄弟，现在办事都讲'现米米'（现钱），领导怕你变卦，说要先让我把那七千递上去，才开路单呢！"

迷彩服说着把刘文、沅霞引到旁边，拿出了一叠领来的油票。刘文正要给钱，沅霞示意刘文别急，随即眉开眼笑地问迷彩服："大哥，你那两台车呢？"

"你看，"迷彩服指了指西边一角，"一切准备就绪！"

果然，两台新崭崭的加长三菱就停在树丛深处。沅霞眉梢一颤，又道："今天才第一次打交道，这钱该我们去一个人当面给才对啊。"

"哎哟！傻妹子呢！"迷彩服脚一跺，揶揄道，"当今社会，谁还不知道红包'两不收'啊？陌生人的不收，三个人在场不收。"

刘文见迷彩服面不改色、乐乐开朗，才把刚才借买烟的机会数好的七千元交给了对方。迷彩服有礼有节地点点头，笑笑就进去了。

刘文、沅霞在外一等不见人出来，二等没有迷彩服的影子。时间过了半个多小时，他们双双跑进去一问，里面的人都说根本就没有其人其事，可能那人是从后门溜出去了。两人随即到派出所报了案，警官让刘文留下联系电话，说是要等破了案才有结果。

从派出所出来，刘文那谈生意的激情和想急于报案的冲动，霎时荡然无存，心头空落落的。

不知到了哪条街道，也忘记了时间，刘文、沅霞漫无目标地走着。街两旁是修剪整齐的翠柏和古老的青砖红瓦楼房，一扇扇洞开的镂刻朱门前，偶有两个穿红色旗袍的迎宾。泛白的太阳照着古色古香的飞檐雕梁，映下斑斓的倒影，与朱门前的一钵钵铁树形成奇怪的反差。偶尔一辆小车沙沙碾过，街道又复归于静，只有他俩那"咯咪咯咪"同起同落、不急不缓的脚步声。

沉霞见刘文面露憔悴、唇色干燥，立马买了瓶水，递给他。刘文还没反应过来，沉霞又掏出面巾纸，面对面给他沾了沾脸颊上的汗珠，直后悔刚才没有阻止他给钱。刘文则说："你明明提醒了我的，怪只能怪自己调车心切，让那'冒牌货'给骗了，现在相对可靠就是问问秦姐能不能帮忙调车，她是跑车的。"沉霞一联系，秦姐告诉她，如果要车，她干亲家有两台正要空车去四川拉红桔，刚才她还提到这事，亲家说最少要六百元一吨。车是新车，人是好人。如果要，她就在"司机停车场"亲家屋里吃饭，给打声招呼就行。

刘文一听，招了一辆出租，和沉霞像躲避幽灵一样，说了声"司机停车场"，就离开了这个是非之地……

11　美酒花衣烤鸭香

司机停车场能容纳上百辆大货车，而现在，场内只停了十余台车。两台加长东风最显眼，一台开着门的车上没有人，另一台车下，有两个驾驶员正在检修。一个眼大眉清秀、嘴小鼻偏高、腿长腰身灵的女子，正在给两位司机递工具。她一见刘文、沉霞，脸上的两个酒窝就明朗起来："我是秦姐的亲家，姓苏！"

"我是秦姐的同学，沉霞！"沉霞报完大名，就把运价、吨位、装车地点一一道明。苏姐一听，也爽快，说："咱都是女人，在外干事不容易，既然是亲家的同学，这两台车的定金一分不要，货到秦巴再付款也一样。那台车，一会儿检修完，马师傅就往江口赶，明天一早装货，这台车可以马上出发。"接着，苏姐就朝正在检修的车喊："平安！我们先走，天黑前要把这车货装好！"

车下，马师傅继续拾掇着，那个叫平安的男人则钻了出来。他双手沾满油污，一对眉梢像两只饱蘸浓墨的狼毫笔头，国字形的脸上斜抹着一条歪歪扭扭的油污，敦敦实实的个儿，走起路来一起一伏怪异滑稽。苏姐一见，"扑哧"一笑，道："花尔（花脸狗），快去把你那张脸洗了！"

苏姐坐上驾驶位置，一双白手套往手上一戴，"哧哧"一声发动了汽车。她告诉刘文、沅霞，那就是她丈夫平安。平安洗过脸来，凑在反光镜前瞅瞅，自嘲地笑笑，就按苏姐的安排，钻到后面的卧铺休息去了。

刘文担心沅霞晕车，让她坐在了前排靠车窗的位置，自己则坐在沅霞与苏姐之间。只见苏姐正襟危坐、两眼平视，戴着白手套的右手扶住手刹，向前缓缓松下，着白色旅游鞋的右脚也跟着渐渐下踩。随着"嘀嘀"两声清脆的喇叭鸣响，十多米长的庞然大物就苏醒了，懒洋洋地匀速前行起来，伴着沙沙的轻响，渐行渐快出了大门；眼见车头要横穿公路了，苏姐两眼左右一扫，那戴白手套的双手猛然灵巧一旋，纤细的右手一个优雅定格，就干净利索地稳住了方向盘；伴着发动机一阵美妙的低吟，车头就划了半个漂亮的小弧线，自然乖巧地驰上了宽阔整洁的大道……

车到全国有名的"烤鸭之乡"宜良，刘文才想起还没请沅霞和驾驶员吃午饭，忙让苏姐刹了一脚，买上来三瓶"山茶"啤酒和两只热气腾腾、黄灿灿、浑身泛着油光的烤鸭。酒，除开车的苏姐外，一人一瓶；鸭，自己和沅霞一只，平安和苏姐一只。刘文歉意地解释道："本该好好招待苏姐和平安哥的，没有想到时间不凑巧。"

"跑长途习惯了。有时车坏在前不见村后不着店的山里，又冷又饿一通宵的事常有。"说着，平安撕下一只鸭腿用餐巾纸包着一端递给媳妇，"来，苏书记（对老婆的戏称），今天小刘买这东西正对你口味喽！"

"咋的？平安你娃不服气嗦？"苏姐甜甜一笑，两眼紧盯路面，左手倍加小心地握着方向盘，右手举过肩头摸索着接过食物，嘴没张就吞下一口馋涎。沅霞则扯下只鸭腿递给刘文，自己却拾了块小小的鸭翅，一点一点地噬。在农村长大的刘文，也许是儿时饿肚子记忆深刻所致，他出门一见到地方美食就垂涎三尺。这烤鸭吃来，也的确别有一番美味。那骨，不硬不难噬，轻轻一嚼就软绵绵地化开，满口余香；那肉，不焦不水，干燥耐嚼又略带香润；那皮，看似油光水亮，牙齿只稍稍一阖，"咔嘣"一声——酥脆，便有了炒芝麻一样的味儿……

只爱美食不善酒的刘文，一瓶啤酒没喝完就靠在沅霞肩上糊里糊涂睡着了。沅霞看他睡得香甜，便取出自己早晨出门带上的一件碎花衣服，轻轻披在了刘文肩上。

当刘文听得沅霞在柔柔地唤他时，睁开眼一看，才发现汽车到了装瓜地点，路两旁整整齐齐码放着一堆堆西瓜，老乡们正翘首以待。

12 暗箭难防亮绝活

路边的西瓜码放了十多堆，下面铺着厚厚一层瓜蔓。瓜一个个全在六公斤以上，圆溜溜形正色鲜，熟度不过不欠，也不见擦伤压伤，瓜蔓滴红流露，还稍带了鲜嫩的一二片藤叶。大妈正在帮瓜农把一些不合标准的西瓜往外挑，"这瓜得运千多公里，连走带卖需七八天，质量不行的你们挑出来，辛苦一点拉到县城还可以卖！噢！那个是烂的……那个形状不行，熟度也差……那个小了……"

装货的车一停稳，大妈就"哗啦啦"把磅推到瓜旁，几个磅砣往磅架上一放，两回合就把磅较校得公平公正，再招呼买卖双方过去，道："刘文、田耕、孟檬、鲜乩你们几家卖瓜的都过来！双方都看好，磅对不对？"

"对对对！"昨天在山上与刘文讲价的瘦个鲜乩瞅了一眼手表，迫不及待地说，"四点了，大妈开秤！"

大妈一看手机"北京时间3：00"，手一挥就安排干图："沅霞、刘文验瓜。老乡，你们去两个人装车，其余的人站成两排往车上递！"

"对对对，都来！"鲜乩立即笑逐颜开，他知道十之八九的老板开秤货都收得不严。大妈一吩咐，帮忙的人立马兵分两路传递起来。一路传给沅霞验质，一路递给刘文把关。传者，双手捧瓜，轻轻一抛，那瓜就在空中平平稳稳地划了道美丽的弧线，乖顺听话地向接者飞去。接者，侧蹲马步，一双眼睛瞪着瓜的走势。瓜一着手，人借力转身，让瓜在手头一转，瓜顺势就上了车；在"转"的当口，如瓜有大小、生熟、伤病问题，验质的腰一弯，瓜顺势就滚到一旁去了。车下，接瓜递瓜井然有序，恰似两条输送带源源不断地往车上送。车上，装车者轻拿轻装，长短搭配，把瓜码得整整齐齐。

大妈头戴锥形苇叶帽，站在磅前，一边报数一边记账，买卖双方都信任她，谁都不往前走一步，不往账上瞅一眼。装着装着，刘文停了下来，眼睛盯着上传的瓜，数了起来。咦？这一筐三十三个，平均一个最多七公斤，咋能达到九公斤呢？刘文立即跳下车，说："沅霞，你来帮下忙！这磅有问题！"

刘文说着，立即采取双人体重验磅的土办法。只见刘文先上磅称体重，后又让沅霞上磅称，最后，两个人同时上磅用一个一百公斤的磅砣称一次，又换上两个五十公斤的磅砣一对比。刘文还没开口，沅霞就从那对比的称法中发现两次重量不等，说明磅砣让人作了手脚。"干妈！这是怎么回事？一次差二十公斤？"

大妈拿起两个磅砣一看，那上面竟有被车床削过的痕迹，瞬间变了脸，道："田耕、孟檬、鲜乩！你们过来！"

全场都把目光转向了田耕、孟檬、鲜乩，只见田耕牙齿咬得咯咯响，上前一把揪住鲜乩的衣领："刚才我到你家来租这磅，你磨磨蹭蹭在里屋就干的这好事？是不是你在西贡做生意那假砣？不说，你今天这几吨瓜就别想收一分钱，我立马让警察来收拾你！"

鲜乩一听说瓜钱没了，还要上警察局，脸上的汗水就滴答起来："是是是……"

"丢我们一村人的脸呢！"

"全越南的声誉都给你败坏了！"

见大家都在骂鲜乩，几个小伙还要上去动手，大妈一想时间不早了，车也正等着装货，一顿训斥后就利索拍板："扣除六百公斤误差，惩送四百公斤，再有这丢人现眼的事，不管是谁都连罚带交警察局！回头我再找你小子！继续收货！"

太阳离西山还有一竹竿高，刚把孟檬的收完，眼看最多差一两吨货了。本身就有一肚子气的孟檬，当众把刘文剔出来的瓜，挑了几十个摆了一地，阴阳怪气地问："刘老板，这些瓜是啥问题呢，你给我挑出来这么多？"

"噢！"卖瓜的乡邻们听孟檬这么一说如梦方醒，一看自己的瓜也被挑出来了几百公斤到一吨多不等。一想到自己把这些瓜拉到县里，还不知卖不卖得掉，便也觉得刘文挑瓜太过严苛。

"对！刘老板你说说，这么好的瓜，你为啥不收？"鲜乩第一个站出来附和，想挽回点面子。其余人也跟着围攻起刘文来："你看我家的两大堆。""还有我坡上那三车……"

"都起啥哄？"大妈见孟檬点火装怪，把一些明明不够重量的瓜挑出来找麻烦，也没给好脸色，"你们也不睁大眼睛看看，自己的是些啥瓜？"

"大妈，你莫生气。我是考考刘老板的技术呢！"孟檬还想跟沅霞耍朋友，不想得罪大妈。于是，他就装着轻松的样子，选出了十个西瓜出来，说："刘老板，我们谈的是五公斤起步收，你不用秤就给我这些判了'不合格'，往旁边一撂，你那一双眼睛真神啊。"

"孟檬，你安的啥心？"沅霞见孟檬还真给刘文出难题，立即指责孟檬，"你明明见时间不早了，人家急着发车，你就拿一个半个瓜专找麻烦来了！你还是不是人？你出不出门？"

"那就算了吧！"原本也有意见的田耕听沅霞说得在理，也劝大家，"就当地里少收了几个，我还多些呢！"

"算了？"孟檬态度生硬，依旧一幅得理不饶人的样子，"时间早晚，是他的事。这些东西，只要有一个合格，他就得买走！田耕，我说的不在理吗？"

"在理是在理。"田耕为难地说，"可是，这么晚了，你这一折腾，叫人家晚上收货呀？"

"那我不管。但合格的不收，就是不行！"

"还有我那些呢！"

"对！不然，他今天就别想走出这个村！"

"好！我马上处理！"只见刘文凭肉眼估量着一个个瓜的重量，仅五分钟就把十个瓜连续估算了两遍，"大家听清楚，这十个瓜总重量不超过四百五十五公斤。这个最轻，不超过四点一公斤；这个最重，不超过四点七公斤！不相信的，自己去称！"

"来，鲜乩！"孟檬一听，"扑哧"一笑，眼睛狡黠一转，"我们今天就专门看看这中国瓜客的技术！"

孟檬、鲜乩把十个瓜往秤上一放，旁人都往旁边挪，田耕却憨厚一笑，朝前蹿去争当"裁判"，尖起指头比秤星，说："嘿嘿，还差这么长一截呢！"

孟檬、鲜乩又把看似大一点的瓜，放上去一称。田耕一笑："也差这么一点点！"

刘文估四点一公斤那个小瓜，自然就更不合标准了。田耕见孟、鲜二人不称，便怪怪的把它往秤上一搁，对孟檬、鲜乩嘿嘿一笑，悄悄地说："只有四公斤呢，也差一点点！"

"刘老板估瓜上下不过一二两，我们佩服！"田耕话音一毕，鲜乩又指着地上那早准备好的七八堆瓜，出起了新难题，"这瓜不开不破就知道生熟？你随便给人往外挑这么多，就不会有差错？这些可是我们老百姓的血汗啊！"

"就是！"孟檬连忙附和，揶揄道，"莫非刘老板的眼睛与人不一样？有特异功能？"

孟檬话里话外的挖苦、讽刺，引起一阵哄笑，大家都瞅着刘文，那意思是：老板，这下你没法收场了吧？

"刘文别管，你发车！"沅霞见状，一步上前，叉腰挡在中间，"我看今天谁敢拦你！"

"等等！"只见刘文从瓜堆里取了一个三四公斤的小瓜，一刀劈开，道，"这个瓜算我买了。乡亲们看好，这是一个重量不够、熟度刚好7成的瓜。现在，我把眼睛蒙上，你们尽管把有质疑的瓜抱来，我只拍两下，当场先估后开。如果有一个达到这标准，所有生瓜全算我的！"

说完，刘文把毛巾叠了两层，往眼睛上一蒙。大伙一见这阵势，都愣住了。几个小伙觉得新鲜，就抱了瓜过去。刘文接过，一手把瓜托举在耳边，一手只轻轻拍两下，就从那"当当"有别的声响里，一个一个报出熟度来："六成半！五成！五成半！三成……"

连续开了几个，熟度与刘文估计的不差分毫，大家都哗啦啦鼓起掌来，连孟檬、鲜乩也不由自主跟着鼓起了掌。刘文取下毛巾，来到孟檬面前，只说了一句似乎不着边际的话："记住，这一项比试，我赢了！"

"卑鄙！"沅霞一听，才恍然大悟，原来孟檬比她想象的还要恶毒，不只是在砸刘文收货的场子，更是想借此机会把刘文赶走，从今再别出现在她身边。沅霞铁青着脸狠狠盯了孟檬一眼，干脆大大方方地接过刘文手里那蒙眼的毛巾，帮刘文擦起汗来。人们一愣，似有所悟："噢！原来他俩是为沉霞呀！"

鲜乩赶紧悄悄拾起了正要拿着找刘文理论的几十个西瓜。田耕一拍脑袋，说："唉！你看我这脑袋，还不及西瓜成熟……"

太阳刚落进山垭，车便装满了。大妈一算不多不少十七吨，她问刘文："还收些不？"

刘文说："路途远，压烂一个是西瓜不是芝麻，足够了！"

"小刘，再收几吨怎样？"平安嫌吨位少，想多挣几个运费。刘文没正面回答，绕了个圈，说："平安哥！你说装就装，压烂一两百斤不说，压烂千儿八百，你按市场价买吗？"

"小刘，你真会说话！"苏姐哈哈一笑，就向丈夫道，"算了算了，盖篷盖篷！"

这里篷布还没盖好，两位着深蓝色制服的海关骑着摩托到了。刘文心里一咯噔："完了，都说N国'肥肥（传言海关富裕）'吃人，票上收一笔，私下还要打点。货已上车，自认倒霉吧！"

两位戴着盖帽、面色黝黑的年轻海关齐步来到车前，先给大家行了一个标准的军礼，再例行公事地要求驾驶员、货主出示相关证件。刘文、苏姐立即把出境证、健康证、出境贩运证递了过去。一位海关翻了翻证件，另一海关就迅速填好了货物出境检验检疫证和相关收费票据。刘文一看，费用只写了五百元，心头一块石头才落了地，又爽快地取出八百元递过去，说："来，海关先生！"

"中国板友（朋友），不敢多收一奔（分）钱的！"两位海关呵呵一笑，当即退回了多余的钱，以生硬的汉话解释，"N国海关从来没有收受外商钱物的习惯，也没有一个人敢收，只要被发现一次，无论数额大小，我们都得失业。"说完，递给刘文一张印着两国文字的名片，说是路上有海关方面的事，尽管与他们联系，说着便骑上摩托走了。

"难怪，两国边贸生意火爆！"望着远去的N国海关，刘文还在感叹。苏姐、平安已经与老乡们一起捆好了车篷，过来要了刘文家里的地址、电话。一阵握手道别后，车在"一路平安"的祝福声中，就"昂昂"地吼叫着，顺着红河绕了几个弯，消失在远方。

在回家的山路上，大妈和老乡们好像什么事也没发生一样，说说笑笑地走前面。沅霞与刘文商量了几句，就追了上来，说："妈，今晚村里那姑娘出嫁，刘文听说是你组织哭嫁，也想去开开眼界呢！"

13　不谙风情索荷包

八月的傍晚，烤了一天的山村在深邃的天际下，苍白无神。大妈见刘文、沅霞一回家就在为晚上参加村里哭嫁的事，乐滋滋地跑进跑出，心里喜不自禁。

从峡谷来的飕飕山风，吹在燥热的皮肤上，浑身一股凉凉的惬意。刘文歇息了一会儿，沅霞已洗完澡，着一身白族服装出来。只见她红头绳白头巾，红白相衬，独辫子盘于头顶，相得益彰；白上衣红坎肩，黑色绣花短围腰把她修长的身段束得亭亭玉立；蓝色宽裤配绣花"百节鞋"，走起路来，婀娜多姿；足金大耳环，在那青春的嫩腮美发边摇晃出醉人的亮光和女性特有的娇美。

沅霞见刘文看得迷醉，不觉心乱脸燥热，忙借介绍当地婚俗作掩饰。凡是去参加哭嫁的人，都要先在家用草药熬的凉水兑上清水"洗澡净身"，再换上干净衣服后才能去。如果人家发现你没洗澡，闻不到你身上的药香，就坏了人家的喜气，犯了忌讳。刘文按乡俗净身出来，穿了套他最爱的夏装，上着白色"天赐"短袖衬衫，下配深蓝红标"七匹狼"直管裤，一根黑色真皮"圣保罗兰"偏宽皮带往腰间一束，好一个英俊、干练、内秀的男子汉！沅霞眼睛一亮，抑制不住心头那股炽热，说："如果再配上黑领褂，腰系绣花兜肚，挎个绣花荷包，就是白族帅阿哥了。"刘文就说："我一身洋装太扎眼，你家里有就借给我穿一晚上，我也入乡随俗，好好体验一回少数民族的生活。"谁知，刘文话一出口，沉霞那水嫩的脸上就映上两朵羞云。她温婉一笑，调侃道："有，而且是十里八乡最精美的，就是不给你！"

"哈哈哈！小伙子，你要姑娘绣那花兜肚、花荷包，可没那么简单哟！"大妈一语双关，说着端出了两盘凉菜出来，"我们这里的姑娘、小伙个个都能歌善舞，那场面又弹又唱、你唱我答，既是才艺的角逐，也是一对男女一生的承诺与托付呢！至于这花兜肚和花荷包给不给，等会儿就要看你的才艺魅力了。"

"大妈，你放心！"刘文"唰"地站起来，一个标准的立正，就像在首长面前接受任务一般神圣、庄重，"如果刘文今晚能找上一位当地姑娘，定当牢记承诺，不负重托，一生珍惜，无怨无悔……"

"想得到美！谁嫁给你？吃饭吃饭！"沉霞说着，端出了白族招待贵客的，也是白族妇女最拿手、四川人也最爱吃的麻辣凉拌茄子、海菜花、荞麦粉丝、风干猪肝和热炒猪肉、毛驴汤锅。大妈见刘文对凉拌茄子、海菜花吃得津津有味，就把两个凉菜挪到刘文面前，一边劝他男人吃菜吃饭不要客气，一边介绍着今天晚上的哭嫁是越南最精彩的民风民俗之一。参加哭嫁的小伙、姑娘们还可以在来去的路上，以对歌的形式谈情说爱，如果小伙聪明能干、多才多艺、能弹善唱，姑娘看上了，便会把自己亲手做的绣花兜肚、绣花荷包送出去。沉霞看刘文爱吃风干猪肝，就往他碗里夹了一摞，调侃道："怎样？刘老板，你敢去吗？"

"咋不敢？你去我就去！"刘文一筷子把沉霞添给他的猪肝夹进嘴里，碗筷一放，高速地甩了甩灵活的双腕，那多年没有运弓拨弦的十个指头，立即跟着灵巧的手腕舞动起来。一见刘文那灵动的十指和跃跃欲试的样子，沉霞就知道他是弹奏行家且文艺细胞不凡。她立即扒掉碗里的一口荞麦饭，碗筷一推就伸出了小拇指，摆出拉钩的姿势，说："男子汉，说话算数？""算数！"

"走！"

"走！"

14 请陪阿妹河边走

见沅霞、刘文把碗筷一搁就走，大妈忙从里屋衣柜底层取出一个包裹着红绸的东西出来，告诉他俩："这是我们沅家祖辈留下的，在云南、越南都称得上绝品。带上它，今晚你们吹出的歌曲，绝对是最美妙动听的！"

说着，大妈小心翼翼展开红绸，原来是一支长达半米、管体偏粗、做工考究、精美的黑色横吹巴乌（又叫葫芦丝，一种分单双管、横吹竖吹的民族乐器）。一看那金黄的管头、锃亮的簧片、绝美的图纹，沅霞就明白，这是一支价值不菲的上品巴乌。她接过来摩挲着，爱不释手。

"这可是十里八乡都久闻其名不见其影的物件，也是我们沅家当年对歌名扬红河两岸的见证呀！"沅霞神秘地凑在大妈耳边问，"妈，你当年和我干爸对歌，吹的就是它吧？"

"死女子，就你嘴贫！"大妈羞涩一笑，佯嗔道，"还不赶紧上山，让人们好好见识见识啥叫好巴乌配好姑娘！"

"是呢！"沅霞给了大妈一个飞吻，转身向刘文一扬头，这对年轻人就进了门前树林，说说笑笑上了路。沅霞将巴乌优雅一掂，香唇轻贴吹孔，两肘舒缓一抬，随着一口深深的吸气，一曲《阿妹采青》徐徐轻起，恍若东方微白时，一股晨风拂面，让人豁然神清气爽，满目尽是勃勃生机的青山和摇荡的绿水。在怡然养眼、一望无垠的旷野，又如舒缓的行云，一路妙曼起伏，自然上扬，经一串串欢快跳跃，又若群鸟戏碧水，掀起一水微澜、万顷闪光烁金。

沅霞的吹奏一近尾声，一道高亢、雄浑、圆滑的男声就从山那边穿云渡水而来：

> 清晨采青露水多也，
>
> 阿妹小心湿了脚哟。
>
> 湿了花鞋妹受冷，
>
> 却让阿哥心折磨呵……

一听那意切切、情缠绵的唱词和穿透力极强的声音，刘文就明白这位青年正在向沅霞委婉求婚。谁知沅霞听了不但没有像四川姑娘般面露愠色，相反还一脸荣耀、沾沾自喜。而最让刘文怦然心乱的是男子一段唱毕，对面山梁上那十余个着各色民族服装的青年男女，一边向这边走来，一边也跟着重唱道：

> 却让阿哥心折磨！
>
> 却让阿哥心折磨！

刘文一腔激情霍然消弭，脚步也变得如灌了铅般沉重。沅霞则缓缓踩着节奏行走，陶醉在对方的歌曲里，待对方一近尾音，她才接着唱道：

> 清晨采青露水多也，
>
> 阿妹前边有阿哥哟。
>
> 点点滴滴有哥趄，
>
> 阿兄呢，你上错了坡呵……

沅霞歌声一毕，这边树林里突然也响起了一群青年男女连续两次的重唱：

> 阿兄呢，你上错了坡呵！
>
> 你上错了坡呵……

原来，刘文、沅霞后面也悄无声息地跟着一路青年。沅霞悄悄给他介绍，那崇尚白色，着白色对襟衣，外套黑领褂的三个是白族男子；那上着圆领、对襟紧身短上衣、窄袖短衫紧紧套着胳膊的五个是傣族姑娘；那裹头巾、一身宽宽松松加八字开尖领的两个是布依族女子……刘文正听得入神，哪知对面的青年不甘罢休，又弹起了三弦。沅霞神情严肃了起来，说："对方弹的是《比吹弹》呢，下面就看你的了！"刘文一听，对方选的是一首换把多、音符变化快、多处还需要不同变调处理的曲子。沅霞见刘文愁眉紧锁，便示范性地轻吹了遍"哆来咪发嗦"提醒刘文："你只要会乐器，吹别的歌子也行。不过，若是比输了，你爱的姑娘就只好跟别人走了！"

吹笛子、小号，拉二胡、小提琴，刘文是行家，不管曲谱有多难，他一掂乐器就能得心应手，可是这巴乌，他今天才接触。他求沅霞代他瞒天过海，沅霞眼光向身后一斜，说："你想得倒美！后边那些人，既是啦啦队又是裁判呢！"刘文见沅霞眼里满是一泓真情与火热，就毫不犹豫拿了过来试吹。原来，巴乌与笛子、小号的吹法大同小异，刘文也就随着对方旋律悄悄预热起来。对方的《比吹弹》一完，刘文就巴乌横抬，双目入境，鼻翼缓缓一吸，嘴、腮、脖便纷纷来了状态，随着一里一外两手指的流畅跳动，一首少数民族最爱听，也是最流行的《巴乌情》便悠扬轻起。那巴乌所独有的金属脆亮兼竹、木、石乐器特有的饱满、圆滑，那宽广丰厚的音域、清脆明晰的层次，既有坚木、金钟、竹筒轻撞于空谷的美妙交织，空灵回响，又如一缕缕自然流畅、变换飘逸的云彩，让人赏心悦目、荡气回肠……

一曲吹完，对面那些青年已到了这边山腰的一块草坪上。他们正在议论："这人前奏一出就与众不同，全曲浑然一体，如行云流水。""这四川来的瓜客，还没结婚？""金孔雀（特美丽、聪明的姑娘），你是我们傣族的骄傲，你来跟他对。对上了，我们傣族也有了个多才多艺的中国女婿！"只见一个上着红圆领、白对襟，下着绿色筒裙的女子走上前来，腰身纤巧，婀娜多姿，灵动飘逸，将女性的胸、腰、臀"三围"之美展示得淋漓尽致。女子拿起大三弦，居高临下地弹起了《请陪阿妹河边走》，其余的人则站在后面，有的弹着琵琶、三弦，有的吹着单、双管巴乌，合着旋律边唱边跳。那女子风情万种，对刘文忽闪着一对美目，唱道：

> 青苔做菜滑溜溜，
>
> 油炸螃蟹好下酒。
>
> 阿哥若爱水鲜味，
>
> 请陪阿妹河边走……

刘文、沅霞已到了坝子坡下。对面女子腰身灵巧、美目流盼和流畅的进、退、弹，娴熟的推、拉、揿，似乎天生就有一身灵气，大三弦那特有的苍劲、雄厚、细腻音质完美地衬托着她野性豪放又不失明丽甜润的嗓音。刘文问沅霞："咋办？"谁知，沅霞竟面带愠色，眼睛一瞪，道："人家一唱完，你跟着那调调答呗！你爱她，她等会就送你绣荷；不爱她，人家也不会死乞白赖缠着你！"

刘文随着沅霞走上草坪，那姑娘的歌也到了尾声。她一边弹着跳着，和着后面十二个青年男女的重唱，一边极具挑逗地、潇洒地向刘文做了请答的手势。刘文顺手从草坪拾起一把小三弦，以既有云南少数民族风情又带中国流行风味的舞姿，踩着前面旋律，随口唱道：

> 青苔做菜润肠胃，
>
> 螃蟹下酒是美味。
>
> 今生河鲜采有伴，
>
> 来世再陪好阿妹……

歌声一毕，姐妹们就把沅霞推到了刘文跟前，后面赶来的那队青年与草坪上的一队汇聚一起，竟有四五十人。大家把他俩围在了中间，弹起了琵琶、三弦，吹着横笛、小号、巴乌，已经完婚没有乐器的几对阿哥阿嫂们则手拉着手围着他俩，跟着《阿妹送荷包》的曲调，跳起了煽动性极强的舞蹈，如节日盛会般喜气洋洋。歌中众女子领唱，众男青年重唱：

> 阿妹十八心事多，（领）
>
> 心事多！心事多！（重）
>
> 晴天上山怕蛇儿，（领）
>
> 怕蛇儿！怕蛇儿！（重）
>
> 雨天下地身单薄，（领）
>
> 身单薄！身单薄！（重）
>
> 夜深灯暗对孤影，（领）
>
> 对孤影！对孤影！（重）
>
> 哥呢，阿妹有话对你说，（领）
>
> 对你说！对你说！（重）
>
> ……

听着这婉丽、缠绵的歌曲，看到沅霞火辣辣的一对明目，刘文紧紧扶住了沅霞的双肩。沅霞头一低，小心翼翼地从对襟衫里掏出一只小巧玲珑、绣着"双雀登枝"图案的绣荷，神圣而庄重地给刘文挎在了腰上，又帮刘文理理那有一点皱褶的衣角。刘文知道绣荷象征着白族姑娘的爱情，是姑娘一生的托付，便紧紧握住了沅霞的双手。四目深情相视，不知不觉间，两人的脚步就和上了旋律，只听得歌中唱道：

> 今天挎上花荷包，
>
> 阿哥一生待妹好；
>
> 上山砍柴不怕累，
>
> 下河捞鱼养老小；
>
> 遇上天仙心不乱，
>
> 遮风挡雨哥任劳……

　　歌停曲止，一年长阿嫂宣布："从今以后，沅霞、刘文就是一对正式的恋人，大家只等瓜客把喜讯告诉父母后，沅家就可以向刘家送'粑粑'，商定良日成亲了。到时，大家一定要好好把这沅家女婿热闹一番！"她话音一毕，大家就吹起了《明天阿妹要出嫁》，向山下那出嫁女子家逶迤而去。

　　山脚下、小溪旁的天然坝子上，一家竹楼炊烟缭绕，楼前一张张长形、方形竹木桌围成了个近百平方米的大圈，圈内圈外已有百余位穿红戴绿的客人。

15　无缘连理也关情

　　阿嫂领着人马在前，刘文、沅霞则和大伙吹奏着欢快的曲子，顺着"Z"字形山路，下到坝底，过了索桥，一上坎就到了对岸峭壁下芭蕉林旁的坝子里。

　　这是一座典型的越南民居。四间两层竹楼，依山而筑，一字排开；青石板坝子，有两块篮球场大小；那奇形怪状的石板，巧借异形互补，弥合得完美天然。

　　坝子上，孟红河、大妈、罗阿叔、田耕、孟檬、鲜乩和沅霞村上的青年们也来了，百余少数民族乡邻，已就着竹椅围了个大圆，顺圆一张张或长或方的竹桌上，主人已摆放了一些带有越南特色的食物和烟、茶、酒等。沅霞让刘文在靠坝子外的一面，与十几个白族青年坐在一起，说她也得上场，就准备去了。

　　原来，这里的风俗是顺楼为上，上面已坐了二三十名长辈。主持哭嫁仪式的是沅霞的干妈，她正在与上面的人商量着什么。大妈眉影淡淡、口红微染，上着白色短袖青坎肩，下穿红色筒裙百节鞋，一个乌黑的发髻乖巧地绾在脑后，宛如一只白鹤亭亭玉立于溪水中，不染纤尘又风韵犹存。待出嫁女的阿爸阿妈一落座，仪式就开始了："俗话说，红花配绿叶，好女遇好天。蛮家（蛮族）阿妹今晚的哭嫁，不仅有我们红河两岸的乡亲来贺，还有来自中国的四川朋友。按咱们红河两岸的风俗，今晚一律用汉话。现在以《香蕉芭蕉一家亲》，一作哭嫁的开始，二表示对中国朋友的欢迎！"

山谷，悄然幽静。随着轻浅、缠绵的琵琶声起，一路红布鞋踩着碎步，轻盈而出；一排白边绣花绿裙，袅娜妙曼，形若碧浪。这是清一色的十二个蛮族姑娘，她们簇拥着出嫁女子，肩背藤条篓，头包白头巾，手抚琴弦唱道：

> 一哭哎——妈生女儿三四个，
>
> 小小阿姐就带我。
>
> 肩上背的老幺哭，
>
> 还怕跑的给摔着！

一听那词儿，出嫁女子就想起了小时看管妹妹的情景，不觉两眼盈湿，就和上了旋律，唱道：

> 香蕉芭蕉一家亲，
>
> 阿姐阿妹根连根。
>
> 只怪天生命带嫁，
>
> 丢下小妹姐不忍……

只见沅霞与白、傣、德昂、哈尼、景颇等八个少数民族、六十四个女子已同时上场，边跳边唱起《姐姐不忍妹不忍》：

> 姐姐不忍妹不忍，
>
> 在家冷暖有妈问，
>
> 嫁去篓重谁来匀？
>
> 姐呢，人不熟来地也生……

她们个个大眼睛、窈窕身，一头秀发过腰如瀑如云、又黑又亮。出嫁女踏着旋律，来到阿爸阿妈面前，已是泪如滴露。待姐妹们歌到尾声，她双膝一跪，唱道：

二哭哎——一棵苗苗一尺三，

精修细剪十八年。

眼看木儿初长成呢——

却送人家作房椽。

二老两眼早已包不住泪水，连忙上前扶起女儿。一脸皱纹的阿爸长袖一拂眼角，就拉起了马骨胡。年过五旬的阿妈，端视着女儿，万般怜爱涌上心头，她边给女儿拭着泪水边唱道：

木作房椽是好命也，

十八女子正当婚。

勤俭持家敬公婆哟，

农闲才探娘家亲哎……

伴着那沧桑、磁亮的缕缕余韵，罗阿叔与七八个上穿红色短衫、下着蓝色齐膝裤的阿叔，吹着排笙、寸笛、洞巴；大妈和十余个头上插钗绾簪、上着黄色绣花衣、下穿青色宽边裙配花布鞋的阿婶则扭着舞步，敲着竹鼓、韵板、傣钹。男队女队一唱一奏，轮流上前，跳起了欢快热烈的《农闲才探娘家亲》：

农闲才探娘家亲，（男队）

娘家自有娘家人。

扬场晒粮媳帮忙，

上山下河婶照应……

婶照应！婶照应！（女队）

阿叔们一接上，又唱道：

阿囡出去别担心，（男队）

近邻本是一家人。

十里香蕉大伙砍，

　　　　八山菠萝叔帮运……

　　　　叔帮运！叔帮运！（女队）

　　阿婶重唱一完，出嫁女子连忙上前跪拜，阿婶们纷纷上前搀扶。阿叔们继续弹奏，出嫁女却唱起了往事：

　　　　三哭哎——记得六岁我上学，

　　　　又是寒风又下雪。

　　　　阿囡掉进小蓝溪，

　　　　纵身救我是阿爷，

　　　　从此你老腿变趔……

　　只见人群里一年过七旬、一脸皱纹的大爷起来，和着场里场外的弹奏，拨着琴弦一趔一趔上场，唱道：

　　　　寨上寨下一家人，

　　　　自古最亲是乡邻。

　　　　救人危难本应该，

　　　　好囡不必记在心！

　　出嫁女向大爷深深一鞠躬，又面向一阿婶唱道：

　　　　四哭哎——十岁阿囡卧病床，

　　　　跑遍摩雅（医生）无药方。

　　　　没有阿婶采草药，

　　　　哪来从此无大恙……

　　刘文简直不敢相信，这些少数民族竟能个个随口而唱，人人对答如流。出嫁女与亲友、乡邻刚唱毕八哭，八个民族的年轻小伙又纷纷上场，先向出嫁女的阿爸阿妈弹唱：

> 阿叔阿婶要开心，
>
> 嫁了女子有阿（我）们。
>
> 上山砍柴咱们帮，
>
> 下河捞鱼俺能顶！

随着旋律，青年们就变换了队形，全场近百人也跟着站了起来，一齐或弹或吹或唱。伴着极具节奏感的打击乐器声，在那茫茫夜幕下，偏远的山寨里，那是原生态的欢快、热烈、粗犷：

> 阿妹嫁了好郎君，
>
> 十里乡邻传佳音。
>
> 从今姑娘变女子，
>
> 嫁郎随郎别分心。
>
> 夫妻双双创家业，
>
> 起早睡晚要勤奋。
>
> 趁得年轻盖高楼，
>
> 娘家八族也荣幸……

这时，主人已按不同民族饮食习惯，在一张张做工精致的竹木桌上，摆好晚点。刘文、沅霞面前是炸鱼炸虾、烤蟹烤螺和凉拌米线、青苔等，相邻的傣族姑娘面前则是色香味俱全的油炸竹虫、大蜘蛛、蚂蚁蛋和凉拌棠梨花、水煮芭蕉花等。

上场的人一回到位置，蛮族那十二个女子就纷纷端着茶盘上前，向乡邻齐眉献茶。那茶，分三道敬。第一道，纯烤茶；第二道，添有核桃片、乳扇、红糖；第三道，则加了蜂蜜和几粒花椒，谓之一苦二甜三回味。刘文听沅霞说过，在越南品茶，定情前与定情后不一样。沅霞担心刘文不懂风俗，就意味深长地说："这茶得咱俩喝呢！"刘文似有所悟，忙端起茶碗。他俩会意一笑，茶碗齐眉，双双浅浅一抿。沅霞接着介绍："上茶的十二位蛮族女子，全是百里挑一、心灵手巧、能歌善舞、最有福气的人。她们是把吉祥带给咱们，回祝结婚的阿哥阿嫂恩爱和睦，定情的阿妹阿弟早结连理，日子如茶余味绵长，等会儿还有更精彩的呢！"刘文问："等会儿有啥？"沅霞故作严肃地说："我若说了，你可不能借题发挥。""行！"

沅霞就悄声告诉刘文，女子在出嫁前夜，要与初恋情人共枕，以示"谢恩"。姑娘从此也就与这旧情郎断绝一切来往，完全忠于自己的丈夫。不过，如果姑娘以后遇到不测，小伙也会像丈夫一样有难同担。刘文一听大惊失色："你，你？"沅霞一刮刘文鼻子，羞赧一笑："放心，我们白族没那风俗，你就是我初……"刘文一激动，正要回以一吻，沅霞一指竹楼："快看！"

原来，出嫁女子被六个蛮族嫂子簇拥着，走到一傣族青年面前，羞羞怯怯、缠缠绵绵地唱道：

> 自从那年与哥好，
>
> 阿哥待妹没法挑。
>
> 不是阿妹不爱哥，
>
> 只缘花蕊随风飘……

一见那女子真真切切牵着小伙进闺房，刘文目瞪口呆，悄悄问："难道她真要'谢恩'？"沅霞在刘文脸上一拧，说："傻瓜，那是人家的事，我们该回去了。走吧！"

两人一同离开，只听得那小伙正唱道：

> 花蕊随风飘福地，
>
> 不怪阿妹无情义。
>
> 无缘连理也关情，
>
> 有难必帮哥牢记……

16 月色如水情朦胧

十五的山月，浑圆如玉盘，悬挂在东边云崖处，通体晶莹，流泻出水一样的清澈、明亮。远山迷蒙、柔和，氤氲着如幻如梦的湿雾；近水静谧、坦荡，摇晃着一水波澜的微醉；山道迤逦向前，忽而右曲钻进椰子林，时而左拐又没入了芭蕉丛。

飕飕山风扑来，沾着草香的一丝苦味，沐浴在清新微凉的空气里，刘文、沅霞有一种久违的畅爽与惬意。他们悠闲地踱着步，双双陶醉在夜色下。沅霞问他觉得刚才的场面怎样，刘文说："在世界民族文化中，这恐怕也是最精彩、最美的了。"他还告诉沅霞，湖北秭归的哭嫁，有着屈子的幽怨遗韵；安徽砀山的哭嫁，兼融了安徽、河南、江苏、山东四省的古朴风俗；兰州、山西、西安等地，既有张贤亮笔下的"苍凉"，又有贾平凹的黄土味。但他从没见过这般火热的对歌和如此浓郁的亲情、乡情，而且还有一股扑面而来、养眼润神的山水民风。

"真没想到，你不仅对民乐、民歌很有研究，对文学名家、民族风情也了解不少呢！"沅霞踏着他俩的双影，与刘文并肩行走在那熟悉的山路上，恍惚觉得这一生就要陪着身边的刘文走下去了。她肩轻轻一挨刘文，说："噢！你们四川也有哭嫁吗？"

"有，但那个哭嫁纯粹是清一色的女人在一起唱唱歌，既没有这么丰富、精彩的内容，也没有这么多美好、感人的回忆，这对歌、弹奏更是一绝，不过……"

"不过啥？"沅霞见刘文欲言又止，脚步停了下来，闪烁着一双楚楚动人的眼睛，柔情万般。刘文心头一热，慎重地撑着沅霞双肩，说："在中国，男人对爱情都自私，都爱吃醋，刚才那'感恩'的风俗，几乎没有一个男人能接受。"沅霞"噗哧"一声笑了，在刘文脸上飞快一吻，说："傻瓜，我知道。你别忘了，我阿爸也是汉族！"刘文一愣怔，还在摩挲着那湿润、恍惚有唇痕的脸颊，沅霞已撒下一串朗朗笑声，前去了十几米。刘文紧追几步撵上，一把搂住沅霞那风韵乍熟的美腰，温情脉脉地盯着对方的眼睛，说："你，你知道我们那里恋爱，只要双方同意就、就可以初、初夜了吧？"

"文，我今年十九了，你想我不想啊？"沅霞依偎在刘文的怀里，抚摸着那宽阔、结实的腰板，几缕秀发在刘文耳边轻轻摩挲，"虽然生我的妈知道我们俩相爱了，但生我的爸、养我的阿妈还不知道我们的事呢！况且，生我的妈是白族，白族和汉族一样，都把初夜看得特别珍贵，她常常对我旁敲侧击'木棉花儿三月开'，说的就是这事，那是提醒我不能将贞操轻易给一个人呢！沅霞刚才把绣荷都给你了，就等于把一生都托付给你了……"

"知道！"

"况且，我俩的事，你还没有给家里说呢！"沅霞说着从刘文怀里挣开。刘文极不情愿地松开双手，说："我马上给家里打电话！你也该问问你江口的干爹和越南的阿妈，我的岳父岳母呀！"

"去！谁是你岳父岳母？"沅霞一根指头朝刘文额头万般怜爱地一点，就拨通了电话，羞羞怯怯到一边说话去了。

刘文掏出手机，一边佯装换电池一边想，这电话给谁打呢？平时，父亲常常暗示某某的儿子是商人，找了个知书达理英语过六级的本科生，夫唱妇随不到三年，事业就翻了几番；某某家的少爷，还是个老板，脑壳搭铁，讲什么非主流网恋，找了个高中生老婆，三天两头吵架，不到两年，老本给赔了不说，那女人见日子不轻松，也"孔雀东南飞"了，还撂下个"小包袱"给他。而在报社工作的母亲每每听到这里，就驳斥道："我看啦，文凭也不能当饭吃，只要有一定文化，人勤劳、机灵、正派就行！"对，这电话给母亲打，让母亲去做父亲的工作。思路一明晰，刘文就拨通了母亲的手机，母亲一听儿子在越南定下了情，就问："是不是我们批发市场那些老板开玩笑，说适合给你当媳妇的那个又聪明又能干的'越南一枝花'？"刘文没想到，同行们一句善意的趣话，母亲就收捡在心里了……

山野的夜，万籁俱寂，母子俩的对话，被沉霞听得一清二楚。待刘文打完电话，她假装不知道，问道："你妈不同意吧？"

"咋不同意？"刘文一把搂住沉霞，"她老人家喜欢你呢！你干爹、沉阿爸反对？"

"我阿爹正在外地参加一个作品颁奖会。他说只要小伙子品行好，有灵性，能干，两个人合得来就行。"

"噢？当年那个文体局长如今是作家了？"刘文这才反应过来，问道，"就是那个著名作家沉山？"

"是的！"沉霞感到刘文的臀部在紧缩，腹部下悄然凸起点什物，就挪了一步，牵上刘文的手，走在了回家的青石板路上，"你家里的人，身体都好吧？"

刘文一脸怅然，说自己家里就爷爷、爸爸、妈妈三人。爷爷六十多岁，说农村空气好，就在乡下种了些田地、养了十余只鸡，身体还不错；爸爸在市委机关上班，才四十多岁，正是稳重成熟的时候；妈妈年轻时，常年跑采访，不仅写得一手好文章，工作得心应手，还练下了一副好身体、好心态，现在在报社当文字编辑，为人正直善良，待人随和。他妈刚刚还在电话里说，现在正好休年假，准备抽时间来看看她未来的儿媳呢。

沉霞说："老人大老远来一次不易，就让她到西贡、河内、胡志明市走走吧。一可以让老人放松一下，二可以让她了解一些越南的风土人情，或许能写个好小说、剧本出来。"沉霞见不知不觉又走到了下午对歌的地方，肘拐轻轻一碰刘文，问："刚才那傣族阿妹又聪明又美丽，你咋不把那歌词稍稍一变，让那女子一点，就与她定情呢？"刘文反问："刚才，那么帅一个小伙跟你对歌，你咋也不装糊涂顺着他唱呢？"沉霞就道："那天，你上山去看瓜，一回来，阿妈就在我跟前夸你聪明能干、吃苦耐劳。不然，我一个大姑娘怎么会和你晚上去河口调车，第二天又一同去昆明呀？我阿妈看人就从没错过。那天晚上调车，我们来去坐一匹马，你老实拘谨，时刻都保持着足够的距离。作为一个女人，我觉得心里踏实、可靠。"刘文则说："我妈从小就教育我，一个男人千万不能见异思迁、朝三暮四。她还老说，一个家庭里，公婆就是儿媳的精神保镖，宁可让儿子吃些苦，受点委屈，也不能亏了嫁进来的闺女。"沉霞就说："我爸还常常笑话我，一个姑娘家不聪明勤奋、贤惠明理，今后要挨婆婆的扫帚把呢！"正说着，刘文的手机来了短信，沉霞心灵，只瞅了刘文一眼。刘文略一迟疑，就明白这短信内容也该让沉霞知道。一瞧短信，他俩却如一脚踩空，都懵了！原来，短信是刘文的母亲发来的，她说："你爸不同意，他认为女方条件差、文化低……"

"家庭，家庭！你无非就是个书记嘛！去他的书记！"从不说粗话的刘文，"啪"的一声把手机砸在地上。沉霞一见这局势，一下冷静了下来，轻轻一捋稀疏的几缕刘海，竟反过来安慰刘文："俗话说，知子莫如父嘛！老人不同意，自然有他的道理。"

"知子莫如父？哈哈哈……多少人一结婚就过上了无奈、凑合的生活。这句话已经毁了好多人了。"刘文越说越激动，那粗犷、略带几许磁性的怒吼在山谷回荡，"他的道理，就是沿袭了千年的糟粕，是世俗的惯性思维，更是陋俗……"

沉霞没有阻止刘文的发泄，她拾起刘文摔烂了的手机，取出里面的卡，默默不语地装在她的手机上，一并塞进刘文的皮兜，才劝慰道："你真傻，商人怎么能没有手机呢？我们不能成为夫妻，可以成为最好的朋友嘛，你今后来越南收货，我还是一如既往帮助你……"

　　而刘文却莫明其妙地发现了一个问题，难怪这世上的人都爱当"老子"。老子可以发号施令，可以把自己的想法强加于儿子，儿子不听就是叛逆、不孝。今天，他总算明了人们为啥不愿当这个儿子。突然，刘文一把搂过沉霞，一双黑白分明的大眼出奇的冷静，他审视着沉霞，眼神真挚、果断，似乎要穿透万物、明晰对方的思绪一般，问："霞，你爱我吗？"

　　沉霞点点头，又摇摇头。

　　"你嫁给我后悔不？"刘文眼神迫切以待，呼吸急促起来。

　　沉霞摇摇头，又点点头。

　　刘文一把搂紧沉霞，一俯首那清瘦、俊朗的影子就与那如月牙般明丽、清澈的景象纠缠起来。两人愈搂愈紧，影也渐斜渐歪，最后竟"扑腾"一声合二为一，双双温驯倒地，旁边的野草和几株小红棉也跟着摇曳起来……

　　"文，这事是不能随、随便的，我阿妈就是毁在……"

　　"我不是重复昨天的故事！"

　　"等到木棉花开吧？"

　　"这就是田园三月……"

　　正在这时，山崖上"咣咣咣"滚下来一块巨石，刘文猛地搂起沉霞往旁连滚几圈，石头正好砸在原来的位置，挡在了他俩面前。刘文吓出一身冷汗，沉霞拍拍身上，略有所思地瞅了一眼山上，拉上刘文就迅速绕了过去，脚下的步伐也放快了。

　　他们刚转过一个岩湾，孟檬、田耕已等候在路边。只见孟檬耷拉着脑袋坐在一块石头上，一言不发，田耕则一脸怒气地瞪着孟檬。沉霞一看就明白，刚才掉石头的事与孟檬有关，一步上去就火冒三丈地说："我就知道是你干的好事！"

　　"沉霞，都怪我一时糊涂！"孟檬朝自己的脑袋使劲砸了几拳，悔恨不已。沉霞指着孟檬，怒不可遏道："卑鄙！"

面对几双愤怒的眼睛，孟檬忙转身对田耕求饶："兄弟，你是个好人。你们就看在邻居的份上，原谅我吧。我再也不敢了！"

"越南耍朋友也是自愿。你赶得上小刘一根脚趾头？你配得上沉霞？"田耕挥挥攥紧的拳头，"你孟檬再胡来，小心我这拳头不认人！"

孟檬一听，忙抬起头一脸愧疚地向刘文道歉，说他从来也没打过沉霞的坏主意，今晚是第一次，也是最后一次。从今以后，他再不敢干涉沉霞的婚事了，会做个好邻居。刘文听他把话说到这份上，手一挥，说："好，你走吧！"

孟檬点点头，逃也似的下山去了。田耕也从斜斜的一条羊肠小路走了。孟檬、田耕一离开，刘文若有所思地说："这个田耕还真看不出来，表面上憨厚老实，可心眼儿还细得跟针眼一样，人也特善良。"

沉霞说："田耕实际上也很喜欢我，但田耕与孟檬不一样，他对女子的喜欢是纯洁的，就像一个真正懂花爱花的人，会小心翼翼去护花，让水灵娇嫩的心爱之物有一个好的去处。"

刘文趁机牵上沉霞的手，说："那你说，我该不该摘这朵花呢？"

"不到时候！"

说话间已到家门口，沉霞停下脚步，理了理稍有点零乱的一头秀发，帮刘文掸了掸衣服，一脸爱怜与歉意地说："早点休息吧，明天一早还要装瓜……"

17　山雨欲来水满天

一听刘文、沉霞在路上的对歌，大妈就在家里窃喜："这才叫红花配绿叶呀！"手下的活也格外轻松了，收拾罢屋里又打扫院坝，里里外外忙得不亦乐乎。

刘文回来喊了声"大妈"，沅霞立即上前纠正："现在该叫干妈了！"刘文就响响亮亮喊道："干妈！"老人一声"哎——"也答得格外激动，心头当喝了蜜样的甜，赶紧给年轻人端出备好的夜宵。待刘文冲了"凉凉"（凉凉：凉水澡）休息，大妈才躺下与沅霞商量："刘文的父母刚才来电话，说他们明天上午坐飞机到昆明，下午就到我们这里。你这未来的儿媳咋安排？"

"妈，你囡还没出嫁呢！"沅霞搂着干妈的脖子撒娇道。干妈指头朝沅霞额头一戳，说："噢？你嫁了就不管我了啊！"

"囡是阿爸身上的骨、妈心头的肉呢！"沅霞学着干妈平时的口吻说。干妈边与干囡逗趣，边思量着明天该如何接待刘文父母。刘文躺在沅霞闺房，想到同龄人都纷纷结婚生子，自己好不容易遇上个沅霞，而生性倔强、做事独断的父亲又横挑鼻子竖挑眼。他一想到母亲常说的"车到山前必有路"，知道这事急也白搭，唯有等两位老人到了再相机行事，嘀咕了一句"上天保佑吧"，就呼呼睡进了云里。

等刘文一觉醒来，沅霞才告诉他，天早就亮了。装货的车马上就到，干妈为了让他多休息一会儿，就先到收堆瓜点去了。一听说车要来了，刘文也顾不得细嚼慢咽，三下两下扒完一碗凉拌菠萝干，喝罢两碗虾米烧青苔汤，碗筷一搁就和沅霞出了门。

原来，前天看那山上的瓜，要从红河对面运下山，再用小木船载过河，一筐一筐抬上岸，一个来回得六七十分钟。而此刻，河边只运来了五六家，总数不过两万。遥望对岸，山道蜿蜒奇陡，瓜农络绎不绝、来往如蚁。一个个少年，皮肤晒得黝黑，下穿短裤，上身赤裸，篓里背着一两个瓜正在下山，肩上两根篓绳深深地勒陷在皮肉里。河边，一脸皱纹、手脚精瘦却十分硬朗的罗阿叔，正在小心翼翼地帮忙接篓堆瓜。田耕、孟檬、鲜乩和昨夜参加哭嫁的白族、傣族小伙们也来了几个。他们脱掉短裤，赤裸着精瘦结实呈块状的肌肉，正大汗淋漓地帮着忙。见到此情此景，刘文心里为之一振，才真正懂得什么叫意志、力量、团结……他非但没有埋怨他们耽误了时间，相反还发现了一种繁华都市所缺失的珍贵，心里陡然升起一种久违的敬仰。

随着汽车发动机声愈来愈近。车是昨天在车场检修的那辆货车；驾驶员还是在车下忙乎的马师傅。车还没停稳，马师傅就唠唠叨叨，埋怨这路八辈人都没修过。另一位助手模样的苗姓白脸，则在指挥倒车。

车一停好，大妈就安排一边过磅一边装车。瓜的大小、形状、生熟都不错，瓜农们见路途远，在地里就精心挑过一遍。只是山路崎岖不平，瓜搭在马背上一颠一簸，擦伤严重。如在以往，刘文得一一挑掉，可今天一看这山这路这老人小孩，他也就爽快地收了。罗阿叔见刘文善良，收货手下留情，就主动问道："小伙子，还没找对象吧？"

"罗阿叔！"大妈喜得合不拢嘴，有意糊涂老人，"你帮小刘介绍一个呀！"

"我们看啦，这红河两岸，只有大妈的干囡才有那福气喽。"

"罗阿叔，你不知道啊？"鲜乩故作正经地说，"沅霞不答应呢！"

"不答应？这婚姻包对！"罗阿叔眉头一皱，膛子一拍，"我研究了一辈子相术，这小伙与沅霞可万事大吉、百年好合、夫荣妇贵子昌盛呢！"

"哈哈哈！"乡亲们忍俊不禁，也给逗乐了。

"一个个乱说，就不怕烂嘴巴！"沅霞正帮一位老阿妈背了一篓瓜从船上下来。刘文偷偷一瞧，沅霞脸上红花两朵，额上汗珠滴答，脚步稳健快捷，忙把毛巾递给她擦了一把汗。沅霞放下背篓，顺手提了个空篓，又把毛巾还给了刘文，说："给，我去催催另一家。"

天，刮起了一丝凉风，上游聚满了黑黝黝的云霭。大妈看了看天，对瓜农们说："山上还有些瓜没运下来，天要下雨了，大家再鼓把劲！"

人们默默地加快了速度，说笑声戛然而止，只有装车发出的轻微声响和过磅增减磅砣的撞击声。一会儿，地上的瓜都上了车。大妈电子计算器"嘀嘀"一按，还差三吨货。山上下来的老乡说山上剩的也不多了。刘文见对面老乡背着篓上船，船摇摇晃晃，就连忙过去扶着、稳着。

天边的云越压越低，山里的风越刮越大，河面的浪一浪高过一浪。刘文从小生长在渠江边，游泳、划船、闯险滩、辨急流，天天耳濡目染，儿时就熟门熟路。眼前宽不过两百米的红河，还不及家乡那小小的溪流，刘文顺手就操起了船桨。那一进一退的步伐和那划、压游刃有余的身手，老乡们无不佩服，到底是来自大江大河的人。小船像十分乖顺的绵羊，起停行驶，刘文得心应手。船主、瓜农、司机无不赞叹，船离开岸，隐约听到远处传来沉闷的"嚯嚯"声。那声音越来越近，渐变成"隆隆"声，犹如千军万马从山谷里奔腾而来。

"山洪来了！快把船划过去！"人们惊恐万状，骤然高呼。"轰隆轰隆"那雷鸣般的声响震得地动山摇，上游的山垭之间，一条黄龙摇头摆尾、时隐时现，向下游奔来。

船，越泻越快。刘文借着激流，始终让船头朝着对岸下游驰去。他奋力摇着双桨，船身借着水势那强大的推力，一边身不由己地向下飞泻，一边又固执地向对岸驶去。刘文脚蹬弓步，双桨急如赛舟。船一点一点、艰难地缩短着与对岸的距离。伴着"咣"的一声，船驶上了岸。迫不及待地在船头瞪着眼期待船靠岸的两个瓜农被那惯性一抛，纷纷向前摔出七八米，又本能地顺势爬起，奔向岸上高处。刘文一趔趄从船尾摔进舱里，还没明白过来，就连船带人被掀翻在一片水濛濛、亮晃晃的世界里……

18　浪急飞舟救情郎

溺水了！刘文清醒地意识到自己越掉越深，最后进了无边无际、漆黑无比的深渊。一种陌生的、地狱般的恐惧强烈地笼罩着他，脚下那股阴森森的幽凉警示着他被一股凶猛危险的漩水纠缠住了，而且正死死地随着漩水越漩越深，离岸边越来越远，一种死亡的阴影密布在他心里。

"不能张皇失措，一定要力蕴全身、气蓄五脏！"他一边在心里提醒自己，一边手脚并用奋力下压，让身体迅速上蹿，大睁着眼在水里观察，以防撞着岩石，扎上尖锐物，缠进杂草、树枝、藤条里。几分钟过去了，他眼前开始由漆黑到浑黄，又终于变得白亮……随着"哗"的一声水响，就在一口气憋得他肺欲炸、脑快裂的时刻，他的身子几乎跃出水面半截。瞬间，他透过淌下的浑水首先看到黄浑浑的河水，辽阔壮观、满满当当、一泻千里。四周一棵棵被洪水冲得枝折叶碎、皮破肉绽的活树和一团团杂草麦秸纠缠漂浮在一起；河中央奔涌着一股咆哮的洪潮，一串串大如天坑旋转、小如虎狼前蹿的漩水一个连着一个；一些黄灿灿的方木、剥落腐烂的朽树与连根拔起的活树身不由己地漂聚在一起，在"嚯嚯"怪叫的漩水里挣扎一阵，就渐渐低下了高傲的头，沉没了……

两岸，崇山峻岭雄居高空，村庄街道急速隐退。刘文不知到了何地，但他明白，千万不能与洪水死拼硬搏，必须尽量保持体力，寻求和等待机会是求生的唯一希望。他脚手未停，始终让自己保持浮在水面，不知不觉又进入一股漩水，求生的本能使他奋力压水，唯恐又沉入那无底的漩涡。刘文就像旋风里的枯叶尘沙，随着"哗啦啦"的咆哮怪叫，飞速地旋转，渐渐下落，水淹着了脖颈、下颌、鼻子、头顶……仿佛脚下有一股奇异的磁力，尽管刘文竭尽全力，使出了九牛二虎之力，也无济于事。刘文知道自己又进入了魔鬼区，死神正在向他招手，此刻与顽强与否无关，前面的大门通向死亡，人在自然力量面前根本无从反抗……刘文憋着气，睁着眼，拼命突腾、挣扎……不知过了多久，几乎是憋破了气管、脑崩脏裂之时，他发现眼前渐渐明亮起来。可当他刚露出头，还不待他多喘一口气，看清四周有无可以抓住借以喘息求生的树木藤蔓，又被漩水拉沉下去，眼前又变得昏昏黄黄起来。刘文记不清这是第几次沉下去了，但他清醒地听到了死神的狞笑，就像一群幽灵已经死死地缠住了他、包围了他，仿佛有千百双密不透风的黑色魔掌，在把他往地狱里拽。他清楚，此刻稍有迟疑、等待，便会顺流沉下，面临更长时间的窒息，唯一的生路是不停抗争，顽强上浮，才能把生的时间延续，一分一秒也不能犹豫，也不能留有余力。这时，他甚至发现，把"金钱""富贵""光阴""寸金"用于人生，是多么牵强、苍白，多么幼稚、可笑——哪怕是一世龙袍皇位他也不稀罕，他只要一息尚存的半秒。在沉沉浮浮中，他想到父亲说过的一句话："欺山不欺水，大水胜魔鬼。""早知水是这般凶恶、狰狞，这般无情、可怕，我就该好好领会、早日省悟这通俗简单而又深奥难彻的道理啊！父母把我养育成人，历经百般艰辛磨难，如果我就此而去，谁为他们晚年生活尽孝啊？不，不行！我要活下去！"刘文的脑海里像放电影一般，闪过了母亲那清癯的面容和父亲那略显佝偻的身影。一种更强烈的求生欲望充满刘文全身，他浑身上下力量倍增，脚蹬手刨，随着"哗啦"一声，他看见了宽阔如海的河面、耀眼灼目的烈日、芭蕉林、菠萝地、红棉树，是那么熟悉、亲近，而此刻又是那么遥远、渺茫，正纷纷离他而去……两岸偶有一只渔船形若死鱼般冷漠地浮靠在岸边，一二分不清国籍的农民驻足观望、指指点点。在浑然一体、磅礴汹涌的洪水面前，他原来是那么渺小羸弱啊！没有人发现他，哪怕有一个人向他挥挥手、喊一声，那该有多珍贵、多幸运啊……

正在刘文几乎绝望的时候，一个声音从背后传来："小刘，别紧张！"

刘文手脚猛一划动，扭头一看，简直不敢相信，沉霞竟划了一只小木船驶来。刘文担心自己再被洪水拉沉，没有应声，只是点了点头。沉霞脚蹬弓形步，双手划桨，船桨发出"叽叽嘎嘎"的嘶哑呼唤。那船已顺流在前，沉霞逆水划桨，船纹丝不动。刘文与船，一个在河心正潮的左侧，一个在正潮的右侧，而中间正潮是高凸尺余的涌水，正"哗哗"怪叫着把他们远远隔开。"小刘，当心！"几乎在沉霞提醒的同时，刘文也发现一片被连根拔起的藤蔓与密稠的野草纠缠在一起向他飘泻过来，旁边漩水已开始形成。一根直径有碗大的枯树折了半截，一头被洪水拉沉，一头利剑般斜刺天空，随着漩水越漩越快，渐渐下沉，最后只剩下两米长的尖刃似的部分露在水面上。这恰恰是水上行家们说的："乱草藤藤网一张，捆死手脚见龙王；断树尖尖远远避，小心筋骨小心皮。"过去，刘文看到记者、作家把游琼州海峡、英吉利海峡，上有飞机保驾，下有快艇队员助阵，捕风捉影写成是"英雄"，自己也往往深信不疑是"奇闻、壮举"，跟着盲目激动。此刻，他真为过去那点可怜的知识感到汗颜。尽管刘文从小长在江边，有一身好水性，但一想到这水有多深、流有多远就毛骨悚然。在河边，刘文见过水面上浑身肿胀、四肢伸直的浮尸；见过洪水退去后，岸边那浑身创痕、被鱼鸟啄伤、散发着恶臭的腐尸；耳闻过那些遇险者是如何葬身江底或如何险中求生的。刘文冷静观察，那一片藤萝杂草是万万不敢接近的，但水的流向又将迫使他进入漩水，与其侥幸避让不如主动出击，既避开了那尖利的树枝，又可借那枯树的浮力保持体力。刘文瞄准那漩水的转速，深深蓄气一口，脚、手、腰、身猛地一跃，扑向了枯树。几乎在他抱住枯树的同时，人也随着漩水、枯树一起旋转，渐渐沉没下去。刘文确信自己抱牢了枯树，就腾出一只手配合着双脚急速上浮，虽然这样可减少体力的消耗，但树木在水下滞留的时间要长得多，自己必须冷静才能保持足够的憋气时间。不知过了多久，也不知流了多远，刘文憋得眼前发黑、耳边隆隆胀痛、人将昏厥时，一股浮水把他托出水面。在刘文浮出的瞬间，他奇迹般的发现：沅霞的木船竟在自己身后。

"抓紧！"沅霞手握双桨，八字步半蹲半站，小心谨慎地稳着船的重心；她脸上神情肃然，早已把生死置之度外，"上来！"

刘文喘着粗气，摇了摇头。他在恢复、积蓄力量。内行一目了然，船小水激，成败在此一举。若上不去，船翻人坠，他俩会一同葬身河底……

"可以上了？"

刘文点点头，牙一咬，双臂一撑，"哗"地跃出水面，"咣"的一声瘫坐在船里。这时，刘文才听到红河两岸人声如潮，人群在奋力追逐。小船像一片漂浮的苇叶，一次次眼见就要靠岸了，一个漩涡或一股急流又把小船冲开。沅霞沉着摇桨，一点一点向岸边靠近，岸上人群比船上的人更急，他们拼命呐喊，极力为沅霞助威献计："别急！小沅！""前面水缓，对对对！""中国朋友，阿弥陀佛！"

小船终于靠岸成功。几位穿着民族服装的越南村民把刘文扶上岸，个个泪流满面，岸上一片唏嘘……

夕阳如一叶金色的帆，洒给西山一抹绚丽。

19　一衣带水根相连

村民们把刘文一扶上岸，刘文才发现自己竟顺流下行了十多公里，到了离河口不远的班老。岸边，田耕、孟檬、鲜乩和参加哭嫁的白族、傣族小伙们与附近的几十个村民已陆续赶来。"等等！我到附近借套衣服给他穿上！"田耕说了一句，拉上一个傣族小伙就去了。

"先让小刘在石头上休息一会儿！"

"说是小刘的父母也来了呢，和大妈正在往这里赶！"

　　这时，沉霞这才注意到如落汤鸡的刘文，只穿了条短裤，那形若藕节的臂肌没有城市人或学生青年的松弛，如雕塑般肌棱分明；那说不上粗壮，但凸凹显眼、结实健美的胸腰，不见丝毫松垮、虚肥，也无过剩隆起的疙瘩；特别是那双宽大肥厚的赤脚和那刚劲有力的双腿，彰显着男性的雄健、阳刚、力量……沉霞眼里闪过一丝慌乱，头一低就抓起刘文的手臂搭在了自己的肩上，和孟檬一左一右把刘文搀扶到路边，在一块青石上坐了下来。

　　沉霞发现刘文头顶有一线划痕，摩挲着问："痛不痛？"刘文试了试，有气无力地说："一点皮外伤，可能是碰上了树枝。"

　　"不好意思，只借到一套中档汉族服装。"田耕和几个老乡从附近借来了衣服，沉霞便让田耕、鲜乩扶刘文到旁边的芭蕉林去换上。一个青年正在绘声绘色地描述着刚才的惊险场面。刘文让洪水卷走后，只见沉霞两个箭步就冲上小舟，竹竿一撑便驶了出去。一时，沿河两岸的人都不敢相信，这样大的水，一路的险滩漩水，就是一般男人也不敢轻易出去，一个姑娘竟敢凭一只小船救人。乡邻们也就顾不得手头的农活，纷纷奔向江边，向下游传递消息，十余个小伙一路紧追不舍，顺流高喊："救人啊！救人啊！"

　　刘文换了衣服出来，大妈和刘文的父母也乘坐出租车赶到了。显然，刘文的父母已知道刚才发生的事。大妈一下车就三步并着两步赶过来，她双手扶着刘文的肩，像不认识似的从上到下又从下到上端视着刘文，一双爬满鱼尾纹的眼沁满了两泓清泪："孩子，大妈见到了你，就，就高兴！高兴！"

　　刘文的母亲，没有人们平时想象的女性记者、编辑那种"书香雅气"或"婷婷玉立"，她一米六左右的个头、略显丰满的腰、一头齐耳的黑发，上着宽边大领白色风衣，下着蓝色管裤。刘文的父亲，一张"国"字形方脸上，长着看似和善、不语先笑的一双细眼；有棱有角的深蓝西装上，一枚精致昂贵的领夹分外耀眼；脚上的"红蜻蜓"皮鞋，虽有微尘，却庄重簇新。他俩一下车，就本能地向刘文、沉霞这边走来。刘文连忙起身，向大伙和自己的父母介绍："这是我父亲刘政，这是我母亲方倩，这是干妈，这是沉霞，这两位兄弟是越南老乡田耕、鲜乩，这位……"

方倩、刘政一前一后，感激地向大伙点点头。方倩一走拢就紧紧抓住了儿子的手，一脸爱怜地端详着儿子，摩挲着儿子那宽阔的前额，哽咽道："文娃（刘文乳名），你走时妈就再三叮嘱，挣多挣少不要紧，如果今天你有个三长两短，你叫妈以后咋过呀……"

"妈！"刘文接过沉霞递来的面巾纸，为母亲擦着泪水，"你不是常对我说，有时，灾难对人也是一笔财富吗？"

"是！是！"方倩点着头，极力控制着情绪。刘文继续安慰道："妈还说过，辉煌的事业背后必定有惊人的人生经历！"

"对！对！男人活的就是口气！"

"妈！这次，儿子多亏了沉霞呀……"

"好了，好了！"这时，站在一旁的刘政拍拍方倩、刘文肩膀提醒道，"这些年，都怪我忙于工作。这次回去，爸就给你安排个好工作！"

方倩控制住了情绪，才意识到自己连句感激的话也没给沉霞说。她拭拭眼角，忙歉意地拉着沉霞的手，慈祥地仰视着比自己高出半个脑袋的未来儿媳，说："囡啦，你们的事刘文都给我说了。今天，方姨千言万语也难以言表。你是个了不起的姑娘啊！"

大妈正要招呼刘文的父母到她家去休息，一辆标有"汉越新闻采访"字样的微型车，"哧——"的一声停在了众人面前。

20　应对采访看新闻

曾经因连年被评为劳模，经常与媒体接触的大妈，一见车上匆匆下来几个扛着摄像机、肩挎采访包的男女记者，立马就迎了上去。走在前面的是两位女记者，不待大妈开口，对方就自我介绍道："我是西岗电视台记者马燕！"

"我是红河电视台记者肖雪！"接着，随和大方的肖记者向大妈介绍了四位男同行，"他是《滇江晚报》的记者，他是《越河人民报》的记者……"

大妈也向对方做了自我介绍，又将几人带到了沅霞面前。两名摄像记者已悄悄以沅霞身后的洪水为背景，手持印有"中国·红河电视台""越南·西岗电视台"图标的录音话筒的两名记者把拾音器对准了沅霞，另两名男记者翻开笔记本，也做好了记录的架势。女记者话未出口，先甜甜一笑，道："沅霞你好，我是西岗电视台记者，你舍己救人，令人敬佩，也让我们感动。据乡邻们说，你的水性并不是很好，请问面对危机四伏的洪水去救人时，你是否考虑到这对于你一个弱女子来说更危险？"

面对记者的问话，从没有接受过采访也无思想准备的沅霞，一时竟不知是否该回答。她用目光征求干妈和刘文父母的意见，见老人们都点头默许。一位肩扛摄像机的年长记者，也上前提示："你就像平常一样，放松些！"说完，他又退回到原位置，再次对准了镜头，旁边的女记者重复了前面的提问。沅霞稍做停顿，调整了一下心情，道："当时，见刘文被洪水一卷走，我的第一反应就是救人！我划着小船一路紧追，见他沉沉浮浮、危在旦夕，便一心只想突破横档竖隔的树枝、漩水，根本就无暇顾及危险了。在经过多次努力，都无法接近后，我才意识到要注意自己的安全，才发现小船一次次差点被漩涡拉溺。"

"在这种时刻都可能船翻人溺的处境中，你是否有点后悔？"女记者紧跟着又提出，"或者想将小船划向岸边？"

"后悔？"沉霞温婉一笑，一捋秀发，"我这人只要是认准了的事，就没有后悔过，就会义无反顾地干下去。即或遇到困难，我也不会轻易放弃的。"

"画面不错，语言煽劲不够！"两位摄像记者小声交流着镜头效果，很勉强地点了点头。正在记笔记的《滇江晚报》记者灵机一动，立马换了个话题："出发前，据报料人称，小刘是你对歌定情的男朋友。如果是别人遇上今天这样的危险，你也会置生死于不顾，去救人吗？"

"两国就这么一条水隔着，有的地方还田挨田、垅连垅，老百姓不是同族，就是老亲老戚，平时就有来往。不管是谁遭遇这种危险，这里的人都会不分国界、不分民族去救援的。"沉霞说着，看了一眼刘文，"刘文是我的男朋友，只要能救他，即使今天我葬身在水下了，也无怨无悔……"

随着摄像机镜头移向刘文，几位记者也把录音话筒对准了刘文。越南《越河人民报》的记者问道："刘先生你好，作为一个中国商人，你这次在异国受到了无私援救。在你眼里，越南的民风如何？越南的发展前景如何？"

"这里自然环境优美，民族风情浓郁，给我留下了良好的印象。特别是人与人之间的真诚、友善，尤其弥足珍贵。"尽管刘文已疲惫不堪，但一听对方的问话与自己的爱好、生意有关，立马来了兴趣，"商人最看重的就是采货地区的民风。采货地民风淳朴、热情好客，客商去了还想去；采货地的人狡诈、坑客，客商们一想到那里就头疼。这地方虽然贫穷了点，但民风质朴，人厚道、讲信誉。这里的旅游业和土特产项目极具开发价值，我相信外商会越来越多，前景是美好的！"

21 福兮祸兮料事难

采访过沅霞、刘文两家，记者紧接着又采访了几位老乡，说是文字记者还得到前面装瓜的码头和中途几个地方再找点素材，电视台的也要补几个镜头，就驱车而去。

大妈意识到该安排晚饭了，说："今天小刘脱险，乡亲们也辛苦了！晚上，我请大家一起，为小刘压惊，给他爸妈洗尘！"

"俗话说'救人一命，胜造七级浮屠'。今天这顿饭，无论如何都该我请。"方倩接过话头，款款一笑，"至于明天，大姐你说了算！"

"妈、干妈，你们都莫争了！"正在与沅霞窃窃私语的刘文，连忙告诉二位老人，"晚饭和他们的住宿，沅霞早就跟我说好了，已订在'南疆风情'，离这里也近，就在城郊。"

方倩一听，见沅霞如此聪明、心细，嘴早就合不拢了，把丈夫一拽，说："老刘，他俩都商量好了呢，上车吧！"

十多人挤进微型车。不到半小时，车就到了依山傍水、环境幽静葱郁、几棵芭蕉如盖、一片椰林下的"南疆风情"。

踏着古老的青石路，顺着锃亮的黄木篱笆护栏，穿过青砖红瓦八角亭，就是气势恢宏，可三面远望、供游客食宿赏景的主店。店两边的黑色楹柱高达丈余、粗如水桶，上书一组清瘦苍道、飘逸空灵，似乎随意却触景写意的楹句："朝看日出东山霞醉水，暮观月映西流舟唱晚。"

门前两男两女迎宾，身高一致。小伙英俊潇洒，白色对襟、蓝下装；姑娘美目流盼，黄色短袖、红莲裙。刘政、方倩、大妈一行，在迎宾的引领下，踏着丝竹演奏那特有的细致、悦耳、柔美的旋律，来到一弯月形青瓦红木长亭。这些年，刘政走遍了亚洲各国"考察"，方倩足迹到过四十多个省市采风，刘文走南闯北近百个县收货，他们都没见过眼前的景致。那瓦古朴、厚重，一股远古的静宁幽幽袭来；那木是上等的樟木，相似的木纹、一致的色泽，天然完美地突显着亭阁的精当与构图的简洁、流畅；地面镶嵌的方形水磨青石上，雕刻着"南疆"字样与两棵芭蕉树、一缕溪水；顺亭而置的桌椅，是清一色的慈竹结构，上面已摆好"中午茶"和香烟。弯月亭半围着绿茵茵一地草坪，八个上着黄色短袖下穿超短裙的姑娘，扭动着婀娜的身姿，踩着欢快的舞步，风情万种；两个小伙赤膊袒胸，肩挎红绸四弦，正弹得起劲唱得欢：

> 河边杨柳绿茵茵，
>
> 我爱小妹是真心。
>
> 不知小妹给（是否）爱我，
>
> 丢个石头试水深。

男生唱罢退后，女生又和着旋律，手舞红手帕，边跳边唱而上：

> 河边杨柳绿茵茵，
>
> 我爱小哥也真心。
>
> 如果小哥真爱我，
>
> 明天请人来提亲。

弯月亭里，沉霞毕恭毕敬给刘政续上茶，又来到方倩面前添了点水，问道："方姨，你如果不爱喝茶，我就取饮料。"

"囡呢，这茶正对我味呵！"方倩拉着沉霞，抚摸着那一双修长的巧手，"这歌曲，蛮有特色嘛！"

"都是我们村里的年轻人给点的。"沉霞薄唇一抿，脸上立即映上了绯红，"这是一首云南民歌，名儿叫《偷着摸着定终身》。个别词儿是演员临场给改了的，是取笑我呢！"

"男大当婚，女大当嫁。"方倩疼爱地拍拍沉霞，话却是说给旁边的沉霞她干妈听的。大妈一听，朗朗笑道："就是啊，一个不嫁，一个不结，那咋叫男人女人？"

这时，只听得两小伙正在唱：

> 河边杨柳绿茵茵，
>
> 海枯石烂不变心。
>
> 恩爱自有真情在，
>
> 偷着摸着定终身。

"我沉霞也让人操心呵。"大妈呷了一口茶，苦笑道，"大学生，她说人家吃不得苦；有钱人家，她嫌小伙没本事。只有你家刘文，她才没说过孬字！"

"我那刘文也是呵！"方倩也倒起了苦水，小声唠叨开了，"他说沿海的姑娘爱享受，难伺候；内地的个个巴不得嫁给银行，天天好有钱打麻将。就你家沉霞，他才夸呢！"

"娃大不由母，我们只有跑路了咯……"

"哈哈……就是就是！"

见方倩和沉霞的干妈聊得起劲，刘政示意刘文跟他出去一下。父子俩悄悄离开了弯月亭。约过半小时，刘文才神情凝重地回来，一屁股坐下只顾喝闷茶。这时，沉霞端着个大盘出来，盘上铺了层红布，上面是六个形如银盘、大若犁扣（云、贵、川农村犁铧工具中用竹拧成绳状、有大碗边缘大的一个圆形配件）的糍粑。方倩悄悄问一旁的越南老乡是否有啥风俗，老乡就说，那是姑娘送给未来公婆的见面礼。沉霞双手连盘带糍粑齐眉举在刘政、方倩面前，刘政略一迟疑，方倩连忙双手接着。沉霞向二位老人深深一鞠躬，正要离开。刘政眉毛一皱，掏出了一个红包给她。沉霞推辞，刘政就解释道："这是喜事，图个吉利。"

"谢谢刘叔!"沅霞接过红包,顺手就往刘文跟前一搁,"小刘,给我保管好哈!"

"好聪明的女子!"方倩眼睛一亮,打心里佩服。她接过糍粑,立马取出两块,将其划成若干小块,先分送给大家。最后,将中间的一块挑给了刘政,说:"你是当家的,按风俗,这块归你。"

"不想吃!"刘政不冷不热。方倩见丈夫有情绪,就轻声说:"这么清纯、能干又聪明的姑娘,你还不满意?"

"知子莫如父,你还愁刘文找不上个亿万富翁的千金或本科生?"刘政若无其事地端起茶杯,浅抿了一口,又说:"啥年代了?你还清纯、清高?刚才给她红包,就是个了断,不想欠人家人情……"

方倩看了看四周,把想说的话吞了回去。

水洗墙上,103寸的超大等离子电视在播送新闻。随着满屏洪水画面的推出,小若甲虫的一户户农家浸泡在一片汪洋之中,一棵棵高大的树木只剩下一点树梢,奄奄一息。伴着洪水的奔涌,一个女主持正在播报:"观众朋友,一场山洪可以冲毁一个村庄,一个生命也可以让两国不分彼此。今天上午,素有红河两岸一枝花之美誉的越南姑娘沅霞,为了援救来自中国的客商,浪击飞舟十八公里,为我们演绎了一段惊心动魄的故事……"

吃着晚饭的乡亲们,一时热闹起来,纷纷指着银屏议论开了:

"看,沅霞沅霞!"

"嘻嘻,她还说得好呢!"

"大妈大妈,噢!旁边还有田耕、孟檬、鲜乩。"

"刘老板,刘老板!"

"他还把咱越南表扬了一回呢!"

看完新闻,人们一边吃饭一边称赞沅霞,这姑娘从小就不一样,聪明、能干又胆大心细；人长得漂亮，还吃苦耐劳、重情重义……饭还没毕，一个河内的长途打给了沅霞。沅霞接完电话，来到干妈面前，说："河内市相关领导的秘书说，领导看了新闻，当即表态要求把我的事迹纳入这次的'十大先进个人'参评，让我参加全国巡回演讲……"

大家一听，纷纷举杯祝贺。方倩拿起饮料先给自己倒了一杯，又为沅霞添满，说："来，你们越南领导也与时俱进了，祝贺你！"旁边的刘文一听，也跟着举起了满满当当一杯白酒，说："为我们的相识和我的幸运，我作陪！"

"刘兄弟！两个年轻人都高兴，你是刘文的爸，我是沅霞的妈，还不为年轻人捧场？来，我们两家干杯！"大妈见把刘政晾在了一旁，忙邀请对方一起来。她脖子一扬，杯子就见了底，还没来得及续上饮料，前几天帮忙调车的孟经理风尘仆仆地从江口赶来，说："云南南疆旅游有限责任总公司总裁江天通过云南台，看到沅霞的事迹，深受感动。为了推动旅游事业，他们几个头头打算先聘请沅霞当旅游形象大使，代言宣传云南几大景点，后……"

"后啥？"

"如果上镜效果好，后边他们的一部电视剧将要物色女主角，沅霞的形象也比较接近……"

"哇！当演员？"人们一片哗然。而沅霞一听，秀眉一皱，立马摇了摇头，说："不去！"

"咋不去？"

"小刘咋办？"

"噢！"

22　异曲同工各有妙

　　回到宾馆，方倩的脑海还在想，代言旅游形象、出演电视剧，对于青年人来说，无疑是千载难逢的人生机遇，而沅霞宁肯放弃，也要与刘文相守，方倩欣慰之余，又惴惴不安起来："老刘啊，我们的旅游票，沅霞家都订好了呢！"

　　"找个借口，推了不就完了？"刘政已脱掉了衣裤，上身赤裸、下着三角裤，往床上一仰，那发泡的腹肌也跟着跳了跳，"儿子天生就承袭了你的灵性、我的严谨。只要我在任，你还愁他三年五年在机关混不上个干部？连市长的千金都在打听刘文要对象没有呢！"

　　"关键是刘文对你说的这些一直不感兴趣！"

　　"兴趣？哈哈！"刘政讥笑道，"他经商为啥，不就是为钱吗？"

　　"难道你忘了，刘文说过不干净的钱，他不挣；没有感情的婚姻，他宁愿单身？"

　　"是啊，这世上最不干净的就是钱，可是谁不爱它呢？"刘政越说越生气，他话锋一转，"当今的婚姻，有几个不是盯上了人家的钱？子女上学、毕业安排、职务提升，谁离得开钱？哎哟，大主编，你真的是立党为公，执笔为民，有其母就有其子啰！"

　　方倩知道，只要丈夫的话匣子一打开，别说她一个主编，就是十个八个作家、诗人也未必是对手。平时，几大局长们都由衷地称赞，刘书记的随意讲话比秘书写得都好。洗过澡出来的方倩，也懒得接他的话茬，站在梳妆台前，用吹风机吹着淋湿的秀发。刘政则条件反射似的，"腾"地一转身，把背脊扔给了方倩，还故意多挪了些距离，心想："哼！女人就是女人，也不睁开眼睛看看，哪个人不是想方设法把自己的子女'整成'公务员，还给弄个一官半职？"方倩则叹了口气，再好的男人也进不得政界，一进去就有"职业病"，只认权力、门户。唉，万一逼急了，儿子干脆连家门都不进，走错了路咋办？

豪华套房出奇寂静，只有空调在"呼呼"地吹着凉风。刘政、方倩都闭着眼睛，想着各自的心事。一会儿，都呼呼入睡了。

翌日一早，不待沉霞过来，刘政就喊来刘文，说是他所分管的一个局环境治理不达标，省委检查组已出示了黄牌警告，他得立即回去。他让儿子去帮沉霞把票退了，顺便买三张到昆明的汽车票，要刘文也回四川休息几天。方倩暗暗一惊，立即就说她有记者证，退票之类的事，她一起去好办些，就要和刘文一起出去。

路上，方倩在刘文耳边一番叮嘱，刘文眼睛一亮，问："妈，爸知道咋办？"

"就骗他一回吧，以后再给他解释……"

一会儿，方倩、刘文回来了。方倩瞅了一眼刘文，刘文狡黠一笑："爸，这几天四川气温怎样？"

"高啊！达四十多度哦！"

"你知道瓜发啥价吗？"

"爸一天不是在开会，就是跑市县调研，就差点没累死，哪还有时间知道瓜价哟！"

刘文就告诉父亲，可能是这几天四川气温高，市场的西瓜一天比一天俏。第一车货刚到一个多小时就抢购一空，平均发价2.55元，全车纯利润达到2.3万元。由马师傅开的第二车货刚过贵阳，估计明天一早才能到市场。刘政一听，眉头一皱，说："你的意思是你今天不回去？"

"爸不是说男人事业重要吗？我的事业就是生意啊……"

"好啊，你去啊！"刘政眼睛一瞪，冷冷一笑，一根瘦削的指头，绷得端正

（瓜 客 / 81）

而有力，指指方倩，又点点刘文怒斥道，"这些年，随着刘文一天天长大，你方倩的毛病也一天比一天多了，明明在很多专家、学者都认可，甚至是备受推崇，谁都认为有利于孩子学习成长的一件正常事，只要一经我刘政之口说出来，你们不是说我是七八十年代的'老办法'，就怪我是机关的僵化思维。原以为你姓方的高学历、高文化，天天与新闻接触，教育孩子观念新、办法多，就事事相信你、回回依从你们母子俩，结果怎样？怎样？一个当初三岁多，就会背唐诗几十首、写日记几百字的神童，竟连一个二本都考不上，还去当兵。人家夫妻两个都是普通工人，没啥文化，反而还培养出了考上清华、北大的孩子，你呢？事情到了如此地步，你们母子俩还沆瀣一气，见了棺材也不掉泪，固执己见、执迷不悟。既然你们要一错再错，坚持与沅霞保持这种畸形关系，那我就当没有生你这么个儿子。过去，我考虑到孩子的将来，顾及影响，处处在别人面前装模作样强调首先要安定小家，才能建设好大家。今天，我总算明白了，我与你方倩这一场错误的婚姻，也该结束了。离婚吧！"

结婚二十多年，为家庭付出最多的方倩，哪里受得了这个窝囊气。她惊讶之余，也豁然醒悟，这些年，为了儿子和这个家，自己忍辱负重，而刘政常常喝得酩酊大醉回来，当了几十年甩手掌柜。多年积聚在她心头的委屈，也一下涌了上来，她拿起笔就要立字据来。刘文一见这情景，吓得目瞪口呆，半晌才反应过来，连忙夺下妈妈手里的纸笔，"扑通"一声跪在了爸爸妈妈面前，眼泪簌簌流下，说："爸！妈！你们没有错，错的是儿子。爸这些年也不容易，跑前跑后，看尽了人家的白眼，受尽了别人的指使，好不容易熬到了今天，你都是在为儿子的今后修桥铺路。妈，从我一尺那么长，把我带大到今天，几十年，你风里雨里下乡采访，天天六点多就起来挤早班车，一到报社就专心文字，回到家里又烧火做饭，还要照顾爸爸。妈这些年也是为了儿子。儿子读书不争气，怪儿子不听话，太贪玩！儿子出来经商，都是儿子固执己见，想无拘无束，妈也想儿子有一个好的未来，都怪儿子不懂事，不怪妈！从今以后，儿子再不反对父母的意见了。爸，妈，儿子都听你们的，儿子马上就收拾东西，跟你们回！"

门外的沉霞目睹了这一幕，默默下楼去了。略过一袋烟工夫，沉霞像被霜打了的草，神情木然地提着两袋香蕉、芒果、桂圆等新鲜水果回来，说："刘文，你把这带上，给刘叔、方姨在路上解解渴。"

刘政点了点头，面无表情；方倩想笑，没有笑出来，只吐出了两个字："女子。"刘文忙把头一转，背过沉霞的眼光，悄悄抹了眼泪，扯了一下沉霞的衣角，装着上厕所出去了。沉霞也跟了出去。一会儿，刘文、沉霞一前一后回来。沉霞默默帮方倩提上了行李，打破了沉闷："方姨，我送你们……"

沉霞没有让大妈知道这一切。她把刘文一家送到了车站。一进车站，他们就大吃一惊。原来，沉霞救刘文的事，继昨晚电视台报道后，各大报纸的宣传更强势、丰富、精彩，有倾向于时政的引导性新闻，有捕风捉影的纯娱乐性炒作，有惊心动魄的纪实通讯，也有文字精美的千字散文。篇篇作品，文图并茂，有的竟达到半版。几个卖报人正向这边跑来："卖报卖报，《滇江晚报》特大新闻，《搏激流，越南美女勇救中国年轻瓜客》……"

"买《越河人民报》看头条《为了中国朋友的生命》！"

"绯闻，绯闻，咱《红河早报》最新新闻《越南美女亮相，多家公司立马伸出橄榄枝》……"虽是同一事件，几家报纸的题目却各具特色，其笔法的娴熟、文采的奇丽，大有当年朱自清、俞平伯同游秦淮河一样的绝妙。特别是《越河人民报》《滇江晚报》竟把文章编辑到了极致。

前者本身就惊心动魄，又兼顾了时政外交，还唯恐轰动效应不够给加了编者按："一场洪水，能淹没千家房舍、万顷良田，亦能毁坏路堤百里、长桥无数，却泯灭不了民族的善良、人间的真情。为了一个中国瓜客的生命，面对滚滚而来的洪水，越南女子沉霞飞身撑船搏激流，为越中的世代友好、民族的团结和谐，又添精彩一笔……"

后者明明文笔滋润，调侃诙谐，也语不惊人誓不休，给续了个编后语："编完这篇文章，一个问题怪怪地冒了出来，定了的餐、到嘴的美味，竟有人羞羞答答、不忍动箸，如遇上当今少了些礼数，先尝后买、嘴馋不客气的个别爷们'读者'心生爱慕、夺人所好，我岂不也成了棒打鸳鸯的罪人？"

方倩读了，会心一笑。她知道这些记者、编辑、总编们骨子里都有点"文人相轻"，天生就恃才自傲好表现，不仅重视了事件的典型，更是在她这位"家"面前不想让与须眉。方倩见沉霞、刘政、刘文心情稍有平缓，都出乎意料地看着报纸，就拉着沉霞说："这是一件好事，只要你冷静面对、慎重行事，就会有一个好的开端。来，这是我们给你的一封信，我们走了后，你才能打开。好，我们上车了……"

"刘文！"沉霞轻轻一捋秀发，两步来到刘文面前，双手扶着刘文的双肩，一对水盈盈的明眸望着有几分憔悴的刘文，作别，"你回去要保重啊，刘叔、方阿姨他们只有你这么一个儿子，你要多担待些，你回吧！"

"沉霞，我这一辈子都不能忘记你的……"

"别说傻话了，走吧！"车缓缓起动了，沉霞一拭眼角，"保重！"

"沉霞！"

"刘文！"

等到天晴

2016年冬，一位文化人听说我以整整7年时间刚写完一部50万字的小说，而且以版税形式与一家文艺出版社签约，便把我约到茶楼，给我讲述了她曾亲历过的一场情事和长达四五年都走不出来的纠结，现以小说的形式奉上。

——题记

1

火车在夜幕下穿行，郑本睡在底层卧铺，头枕白枕头，身盖白薄被，这是他最舒心的润白，茶几下的夜视灯，流淌着一种不言的幽暗、柔和。窗外，那远远近近、忽强忽弱的灯光，在他眼里一掠而过……

一个月前，他去与江月第一次见面，也是坐的这班列车，火车与铁轨的碰撞，也是这样"咣——嚓、咣——嚓"的轻响。为了那次初见，他以在情感上的一贯谨慎，有意拖了两周时间，回眸几十年来自己对婚姻的忠诚。尽管当时，与前妻早结束那段貌合神离的婚姻，但直到踏上列车的前几天，他才决定改变一下现状。

　　而于江月来说，与郑本相逢，她也顾虑颇多，上有老下有小，当初和前夫离婚，就答应了他，等孩子上大学了，才公开离婚的事，这几年都要装得和和睦睦，不能让孩子看出破绽。当得知这次学校要派她外出学习，一想到孩子也快毕业了，才把消息发给郑本。郑本心领神会，当即就表示，提前一天往那里赶。

　　郑本明知只待三天，需携带的行李不多，却视若安营扎寨，唯恐漏带了什么，早早做起了准备，连续几夜失眠。江月也清楚，只要上了"再婚"之路，她几十年给人以"端庄淑静""从一而终"的形象就可能化为灰烬，但她还是毫不犹豫地表示了接纳："本，你也是个视事业与文字如生命的人。白天，我要参加学习，我们可能只有中午和晚上才能在一起啊……"

　　为了无牵无挂地迎候郑本，她一改多年十一点半睡觉的习惯，近半月连续加班加点批改作业、备课，天天晚上十二点以后才上床，坐在铺上仍然与他夜夜通话一两个小时，翌日七点又早早起床，一梳洗就去学校紧锣密鼓地把工作往前赶。为此，郑本还在她留言栏发了一个"双碗"，寓意夫妻同饮，还多附了一条留言："辛苦你了。"她回复："一个人，尤其是女人，要让人尊重，首先就该珍惜自己的工作，否则，只有以尊严去赎买生存。"江月累并窃喜、渴盼，尝到了从来没有过的相思之苦，竟然走神失态，手拿课本，当着一教室学生的面魂不守舍，自言自语轻呼起他的名："本——！本——！"

　　郑本与江月相识在去年深秋，一路走来，不带丝毫世俗。情趣爱好追求一致，婚姻又有着相似的不幸。一个文笔清新疏朗，一个语言灵性飘逸；一个卓尔不群，一个尽显才情。

　　郑本上班，会给她发去微信："月，我上班去了，上课别忘了带上杯白开水润润嗓子。"江月下班，会给他一个信息："本，我在回家的路上了。"上网，他留言："月，我在等你，会一直等你。"她一来就接上："本，我来了，刚才听见了你在呼唤。"睡觉前，他说："月，明天我要出差，得早点休息，我多想这样静静看着你。"她立马道："本，我也下了，梦里见……"

那天，中午一上火车，他就给她发去一条微信："月，我已上火车了。"那边，几乎在同一时刻也表达了如水的温柔："本，虽然我这边行动不太自由，但我会想法来陪你……"

郑本知道她不能来接站，身边有孩子需要照看，还有那个离了的"恶霸"看守。但一到出站口，他还是身不由己地停下脚步，一双眼睛向外寻觅，希望奇迹能出现。而现实残酷地告诉他，接站口人群稀少，更没有那个娇小的身影……

顺着人流，他走出验票口。不知是刚下过小雨，还是夜露的潮气，出站口外的广场上，氤氲着湿润润的情绪。头天中午出发前，江月告诉过他火车站离市内很近。从小就有些孤僻的郑本，一出站就穿过人头攒动的站口，冷静地望了一眼停车场，一低头就钻进了停在边上的一辆出租车，只简短说了一句："到林滇宾馆。"

车子顺着河岸公路，驶入宽宽的四车道。两岸星星点点的夜灯映在水里，反射出一缕缕晶莹迷离的光亮。那扭扭曲曲的水光，有的越近越美，刚一到跟前，车一拐就看不清那河流有多深，恍惚是一掉下去就上不来的深渊；有的在微澜里摇曳着迷醉的身影，正想接近再接近时，车却反而渐行渐远，留下一种道不清的遗憾。他觉得唯有惨淡清冷的月色，一直不离不弃，把一片清辉洒在车上，印证着一路的颠簸。凉凉的夜风扑来吹在脸上，对他眷恋不舍，冥冥中感到这个山区城市的风，让他骨头都有几许寒意……

前面一辆辆车上或成双成对，或三四人同行，而郑本却得孤孤单单一人，风尘仆仆地去陌生客栈。相逢难相爱苦，最疼最爱的人却无法来接自己，莫非真爱天生就与坎坷、磨难有缘？莫非河里那曲曲弯弯、闪烁虚无的水光就是他们的宿命？莫非这向黑夜深处延绵的、似乎没有尽头的朦胧山形就是他俩相爱的缩影？

此刻，他好想给江月发一条微信。他掏出手机翻视着江月发来的一声声问候、一句句叮咛，心头泛起一种似水的温柔，眼前也仿佛有了一个长发柔顺如瀑、明眸弯若瘦月、一脸娇媚的才情女子……她，每天七点准时起床，晚上还要辅导毕业班到十点，周末都得写散文、小说、文艺评论。月太劳累了，让她多睡一会儿吧，还有一个多小时天才亮……想到这里，郑本不忍地把手机放回兜里，与司机攀谈起来："师傅，这右边的河叫什么名啦？"

"噢？叫金石江。"

"那条呢？"

"叫磐凤江，它与这金石江相汇。"

"它的上游还有什么河吗？"

"有，叫若江。它与附近的竿山一样，在古时候就有很多传奇故事呢！"司机见郑本的挎包价值不菲，说话文质彬彬，便和蔼地问，"看来，先生是第一次来这里吧？"

"是的。不过，我与你们竿山、若江是很有感情的……"

郑本想起他与江月的一段插曲。那时，江月虽对郑本心仪已久，却也不忍伤了那些追慕她的各界精英和颇有才气的才子们的自尊，不得不与郑本商量，一改过去达成的互不留言的默契，立即借助古词，在心情栏暗示了他俩的关系。她发上："山无棱，天地合，才敢与君绝。"他立马对出："水漫棱，人烟莫，也惜同心结。"

正回忆着，江月发来一条微信："本，辛苦你坐了一天的车。如果没有晚点，你该在去市里的路上了吧？昨晚，我也一夜没睡，一直在想我的本，想我们见面的情景。我已经起床了，马上就往你那里赶……"

说话间，出租车到了宾馆，细心的郑本亲自把几层楼的客房一一选遍，最后定下了一间宽敞明亮、格调高雅、费用又不是很高的豪华套房。

他看了一下时间，此刻二〇××年×月二十八日晨六点二十八分。

2

这是一间安静、向东，铺着深红色地毯的半豪华包间。房间进距绰绰有余，宽距奢侈浪漫，一入眼就令人舒畅；那透明、纤尘不染的钢化玻璃茶几与宽大舒适的沙发、梳妆台、写字台及大屏幕电视、多功能热水器，豪华气派又精美细致。特别是那洁白如雪的床单，平铺在又宽又大的双人床上，不见一丝皱褶；一对小巧舒松的枕头，静静地比肩竖靠在古色古香的床头，等候着来人歇息。

面对空旷、舒适的房间，一丝悲凉隐隐在郑本心里掠过，偌大一个城市，自己连个熟人也没有，江月有工作，家里还有儿子和那个"离而不去"的丈夫，她从县城来回得八十分钟。"到时，她一离开，我只有孤零零的了……"多愁善感的郑本，像要扔掉什么一样，将拎包一放，便给手机充电，清洗水壶，烧开水。接着，三下两下脱掉身上的衣物，几分钟就漱了口、洗完澡，穿了条短裤出来，拉开窗帘，任晨风拂来，神清气爽……

远处山峦，一片迷蒙；山下的城市，还静静地亮着灯光，仿佛一只只惺忪的睡眼；远远近近、密密匝匝的楼房，悄无声息洞开着一二扇窗，主人还酣睡在沉沉的梦乡；楼下街道上，偶尔一辆出租车沙沙滑过，濡湿的街道又复归于晨的寂静、清凉。偌大一座城市，只见斜对面那偏僻的巷子里，不时有一两个身着民族服装、戴着斗笠的农民，担着半白半红的桃或青翠鲜活的梅李进去，一会儿又担着晃悠悠的空篓出来。原来，里面是个农贸市场。郑本曾经与江月聊到吃水果时，江月说她胃不好，爱吃草莓、葡萄一类软质水果。郑本则说有一次在陕西大荔采风，他一气吃掉一个十多斤的大西瓜，而江月则发了个伸舌头的表情，说：

"只要你能吃，今后每年夏天，月一下班就买个大西瓜回来，让你啃个够。"郑本说："那时，我才不吃西瓜了呢！"江月问："那吃啥？"郑本道："那时我抱着你啃个够。"想到这里，郑本温婉一笑，连忙穿戴好衣服下了楼。他知道江月身体不好，得买些她爱吃的果类。

郑本走进市场，没有急于购买。他先浏览了一遍，发现还是刚进门那个小伙的水果好。回头来到小伙摊前，郑本摆出一副爱买不买的样子，说："你这草莓、葡萄、苹果、香蕉一样称些，怎么卖？高了，我就到那几家去买了啊。"

小伙一愣，立马表态："货比全市，我最好；价比八家，我实惠！除苹果八元，其余都给你按五元一斤，满意了吧？"

听了小伙的报价，郑本也没还价，要了三个袋子，把两个价的分开一装，再把容易压烂的草莓单独一拾，称秤、算账，一共四十二元。郑本加了些江月爱吃的草莓、葡萄，给了一张五十元，连几毛零钞也没要对方补。

回到宾馆，郑本拧开自来水冲洗了水果，小心翼翼摆在果盘里。退后几步一瞧，发现色泽顺序恰当，但高低错落略显零乱，忙上前调调。回头再看，觉得有点轻重倒置，又上前捡拾了几下，才把房间的空调、电视的遥控板和自己携带的随行用品，按高低、大小、形状、色泽精心摆放。回眸一看，那盘水果，在江月进门第一时间，就能以最佳的角度，把果品的色形充分展示在她面前；那些随手要用的东西，仅需举手之劳；即或是郑本的毛巾、衣物、刊物、纸笔也摆得井然有序，顺眼润心。

房间收拾满意了，郑本又拿起手机翻视微信。这是二十多天前，四月七日午夜至次日凌晨两点，江月与他的微信交流。"夫，我躺下了……""躺下了，在想什么呢？""在幻想我们在一起的场景。""好啊，说说！""我端着一盆衣服，和你一起走在去河边的青石板路上。""家里有洗衣机呀。""不，我想听听我俩走在乡间青石板上那'咯吱咯吱'的声音。""噢？""想看我弯腰搓衣服，你在旁边陪着的倒影，还有那清冽的河水漾起的涟漪，感受做一个女人为自己的男人洗衣的幸福。""还有呢？""还要你陪我一路买菜、做饭、散步、坐公交车。""月，我不会象棋麻将，到时下了班，除了写文章，我就天天陪你到大笮看山，去金石江赏水！""嗯——散步啊，我会紧紧挽着你的胳臂，你别不好意思哦。""咋不好意思？我还要紧紧地拉着嘞！""我和他从不手拉手。与你这才子拉上手，让人好羡慕呢！""月，你为我写那篇小说评论，七千多字全文发表在栏目头条。我今天下午收到了刊物，你那里远一点，可能明天就收到了。""本，谢谢上天让我遇见了你！你下午叫我把刊物锁在办公桌里，我怎么忍心让它躺在冰冷的办公室呢？那里面可有我夫的心血，是我们的共同结晶啊。我要把它带回家，放在我枕边，让它天天晚上都伴我入眠……"

"月啊，每当想起你的灵性、才气，我就好荣幸、好自豪！那个中篇文字很有灵气，你先把开头第一章约加一千五字，第二章再加八百字，把最后一章重写，将现在的三千字变至七千字左右，特别要注意与全篇韵味一致，在情感上再灵动传神些。"

"嗯，放心，你的月会用心写的。"

"你的悟性很强，我相信，你会成功的！我争取尽快给你改出来，在结构上、表述上，再给你好好推敲、打磨，应该说发纸质刊物没问题，争取上头条吧。"

"本啊，月又让你操心了……"

"别说，应该的！"

……

想到这里，郑本又拿起江月的小说打印稿推敲起来。尽管他已多次逐章逐段逐字校阅，从宏观布局到微观神形的叙写已经通改了三遍，但郑本清楚，小说离省级以上的正规纸质刊物还有差距，不少段落在简略与微妙的把握和句子的规范、流畅上，还明显功力不足。虽然江月否认找人改过，但做过多年副刊编辑的郑本，一眼就看出小说的开头是找人"戴"的顶帽子，恰似一个在烈日下扬场挥枷（连枷）、晒得黝黑的农妇，放着漂亮实用的草帽不用，戴了顶几乎不能遮阳透风的礼帽一样别扭。小说开头，往往都是作家的"绝活"。郑本想在精彩点或悬念上找到一个切入点，加上出神入化的语言技巧，形成"凤头""狮首"，但冥思苦想好一阵，脑子还是没"开窍"，才打磨起第十五章来。

郑本对改文章，不爱说"改"，他始终认为改文章就像磨一块玉石，不仅要磨好边边角角，确保不多一线不缺一角，还要有耐心有毅力，来来回回去"磨"。待磨到锋刃处一碰就流血，能痛到人的心底，光滑处一摸又清凉如玉，草稿也就变成精品了。第十五章也是改过的，但这次郑本还是发现四五处经不起推敲，一进入小说第十六章《相煎何太急》，郑本就被邵家几兄弟、几妯娌的精彩情节和命运的不幸再次吸引了。当读到邵云被他哥哥带领的队伍打得落荒而逃，他妻子玉玲见丈夫束手就擒，作者的神来之笔让郑本眉头微微一皱。"对面山崖上，一双充满怒火、仇恨、怨毒的眼睛在黑暗中注视着邵文的家，冷冷的眼神如锋利的匕首……那张漂亮的脸蛋因怒火而变得狰狞恐怖……十七天后，邵文回来了。他只见到了两堆新土，和十二个大大小小的孩子……"这精准、寒凉的文字，在郑本心里生出一种不祥的隐忧，江月究竟是一个什么样的女子呢？

正在这时，江月发来一条微信，说上午学习结束，她马上就到楼下。

3

一听说江月快到了，郑本竟慌了手脚。他跑进洗手间瞅瞅镜子，理理衣领，摸摸脸颊，虽有几许两天来乘车的倦意，但那方正而干净的脸、浓浓的一对剑眉、明澈的眼睛，依然不失平时的干练。他微微一笑，又审视了房间的摆设，才一步一退出了门，去楼下接江月。

出了电梯，郑本一看接待大厅没有江月的身影，挺胸抬头来到门边，静静地浏览起穿梭如织的人群来。他不知道江月来是从东边街道，还是从西边天桥，或是坐出租直到门口，一双眼睛滴溜溜地转，没有了往日的庄重、淡定。

正在翘首张望时，手机响了，郑本凭感觉一按就把手机放在耳边，一双眼睛依然在人群中寻觅。"傻瓜！我从后面来的呢，在你左斜对面。"

郑本一转头就看见撑着红色小阳伞，手提浆色坤包，身材苗条的江月。江月平时在视频上不是宽宽松松一身休闲装，便是或蓝或青的圆领短袖，而今天则穿着颇具民族风格的红色碎花旗袍。流畅的曲线、优雅的身姿，有一种入骨的柔美；那头秀发也不像往常挽成高高的一个结，而是随意披在肩上，越发突显出她的清纯、智性。尽管江月在视频上，给他的印象要多几分丰韵少些憔悴，但郑本觉得这才是她，一个真真实实的"月"！

郑本身形灵巧地穿过行人，几步就站到江月面前，镀金的白色镜框后，一双清澈、干净的眼眸里，那凝蓄已久的爱怜，在无言中炽烈释放。他伸出左手，江月莞尔一笑，右手就迎了上来，二人十指紧紧扣在一起，像一对多年的夫妻，并肩走进了宾馆。

郑本开了门，回头一看，江月不见了。他正要去找，江月却"嘘！"的一声从楼梯间出来，说："我怕碰到熟人呢！"

一进房间，郑本就拉着江月的手，摩挲着那柔软的秀发，一双明眸爱怜地端详着江月。江月妩媚一笑，大方地迎着对方的一腔柔情，问："怎么？没有你想象的美吧？"

"不！"郑本摇摇头，感慨地看着江月，坦坦然然释放着心底的自豪、温柔，"我看到了一种更珍贵的美！"

"是吗？"

"如果说在没有见你之前，我是被你的灵气、才气征服，心是被你的一腔真情俘虏。那么，刚才在见到你那一刹那，你超出我想象的娇怜和憔悴，一下就击中了我心头最柔软处。你可以写出那么灵性的文字、那么丰富的人物情感纠葛、那么活泛的鸿篇构架，还要肩负着繁重的工作，在家里要照看孩子，在外面得应酬亲友，仍能坚守文字几十年。所以，一看到你这个小脑袋，一看到你行走时那从容、文静的举止，我就惊呆了！今生，我若不疼你、爱你，还是男人，还是你的最爱吗？"

"本，我的环境你最了解，我跑慢了都不行啊！"江月依偎在郑本肩上，眼里一泓晶莹。郑本感到一抹温热扑进脖颈里，还有一嗅就入心魂的幽幽清香，那张细滑的脸庞也依偎在他胸前。"月，你学习一上午，也该喝点水了。茶，我给你泡好了。"

"啊！花茶！"江月浅浅抿了一口，放下茶杯，"你知道我爱喝？"

"我是在你的一篇日志里发现的。"

"本，你工作压力那么大，还处处替我操心，我心痛啊！"江月紧紧抓着郑本的手，轻抚着他方正、干净的脸颊，一双忧郁的眼眸深情地仰望着他，仿佛在触摸、体味那郁积在眼睛里的相思、疲惫，"千里迢迢赶来，辛苦我的本了。"

"不苦。月，我想你啊。"

"我何尝不是啊，本。"江月一手勾着对方那瘦削、有力的肩，一手也在郑本那强健、坚实的腰背上轻轻抚摸起来，突然，又停了下来说："本，我去洗洗，嗯？"

"月，今天，是我们的洞房花烛，你就是我的新娘。"郑本神圣而庄重地帮江月宽衣解带。他们眼神相互融合，没有欲望的急切，没有猥亵的阴影，清清亮亮的眼睛里，只有庄严的承诺………

电视里正在播放一幅画面：一道曲线流畅的山梁上，一对鲜活的玉兔，高耸着丰圆、舒涨的身姿，两颗溢红流蜜的樱桃，鲜美地鹤立高处；一弯美丽的海滩，涌着一呼一应、一浪高过一浪的海潮；渐渐地，风停了，浪小了，万物恬静。一会，风又起，在水面轻拂，漫过柔软的沙滩，在一次又一次温柔的进退中，节奏在悄然加快；深藏在海底的激情，撞击着陡峭的悬崖，舞出了曼妙的身姿、生命的活力，是诗与画的神韵一体、珠与璧的完美粘合，还有喇叭里动人心魂的《海韵》："女郎你为什么，独自徘徊在海滩？女郎难道不怕，大海就要起风浪？啊——不是海浪……"

江月似乎听懂了这旋律，轻声问道："本，几点了？"

"啊，都一点半了！爸还在等我们呢。我们走吧，不然，就得罪岳父大人了！"

"傻瓜，爸爸聪明得很，他才高兴呢……"

4

两人穿戴整齐，江月来到洗漱间，对着镜子将将那略显凌乱的头发，理理衣服，脸颊上的憔悴、疲惫已悄然遁去，丰腴的胸脯光滑、细嫩，一双藕节般的玉臂修长而不失丰盈。郑本故意把头伸过去，一方一秀的两个头像就合璧成一对妙不可言的特写，"怎么样？像两口子吧？"

"本，我们如果能成为夫妻有多好啊！"

"我想，若真苍天有眼，会赐福于我们的。"郑本把江月胳臂一挽，"走吧，下去和爸一起吃饭。"

"傻瓜，你先下去瞧一下，我担心碰到熟人呢。"

"好，乖乖。"郑本搂住江月一吻，门一开欲走。江月一把拧住郑本的耳朵，说："宝贝，你听着，等会儿路上离我远点，注意影响，嗯？"

来到大厅，郑本见只有登记员、门外也空巷无人，便电话告诉了江月。放下电话，江月下来，目不斜视，自顾进了巷子深处的"云川特色"饭店。郑本离江月五六米，跟着走了进去。

江月选的饭店很偏僻，说不上豪华，但店堂却比较宽敞、整洁，是一家中餐店。午饭的高潮已过，空荡荡的店里只有两个生意人模样的食客在面对面就着两个菜、一个汤，边吃边聊。两个年轻女服务员，一见有客人来，笑盈盈地迎上来。不等服务员招呼，郑本就问："我们还要来一个人，顺便要谈点事，有雅间吗？"

"先生，我们店小，只有两个。"一个年轻的女服务员甜甜一笑，提着茶壶，把他们引进一个雅间，将三个茶杯往他们三人面前一放，那壶嘴只点了三下茶水就斟上了，"你们人少，就坐这里吧！"

江月面里背门一坐下，就给她爸爸拨通了电话，告诉了老人店名、地方。郑本见服务员一走，连忙蹭过去，手也搭在了她腿上，江月一嗔："坐对面去，万一进来个熟人咋办？"

郑本傻傻一笑，刚挪过去，江月的爸爸江天进来了。没等江月介绍，这悬殊十五岁的一老一少，会心一笑，手也拉在了一起。郑本招呼道："江伯伯，坐坐坐！"

"小郑，坐两天车，路上辛苦了吧？"

"没有，给你添麻烦了，江伯伯。"郑本忙拿起桌子上的"玉溪"，给老人递烟、点火，说话间把菜谱恭恭敬敬放在了老人面前，"来，伯伯点菜。"

"刚才我和江苇吃过了。"老人说的江苇是江月的儿子，老人说着，把菜谱推给女儿，"月儿，你知道小郑爱吃啥，你们点吧！"

"好！"江月见这一老一少一见如故，一个慈祥、亲和，一个内秀、尊老，简直就像一对默契的父子，忍不住抿嘴一笑，"那我点两个特色菜。爸，你也陪小郑少吃点吧！"

江天一听，知道女儿是怕伤了郑本的自尊，一语双关表了态："好，咱女子说了算！"

老人话中有话，是夸他女儿有眼力，暗示同意他俩的事呢！郑本心头当喝了蜜一样，难怪江月那么灵，这老头聪明绝顶啊！

江月把菜谱一浏览，点了一道鸡汤炖竹笋和一道炒莴笋，又把菜谱转给了郑本，"你喜欢吃肉，这上面回锅肉、肉丝、猪肝、肚条都有，你点一个就够了，爸是吃了的。"

江月说完，笑眯眯地看着郑本。

"那怎么行？"郑本哈哈一笑，连忙又把菜谱推到了江天面前，"尊老是中国的传统，江伯不点，我怎么敢点？来，江伯，你无论如何都该点两个！"

"小郑，莫客气，莫客气，我真的刚吃了。你是第一次来我们这里，你就点一个你喜欢的特色菜吧！"

"爸？"江月一看这两个反应的敏捷，简直就是一仲一伯，忍俊不禁："你看，你今天不点行吗？"

"好好好，我点，我点——紫菜汤！"

郑本见老人以一个五元汤，化贵为便宜给他节省了菜钱，拿过菜谱就从上面要了个最贵的黄焖鲢鱼和一份下饭的肉片家常豆腐。平时，郑本就从与江月的摆谈中了解到老人爱喝药酒，眼睛一转就要了两瓶"劲酒"，又为江月要了一罐红牛饮料，说："伯伯，江月说，你爱喝药酒，这里没有好酒，我们今天将就喝这个吧。"

"小郑，你太客气了。"江伯伯说着，递过来两支烟。郑本也按礼数，接取了他靠小拇指的一支，"咔嚓"一声先给江天点上火，说："伯伯你不知道，江月对我很好……"

"乱说！"江月眼睛一瞪，娇嗔一笑，"我对你才不好呢！"

女儿自从认识郑本后，一有微信提示，即便是在洗碗淘菜双手水淋淋的，也常常顾不得擦一下，就指尖如飞地回微信。只要一听到她接电话时语气温柔如水，声音像放了蜜一样娇滴滴，还带着少女的清纯，不用猜，那电话准是郑本打来的。他知道，女儿是在郑本面前撒娇，也是告诉他这个当爸的，她爱郑本，她疼郑本，她不能没有郑本。老人听江月这样一说，一看面前的郑本才思敏捷，心头就越发喜欢。与郑本说话，像待自己的儿子一般，问："小郑，平时出外采访的多不多？坐车是单位派，还是自己搭车？晚上加班赶稿子的时间多不多？遇上曝光采访有没有危险？"郑本一听，老人不仅考虑问题细透，而且对写作术语还内行，也倍加尊重起老人来。心想自己的父亲没有文化，除了念叨"芒种忙忙栽，夏至谷怀胎"一类的农事，就是说张家猪下了十五个崽，李家稻谷、小麦的长势旺。郑本一想到与父亲的代沟，越发觉得眼前的江伯竟是那么亲近、儒雅，心里就提醒自己一定要把他当自己的父亲孝敬，说的话、问的事也就从老人的起居住行、身体状况开始了："伯伯，你天天饭后要多走走，我希望你健健康康啊！"

"嗯，我爱锻炼！"老人说着挥了挥臂，扩了扩胸，"年轻时，我还练过武功呢。"

"啊？！"郑本一惊，随即朗朗一笑，"伯伯咋跟我一样啊？我十二岁开始锻炼，我爷爷是武行出身，因为他没有亲儿子，爸爸是他抱养的。爷爷年岁一高，左邻右舍那些有三五个儿子的家庭便欺负我爸了。爷爷见自己连走路都困难了，让我从小就跟他学硬气功，就是你们常说的'字门'。"

江伯伯一听，两眼眨亮光，激动不已，"小郑，咱们可是一个门派啊！"接着，就天涯逢知己般吟诵起"字门"功口诀："铜头头铁臂。"

郑本立马接上下句："心腋相肌口。"

"口中重七句。"

"手中……"

"你们啦——我看连相貌都像呢！"江月见父亲和郑本初见，就有一种暖暖的亲情，立马就联想到"父子"二字，她话一出口，自己都忍俊不禁"扑哧"一笑。这时，见服务员上菜来了，江月忙接过一盆菜先放在郑本、江天面前，说："爸爸，菜上来了，郑本还没吃饭呢！"

"好，吃饭吃饭！"江伯伯听女儿一提醒，忙把菜又往郑本跟前挪了挪，"小郑，饿坏了吧？"

"今天高兴，没事没事！"郑本给老人斟上酒，也给自己添满，忙举杯相敬，"来，江伯伯，先敬你老人家一杯！"

"好！你敬这酒，我喝！"江伯伯一仰脖子，一杯酒爽快下肚，接着满眼怜爱地看着郑本道，"我活了六十八，小郑，你今天也让我开了眼界。怪不得月儿经常在我面前夸你是个人才啊。"

"江伯伯，我年近半百，无权少钱，只是爱写两个字，哪有啥本事哦。"

"钱多位重，不一定是个好事。"江伯伯说着，拿起酒瓶亲自替郑本酌上一杯，自己也满上，端起了酒杯，"月儿说你是个人才，你不仅聪明能干，还特别勤奋，一手文章在你们报社数一数二，还是个作家。"

"爸——！"江月一听父亲夸郑本，心里乐开了花，"我哪里夸过嘛！"

"江伯，小江才是个真正的才女！"郑本端着酒杯，偏着头看着江月，眼里溢满爱意，"她的文字灵气、柔和，笔法细致处，能捕捉到微妙之魂，精简时，疏朗明晰，不染纤尘，特别是对心理活动的描写。她可是才女中的才女。"

"你们的文章，我都读过，各有千秋。"江天说着，抿了一点茶水，拿起桌上的一双备用筷子，给郑本夹了一块嫩嫩的鱼肉，"小郑构篇大气、严谨，视野广阔、底蕴深厚，含良知，敢担当，有大气象；而月儿呢？就是女儿文字，花里胡哨，云里雾里，你们喊的是诗、散文。一实一虚，你们正好互补。"

"江伯，你？"郑本一张嘴惊愕地定了格，半晌才回过神，"您，您，就凭您对我和江月文字的解读，好专业啊！"

"我爸是六十年代的大学生呢！"江月补了一句。

"唉——我们当时对文学只能算知点皮毛。"江天叹了一口气。

郑本干了二十多年采编，自然明白江天的文学造诣远不止皮毛，说："江伯伯，就凭你刚才对我和江月文字风格的专业评论，远远超过一般的中文系学者水平了啊！"

"哼！我爸爸呀——"江月眼睛俏皮一眨，无不得意，"若不是搞企业，早就跟你一样是作家了呢！"

经江月一提醒，郑本才想起江月曾经说过，她爸不仅负责审改单位领导的讲话稿、总结材料，还负责单位英文资料翻译，忙借花献佛道："来，江月，我们两人站起来，敬老人一杯。"

"真要敬啊？"江月心领神会，嘴上半推半就，心底早被郑本的机敏和他所要暗示的女婿意，羞得脸上绯红，人也不自觉与郑本双双站在了老人面前，"爸爸，您的理解令女儿很感动。"

没有商量，郑本、江月几乎就异口同声道："今后，我们会好好孝敬您的……"

"好，好。"江天点点头，眼里一下沁出一泓晶莹，对江月道，"月儿，你们要好好珍惜。人生钱财好找，知音难觅啊！"伴着一声长长的叹息，老人就与郑本一边小酌，一边谈起了他们江家的情况。

在滇川交界处有一个古老的小镇，四周崇山峻岭延绵几百里，山里山外都散居着苗族、彝族、白族、傣族和纳西族等少数民族。昼夜奔腾的磐凤江、金石江，孕育了少数民族奔放的豪情；明丽、婉约的古若江，赐予了这方儿女能歌善舞的天赋和浪漫的情怀；千百年的多民族风俗交融，荟萃了精彩的文化艺术。一个个幼小生命自降生，就来到天然的民族风情村庄；一牙牙学语，便是一曲最淳然的歌；一学步，就是一段最优美、自然的舞。

江月祖上是这里的四大贵族之一，银两丰厚，财粮奇囤。当外面的人们还在为粗糠饱腹发愁，为素衣御寒奔波时，江家的男人则以焚香列鼎、风流倜傥为荣；公子个个衣食无忧、诗书满腹；女子琴棋书画、辞赋歌舞样样通晓。江天早在十几岁就通晓英汉、理化，浓郁书香和上层人际让天生聪明的江天耳濡目染，练就了过人的头脑和处事的快捷。江月的母亲，也是四大贵族百里挑一的才女。江月则正好集合了父母的优点，能歌善舞，古灵精怪，文字功底更是出类拔萃。后来，家道中落，江月的父亲不得不下地耕种，母亲则当起了学校的教师，降生在这个家庭的江月也和庶民百姓的孩子一样，考学，就业，结婚，生子……哪知，"门当户对"的观念在这个古老的地方却根深蒂固，江月嫁给了同为"贵族"家庭出身的胡彪。结婚不到两年，江月产了孩子还没几天，胡彪竟与一个同学勾搭成奸，夜不归家……

江天讲到这里，端起杯子"哧"一口酒下肚，好像生生吞下的苦水。郑本一声轻叹。他心里明白，胡彪对情感的不专一、不持守，也触及江伯伯自己几易婚事的忏悔。这种传统观念，害得江月落到今天这般表面上有家、实则是寡妇的生活。一丝阴影悄然浮上郑本心头：江月从小生活在这种环境中，她的生活习惯如何呢？这时，只见江天掏出手机看了条微信，说："江月，你陪小郑慢慢吃，单位有点事，我先走一步。"话毕，对郑本抱歉道："小郑，你在这儿多耍几天。别送，别送，外面有人等我。"

江月一拽郑本袖子："傻瓜，人家看到怎么办？我爸多尴尬啊！"

郑本一拍脑袋，去前台结了账，江月悄悄提醒："你今天也辛苦了，回宾馆去好好休息一下吧。”

“那你不去宾馆了？”

“时间不早了，我该去学习了。”

“那，你去吧。”

“本，要好好休息噢。晚上……”

“嗯！”

5

从林滇宾馆到江月参加学习的若水大厦，只有十余分钟的路程。还有二三百米，江月就肩挎酱色“简罗蒂”坤包下了车，端端庄庄走向大厦。刚一进电梯，随手一按楼层键，授课的刘教授也跟了进来，问：“中午出去了？”

江月彬彬有礼一点头，嫣然一笑，道：“老爸家来客人了，回去陪他们吃了顿饭。”

刘教授肩挎黑色“鳄鱼”牌方包，一双眼睛不时在江月胸前扫来扫去，说：“小江，晚上有空吗？”

“刘教授，有事吗？”江月不动声色地问。

“也没啥。”刘教授爬满皱纹的眼睛在亮晃晃的镜片后似笑非笑，“如果晚上有空，请你吃若水蒸鱼。”

“哟，不凑巧，和表姐刚说好，要同她一起去办事。”

说话间，电梯到了二十一楼。里面两百余人的会议厅几乎坐满。江月的位置在第三排中间，她和几个熟人礼貌地点点头，悄无声息坐下，拿出笔和本子，翻起上午的笔记来。一翻才发现，一直习惯记笔记的她，上午听了三节课，竟然只写了主题目和几个分题目，连内容提要都没记，更别说像平时一样把表述的过程、引用的名言名句、经典案例都写得条理分明还辅以贯通理解、提示等，一上午下来还没平时半节课记录的文字多。看来自己上午人在课堂，心在林滇啊！

正想着心事，刘教授的讲课开始了。下午的课是《文言文的背诵及迁移》，刘教授讲的是加点字的解释和在考试中的特殊性。考试时，出题范围基本是课文下面的注释，而评卷时翻译句子是"意释不给分，直译时漏译一个关键点却会被扣掉一分或半分"。这种评卷方式，注定了老师授课必须细致，细致到讲清每一个字释，并强调学生务必熟背课文下的字译。只有积淀到一定程度，学生才能将文言文的释译能力迁移到课外……正听得入神，手机振动起来，江月忙拿到桌子下一瞧，是前夫胡彪的电话。她刚一挂断，胡彪又发来微信："在哪里？"江月回复了"正在听课"几个字，手机才安静。江月却心乱如麻了，为这次与郑本安安心心相聚又不露蛛丝马迹，早在半个月前，她就利用胡彪来蹭饭、儿子也在场的机会，装模作样跟儿子说："你快升学考试了，妈只能辅导你语数，等几天，妈还要去若水学习两天，你在家没人给你煮饭，你看，要不要去找外公辅导两天英语？"一贯自私、生怕江月再婚的胡彪求之不得，当即就同意了她的想法，还破天荒掏了两二百元给儿子"打杂"。眼下，他明明知道儿子也跟着来若水了，还打电话问她在哪里，自然是怀疑她的行踪，到晚上姓胡的不更是疑神疑鬼？假设借口有什么事赶来，发现自己不在父亲那里，他大闹天宫，左邻右舍怎么看？可若是把郑本一人扔在宾馆，这漫漫长夜的，人家举目无亲、兀自一人在那房间熬到天亮，自己于心何忍？不知道过了多久，当大家纷纷站了起来，江月才发现，一下午三节课竟在她的胡思乱想中就过去了。

想到胡彪的多疑，江月灵机一动，上了去娘家的公交车，还与同一学校来参加学习的两位同事故意挥了挥手，说："对不起啊，今晚我要到老爸家去呢！"到了父亲家，给儿子和老爸把饭一做，让儿子跟他父亲通了话，又让老爸和姓胡的寒暄了几句，才告诉儿子和他外公，自己要回宾馆准备课件。老爸当然明白，晚上她要和郑本一起，就点了点头，说："你去吧，有事电话联系。"

江月上了出租，车还没到宾馆，老爸打来电话，说胡彪来若水了，让她赶快回去。她连车都没下，就让出租调头往回开，立马把这"意外"告诉了郑本。郑本一听，捏了一把汗，天！竟差点穿帮。忙提醒江月要沉着冷静。他担心姓胡的给江月打电话，迅即就挂了机。正准备出去逛逛街，给江月买点纪念品的想法也不得不中止，原本勾画好的晚上吃些啥再到外边去看看夜景的计划，也一下被打乱。郑本连忙给江月追了一条微信过去："恐怕这一两天是没机会了，你考虑我是否回去？"一会儿，那边发了一个流泪的符号过来："唉，看来只有这样了，只是委屈你了啊……"

在丈夫面前，江月是怎么搪塞过去的，郑本不知道，但这一夜江月跟他的微信来往却达百余条，字字句句都是欲哭无泪的歉疚、不舍。

"本，你在干吗？"

"在去火车站的路上，你呢？"

"刚才和他吵了一架，他没发现什么异样，在我爸那里把饭一吃，就和他那帮狐朋狗友打牌去了。月借故做课件，在宾馆。"

"都是本不好，让你担惊受怕，受累了。"

"本，别自责。只要能见到你，看到你平安无事，月就高兴。"

"这或许是'两情若是到痴时，一朝一夕都寸金'吧。"

"是啊！'南来北往双飞雁，远望泪千行……'要是在一起多好啊！"

"月，我很想问你个事。"

"啥事？"

"你能不能彻底了断和他还住在一起的这种现状？这样弄得你我反像偷鸡摸狗。"

"唉，我何尝不想啊！只是小儿一旦知道我和他爸离婚，肯定要影响到他学习，还有一年了，等等吧。"江月调整了一下情绪，"本，你吃饭了吗？"

"刚吃，炒了份回锅肉，烧了个豆腐汤。月吃没？"

"月在宾馆外面吃的面条。"

"你身体差，饭后要记得吃点水果。"

"正吃着苹果呢，月早上出门带了两个，一心想着你，路上就忘了吃。唉，要是你不走多好，一人半边……"

想着第一次别离的情景，郑本不觉泪流满面。他暗暗祈祷，但愿苍天有眼，保佑这次能与江月在一起多待些时辰啊！

6

都说"网友不见，天天苦盼；网友一见，从此寡淡。"然而，对于他俩却截然相反，尽管已见过面，仍然是半天不聊、一夜不通话，都有如隔三秋的牵挂。

那次相见，是刻骨铭心的。躺在卧铺顶层的郑本，正陶醉在相思相惜相怜的悲情里，列车员就喊开了："换票换票！终点站若江市到了！"

郑本这才隐约意识到一种悲哀、不幸。第一次满腔激情地来，被姓胡的搅得狼狈逃离。不到两个月，今天，自己竟心有不甘，又第二次来到这个城市。

他很羡慕对面上铺、中铺那一对夫妻和下铺那一位打工妹。他们处于疲睡状态，自然而安详。特别是那位打工妹，睡得极沉。想到这里，他连忙装好书刊，戴上眼镜，挎包一背第一个站在车门前，等候列车停站。车厢衔接间，一对情侣似睡非睡地相拥着。郑本一步跨过他俩，一人候在车门前。

列车正快速驶过一小站，眼前一幅幅缓缓流动的画面，在他心底有如家乡般亲切。还有一站就是终点站了。江月曾经告诉过他，这就是她居住的县城桐子梁火车站。

对岸，那缓缓移动的灯火明亮处是江月居住的沿江新县城。那里一直是他梦牵魂绕、从来没去过却又每每心生幻想的地方。

这是一座从建筑风格到城市规划、交通设施都注重完美的新兴城市。尤其是绿化，别有一番景致。这次来，他原本打算入住江月居住的县城，看看那里的街道、人群，以解心头那份牵绊，可她说熟人多，见面不方便，让他还是到上次下榻的若江市林滇宾馆。

郑本上了出租，只说了句"到林滇宾馆"，眼前又浮现出上次的初见。对他俩来说，那是感情的升华，也成了令他们心驰神往最柔软温馨的回忆。

那个宽敞、明亮、整洁的只属于他们二人的爱巢，带走了他的魂，俘走了她的心，他们双双都把魂魄遗落在那里了。她那妙不可言的灵动、温柔、缠绵，让他梦牵魂绕，神不守舍；他那明澈的眼睛、干净的脸庞，也总是在她眼前回放。

她的体贴、仔细、灵性，如一支神笛唤醒了他那颗沧桑、麻木的心；她那灵动的纤手，如一枚神钥，只轻轻一触，那扇厚重的尘封了几十年的门就悄然开启，冥冥的魂影与幽幽的灵气，竟不知不觉被一股无形的旋力掳走，脑袋里只剩了一个女神——她才是他的唯一，才是他的妻，才是他的女人……

"林滇到了。先生，请带上你的行李。"郑本正想着，出租车已到了宾馆门前。下了车，他挺直了腰杆，如见了久别的亲人，脚步略一停顿，深情地望了一眼那古色古香的大门，冷清的街巷、熟悉的商铺甚至过往的行人，都有一种久违的亲切感。无丝毫陌生，也没有犹豫，他就步履从容地跨进了宾馆。

"服务员，我要上次的601！"

"对不起，先生，601没有了，只有801。房间的大小、布局一样，灯光、洗漱设施更好点，还有电脑，价钱一样。"

"噢？"郑本一愣，不无惋惜地叹了一口气，"唉——那就801吧！"

7

领了房卡，郑本轻车熟路地来到801门前，把那精致的门卡在接收口一挨，房门就开了，柔和的灯光溢满整个房间。这房间明显比601更宽敞、典雅、舒适。乳白色的长沙发，期待着一对情侣依偎；钢化玻璃茶几，纤尘不染，氤氲着某种细语；一对空调、电视遥控开关，并放在上面；时尚昂贵的平面电视，静候着来人的开启；气派整洁的双人床和一对新崭崭的白枕头，等着二人比肩；雪白的床单，平整无褶，不见丝毫皱痕。

一放下行李，郑本就给手机的备用电池充上电，打开饮水机电源，取出这几次出差都带着的江月的小说打印件放在茶几上，两下除掉了上下衣物，顺手就拿上他随身携带的毛巾进了洗浴间。这是他多年的习惯。开会出差，不管时间多紧张，旅途多累多倦，只要一到驻地，他都得在第一时间还原身子的干净。似乎这一洗，可除却一路的疲累和俗世的烦恼，还心灵一片宁静。

"洁癖""精干"是同事们送给郑本的两个雅号。在单位，谁在他办公室把烟头、烟灰不小心弄在地上，他会随意而有风度地说一句："办公场地小心罚款。"再当面弯下腰给你拾起来，还随手从门后取下一条毛巾将地面揩得干净如初。他的文件、书橱、办公桌，无论何时都锃亮如新。洗脸、洗澡前，他总是先刷牙、刮胡子，然后才从头往下、连搓带抠洗个干净彻底，他管这叫"逻辑洗漱法"。尽管郑本相貌平平、个儿不高，却总是一口牙白白净净，一张方脸干干净净，身上或白或蓝的衣服熨得平平整整、有棱有角，即使赶稿熬夜、通宵不眠，他也总是那样干净利索，精神焕发，行事如风。

郑本知道，江月正在往这里赶的路上。他要给江月一个干净的身、一颗明澈的心，不能把自己工作、生活中的纷扰带给她。一个身姿如柳、体重不足九十斤的弱女子却承担着比人高马大的男教师还重的课教，为人女、为人妻、为人母的同时，还持守着文学爱好。她那柔弱的肩上担当了太多的重任，自己怎么能把疲惫、烦恼带给本就不堪重负的月呢？

郑本走进洗漱间，发现这里的设施布局、用品和普通宾馆差不多，不同的是，多配了套一次性刮须刀具。虽然这是一件微不足道的物什，价值不过两三元。冥冥中，这个宾馆却给他留下了良好印象。郑本每次出行，都会带上全套洗漱用具，他担心宾馆的毛巾、浴巾、洗浴液不卫生。他把自带的白毛巾浸湿，叠成豆腐块形状，用自带的高级小香皂抹了抹，往脸上来回揉搓几遍，再从右脸到左脸刮起胡须来。第一遍初刮，第二遍解决畸形地带，第三遍全面清理。

连续刮三遍后，郑本摸了摸下颚，再搓了搓脸颊，在镜子里左一瞅右一瞧，才满意地进了洗浴间，把白光耀眼的开关扳向冷水位置，将身子移到喷头下，那如瀑布般的凉水从头浇了下来，一股冷彻肌骨的凉意瞬时浸透全身。他伸手一拨，水停声息，拿起自带的小香皂，往头上两腋前胸后背一抹，双臂反叉在胸前背后连抠带搓，再用那清亮亮的凉水冲浴三五分钟。上面解决了，把小香皂一冲洗，他才开始打理那一丛枝虬而十分葳蕤的庄稼。最后，连拖鞋也脱下来给清洗了一遍。

郑本满意地拍了拍结实的胸膛，穿上江月特意送给他的一条"虎牌"内裤，趿着雪白的拖鞋，喜滋滋地走出浴室，随手给江月发了一条微信："一切就绪，只待君临……"

几乎在同时，门铃响了，"叮咚"两声如清脆悦耳的风铃一般，他知道是江月到了，连忙拉开房门。江月迈步进来，顺手就反锁了门。久别的重逢，两人眼里生出无限的温柔、怜爱。

"本，辛苦了……"

"月，你瘦了……"没有陌生，不见距离，两人如一对久别的夫妻紧紧搂抱在了一起，一阵亲吻、耳鬓厮磨。郑本才想起天气炎热，江月一路风尘仆仆，坐了一个多小时车，忙牵着她的手，来到茶几前，剥开几颗又大又熟的葡萄，喂进江月的嘴里，说："我刚洗了澡出来。这些水果都是洗过的，很干净。"江月勾着郑本的脖子，任郑本给她往嘴里喂，享受地品味着果实，柔情似水地说："本，我还是去冲一下澡。"江月话音没完，郑本已把拖鞋放在她脚前。片刻，江月就趿着鞋出来，顺势坐在了床上……

不知过了多久，两人已舒舒坦坦仰躺在床上。

"本，知道我在想啥吗？"

"不知道。"

"我在想啊，如果不是上天让我遇见了你，我今生还不知道什么叫女人呢！"

"是啊，来这世上，我也终于做了一回真正的男人……"

江月突然想起什么似的，侧过头，对着他的脸颊送上一个吻，说："本，我真担心怀上了呢。"

"怀上了，就生下来。"说着，郑本也坐了起来。

江月赤着脚下床，双臂搭在他肩上，一双清澈、明亮的眼睛溢满柔情。她发现郑本比上次瘦了，一股隐隐的心疼就袭了上来。"我要去接孩子了，你赶了两天车，先去把饭吃了，回来好好睡一觉。"郑本心怀不舍，爱怜地轻轻一拥，脸柔柔一贴，又端视着她，满目情深。"月，我就不送了，你去吧……"

8

郑本扣好衣服，打开临街的窗户，目送着江月远去的孓影，一种隐痛悄然袭上心头。这次，她一听说郑本从家里出发了，立马就表示无论多难，她都会来的。郑本既窃喜难耐，又焦躁无措。胡彪本身就多疑，平时，江月上街买把小菜，他都爱盘根究底。这次，她想以给家里购置物品或给孩子买用具为名来市里待一天半天，可看遍几间屋的摆设，想遍儿子的日常穿戴，都没发现需添置的；若以同事、亲友的事为由，若江巴掌大个地儿，谁家坐东朝西，胡彪都一清二楚。临近头天晚上，她才找出个陪儿子"拜访琴师"的借口。那么瘦弱的一个女子，带毕业班的压力本身就大，还要操心一家人的吃穿和两个孩子的学习，自己这样一折腾，真对不起她啊！

见她渐行渐远，远处一辆公交车停下，她的身影一闪，没入了远去的车流中。郑本整个心蓦地被掏空，眼前便生出一缕莫名的悲凉……

顺着公交车远去的方向，前面是若水广场、高高的商业大楼和郁郁葱葱的棕榈树、橡皮树、六月红，那逼仄陈旧的街道、偶尔驶过的车辆、川流不息的人流，刚才还满目温馨，此时却像罩上了一层无以名状的陌生和隐隐约约的离愁。

这种陌生，使郑本意识到，想要接近这座城市、融入他们中间都是那么艰难。再看对面的农贸市场外的果摊、进出的市民和不远处的一幢幢居民住户，他想，假设自己可以在这里经商，成为这些楼层里的一员，像那一对对的夫妻，与江月有说有笑出门，满脸阳光回家，恩恩爱爱终成眷属，多幸福啊！

郑本掏出一支烟，缓缓点上，望着蓝蓝的天空、深邃的远方，双眉紧锁。一缕缕白烟从窗口飘出，袅袅绕绕就飘散在了冷凉的空气里，只有一丝淡淡的香烟味和零乱的床单，在801房与他做伴……

连续抽完两支烟，第三支抽了一半，他把烟头往烟缸里一拧，拨通了手机。"月，你在哪里？在陪儿子吃饭？出来了？我，我想说，又怕给你添乱……那我说了，你不能勉强。你知道，我后天才开会，我想晚上到你们县城去住下，哪怕你没时间出来也不怪你，我一人去看看那里的山、那里的水，看看你的学校、住宅楼，那里能感受到你的气息，也有你的温暖……那，我住哪里合适？康桥宾馆？你那里转个弯就是？那，一会儿我坐车过去，好，你先走……"

打完电话，郑本的心头才明亮了些。茶几上的茶杯是江月浅浅抿过几小口后放下的，黄澄澄的茶水似乎还散发着热气；这沙发是她和他刚刚相拥而坐过的，恍惚间，那双有些憔悴、恓惶的眼睛还在深情地望着自己，那甜润明丽的声音仍在耳边萦绕；一次性拖鞋静静地脱在床前，两只乖巧的小脚丫还依稀在眼前；宽大的双人床上，雪白的床单已掀翻在床尾一角，已被刚才的狂风暴雨弄得皱皱褶褶……

他心头有种隐隐的不舍，像这一去再也没有机会回来似的，有些悲怆、凄凉。他依次装好了书刊、电脑、充电器、刮胡刀，最后取下那雪白的洗脸毛巾，想旋开冷水把毛巾搓洗几下，立马又折了回来。这是江月擦了身子的毛巾，上面有她的体香和情感、灵魂，就让她留在上面，和自己多些亲近的日子吧。他小心翼翼地把毛巾叠好，装进塑料袋，才回到床边，把弄乱的被子叠好还原，让枕头归位。这是他从小养成的习惯，不管是在家里，还是住亲友家或酒店，无论多忙，起床后的第一件事就是将被褥叠好还原。床铺收拾完毕，郑本退后一步看了看，虽不及刚换洗过的，但摆放得工整、平展，一下就入眼多了，聪明人一瞧便知道这个房间刚有过美丽的演绎和温馨的际遇。郑本静静地看着这间屋子，似乎要把里面的物件和发生过的事都铭刻在心里。他深情地看了一眼又一眼，才一步一步退了出去……

9

走出林滇宾馆，郑本一举手，一辆出租就停在他跟前。"去哪里？""若江新城。"司机瞅了他一眼，说："大哥，那里回头客少，如果打表计价，我就亏了。你补贴十元，总价五十元，我也不拼客转悠，怎样？"郑本见他和自己年龄相仿，微微一笑，道："行！"

司机为省油，三拐两拐就驶出若州，上了去若江的路。郑本才发现，这里的山梁、江河、草木都与老家不同。

山，没有锋芒毕露的棱角，四周圆溜溜的，连山顶也不似川渝、滇黔、湘鄂那般直插云天；稍高的山巅上几乎没有草，即便是山腰、山脚也只有稀稀拉拉几根，只有日照时间长的平地凹处才覆盖着稀薄的一层草皮。这里的江河狭窄，水流湍急，无汉江、州巴二河的悠然宁静，也不见嘉陵江、长江、黄河的浪涛和坦荡，像少数民族青年般单纯而充满激情，而光秃秃的山下，黑黝黝的沟谷里，偶尔一两棵三角梅，或玉立在坡壁，或婆娑于路旁，如生在山村、长在青瓦柴门内的姑娘，没有被世风浸染的招摇。司机见郑本满眼新奇，随手打开了音乐，放的是当地的苗族情歌，一个女子弹着丝弦，一个男子面对山野唱道：

> 请问妹妹名和姓，
>
> 快快开口跟哥说。
>
> 大小事情问长短，
>
> 爬坡下坎好落脚。

接着是男子吹芦笙，女子在对唱：

> 姓张姓李哥莫问，

> 住远住近哥莫管。
>
> 哥到妹家先问路，
>
> 无须过早问长短。

然后，又换成女弹男唱：

> 妹妹说来哥听清，
>
> 哥哥说妹别多心。
>
> 路长路短哥不怕，
>
> 就怕妹妹没有心。
>
> ……

还是司机提醒康桥宾馆到了，郑本才从那极具民族特色的旋律里回到现实。郑本下车后发现，这家宾馆楼上集百货、副食、酒店于一体，进出都不会引人注意，即便被熟人看见，多半也会被认为是来采购的。

郑本不得不佩服江月的聪明。

来到前台，郑本递上身份证，姑娘微微一笑，说："先生，房费有人替你交了，是301。"说完，就把房卡递给了他。

他微微一惊，这个江月心细！

开了房门，只见茶几上摆着一篮栀子花，还有一盘他最爱吃的青梅李，间或放有几串江月喜欢的红提。半晌，郑本才回过神来，月啊，难为你了……

一会儿，江月发来微信：

本，你不是说想感受一下我工作的学校，想看我居住的楼房吗？我们教师家属楼，就在学校院内。周末，学校没有人，大门开着，你进来吧，我这就下去。我们装着不认识，你进去跟着我走，我带你转一圈。记住，保持一定距离，否则，有人看到不好。

你的月

郑本来到若州中学，像家长找孩子似的，直接进了学校大门。此时的江月看了他一眼，装作去取东西的样子，兀自走向前面几排教室，又像是在操场边找什么似的，细细地寻觅了一遍，然后才若无其事地返回。在教室转角处，江月停下脚步，从衣兜里掏出一个塑料袋，递给他，说是前些日子，她用了几个晚上给他织了两双鞋垫，趁姓胡的还没有回来，就给带了出来。晚上能不能出来，她没有把握。万一没机会，明天她想方设法也要过来见他一面。话毕，江月在他脸上轻轻一吻，向他胸前柔柔一偎，又像什么事都没发生一般文文静静而去……

10

回到宾馆，郑本取出鞋垫。原来，上面绣的是兰花映月，布料、针法两面一致，用的都是最精美最费时间的回针。两张鞋垫之间，夹着一首以钢笔行书写就的诗《等你，那一声轻唤》：

> 莫非是
> 前生两颗星辰那一次眨眼
> 就意会在
> 一个满山斑斓的
> 秋天，如故
> 又是初见
>
> 没沾世俗
> 不见一字誓言
> 只有无言的

> 竿山若水
>
> 若水竿山
>
> 见证了
>
> 一个个最温馨的冬天
>
> 明澈的眸子就这样
>
> 相望了数不清的夜晚
>
> 剔透的心灵
>
> 欲语，不言
>
> 却珍藏了人间最美丽的
>
> 诗篇
>
> 是在等
>
> 等心河那一叶弦月
>
> 驾着风儿捎去无墨的信笺
>
> 还是在盼
>
> 盼你摇着兰舟而来
>
> 轻唤，上船

　　这不是暗示，叫我她完婚吗？郑本正沉浸在这情真意切的诗意里，江月悄悄打来电话，说胡彪约了她表姐夫朱新、表姐杨芳来打牌，正好三缺一，本来她平时几乎不摸牌，只好忍气吞声补缺了。郑本告诉她，诗，他看了。他准备回去就给她落实工作调动的事；住房要买新的，至于钱，他交一部分，两个人再用公积金贷一部分，到时让江苇也随她一起过来。半晌，江月才吐出几个字："本，你知道吗？我等这句话都等了三四百天了。唉——等小儿上了大学，才是你我的晴天啊。"接着，江月说："牌场还没散，胡彪、孩子都在家，深更半夜我出门不合适。快零点了，你早点休息，别难过。"

郑本怕给江月惹出麻烦，这一夜，没敢再联系她。长夜难捱，他拿出江月的中篇小说打印稿，静下心来磨改，一直到眼睛实在睁不开，才躺了下去。

直到一阵铃声响起，郑本才发现天已大亮。电话是江月打来的，说是给他送早点来了，已到楼下。郑本漱了口，洗过脸，还没来得及穿衣服，江月就进来了。

"这面是昨晚发的，豆浆也是我自己加工的，你尝尝！"江月说毕，瞟了一眼他那瘦削精悍、几乎不见一点赘肉的身板，给郑本解开食品袋，里面装着四个馒头、两杯豆浆，都是他俩最爱吃的。

记得在一次聊天中，郑本曾说："如果将来能吃上你煮的饭，即便是清粥小菜，也甘之如饴。"她立马表示："要是早晚能居一屋，地作铺天作被，我也愿意！"

郑本想到这儿，顺手拿了个馒头，递到江月手上，说："月，能吃上你亲手做的早餐，我真幸福！"

江月和郑本一起吃着早餐。吃着吃着，你看我，我看你，看着看着，两人就相互抱在一起，难舍难分了。郑本马上得去报到，江月下午要辅导毕业班，也不便送行。两个人搂着搂着，便默契地替对方解起衣服来⋯⋯

约过了一小时，两人穿好衣服，江月告诉郑本："昨晚，表姐说，准备在暑假带上女儿去北京旅游，儿子当即就欢呼雀跃，要我也带他出去呢！"

"我去不方便吧？"郑本试探地问。

"姓胡的暑假正忙，加上他也从来不重视孩子的感受。"江月抿嘴一笑，若有所思地说，"我想，若你一块去，也是个好事。那样，你可以接触孩子，亲近孩子，你俩有了感情，我们的事也就水到渠成了⋯⋯"

"月，谢谢你！"郑本轻轻地撩开江月的刘海，深情地说，"你考虑得真周到。"

"再磨蹭，要误你事了啊。我下去了。"江月依偎在郑本胸前，依依不舍。郑本对准江月前额亲了一口，拧了一把那结实、浑圆的臀部。江月羞涩地瞥了郑本一眼，挥挥手，出了门。

一会儿，假装购买衣物的江月，来到康桥宾馆对面，默默地看着郑本提着行李出来，孤零零地上了一辆出租。江月一抹眼泪，自言自语："本，我多想送你一程，可是不能啊……"

11

为这次旅游，几家人都费了一番思量。

江月的表姐杨芳、表姐夫朱新，一个是护士，一个是医生，而且是上世纪70年代出来的农村医生。他们的文化涵养、知识广度与从小爱读书爱写作的江月、郑本自然没有可比性。

杨芳、朱新要去日本、韩国或东南亚，江月、郑本则认为，两家孩子都面临升学，旅游地应理性地选择，比如黄河、长江或几大名山、古城等，一可趁机温习一下学过的知识，让抽象的课本知识落到实处，二可以给予引导、延伸、拓展些可能要考的内容。至于出国旅游，缓一两年也不迟。最终，综合各方意见，定了北京、北戴河、长城七日游，几人到省城汇合，在双江机场随团乘机。

放了暑假的第二天，朱新、杨芳带着女儿朱雨寒，江月带着儿子江苇，从若城上了去洼市的列车，郑本则从巴山市乘坐火车。大家约定在洼市东站相汇，一起去双江机场。

考虑到一个女人带着个孩子，提着大包小包下火车，再上公交去双江不方便，郑本提前三个小时到了洼市，连早饭也没吃，就直奔东站接江月。到了那里，郑本先熟悉了出站口，见火车还有两个小时到站，才找了一家茶馆，简单修整一下，一边喝茶一边等江月。

出发前，江月叮嘱过，儿子十五六岁，也不小了，有啥事尽量发微信，少打电话，一路上尽量不让孩子们看出蛛丝马迹。想到这儿，郑本发微信问她到了哪里，一会儿江月便回过消息来，说还有十多分钟到站，她早在车门边等着，杨芳还笑话她别激动呢。

江月曾告诉过杨芳，自己与郑本的事。杨芳知道江月和胡彪早已离婚，也希望她找个情趣相投的人过日子。

随着一阵隆隆声传来，从若江开来的火车进站了。这是个郊区小站，出站接站的人都很少。郑本却还是唯恐错过似的，挤在出站口最前排。伴着一阵嘈杂的脚步声，江月远远就看到了郑本，微微一笑。郑本上去接过行李，又考虑到太露骨，连忙说："既然旅游团已把我们安排在一起，这一路，就互相帮助吧。"

旅游团要求大家下午五点到双江机场。此时，才上午九点过，杨芳、朱新要到郊区看望亲戚，便去了公交站，让女儿留下，随江月、江苇、郑本一起找个宾馆休息，下午再一同去双江。

他们在一个叫乐嘉的宾馆登记了两个标间，郑本、江苇一间，江月、朱雨寒一间。待洗漱完毕，郑本、江月便立马带着两个孩子出去吃早餐。

这里的街道冷清，楼房稀疏，除了几家发廊、副食、旅馆，几乎没有一家像样的店面。他们绕到宾馆后边，选了一家敞亮、卫生的家常菜饭店坐了下来。郑本问两个孩子吃什么，两个孩子都说随便，郑本又问江月吃啥，江月也说煮两碗面就行。郑本心想，昨晚在火车上，大人孩子肯定没吃好，便点了一道酸菜鱼、一盘木耳肉丝、一盘家常豆腐、一份空心菜，外加一个青菜汤。

大概是饿极了，两个孩子狼吞虎咽，一个吃了两大碗饭。郑本见状，又悄悄加了个素菜。店家见了，还以为他们是一家人，对郑本、江月说："看这一儿一女，你们真有福气啊！"

江月只微微一笑，郑本也未置可否。

吃了饭，二人和两个孩子一起回到宾馆。江月问："一会儿路上渴了、饿了，咋办？"郑本道："那我们出去买点水果、食品吧。"于是，两个孩子留在宾馆看电视，两个大人不紧不慢地边聊边逛，自然不会放弃难得的二人世界。过了好一阵，两人才称了些脐橙、苹果、梨子，又买了一大袋零食，回到宾馆。

宾馆里，朱雨寒在看电视，江苇抬起眼，异样地看看郑本，又瞧瞧江月，说："妈，你们买了好久啊！"

江月暗暗一惊，忙说："为了买这水果，我们找了好几个地方哦。"见两个孩子又把目光放在电视上，才顺手洗了两个苹果，递给孩子，又装作不冷不热的样子对郑本说："郑老师，吃水果自己取啊！"

话毕，江月拿起一本杂志，兀自看起来。郑本也取出本外国小说，回到自己的房间去了。

看了一会儿电视，朱雨寒躺在床上睡着了，江苇也打着呵欠回到郑本房间，进入了梦乡。郑本见中午气温高，悄悄开了空调，调到19度，并把一瓶水轻轻放在靠近江苇的床头柜上……

待孩子醒来，一起吃了午饭，郑本见江苇脚上的球鞋磨起了小眼，借口说去对面的乔丹专卖店看看。江月点点头，就挽上儿子跟了进去。

货架上的鞋高的一千多元，低的也是三四百。见孩子目光停在两双八百多元的运动款上，郑本心想，虽说自己还没穿过一双过四百的鞋，最贵的衣服才五六百，但一想到江月是想让他"亲近孩子"和孩子培养"感情"，自己一直不打牌、不喝酒，孩子也成家立业了，今后得把江苇当成亲生骨肉，哪怕自己节俭些、吃些苦，也不能让江苇吃亏，当即就让服务员拿了那两款过来。江苇一见那么高的价，连忙后退。江月知道儿子喜欢这品牌，就出面撮合："儿子，换上吧。回头，妈取了钱还给郑叔就是。"孩子信以为真，才满心高兴地穿上。

见时间不早了，大家回去退了酒店，招了一辆出租车去双江。

车到半路上，杨芳打来电话，说飞机要晚上八点多才起飞。老家有个侄女嫁到双江，让过去坐坐再去机场不迟。

出租到了杨芳说的小区。这是老镇扩建、延伸出来的一个新居民区。稀稀疏疏的楼房才建了六七年，街道宽敞，街边各种商店、大小饭店整洁明亮。来接他们的是杨芳的侄女，生得白净、文气。从主干道旁的一个岔道拐进去，就是她居住的小区。女子指了指堆着杂物的门市，说那也是她家买的，目前还没有合适的客户，她家就在楼上。他们从旁边上了楼，这是套常见的三室两厅，屋里简装了一下，只有厨房、厕所、卧室像模像样，客厅、餐厅、阳台只摆了几件凑合着用的廉价桌凳沙发。他们刚一落座，女子的婆婆立即开了一个大西瓜，满脸笑容地捧出来请大家解渴，公公在旁边则一脸尴尬地搓着手说："孩子刚成家，农民家没底子，家里就这个样子，别见外。"

一看这情景，就是厚道、善良的农民家庭，小两口也承袭了质朴、勤俭的家风。江苇、朱雨寒吃了西瓜，一脸新奇地到下面植物园玩去了；杨芳则随侄女一家边遥望着后边的学校、远处的机场，边随意地聊着天。郑本洗了手回客厅，却撞见了不敢相信的一幕：穿青色一步裙的江月坐在沙发上，裙子随着坐姿后缩，那白白的腿就裸露了多半。朱新坐在旁边，一只手竟在她腿上轻轻摩挲，江月也不躲不避。当她发现郑本已看到这一幕时，双颊一下臊得绯红……

一股强烈的耻辱感袭来，郑本心头如翻江倒海，默默地来到客厅外的阳台上。江月缓缓跟过来，小心翼翼地说："我知道你看到了，唉……"

"你们究竟是怎么回事？"郑本声音低沉得可怕。江月犹豫了一下，轻声道：

"他是老表嘛，开开玩笑。"

"呵呵，'开开玩笑'？"郑本盯了江月一眼，"请问，再摸上去点是啥地方？还有啥不能做了？你当我是小孩？"

江月嘴唇颤了颤，没答出一个字。

郑本气咻咻地下了楼，江月忙跟了下去，愧疚地道："不管你怎么惩罚，我都接受，我只有一个请求。"

郑本余怒未消，瞥了一眼江月。

"这件事，请不要告诉我表姐。"说完，江月又似乎心有不舍，"希望你能看在这两年的情感上，原谅这一次，我保证不会再发生类似事情了。感谢你，郑本。"

楼上，杨芳似乎发现了什么，朝他俩高声喊道："江月、郑老师，侄女家的车接我们来了，快来把东西提上，走了哦——江苇！雨寒！"

12

来时一路欢声笑语的江月、郑本，此时双双没一个吭声。车上只有两个孩子、杨芳的说笑声和朱新的一两句搭讪。

郑本在想，既然江月保证不会再发生了，自己若转身就回，显然也是草率。不如当面锣对面鼓说清，否则，与孩子的"亲近""接触"，也没必要了！

江月早已看出郑本的心思。下了车，江月问杨芳上厕所不，杨芳摇头；又问雨寒、江苇，他们也答不上；才问郑本，郑本面无表情地点点头。江月若无其事走在前，见已避开表姐他们的视线，巷道里空荡荡的，才放慢脚步，对郑本道："我知道，你有话要说，说罢。"

"你知道我在帮你联系工作调动的事吧？"

"知道。"

"你知道巴山中学已同意江苇转学了吧？"

"知道。"

"你知道，我都对比了十多个楼盘，准备按揭买房了吧？"

"郑本，这些都是我心甘情愿让你做的呀。"江月说着，抹起泪来。郑本心里一软，冷静了几分，道："你俩不是一次两次了吧？"

"我说过，这是第一次，也不会有第二次了，真的！"江月说着，一把拉住郑本，哀求道，"本，你可以不要我，但你不能污辱我。如果你还相信我，我可以不跟表姐家来往了。"

郑本想了想，说："亲戚之间的事，不必做绝。你今后与姓朱的保持足够距离就行了。"

"好，月一定做到！"

郑本上罢厕所回来，虽脸上少了些阳光，但说话做事依然如早晨接站一样潇洒。他抬头挺胸，进了机场服务大厅，帮大家换票，又帮忙办行李托运。验票时，他顺势就把江月提的水果、食品袋拿过来，提在手上，紧跟在江月母子俩身后。上了飞机，他见自己的位置临窗，忙让江苇到边上坐，然后，才紧挨孩子坐下，一起欣赏窗外的风景，不时还帮孩子拍一两张照。下了飞机，郑本又率先跑在前面领行李，刚一上客车，便拿出六瓶水，给每人递上一瓶。到了宾馆，他立马把江月送到房间，还主动提出让江苇跟自己一个房间，并把临窗、正对电视的床铺让给江苇。第二天一起床，就帮江苇把一天要带的食品、饮料装进旅行包。导游吆喝上车时，他已提着母子俩的大包小包，占上了视线良好的前一排位置。一到景点，他手上一包，背上一包，跟在母子俩旁边，遇上好景点又主动当起义务摄影师。天突然下雨或太阳大了，他便悄然无声，递上一把花伞……

　　杨芳看在眼里，为他俩喜在心头，还嗔怪丈夫像蛤蟆——捣一下跳一下。"你看，人家郑老师办事多干练心细啊！"

　　哪知下午游故宫时，江月在北京读大学的女儿来了。朱新鬼鬼祟祟地在她跟前嘀咕了一阵后，那女子把江苇拉到一边，细细地问了一番。接着，郑本发觉那女子看自己的眼神就变得怪怪的了。

　　一行人上车回旅馆时，郑本正要帮江月提行李，江苇一把抢了过去。晚餐时，郑本明明占了临窗的位置，江月正准备过去坐，她女儿却当即就命令似的喊道："妈，过来！表姑、表姑父过来，我们在这里坐。"晚上，江月准备洗衣服，让郑本把浸满汗渍的衣服脱下，放在了一起。一会儿，江月却发来微信："本，你的衣服我不能洗，缘由明天告诉你，请原谅……"

　　郑本跟江苇打招呼，江苇没有理睬；跟朱雨寒搭话，对方讪讪一笑就走了。晚上，郑本失眠了。

　　待江苇入睡，郑本披上衣服，来到宾馆外的坝子边，点上烟，默默地吸了起来。吸着吸着，只听得坎下，一男一女在争执，声音压得很低。

　　"你说的，等你的两个孩子和我这边的雨寒也上了大学，我们就结婚。你忘了？"

　　"没有忘！我更没有忘早在去年三月，我就对你说过，我们之间不合适，只回到从前还是做亲戚，你不会没听见吧？"

　　"我听见的。不过，你十年八个合适，五年三个不合适，也不像话吧？"

　　"所以，你就该在我的两个孩子面前诋毁我，说人家的坏话，挑拨我与他的关系？"

　　……

　　回到房间，郑本给江月发了一条微信，说他明天一早，趁孩子没起床，就离开北京，回巴山了。一会儿，那边回复过来："本，我不想你回。你好好想想，不回行不行？"

郑本想了半晌，回复出奇地冷静："谢谢，回去有事。"约过半小时，江月才回过来："本，如果你一定要回，明早我送你吧……"

第二天一早，郑本背上行李，刚开了门，住在对面的江月就跟了出来。到了站台，郑本说："我走了。"江月已是满眼泪水。郑本挥了挥手，江月点了点头……

丢失

陡峭险峻的青石梯，向悬崖深处逶迤而去；寂静的码头，停歇着一叶小木船；薄薄的双桨像折断的蜻蜓翅膀，在清澈的溪水里映出悠悠的影子；一只孤独的水鸟栖息在黝黑的船篷上，面向空寂无人的崖涧；一线山路悄无声息，伸向远方⋯⋯

南来北往的行人，一到崖上就像过去一样，喊道："江老汉，过河——"当听不到那熟悉的"来了咯——"时，来人又扯起嗓子喊，还是没有老人的回应，也不见他委托的人影。

摆渡的江长水失踪了。

下游一龟形巨石上，刘老汉站在"龟"左肩，腿一叉，举起鱼竿奋力一舞，饵钩带着细线，"嗤——"的一声飞向河中央。"今上午，他儿子还开着奔驰回来在找呢！"另一位老人则搭个小方凳，坐在"龟"右肩，守着两根鱼竿，瞅着平静的水面，补了一句："好像听说一走就仨噢！"

江长水，真的不见了。

1

江长水七十八岁，还有两年就整整八十高龄了。

江长水的家三面临水。一涧明净的溪水从北向南，与东来西去、宽宽坦坦的渠江一汇，再向南一拐，就端端正正进入了小平故里。于是乎，宽阔的江水、窄小的溪流，一下把原本连在一起的村落，划成了三乡最偏远的界地；三个隔水相望的码头，也因附近的古刹而得名"观音溪"。而江长水的家就雄踞在对岸高高的崖边，离码头仅五六百米，那远山的云霞与北来南往的船帆、邻村的狗吠鸡鸣和水上的桨声渔歌，便尽在眼底耳畔了。

在这观音溪，稍上点年纪的人都知道，江长水跟这条河是有感情的。他十多岁就上船，深知行船走水图的就是个平安，于是给几个儿女都取了个吉祥的名。老大、老二、老三是儿娃，叫顺水、顺风、顺当；幺女叫顺丽。

早在十多年前，江长水的名字就像门前这两条河一样，名贯渠、竹、广三县，家喻户晓。他和老伴秦明月生有三儿一女，老大从小就文笔灵秀，还著书立说；老二、老三一放下书包不久，就成了百万、亿万富翁。不知是祖坟埋正了龙脉，还是他两口子前世积了大德，竟连那个这些年有点坎坷的幺囡，也是出类拔萃，要身材有身材，要本事有本事。

可就是这个软硬实力都让人梦寐以求的家庭，江长水却不以为然。几个儿女年年回来团圆，动员他去"城里"，而他好像习惯了老家生活，依然两只眼睛一睁，爬起来就挑水扫院、去码头，晚上一关鸡圈鸭笼，又上床看他的戏剧频道，或撤响他那部双喇叭手机，听他的"公社是棵常青藤，社员都是藤上的瓜"一类红歌，全把儿女的话当耳边风。

七十八岁的人了，万一有个三长两短，一口气上不来"摆"在了家里，那连河两岸还不弄出个"江氏门"丑闻？

江长水却不顾及后果。大儿顺水让他去省城，他微微一笑，甩了甩脑壳；老二顺风一家大小开着两百多万元的奔驰越野车回来接他，他眉头一皱；三儿顺当跟他商量："老汉，我那里到二哥家也近，你去试住几天，想家了就送你回来。"老人嘿嘿一笑，答："农村空气好。"幺女顺丽眉头一颤，向三嫂许灵一递眼色，说："前两天，我在街上遇到个八十多岁的算命先生。你们说怪不怪？他看着我又是摇头又是叹气，最后竟说我们家有邪气呢！"

"邪气？"许灵一惊，就跟着火上浇油，"那可不得了啊！"

江长水一愣。顺丽这才绘声绘色地说："那算命老先生皓发童面、高高瘦瘦，穿一身蓝色长衫，他不问生辰八字就知道我兄弟姐妹几个、几男几女，甚至连我母亲是啥年月去世的都说得一清二楚。"接着，顺丽就学起算命先生来："俗话说'发不过三代，穷不过三代'，这位女士，你家要走'魔窟运'呢！什么时候？多则不过半年，少则三个月内，就要显！你不信？你看这甲子、乙丑、丙寅、丁卯……办法吗？好！看你这图耿直，给了一百块钱，我就帮你一把吧。今年甲子硬，你父亲八字大，可以压邪。你再给十八块八角八分钱，我给他画一道符戴上，在你们兄弟姐妹家轮流住些时间。不然，就不能免灾哟。"

"莫信那些！生意靠做，文章靠写。"顺水嘴一瘪，不知道这是许灵、顺丽两个约好的点子，一副天不怕地不怕的模样，"爸，你就安心度你的晚年，别再为我们操心了。"

"莫信？安心？"江长水眼睛一瞪，"胡说！做生意，谁不讲运气？当老人的就是为儿为女嘛！去，下午就走！从大到小，先去顺水家。"

"爸，你就先住我们家吧。"老二媳妇邱菊信以为真，一想到自己每天营业额五六万，万一真有邪气，那一天损失不就大了？她连忙抿嘴一笑，说："爸，我们给你专门留了套别墅呢。"

"咦？我老邱还有孝心嘛，比我这当儿的都想得周到呢。"叼着一支"软中"的顺风，向媳妇会意一笑，掏出了那鲜红的高档烟盒，恭恭敬敬给老人和两个弟兄递烟、点火，"爸，那就先去我家吧？下次到大哥家，我送您！"

侯勤心想，人家二弟一家是商人，天上不落地上不生，靠的就是个运气。她作为长嫂，就当母亲，自己不让谁让呢？便依然一副文质彬彬、宽泛温和的语气："我们家条件差，只要爸爸不嫌弃，住到一百八十岁都行。"

"那，那，"老人想的是从老大家开始，话却结结巴巴、左右为难，"那，那就先从老二家开始吧。老三，你吃点亏，放在最后了呵！"

"行。"老三顺当从小乖巧，见老二两口子一个志在必得，一个妇唱夫随，不禁一笑，"弟兄间，不计较。"

邱菊一听，忙跳到地坝边，朝着邻居刘老汉家，扯开甜甜的嗓子喊道："刘表叔，你下来一下，我们有点忙要你帮忙咯！"

刘老汉与江长水是远房老表。他一走进地坝，邱菊就请表叔中午一起吃饭，还随手递上去一百元，说是让表叔拿去买烟。刘表叔刚一落座，她就把帮忙摆渡的事托付妥了。

几个儿子陪着刘表叔抽烟喝茶，老爷子江长水就照例与几个儿媳和幺女一起烧火做饭去了。

这是个典型的川东农村民居。正房是一字形的九间三层楼房，两层石头墙上是一层青砖楼房，外加左右各一间转角平房。那是他在河边摆渡抽闲，撒了几十年网，千条鱼万篓虾攒起来的。一抓阄，左边就给了老大，右边就给了老二，中间的就是老三的了。几个儿子一进城，老人就留在了离晒坝、水井近一点的右边吃住。过年过节，儿女们带着食蔬回来团圆，老二的灶屋自然就成了公用厨房。

厨房里，一台嵌了白瓷砖的大灶上，前一口大铁锅，后两个小铁罐。江长水正忙得不亦乐乎。他从墙壁上的筷筒里抽了一双筷子，随即就揭开了后边的鼎罐盖，一股热气"腾"地冲上房顶，弥漫了半个灶屋。老人拿着筷子迅速插了插罐里，连忙对正在烧火的大儿媳和身后正在清碗（清碗：四川指最后一次清洗）的二儿媳说："侯勤，别烧火了，盐菜肉炕了！邱菊，碗是清了的，拿来就舀，饭也好了！"老人说话，就像他干活一样麻利。转眼间，一块湿毛巾包着蒸碗，便端到了饭桌上，七八碗白米饭、五盘菜和一钵汤也给端上了桌。"吃饭，吃饭……"

几个后人担心夜长梦多，三下五除二把饭一吃，老二发动起了车，邱菊要扶江长水上车。老人受宠若惊地说："刚才我都能挑水劈柴，莫牵莫牵！"江长水一挣开，自个稳稳健健行走起来。大儿媳侯勤知道老人走的是个形，心里还会牵挂老家，就把老人晾晒在船上的衣物收了回来。三儿媳许灵把门一锁，向邻居说了声："刘表叔，帮看到一哈呵！"就跟在后面，一直把老人送上了车，目送着车走了，才上了小路。

2

冰城，有南富西贵东穷北乱一说，老二家在南富黄金地段。江长水知道，老二家有五套一模一样的别墅。两套是给双方父母住的，两套给两个儿的，剩下的一套是顺风两口子自己住。按二儿媳邱菊的话，他们家情况特殊，老人跟儿子说不到一块，两亲家更住不得一搭，楼盘增值这么快，一套别墅首付50%才两三百万，钱是银行的，赚的是自己的，不买白不买。

江长水一到冰城，两个孙子和未过门的孙媳早已开着宝马，恭恭敬敬等候在只有两层楼的别墅前。一个眉目清秀、前一排稀疏整齐的刘海、后绾着个发髻的保姆，大大方方喊了一声："江叔！"见保姆过来就要扶，江长水身子一侧，说："我自己走！"便大步进了门。这时，他才从儿媳那里知道，保姆姓罗。江长水一进别墅，小罗就拿过来一双棉拖鞋。江长水正惊诧于厅堂的开阔、大气和布局的高雅、装修的精致，顺风开始向老人介绍："这间会客厅，面积只有一百平方多点，墙上那青石，只有攀枝花才有，那是闻名中外的苴却石；地面是耐磨砖，既防滑又防潮，从德国进口的；墙上的大屏幕数字电视、高清可视电话，是日本原装货；后面的花园和前面的人造山水、鱼池、林荫道，是法国建筑师精心设计的……"

儿子话音一毕，儿媳邱菊又甜甜地喊："爸爸，你来看看！"江长水过去一瞧，那是一间有两个卧室大的房间。房间三面临窗，窗外近是碧波荡漾，远是田园青山，里面摆着两套新崭崭的不锈钢设施。一套配有一条输送带和电源开关，一套床式模样，像医院的B超机。江长水眉头一皱，心头就有些不快，"这咋像医疗设备呢？"

"爸，这健身房装修简单，连跑步机、氧离子健身床才十八万多点！"

江长水前脚刚往里一跨，保姆又递过来一双柔软的"耐克"，说："江叔，要换鞋呢！"老汉心头一愣："嗯？刚换了鞋嘛，咋又要换呢？"江长水心想，这人也怪。没钱的人，把重要的事简单办；有钱的人，总爱把简单问题给往复杂里整，还说那叫档次、享受。这不，连鞋都要分个里外软硬。顺风见老人有些尴尬，哈哈一笑，道："小罗，在这里我爸是最高级别的长官，就免了那些手续，随他便吧！"

在水上生活，即使是大雪纷飞，江长水都爱在睡前擦个凉水澡。一路几小时的颠簸，老人也有些疲倦。儿子儿媳一走，保姆也买菜去了，老人就洗起温水淋浴来。

洗澡，江长水看不惯现在的年轻人，明明只要几分钟，偏偏就得磨磨蹭蹭几十分钟。而他一遍水一淋，药皂从上到下一抹，几挠几搓，再打开水一冲，人就干干净净、清清爽爽了。由于上了年纪，眼睛也配上了"老光"。他洗罢澡，擦干身子，照例得先戴眼镜，后由上而下穿衣服。老人伸手从衣架上取下眼镜一戴，"咦！这眼镜架上咋挂了个绳绳呢？"仔细一瞧，那绳绳下面还连着个蓝色的布条条，三指宽五六寸长的条形物中间，还横着有固定什么用的小条条，"呸！呸！"原来竟是女人用的什物，现在的女人怎么就没有一点教养，不知羞耻不害臊了呢？小时候，自己就常听到母亲教育几个女儿："一个好女人，有些东西是不得公开清洗、晾晒的。否则，让男人看见了，不仅视为撞了霉头、晦气、不吉利，还有伤风化。"秦明月一嫁过来，不需人提示就懂这些习俗，也传给了女儿和儿媳们。可年轻人往城里一住，几天就变了。一个个不仅把衣服裤子穿得薄若蝉翼、沟壑透明，走起路来屁股还一摆一摆的；连内裤、乳罩和这种见不得人的东西，也当万国旗般给高高悬挂在房前窗外飘飘摇摇、卖弄风情。

老人戴好眼镜，提起裤子一穿，一只脚还没进裤管，立起的脚就打起了闪闪，"扑通"一声，踢倒了纸桶，卫生纸撒了一地。他弯下腰正要往里拾，才发现原本洁白的纸上，全沾着鲜的乌的稠的淡的些血迹。江长水急得团团转，这咋往里拾呢？他一睃寻，卫生间里没有挟具。他跑进厨房，这城市不像农村，也没有带把的火钳。来到杂物间，只有扫帚带把，可用了用它扫地就会沾满一地污渍。进小罗的卧室找，化妆台上乱七八糟撂着些瓶瓶盒盒，床上几千块钱一床的被子也懒得叠，起来顺手一拉竟像张晒坝。老人皱了皱眉，天天不叠被，难道那毯子、被子不潮湿？里面不蕴藏些脚臭汗臭？老人又回到洗手间，上上下下瞅遍，才发现墙角有把池刷，就拿起来一边往里拥，一边嘀咕："沟子一擦就跑了，也不晓得带出去，一个桶桶竟给装得紧紧扎扎、冒冒梢梢，连红苕屎都没屙完，就知道挎着个小包包、穿着双高跟鞋，'可哧可哧'在街上扎势……"

老人蹙着眉头，想了半天，才明白：城里人认为透明、洋气、好耍就光彩；

没有钱、下苦活才羞耻呀！

江长水就像看见一颗土豆掉进了金银首饰柜。一个是人家，该在繁华的闹市；一个是自己，该在炊烟袅袅的山上。

从此，他也就如鲠在喉了。

江长水在老二那别墅里，没住上十天，家里的幺囡顺丽就一脸愁容找老大顺水去了。

原来，离了婚的顺丽租了一间门市，经营复印、照相和卖影碟。却不想，"5·12"地震将门市震成了危房，即将被拆除。顺丽有两个孩子，一个正读研，一个刚小升初，家里一天都缺不得钱。而重新租门市，连转让带租金竟要二十多万。

俗话说："有风吹大坡，有事找大哥。"一想到顺丽的处境，顺水就愁眉不展。这怎么办？妹妹本身就命苦，自己身为大哥若是不管，咋好叫下面的兄弟帮助呢？顺水眉头一皱，只好脚痛顾脚，说："你抓紧落实门市，我年终可能有五千块钱，就借给你吧。"

"大哥，你再给我想点办法吧！这些年我还了老账，又养两个娃娃，手头只有一万多点了。"顺丽一听，脸都急得泛白了，她原以为大哥是报社的干部又是作家，这几年多少都能存些钱。哪知大哥并不是人们想象得那么风光。顺水问她父亲知道不，顺丽点了点头，说是父亲一听，还摸索出了一张活期存折，是这些年他余下的生活费，积攒了八千块，准备老了那天给后人松点"重量"的。顺丽摇了摇头，自言自语道："哎，老三虽然有百多万，可刚买了房子，还到处挪着人家的货款，他能把自己家顾好就不错了。顺风有几个亿，随时扯个几万当然没问题，可那年，我租门市借他那一万，他两口子都吵了一架，这口不好开呀……"

3

尽管大哥说钱的事大家帮忙，但顺丽知道，为了她这个当妹妹的，两个弟弟没少受大哥的气。那年，顺丽向老二借钱，老二犹豫不决，说了句："你二嫂不同意。"让老大狠狠臭骂一顿："你不借？你还是不是秦明月生的？你姓不姓江？你是不是以为你长粗了，我这当大哥的拿你没办法？嗯？嗯？"最后，老二两口子不得不乖乖借给她一万。顺丽想到这件事，情绪才稍稍稳定，就向大哥说了自己的想法："哥哥，现在一时半刻不一定有合适的门市，我想一边找门面，一边帮人打工给娃儿挣点生活费。"

"打工？"顺水一听，眼睛一瞪，就像他写文章一样，逻辑严密地提醒道："你当这么多年老板，习惯？我看你还不如先做个什么小生意自由。"

"自由？"顺丽扑哧一笑，又取笑起大哥来，"你哟——摇笔杆，内行；做生意，你还不行啰！三两个月的门市，人家能便宜租给你？"

"行，工作的事，你出去跑跑，我也给你联系联系，看有没有轻松点的活。"

"累点、苦点，我不怕。只是住宿的事……"

"住宿，你就别考虑了，住我这里。"老大家是上世纪九十年代末报社的集资房，八十平方，两卧一厕，餐厅、客厅是合二为一的。"搭餐桌那儿，我扯块布帘回来一隔，空气流通，光线也好。"

"我就睡这沙发吧，有床棉絮就行，免得影响吃饭。"

"打工一般都是三班倒，那你怎么休息？在我家，你就别客气了。"

顺水叹了一口气，在四兄妹中，最能干、最命苦、最让他担心的就是这个妹妹。自己在锦城，顺风与顺当在冰城，顺丽一个人在石城。这些年为了拉扯两个孩子，顺丽根本就没有宽裕的钱去买房。以前，一家人吃饭和两个孩子睡觉、做作业都挤在门市后边一个堆货的房间，晚上门市一打烊，大人就睡在一张折叠床上。

为借钱的事，顺水一直在冥思苦想。同事那里，从这几年报社与一家企业合资后，年终奖金都给换成了购物券。家家户户都给弄得连年都过不愉快，除社委会几个不好说什么外，下面的中层干部和编辑、记者几乎怨声一片。连续几天晚上，顺水把电话本翻过来又翻过去，关系好的都一一给梳理了出来，一个个打电话，一个个求情，最后还是从过去他采访过的一位为人厚道的企业家那里借了两万元。天！即使妹妹把所有的亲戚跑遍，最多凑够十万也就不错了，而那些看似好客的亲友，谁不是只要你一说"钱"，人家就会说得跟揭不开锅，马上要上民政局一样？

可是，没有钱租门市，顺丽就没有了生活来源，好端端的两个孩子就要给毁了啊！顺水把电话打到父亲歇住的别墅，一听保姆不在，就说："爸爸，你帮妹妹开口，向老二借几万，我在一旁敲敲边鼓。"江长水嘴一瘪，说："你跟哪个都可以说'借'，千万别向他两口子提那个'钱'，可惜你一句话！"

老人的看法归老人，万一这些年顺风、邱菊两口子变了呢？顺水这么一想，一到星期五下午就和妹妹顺丽，登上了去老二那里的火车。

火车上，顺水眼前就恍惚有了一条路来，那路上是妹妹一个人这些年留下的足迹，深深浅浅、弯弯曲曲……

二十年前，一个不满十八岁的女子，苗条的腰身，黑黑的一对杏眼，一头瀑布般的黑发，是远近闻名的一朵黑牡丹。她高中没毕业，栽秧、挞谷就干得样样利索，挑着一担一百多斤的水粪，肩上扁担闪，脚下步儿快，遇上半人高的坡坎，一步下去腿都不得闪一下，一挑水粪该放哪儿，便给稳稳地搁到了哪儿，点滴不溅。连侍弄庄稼的老把式都啧啧称赞："这女子，今后一般家庭怕讨不去呵。"

当年，哪家小伙想娶江家顺丽，简直有摘星星、要月亮般难。江顺丽刚一毕业，就跟她当时还在搞无线电的三哥顺当，背着个装工具的背篓，学无线电修理去了。兄妹俩早上一同上街，晚上一路回家。谁知技术刚学八成，顺丽竟像鬼迷了心窍，私下与邻村一个样子长得不错却游手好闲的高中生相爱了。尽管一家人千阻万拦，甚至气得江长水举起根扁担，撵了几条田埂，要打断她腿，也没改变她的一意孤行，还是与那小伙远离家乡做起了水果生意，最后生了孩子，当了妈。不出三年，江顺丽就没逃脱川东流行那句古话："不听老人言，必定受饥寒。"她那位从小耍惯、娇惯长大的丈夫，一结婚就跟些不三不四的男女一起打牌，通宵达旦，夜不归家，最后竟发展到和几个赌女勾搭成奸。生性好强的江顺丽，一肚子的委屈不好对娘家人说，而生意场上竞争激烈，要保证家里开支，就只有亲自出去收货。到云南、广西，收菠萝、订香蕉；去河北、陕西运鸭梨、拉苹果；上甘肃、宁夏贩花椒……对于收货，一些大男人总是把钱朝信息员一摔，就约上几个同行打牌去了，而她总是披风沥雨、脚踏实地进果园，到瓜地以质论价，亲自把关，把生意做得风生水起。一个女人十几年如一日，担起家庭的担子，委曲求全，好不容易熬到大孩子十二岁、小孩子两岁多，那男人就得寸进尺，一天吵三场，三天打五回，轻则拳头耳光伺候，重则板凳木棒砸来，两个亲生女儿更不敢在他面前说话。还是一个老大妈悄悄提醒她："人家在外怕有了吧？"江顺丽才意识到，后院出了问题。趁丈夫出门时悄悄跟上去，在一个新落成的花园小区，发现丈夫与一个披金戴银、风姿绰约的少妇牵着个两岁左右的男童，说说笑笑漫步在风景如画的桃花下。那男童方方正正的脸、浓浓的眉、一张宽大的嘴，分明就是丈夫的"杰作"。走着走着，男童就张开双臂，撒起娇来，说："爸爸！抱我……"

江顺丽一核实，那女人是离了婚的，原来在一家公司上班，自从生了这个宝贝儿子后，就在这里买了房，停薪留职做起了专职太太。

　　江顺丽哪里丢得起人，回来不到一个月就把婚离了，将两个孩子的抚养权，也都揽了过来。为了照看孩子，从此她不再外出，开起了经营打字、复印、照相业务的门市。不到半年，江顺丽就从请来的两个女工那里学会了五笔打字和制图照相等全套技术。虽然法院判了丈夫给江顺丽三万元抚养费，可一个孩子户口不在本地，读的是"高价书"，一个娃娃还要请人照管，几年下来该要多少个三万？后来，江顺丽经人介绍，认识了个"朋友"，但这些离过的男人，不是赌嫖成习、贪玩懒惰，就是空有样子的"衣架"。还是当记者的哥哥顺水说："一个真正好的丈夫，有哪个女人舍得丢手让给别人呢？"她才终于明白，离了婚的男人女人，绝对有让人难以忍受的毛病，就像自己过于好强一样。而对于一个女人来讲，再婚往往是与悲剧、苦难更近一步，越陷越深……

　　在火车上，江顺丽一想到两个乖巧听话的孩子就愧疚。她一心考虑筹钱，已经近二十个小时没吃过东西了，上一顿还是昨天中午喝了点稀饭。

4

　　正在办公室谈生意的老二，一见顺水、顺丽来了，就连忙迎上来，哈哈一笑，道："大哥、妹妹坐，坐！儿子，出来划价。大爸、幺姑来了！"老二把生意跟大儿子江帆一交代，两杯水就端在了大哥、妹妹面前，立马又给几个来自重庆、成都、西安的客户介绍："这是我大哥，这是我妹妹。晚上，大家就一起吃饭，都是自己人。"

　　与二哥的客户打了招呼，趁二嫂没在场，顺丽就说了借钱的事。顺风瞅了一眼客户，爽快答应了："没问题！我正在凑一笔钱，可能要等几天。"

顺水、顺丽一听，心里都踏实了，到底是亲兄妹。说话间，办公室外传来"嘀嗒嘀嗒"的皮鞋声，顺风一听，知道是老婆来了，赶紧猫着腰轻轻扭开了门。门口，邱菊风尘仆仆，略显疲惫，看到顺风正想骂一句："你个死鬼，也不来接我。"顺风赶紧朝她努了努嘴，又朝里屋瞄了瞄，侧身把邱菊让了进来。邱菊一见大哥和妹妹，心里"咯噔"了一下，立马换了张脸，说："哟，大哥，幺妹儿，什么风把你们吹来了哈。"邱菊推门进来，紧挨顺丽坐下，一手搭在顺丽大腿上，无比亲热。做事一贯明来明去的大哥待邱菊坐定，先谈了谈顺丽的处境以及借钱的事。邱菊一听，脸上的肉抖了一下，立马又笑了，咽了咽口水，道："大哥，幺妹儿，莫急，莫急哈，等几天，等几天。来，吃香蕉，吃香蕉。"说着，从茶几上拿起一根剥了皮，首先递给了大哥，接着又利利索索削好一个红红的苹果，递给顺丽……

不到六点，老二就让他们坐上自己的爱车，特地让大哥坐他旁边的副驾位置，亲自驾车到了冰城最豪华的南豪酒店。

车刚一停稳，车位保安就上前帮着开了车门，摆出一个标准的手势，恭敬地说："江总，请！"顺风一行来到酒店门前，不待保安介绍，迎宾小姐面带笑容一边引路上楼，一边甜甜地问："江总，您是要幽谷蓝草888，还是要新设的极品包间颐和古风999？"顺风故意停下脚步，气派随和地向身后一望，话分明是说给一行来客听的："今天来的都是些稀客，那就颐和古风吧！"

走进颐和古风，恍惚走进了皇家林园。一棵棵苍松翠柏俏立湖水之畔，透迤的细流从罅隙间自然溢出，蜿蜒向前穿丘越林，白亮亮的泛着一路鱼鳞般的碎光。古朴典雅的长廊、阁楼、石舫，掩映在翠柏间，映照在湖心，形成一幅双面绣，难分虚实。湖面上的小桥灵动而秀美，形似西湖断桥。遐想间，古筝演奏的《渔舟唱晚》清越、悦耳，如鱼腾水笑。黄木栅栏围着的圆形红木大餐桌，鹤立于中央；桌上，洁白的十八朵莲花巾，早已整齐划一地置于一圈金光灿灿的精品餐具上；那杯、碗、羹、盘是清一色的镀金广东加强极品瓷，瓷面细嫩、柔和，连镀金都巧借了不同的形态、曲线，把绘画工艺发挥得淋漓尽致，片状处用金丰腴圆润、熠熠生辉，精微处又如行云流水、纤毫柔和。

大家一落座，服务员就说："极品厅刚运行，除酒水外，对老顾客按五折计费。"顺风仅指指点点几下，一桌价值六千元的特色菜和两瓶"飞天"茅台，陆续上桌。席间，顺风一边周到熟练地应酬着客户，一边劝哥哥妹妹饭菜，嘘寒问暖。

置身如此高档豪华的环境，气氛一片祥和，大家说说笑笑，顺水、顺丽也忘了来时的烦忧。

吃饭期间，当得知大哥、妹妹有要事需连夜赶回，顺风就悄无声息给订好了卧铺票。饭一毕，顺水、顺丽起身要走，两张票就恭恭敬敬递了上来。

谁知，顺水、顺丽一回去，一等没有老二的电话，二等没有老二的回音。老大担心中间扯拐，就亲自给老二打电话，老二说妹妹的事，他没意见，老婆好像也没反对，不过还是让妹妹亲自下来拿吧，现在不是讲"和谐发展"吗，这也有利于家庭"和谐"嘛。一听只读了五年小学的老二一口官话，顺水忍不住在心里骂他是"贵州骡子做马叫"，但口头上还是客气地说："都怪大哥没本事，这次又让你担当了。"

顺丽按老二约定的时间去冰城，二嫂从价值八千多元的意大利"通派"真皮挎包里取出一个信封，当面交给了顺风。顺风一副慈善家的派头，双手把信封毕恭毕敬递给顺丽："妹妹，这是我们的一点心意，我和嫂子商量好了，这两千块钱是送给妹妹的。"

顺丽一听，当场就差点气晕过去。"我明明说的是到处都借遍了，实在没办法，最少差三万。还承诺按银行贷款付息，三年还清。他今天送两千元，我拿去能起啥作用呢！"顺丽明白，二哥二嫂是担心自己生意做赔了还不起，才宁愿送两千，也不担三万的风险。唉，这就是亿万富翁，这就是一个父母所生的亲兄妹！顺丽一愣，立刻清醒过来，从来爱面子的她强打精神，装作若无其事的样子说："家家有本难的经，你们做生意也不容易。钱，我就不要了，我是顺便来看看的。"顺丽说完，借口有要紧事办，一转身就上了公交，眼泪也止不住流了出来。真是哥有嫂有，不好开口啊！

顺丽强装笑脸与父亲道过别，一路恍恍惚惚上了火车，脑袋里一片空白。

听说顺丽借钱吃了闭门羹，江长水就觉得心头堵得慌，看什么也不顺眼，听什么也不顺耳，一想起四分五裂的几个子女，就越发坐不住。晚上人正睡得香，路上"嘀嘀"两声喇叭一响，这一夜就只有睁大眼睛等天亮了。在他眼里，保姆小罗天天把一日三餐一做，不是借宅里的电话和那些乱七八糟的七姑八姨、大姐小妹一个小时、几十分钟地泡电话，就是看那些人到中年还假装少男少女卖弄清纯、装天真的电视剧，再不然就是借房间配置的电脑上网，与陌生人视频聊天对情歌，疯疯癫癫打情骂俏，仿佛专门弄出些快乐与他作对。江长水甚至认为，顺风两口子把他当成了寄存品，往那个圈圈里一"存"就不管了，自己住了十多天，顺风只来了一回，手上还玩着那把"奔驰"车钥匙，问的话也不咸不淡，站了一会儿就走了。这里的人也怪，好像都传染上一种病，整天一副冷面孔，明明是院挨院的邻居，咳嗽一声都听得清公母，却偏偏都不串门，一个比一个摆身价、装高贵，碰面都互不理睬，头一抬就过去了。

早上起来，江长水赫然发现，这城里隐藏着不少秘密：洗脸，那水先冷得人刺骨，后又烫得人脱皮，就像这城里的人变化多端，假热；泡早茶，明明茶叶、泡法一样，却没有老家岩洞湾的水泡出来的茶香，显然也是那表面身价高贵还盖了个圈圈（QS）的怪物（桶装水）作怪，假水；还有光鲜的猪肉、水淋淋的蔬菜，明明刚从市场上买回来，不管怎么烧炒熨炖，吃在嘴里菜没菜香、肉没油味，也是哄人的东西，假货；墙上那价值达数万元的青石，看起来和老家的石头没有两样，只是上面没有熟悉的苔藓，野草也不见露水，连石头都假了；一"盘盘"盆景、一钵钵花草，本该长在山上山下，也让这像"恐怖分子"一样的金钱给绑架来，弄到了房前屋后，骗人；特别是那名字蛮好听的"山"、几个月都不见一只鸟儿的"林"，再加上浅浅一层水的"鱼池"，就取个名儿的"花园"，越瞧越觉得那池子里的几条鱼儿竟像城里花花绿绿的男男女女，明明一个个要死不活的没点精神，还披金戴银，穿一层光鲜的皮，把一张张死鱼般的老脸画得眉清目秀、装嫩勾魂……

人一上年纪，脑壳就乱想。逐渐，江长水就觉得那天老二两口子一听说他可以"压邪免灾"，就像爱看小说的外孙女春燕跟他讲的那故事里的"大烙铁"（夏洛克）、"各人来"（葛朗台）差不多，把他当成了避邪镇宅之物。再往深处想，眼前就有了老二那串显示身份的钥匙，才觉得邱菊每次回老家都很怪，为啥总是她"爸爸、爸爸"地叫得沟对面的人都晓得；才明白几兄妹在一起，为甚总是她"哥哥、妹妹"喊得最甜；连脚下的步子，也总是她最轻快、最扯眼……

"哎！简直是鬼摸了脑壳，我咋跑到城里来嘛？金窝、银窝不如自家草窝！"

江长水眼前又浮现起在老家的日子。在老家观音溪，天一亮就看得到青山绿水，听得见鸟鸣鸡唱；脚一抬就到了河边，鱼竿一抖就击起一层颤悠悠的微澜，"哗"的一声，一群悠闲觅食的鱼群，便向河水深处游去，连倒映在水里的树影山形都在笑……

这城里住不得，还是回去好。

待小罗前脚一出门，江长水就赶紧下楼来到旁边超市，称了两斤五颜六色的软糖，买了两包带嘴的"富豪"，又给帮忙摆渡的刘老表选了些酥梨、苹果，就匆匆忙忙赶回别墅，装进了他那只帆布包，把顺风喊了过来，说："在城里，我睡不好。你马上把我送回去！"

"唉！"顺风略一沉吟，便一脸和风细雨，"我也晓得，你在这里住不习惯。

老家、这里，都是你的家。爸，你把那道压邪的符留给我吧，回去你再找人画一个……"

"可以，可以！"

不等儿子说完，江长水就把那只小巧玲珑的红布包掏出来，交给了儿子，连忙提上行李，上了儿子的座驾。跟着下来的小罗，笑盈盈地向老人道别，响亮亮地叫顺风路上慢些，车子一出院门，就骂了句："哼！一个土包子，一个奸商。"

车一出冰城，江长水眼里的事物，就一目了然，天蓝水明亮，呼吸也畅了。

5

一进村口，老二就放慢了车速，见了熟人，便缓缓停在人家跟前，连忙下车，一根"软中"恭恭敬敬递上去，嘴上也跟着按字辈称呼："三爷、四爸、五叔，抽烟，抽烟！"

"你看这娃儿，连烟都是省长级别的呢！"前边三爷尖起两根指头捏举着那烟夸耀，后边四爸就跟着讨好套近乎，"老伙计，儿子接你去享福，你还没耍就回来啥子嘛？"

"天天大鱼大肉的，这身体发胖呢！"江长水炫耀地拍拍那丝毫不见变样，甚至还有点干瘪的肚皮。一到家，邻里的娃娃就来看热闹了，江长水连忙抓出那花纸糖，给孩子们一人五颗依次散发。孩子们"爷爷、祖祖"喊得山响，江长水一脸的皱褶就笑成了重叠的"八"字，手头的"富豪"也给抽烟的嫂子、弟媳、七弟、八老表散得欢。待老二一走，江长水已提着酥梨谢了刘老表，又在码头摆渡了。

观音溪又响起了熟悉的桨声和击水声，码头也恢复了往日的生气和灵性。人们才发现，老人与这河水的交情太深了。

据说在民国年间，当时观音溪水旱两路兴旺。走水路，北上三汇、州巴二河卖盐巴洋油，南下合川、重庆、湖北运茶米山货的舢板船，满载着货物，高悬着船帆，穿行于一千余米宽的渠江河面，蔚为壮观；走旱路东去大竹、梁平贩洋碱布匹，西往花桥、南充的马帮，天天"叮叮当当"结队过渡、络绎不绝，是附近十里八乡的一道风景。水路的便利和码头、驿站、茶肆的兴旺，使观音溪与沿河一线的集镇一样成了富家千金嫁郎、农家能干小伙神往的"小上海"。

秦明月当年就是这码头一大船家长的千金。江长水十三岁在秦家当"秋尔"（长工）时，人虽小，干活却异常机灵、勤奋。人家的小秋尔放牛只放牛、割草只割草，江长水一去就学大秋尔，早上手里牵着头牛出门，背上还背了个草背篼，一到河边、岩湾，把牛绳往牛角上一绕，就让牛啃草去了，他则一边瞅着牛，一边割起草来。回家，人家手上只有一头牛，江长水的背上却多了一篓草。晚上，人家看船守地，只是睡觉和注意周围动静，江长水却一手提着个"手冲子"（一种举重石器），一手提袋桐米（点灯原料），怀里揣着一支笔、一本《百家姓》，天黑后先锻炼一阵，再点亮桐米灯，读上一两个时辰的书。人家锄地、挑粪回来，提着一把锄头或一担桶，江长水常常还捎带一捆干柴。别人犁田耙地只牵牛扛犁耙，而江长水往往还捎带着一把锄头，顺手就把坡头坎里的野草，铲修得干干净净、面目一新。人家的管家赶场是主人说啥买啥，江长水见当家的烟叶没了、老板娘和秦家女子的胭脂口红快完了或发现精致好看的发夹、髻网、绾线，也精挑细选些回来，价钱往往还比平时便宜。秦家看江长水干啥精啥、百里挑一又知书识文，就让他跟着当家的操劳起水上的买卖来。上船不久，从小生在河边的江长水就成了秦家船上的好把式，撑舵使艄、拉纤下水、放船过滩，哪里最危险，哪里就有江长水的身影。日久天长，秦家也就把他当"二当家"了。远近闻名，自幼修习古诗辞赋、擅长琴棋书画的秦家大小姐，也日久生情爱上了江长水。每当江长水出行或要回家的那几天，秦明月就要以思念父亲为名，去码头送行和遥望等待那远回的帆影。至今，江长水还珍藏着一面质地细软、针脚精美的白绸彩绣手绢，上面绣着奇险的山势、宽阔的河面，几只桅杆高立的竹篷船逆水上行，通透、深远的天空间如几行鸿雁，那是秦明月的文字："上水难，下水险。一流淼远，梦里西蜿蜒。谁家女子崖边立，痴问秋水，郎君何时还。"

一想到这些，年长的人就揣测：人家江长水是牵挂岸上那埋在荒冢的秦明月呢！

江长水回去后，在码头上没蹲几天，从小做事细心的老三顺当就回来了。"大哥也是有头有脸的人，原来说借你的'八字大'，在几个后人那里轮流住几天。你这一走，旁人不说大哥大嫂没有孝心？爸，你还望子女有个好运气、好名声吧？"江长水一想，平时老大在兄妹里起了半个父亲的作用，加上老大也来接自己了，顺丽也在那里，就依从了顺当的话，答："好，一家住几天！"就这样，江长水便到了老大顺水那里。

老大家只有两间卧室，一间他们两口子住，一间儿子住，餐厅腾出来给顺丽住了，还余一间只能搭一张书柜、书桌和一个小凳的书房。那是装修时，将餐厅客厅合二为一挤出来的一绺。老人还没去，大儿媳妇侯勤就早早把小儿的卧室给腾出来，等老人去了，小儿就搬进了那间只有四平方米的书房。江长水一看，孙子睡觉，一张门板铺上一张旧棉絮就是"床"；孙子学习，门板一立，小凳才有位置搁。老人无论如何都要孙子过去和他住一起，顺水见祖孙俩亲热，也就点头同意了。晚上，孙子做作业，爷爷早早给孙子把枕头、棉絮理好，还把一袋热水放在被窝里，给暖得热乎乎的；孙子一上床，说爷爷年龄大了没火气，就把爷爷的一双脚搂在怀里，祖孙俩就像一对老少"哥们"般亲密。放学回来，一个没跨进门槛，老远就叫"爷爷"，一个一见到孙子就笑得格外灿烂……

6

顺水家虽狭窄，但江长水见顺水、顺丽两个天天在跟前，心头也开朗了许多。

顺丽在老大那里住下后，晚上就拿着一个本本、一支笔，在家浏览报纸上的招聘信息，摘录电视上的招聘广告，第二天就根据电话咨询的情况，按图索骥去用人单位应聘。谁知，第一天她去的一家竟是中介公司，接待她的是一位年约三十的女子。顺丽一进门，对方就热情地倒来一杯开水。不待顺丽开口，那女子就问她过去的职业和特长。当听说江顺丽高中毕业、过去是开门市的又是从小在农村长大能吃苦时，对方立马就指着墙上的信息栏，推荐了饮料推销经理、服装营业员、超市销售、饭店勤杂等工种，并一一介绍了工资待遇让她选择。江顺丽一想，卖服装虽然上班时间长些，但工资待遇不错，接触的人也单纯，就选择了服装销售。对方与用人单位打了电话，要了江顺丽的身份证复印件，让填了一个表，交了两百元信息费，就喊来一个小伙，说是带她去商场。到了商场，老板一瞅江顺丽却说："年龄大了点，不适合"。小伙带她去第二家，人家又说："刚招满。"江顺丽回到中介所，对方说："我们讲诚信，信息费绝对只收一次。要么你等几天，有合适的职位，我们再给你打电话。要么带你去超市，你把我们去的出租车费付了就行。"江顺丽一想，若是简化掉几周的荤菜也能省下车费，就同意了。到了那家门可罗雀的超市，管人事的拿出一份合同，上面不仅规定折货赔偿，还要求每月必须完成所负责的专柜营业额达到一万五千元以上，才有五百元底薪加超额部分的奖励，一天从早上八点半上班到晚上九点下班不说，请假还须自己找人顶替工作，还要押金三千元，违约分文不退。江顺丽一看这些条条框框，知道是典型的"霸王条款"，只要一交押金就进了套。江顺丽气得话都没说一句就走了。中介所那女子见江顺丽再次回来，态度就有了些变化，说："带路的人也是请的，我们也得给他发工资，只有再一再二，没有再三再四的道理。如果你要急着落实工作，我们还是不收信息费，但你要给带路的人出五十元脚步费。"废话，谁有钱不知道在家享清闲，还低三下四像牲口一样让人挑肥拣瘦？江顺丽心里不高兴，但还是跟着带路的去了一家饮料公司，找到了董事长办公室。

董事长办公室在三楼，进门迎面就是顺墙一排大书柜。书柜上面一排是董事长参加有北京某部退休领导出席的企业界人士的合影和一面面金光闪闪，诸如"最具潜力企业""明星企业法人""诚信企业"一类用钱换来的铜牌牌；书柜里，除两三本《企业管理》《经理必读》等书外，便是立着的一本本鲜红的荣誉证书和一些精致的铜马、水杯之类的纪念品。

前庭饱满、方脸微胖、年近六十的董事长，仰靠在真皮沙发上，隔着一张气派的黑色办公桌，正在对四位行政人士模样的人夸夸其谈："你们放心，渠江边上那个石膏板厂价值两千多万，我抵押给你们贷款一千万，算上过去的还差你们一千五百万。我吕有田说话算数，利息我每季度一结，全县二十个煤矿，有五个都是我的，你们那点利息，我一个煤矿就够了，更别说我的酒厂年产十万吨的盈利呢？"

几个夹公文包的人出来，其中一年轻小伙悄悄提醒领导模样的人："他那石膏板厂，是租的别人的地皮哟——"领导模样的人眼睛一瞪，说："我们不放贷，奖金问天上要啊……"

江顺丽见办事的人一走，才礼貌性地敲了敲门，跨进了办公室。带路的中介把江顺丽当过老板、懂经营、会电脑等情况一说，董事长就爽快地表了态，说是中介可以回去了，他们正需要小江这种人才，既懂销售又知道当老板的不易。中介一走，董事长就亲自倒了一杯水，放在江顺丽面前，然后回到高靠椅上，捋了一下那染得油亮亮的头发，欠着身问了江顺丽过去的经营项目，又问目前家里的状况，当听说江顺丽的哥哥拥有几个亿的资产时，眼睛一转就说："我在梁平还有个石膏板项目，你可以想办法拉点融资，我给你百分之二十的提成；入一百万，年赢利至少二十万。"江顺丽叹了一口气，说："家家有本难念的经啊。"董事长一听便改了口："小江，你也适合搞酒水推销，一个月可以挣万儿八千，但是必须与时俱进，学会应酬。即使心里不愿意，也要装出满脸阳光。只要有付出，自然会有收获。"江顺丽说："我都奔四了，只要两个孩子生活有保障，苦点累点不算啥。"听江顺丽说话实在，董事长就站起来，蹭到了她身边，说："从今以后，我把你当干妹妹。"一只手也跟着搭在了江顺丽的肩上，江顺丽身子一侧，忙摆手说："不，不，不！"董事长已抓住了江顺丽的手，近乎哀求："我跟老婆离婚也十多年了，我给你百分之六十的提成！你好好干……"

江顺丽连忙逃出办公室，一路小跑下楼，上了公交车。

公交车行了约两站，顺丽眼前一亮，发现路边的人民广场上彩旗飘飘，人山人海，那飘摇的标语、振聋发聩的喇叭声，宣扬的正是一场声势浩大的"万人招聘会"。

车一停，顺丽赶紧下去，挤进人群。广场上，外资、合资、国有、个体企业多达百余家，招聘工作台一家连一家，沿广场围了个长达近四百米的半圆形。企业工作人员纷纷身着制服，挂胸牌，正满面春风地接待着应聘者。顺丽一看这阵势，喜上眉梢，连忙走到一家星级酒店应聘。对方不待她开口，就有礼有节地告诉她："对不起，我们需要十八岁到二十五岁之间的人呢。"江顺丽又到旁边一家茶楼的应聘台，说自己端茶递水、打扫卫生都行，对方一听，竟"噗哧"一笑，道："我们要身高一米八以上，年龄在十八岁到三十岁之间的帅哥哟。"顺丽眉头一皱，茶楼嘛，咋要帅哥呢？一个小媳妇则神秘地向她使了个眼色，说："今天这招聘会，都是要年轻人呢。"

冷静一瞧，顺丽才看出端倪，偌大一个招聘现场，除了几家超市，百分之九十都是娱乐场所，他们几乎是一个招聘标准——帅哥、美女。只有三五家生产企业没有年龄限制，可应聘者大多去了一问就离开了。顺丽心想，或许是人家怕吃苦、嫌工资低吧，自己不敢跟别人比，苦点、累点、收入少点无所谓，只要有工作就行。她来到一家钢铁企业，人家要搬动钢锭铁砧的重体力男工；她又来到一家化工公司，人家要有专家职称的工程师。一转身，顺丽发现一群扛摄像机、拿话筒、捧着个本本的记者，正在围着采访从台上下来的领导。一见这情景，顺丽就感到有了希望，也和别人一样身不由己地引颈移步过去。人还没有走拢，那里的采访就结束了。人群闪开了一条缺口，记者们奔了出来，追着一个企业家模样的中年胖子跑。那企业家还没来得及钻进他的宝马，已被一群记者堵住了。当记者问及企业这次计划招聘多少农民工、有哪些工种时，对方稍一镇静，就神情自若道："企业要发展，人才是关键。这次市委、市政府为我们搭建了一个很好的平台。我们企业需要招聘一百零八个岗位，有生产、营销、管理、文秘……"听他这么一说，顺丽连忙顺藤摸瓜去应聘。工作人员递了一张表给她，顺丽接过表，像抓到一根救命稻草，对工资一栏也不管高低了，在食堂勤杂、楼道清洁和产品销售三栏都打了"√"。签完字，交了表，她才如释重负，退出人群。

顺丽回去，一连等了三天，也没有回音，打电话去问企业。对方回答，他们已经招满了。这咋整呢？中介所是骗人哄钱的，招聘会也白去了。

江长水一想到顺丽的工作和租门市的钱还没有着落，两个女儿天天又要开销，脸上的愁云也就越积越重。一连几天，江长水都只是抽闷烟不说话。一天，江长水把烟头一扔，拿起顺丽送他那部存有不少"红歌"的手机，拨通了老二的电话："我是江长水！你手下雇了几十号人？工资多少？能不能让顺丽到你那里做些杂活？打扫卫生也不行？她不会给你做饭？不会给你花园浇水除草？你——

畜生！"

不等顺风解释，老人把电话一撂，气得白胡子直抖，脸色铁青。

翌日一早，江长水说老在家里坐不行，得出去走动走动。于是，天天等顺丽、顺水、候勤前脚一走，他就自个儿出了门。直到儿子儿媳快下班了，他才匆匆忙忙回来，往往还弄得一脸汗水、一身灰尘。儿媳候勤问他是不是摔倒了，他说是在锻炼身体。顺水见老人有些疲倦，也只是叮嘱了些"锻炼适可而止"之类的话，就没有深问。

听说顺丽的工作一直没找上，老三顺当想到自己和媳妇整天蹲在门市，家里做饭送饭做卫生也需要人，和爱人徐灵一商量，就让顺丽去了他家，帮忙做家务，五保一金全买，月薪一千五百元。

7

顺丽到了老三那里，十四岁的女儿春燕也随妈妈转学去了冰城，进了老三女儿春兰就读的一所中学，春兰在一班，她在二班。两家原本各居一地的孩子，就欢天喜地地聚在了一起。

春燕与春兰，一个头天生，一个第二天生，两个人从小就耍得像亲姊妹一样，长得又像一对双胞胎，都是高高挑挑的身材、端端正正的鼻梁、小巧的樱桃嘴、一双大而明澈的眼睛，连举手投足都那么相像。春燕不拘小节，从小就爱劈腿弄剑、唱歌跳舞，在同学中又豪爽仗义，还写得一手颇有灵气的文章。她在校内校外都有一帮朋友，过去的同伴们都喊她"大姐大"。春兰从四岁起就跟着一位闻名全国的书法家习字，十岁又拜师学画，一手字画早就让一些为文从教的老师们赞叹不已，小小年纪就获得一些国家级、省市级书画大奖，在全校有"美才女"之称。去冰城读书的第一节课间，几位男生就看稀奇似的，在春燕背后指手画脚，嘀嘀咕咕："她是谁呀，怎和一班的春兰那么像？"

"呵呵，真假美猴王啊！哈哈……"班里一阵哄堂大笑。从未受过委屈的春燕，脸一下红到了脖子根，她大喊一声："哪个臭小子胡说八道，看我不撕掉你的嘴巴……"

"你敢！黄毛丫头，说说大话算了，哥们儿念你是新来的，不与你计较，要不然，哼！"春燕转过身，眼里喷着火，拳头攥得紧紧的。她随手抄起一个男生的笔记本，"咔咔"几下，向空中一抛，碎纸便天女散花般在空中飞散。那男生当即傻了眼。这时，上课铃声响了，几个懂事的女生赶紧收拾了碎纸片，大家也装作若无其事。没想到放了学，两个男生把春燕、春兰挡在回家的路上，要春燕赔笔记本。急得春兰不停地在一旁赔不是："我给你们重抄一本还不行吗？"

"抄？说得轻巧，吃根灯草！要和我哥们儿的字一笔都不差的，你能抄吗？"其中一个男生哼哼道。另一个男孩则说："不赔也行，但必须打她两个耳光，不然这口气出不来。"

还没等反应过来，那男生就出手了。没想到，反让手疾眼快的春燕给打了一个耳光。谁知，那男生的父亲是教育局的，男生的母亲立马就找到学校。学校又把春兰、春燕的家长喊去训了一顿。"这还了得？今后一个兴风、一个作浪，学校还不成了你两姊妹的天下？还不把人家好好的一个春兰给毁了？"顺丽想了想，把春燕转到了附近一所学校。

到了周末，尽管顺丽、顺当天天都叮嘱两姐妹放学就回家，但春燕以要跟过去的几个同学告别为由，悄悄约上班里新认识的三个同学和春兰，一起进了附近的梦幻网吧。

网吧紧挨府南河畔，景色秀丽。春燕进去，选了可观两岸水榭亭阁、树影扶疏的临窗位置。几个同学刚一落座，两个十五六岁的小青年就过来找事，说："这是留给我们'老婆'的呢！"话音没完，伸手就去拉扯春兰，文静的春兰吓得眼泪都要出来了。春燕见状一斜身，左手护住春兰，右手"呼"的一拳过去，对方就抱着眼睛蹲下了。见旁边的小青年想帮忙，春燕随手抄起一只小方凳，说："有本事，你一个大男人跟我一对一来。服气，一人一盒炒饭，算我请客；不服气，你俩就推荐一个'经背'（挨得起打）的来。"

让春燕没想到的是，她新认识的这三个同学里，两个男生都不是正经读书的，竟给对方晃了晃两把随身带的水果刀。老板见状连忙过来阻止，网吧的网友们见春燕人仗义、性子烈，也跟着相劝，还是两位年长的陌生姐姐主动把临窗位置让给后来挨揍的一方，才算平息了事态。

春燕、春兰前脚刚一回家，才吃了亏的两个小伙就领着十多个小青年报仇来了。顺当、顺丽一边好话相劝，把春燕、春兰骂了一通，一边悄悄报了警。派出所出面喊来双方家长，才避免了一场打斗。顺丽气得直跺脚，为减少两个小孩子接触，不得不让春燕住了校，只有周末才让孩子回来。顺当、许灵两口子一肚子的话都只好吞了回去，谁叫自己是舅舅、舅妈呢！

从此，他俩一想到女儿春兰的安全和找上门来那些乱七八糟的社会青年，就心有余悸，对顺丽来家里帮忙、春燕周末来家里，心中也有了阴影。

他们清楚，春燕的孤僻、倔强，与她父亲的"粗暴"、母亲的好强和双亲的离异有关，就常常把春燕喊到一边开导，讲哪些人可以来往、哪些人不能接触和做人处事的道理。可久而久之说多了，春燕认为舅舅、舅妈歧视她，有了寄人篱下的感觉。顺当、许灵一看，要转变孩子，不是一天两天的事。为了不影响女儿的成长，周末回来，两孩子过去共睡一张床，给变为各睡一张；原来学习在一间屋，也分开并指定了地方。从小就要好的两个孩子，人各在一边，心照样一起，一避大人耳目，又在一块。两家大人一商量，周末春燕一回来，便让春兰去了同在冰城的姨娘家。日久天长，两个孩子便有了距离。春燕对舅舅、舅妈也有了隔膜，觉得原来耍得好的春兰不理她了，加上近在咫尺的二舅、二舅妈也没来看过她一次，越发感到人情的淡薄、亲戚的虚假。学校因甲型流感放假十五天，同学们纷纷回到了父母身边，只有她和几个留守孩子依然留在寝室。周末、暑假，同学们高高兴兴回家，只有她孤孤单单一人留在学生宿舍。白天，她可以看电视，可是一到夜晚，四五百米远的岗亭里的两名保安一睡，面对学校占地几万平方米的空旷、幽静，独处一隅的她就想到了围墙边那片坟地，奇形怪状的树影、楼影、山影，就变成了一群长了脚的幽灵，阴森、恐怖地随着夜色而来。外面稍有风吹树晃，特别是那窸窸窣窣的老鼠，便让她想起《聊斋》一类的鬼故事，想起某某学校的杀人案、强奸少女案，吓得一个十四岁的女孩缩成一团，一夜噩梦……

面对可怜的女儿，顺丽也别无他法，她理解三哥三嫂，知道目前唯一能帮助她渡过难关、拉春燕一把的只有二哥二嫂了。一生逞强好胜、死爱面子的顺丽，没有直接给二哥二嫂打电话，她知道那两口子，财大气粗，一句"你又找我啥子呢"就得把她气死。她唯有抓住大哥这根救命稻草，只有他去说说，才有一线希望。一天上午，顺水估计老二两口子各在一处经营，给老二打了电话，老二说："我们弟兄姊妹间的话好说，你给我家里那个'横婆娘'说说吧。"于是，顺水又厚起脸皮拨通了弟媳邱菊的电话。一接电话，邱菊就装模作样、官腔十足："喂？你是谁呀？噢！大哥呀，你好，你好！妹妹的事，我们当哥哥嫂嫂的都急得起火哟！可是，她们在老三那里都搞得鸡飞狗跳、人心惶惶，我们做生意的还敢惹那些不三不四的？我两个儿子本就难管，她们一来还不把你侄儿带坏？这样吧，让爸爸到我们这里来住，顺丽到你那里去吧。你有文化又是报社的，教育孩子方法多……"顺水一听，老二媳妇真毒，明明老人不愿住他家，她反把话倒过来说得光光滑滑、条条在理，不仁不义的反倒是自己了。不过，顺水担心妹妹知道二嫂把她们娘俩当皮球踢会伤心，回头只是对妹妹轻描淡写道："老二没有反对，也没有说去或不去。不妨你亲自说说，或许老二就答应了。"顺丽是个聪明人，上回借钱都成了"圈圈"，娃娃去了又吃又住，人家还会同意？她没有给老二打电话，也没有向顺当打招呼，就准备搬出老三家，重新找职业，离顺当家远一点，一不连累春兰，二也给女儿春燕在周末、节假日找一个落脚的地方。从春燕一出生，这孩子就几乎没有得到过一点家的温馨和父爱。作为一个离异的女人，顺丽知道，这些年自己常年出差，春燕的父亲沉迷赌博，天天不回家，姐姐一去上学，春燕就一个人被锁在家里。一想到孩子的无辜，大人们平时也就没让孩子知道二舅一家人的冷酷。相反，他们还时不时说："二舅夸你比小时候懂事、自觉了呢！"被蒙在鼓里的春燕信以为真。

春燕也在想："母亲为我吃了那么多苦，我今年足足十四岁，都读初中了，难道就不能去二舅家干些家务活、做做饭，在他那里歇歇脚？"

8

星期五下午，春燕给母亲打电话，说想随二舅的小儿子春天哥去二舅家玩。顺丽当即就叮嘱她要帮舅舅、舅妈做点家务，说星期六就过去接她。由于孩子在三舅那里受了些委屈，一到二舅家把书包一放，袖子一挽，围裙一系，就给舅舅、舅妈做起卫生来。春燕太需要一个歇脚的地方了，在这个城里二舅是她唯一的亲戚了，她要从头做起，让舅舅、舅妈喜欢她。

过去，春燕也经常帮妈妈做卫生，她知道得从里向外、从上到下、由卧室往客厅打扫，后边一完毕，前面就干了，做了卫生的玻璃、地面、家具才不会留下手纹、鞋印。想到妈妈说过"一个好孩子，在主人不在家时，不能进人家的卧室"，她就先从餐厅、客厅、阳台、观景台开始，再到厨房、书房、健身房。春燕按妈妈平时"一扫二拖三擦四过细"的规律，利利索索把几个房间一扫，又问正在书房做作业的春天哥擦布在哪里，哥哥出来找出几条污渍斑斑的毛巾。她掏出自己平时省下的生活费，在附近花了十八元买了三条新毛巾，一条擦桌椅、沙发，两条专门擦灶台厨具、厕所壁窗。经过近两小时的紧张忙碌，几个房间里外的玻璃、窗台、阳台、地面，甚至连铝合金的死角、电源插座开关、音响电视的背面、厨房的冰箱、抽油烟机、水表、冷热水开关、洗手间的衣钩物架和洗刷用具，春燕都学着妈妈的样子全部进行了"过细"。特别是拖屋，春燕更不敢马虎，记住了妈妈说的"拖把要洗净拧干，地面才干得快，又没潮气，又有亮度"，还将二舅原来漱了口、洗了脸、出门后匆匆忙忙一晾一扔的毛巾、口缸、香皂、拖鞋，也给摆放得工工整整、井然有序。

春燕一看屋里屋外大变样，才顾上揩了一把汗，这时才感到腰差点直不起来。心里不禁想起妈妈。唉，妈妈平时要养家糊口，回家还要做家务，一定是更累啊，但一看那里里外外、亮亮堂堂、面目一新的几个房间，春燕心头就有了从未有过的喜悦，脸上也有了久违的笑靥。只要舅舅、舅妈高兴，她每周都来打扫卫生。节假日，她也有个歇脚的地方，妈妈也少操些心。

"家里的活是做不完的，只要你去找。"春燕记得这是外婆说的，妈妈也经常这样教育她。春燕来到洗衣间，又把舅妈换下的外衣、内裤和舅舅脱下的一件衬衣，两个哥哥扔下的五六双臭熏熏的袜子给洗净、甩干，一一晾在了阳台外，才按春天哥说的他们家晚上爱吃稀饭，又点上灶火，做起饭来。

一会儿，二舅回来见了春燕，先是一惊，继而一笑，道："外侄女来了？"这边二舅在问话，那边二舅妈邱菊见到那三条新买的毛巾就跑进卧室，拉开抽屉，清点起平时随手扔在里面的零钞来。点完零钞，邱菊又想起春燕她妈说过，这孩子爱喊一帮同学搞家庭餐，忙跑进厨房打开冰箱，查看冻在里面的饺子、瘦肉块、火腿、汤圆、饮料，接着，又一个一个数起了冰箱里的鸡蛋。春燕和她妈妈一样，自尊心极强。今天来，是想给舅舅、舅妈留下个好印象的。她进去正准备给二舅端洗脚水，见邱菊正在数鸡蛋，心就像掉进了冰窟窿，一下凉透了，但她还是把一盆水放在二舅面前，没料到，二舅妈指着二舅的鼻子骂道："顺风！你断脚断手了啊？保姆请假这几天，你端一盆水都要靠别个？"接着，二舅妈又像警察一样盯着她问："春燕，你妈不是都住在三舅那里的嘛，你到这里来干啥？"

"我，我……"春燕头一低，心如刀绞，竟哽咽着说不出话来，一串晶莹的泪珠簌簌直落。她头一转，书包一挎，拉开门就跑出去了。一个十四岁的孩子竟不知该去哪里。三舅那里，都避她如蛇蝎，害得春兰连续三个周末都去了姨家；学校那边，除个别同学有怜悯之心，大多数人甚至包括个别老师都用鄙夷的目光看待她，她常常主动与人搭讪，可人家连看也懒得看她一眼，都误认为她是被开除才转学来的坏孩子；同学那里，几乎个个家长都给子女宣布了禁令，谁都可以来往，唯独不准与春燕接触……

"我这是怎么啦？为什么都这样对我？"春燕泪眼婆娑，望天天无路，瞧地地无缝，眼前条条路都宽宽阔阔，可通向四面八方，唯独自己不知道该去哪里。过往的孩子行色匆匆，人人都有一个属于自己的家，只有自己这个从小跟着妈妈长大、没有爸爸遮风挡雨的孩子，没有一个歇脚住宿的立锥之地。春燕就不该出生，春燕是多余的。"妈！妈！妈……"春燕满眼泪水，一边喃喃地喊着妈妈，一边漫无目的地走着……一个不谙世事的十四岁女孩，就这样在夜幕中渐行渐远，消失了。

9

春燕从顺风家逃出来，孑然行走在街灯下，只有背后那只红书包，一闪一闪的。街道似乎没有尽头，她也不知道该去哪里。

夜幕已悄悄降临，宽敞的街道上，偶尔一辆轿车"沙沙"驰过，转瞬就消失在昏黄欲睡的路灯深处。两边的一排排楼房，像老师画的曲线一样向前延伸。那闪烁着七彩灯光、交替变换着彩色图案的是茶楼；那静静地亮着"冰城大富豪"招牌的是这个城市最豪华的五星级酒店，每有大客户来冰城，二舅都提前安排预定套房，并亲自开车去机场迎接；那灯火辉煌、窗棂宽大明亮，一桌饭菜最低标准一千八百元，最高可达几万元，能看见一桌桌人正在举箸碰杯的是二舅常去的酒楼；那蒸腾着热气，偶尔能看见一两个人戴着白帽穿梭其间，还散发出一股油香辣味，令人馋涎欲滴的是火锅店，二舅妈却总说"不卫生，是穷人的食堂"；那绿树成荫，圈着围墙，墙上写着"花朵的最佳苗圃，人才的一流摇篮"，墙内宽敞辽阔，探照灯依然亮着，能看见三个篮球场、一个大田径运动场和教学楼、学生宿舍的，是春燕的学校；旁边那个低矮、窄小，只有三张桌子、几个方凳，亮了一盏节能灯的，是一家小面馆，每个周末结束，妈妈都要来这里陪春燕吃一碗面条，用慈祥的眼光看着她，和她说说话……

一股凉风吹来，春燕闻到了那面的麦香味，才想起下午风尘仆仆赶到二舅家，经过一阵紧张劳动，肚子已饿得咕咕叫了。她捏了捏裤兜，那是她平时节省的私房钱，还有新崭崭的九十三元。她吞了一口口水，一边继续往前走，一边又想起自己转学来的第一个星期天下午，妈妈送她来校的情景。

从来爱漂亮的妈妈，描着淡淡的眉、浅润的唇红，一头不烫不染的黑发瀑布般倒挂在那稍显柔弱的腰间；上白下黑一身夏装，端庄、清爽，恰到好处地突显了她的最大特点——干练。身背书包的春燕接过妈妈给的生活费，正要进校门，妈妈喊住了她："春燕，学校也快吃晚饭了，你不如陪妈妈吃了，再进去吧。"春燕知道，妈妈离了婚，姐姐又在外地读大学，在家里她是妈妈的唯一，就爽快地回答："要得！"

进了面馆，母女俩面对面坐下，妈妈要了一碗春燕平时最爱吃的刀削面，还加了三元钱的肉丝。春燕让老板再给妈妈来一碗，妈妈却坚决不准，说自己天天都是晚上九点吃晚饭，现在还不饿。话音刚落，三舅就给春燕打来电话，说她妈妈中午在门市上帮忙发货，还没来得及吃午饭，让她提醒妈妈吃点东西。春燕知道自己这些年的开销，全是妈妈从嘴里省出来的，就佯装肚子疼，将一碗面给妈妈匀了多半。顺丽见女儿态度坚决，才挑了几根面过来，故作生气地让女儿将那点肉丝和余下的全吃掉。母亲看着面前的女儿，自从来了冰城，女儿一下懂事多了，生活上也更节省了。漂泊在外，无论有多劳累，只要看一看女儿，她的心里就感到几许欣慰。饭一吃完，顺丽正要付钱，才知道春燕早给了，忙把十元钱往女儿兜里塞，说："谁让你掏钱了？拿上！"

"妈，我在学校五天，六十二元足够了。"春燕话音没完，人已进了校门。那面馆老板觉得孩子乖巧，与顺丽多聊了几句，知道了她家还有一个姐姐在北京读研，都靠妈妈一个人支撑。每个星期天下午，母女俩都会来这家面馆，一人点一碗素面，边聊边吃。老板把量和油也都放得格外多些。钱自然是母亲掏，老板再不从孩子手里接钱了。在老板眼里，母女俩的那种难舍、相依，远比在附近大饭店就餐的家庭更真切丰润，委实让人羡慕、怜惜，也叫人轻叹……

春燕走走停停，眼里的泪珠不时流出来，有的竟流进了嘴里，倔强的春燕硬是给咽了下去。这又涩又咸的味道，她还是第一次品尝，心中的痛楚只有她自己明白。"妈，春燕对不起你呀！春燕不能再住在舅舅他们那里了，你受了那么多委屈，吃了那么多苦。上幼儿园，天天是你第一个送我去，放学也是你第一个冲进来接我回，唯恐女儿丢了似的；上小学，我没见你吃过一顿早餐，可你为了让我在学校里抬得起头，每次到学校开家长会，总是精心打扮，把一身穿得书书气气；人家双亲都有的孩子，往往读的是一般学校，而你却让我和姐姐读市里的名牌中学。当我看到你用那一双纤细瘦削的手，一张一张数那一沓新崭崭的选校费时，内心是多么煎熬。妈，还记得我曾说学校减免了书本费、资料费、校服钱吗？那是骗你的，其实，我从你每天给我的两元早餐钱里，省出了一块五，加上亲戚们过年给的红包，一年也能积攒五六百元，刚好补交这些费用。妈，我打记事起，就没有乱用过一分钱，也没在你面前撒过谎，只在这件事上，说了回善意的谎话。每学期期末，我拿回成绩单，你看到科科都是前三名，笑得一脸阳光，每次别人指着墙上那些奖状夸你女儿，无论再累再倦，你就像吃了蜜一样舒心。你知道一旁的春燕见了咋想吗？我在暗下决心：咱一定要争气，别惹妈妈生气！我转学到冰城，惹了两次祸，都怪我一时好胜，给妈妈添了麻烦。女儿对不起妈妈。妈，我好想读书啊，可是女儿再不能给妈添麻烦了。妈，春燕走了，你能租门市，就想法凑些钱租一间，不能租门市，就在冰城好好打工，三舅三舅妈是好人，有啥他们会帮助你的。冰城找不了工作，你可以到锦城，那里有大舅大舅妈，他们不会薄待你的。妈，春燕走了，你们不要告诉外爷，让他过个安静日子吧，为了我们娘俩，他老人家几乎操碎了心。妈，一切错都是女儿不该出世，从生下春燕，妈就没有过一天舒心日子。春燕不会忘记妈的，会像你一样自强的。春燕长大了，会来找妈妈、养妈妈、孝敬妈妈的……妈！妈！妈！"说着，春燕竟一个趔趄跪在了地上，朝着顺丽住的方向，连磕了三个头……

10

常言道："端了人碗，就得服管；领了人薪，就该操心。"哪知，在顺当家做事的顺丽一打电话，顺风却说春燕没在那里了！顺丽给女儿打了几个电话，都没打通。她以为女儿到同学家去了，可一打听，同学们都说没看见她。顺丽害怕老三知道春燕出走，对春兰的成长更担忧，就悄悄向春兰打听，春兰也说自己一星期没有和春燕联系了。顺丽白天在街上找，晚上去学校等，见学生们三三两两、喜气洋洋地进进出出，却还是不见春燕的身影……

第三天傍晚，冰城下起了鹅毛大雪，光秃秃的树枝在凛冽的寒风中颤抖着，校区教室、宿舍的房顶都积着厚厚一层白雪，屋檐下、花园里偶尔有一枝半叶艰难地从雪里伸出一点头梢，教室里的灯光在雪的映衬下格外明亮、温馨。江顺丽仰望着迷蒙的夜空，仿佛有一个孩子就在那雪地远处彳亍前行。"孩子，你在哪里呀——"

顺丽豁出去了，她就是走遍天涯海角，也要把春燕找回来。

于是，她从学校周围的大街小巷向冰城周边，有计划地找起孩子来。

噢？听说春燕前几天来过这家网吧！江顺丽抬头一看，三楼外面挂着招牌，网吧在三楼。她一下来了精神，三步两步上去，进门一看，发现网吧包厢里，一对小男女搂在一起，熟睡在电脑前，那女孩的背影有点像春燕。顺丽忙上去一瞧，原来那女孩不是春燕，男孩却是上次在网吧与春燕发生纠纷、还撵上门来的小伙。江顺丽问他见到春燕没有，小伙开始有点愠怒，一看清是春燕的妈就羞赧一笑，说："是江姨啊。一个星期前，我在九天娱乐城附近见过春燕一眼。"江顺丽一急，就把"附近"二字给忽略了。她知道九天娱乐城是干啥的，尽管脸上不光彩，但出于礼节还是先谢了小伙，又招了一辆的士，直奔九天娱乐城。在城里待了这些年，她知道，如果自己说去找孩子，对方连门都不得让进。一到九天娱乐城，她就温文尔雅地向保安点了点头，说是来做保健的，对方才让她进了门。到了服务台，江顺丽说要先等个人，就要了瓶水，以去洗手间为借口，找起孩子来。刚到转角处，江顺丽听到房间里有一个女孩的声音竟与春燕有些相似，情急之下推开了门。门里坐着一个老男人和一个二十多岁的女人，那女人故意装出一副嗲里嗲气的少女声调。那男人一愣，立马骂了起来："你是什么人？这保安保的啥安，咋让人钻了进来？"话音一毕，几个小伙就跑进来，连推带搡把她掀下了楼。她被重重地摔倒在地，支撑了半天才爬起来……

江顺丽艰难地站起来，脚下没了力气，人也恍惚起来。她斜眼一瞧，街对面的路灯下，有个女孩子背着书包，像是刚上完夜自习，与几个同学在匆匆赶路。这女孩的高矮胖瘦、走路姿势几乎与春燕相同，江顺丽连忙横穿公路飞奔过去。江顺丽眼前一闪，只觉得差点被什么剐倒，伴随着"哧——"的一声响动，她才发现是一辆车开了过去，对方竟丝毫没有减速，就这样消失在夜幕里。吓出一身冷汗，江顺丽才清醒过来，转身又追了四五百米，原来，那人不是春燕。人家还像看一个精神病人似的盯了她几眼。一看时间已是凌晨三点，江顺丽才发现自己除了昨天早晨吃了一个馒头，刚才在九天娱乐城喝了半瓶水，一整天都没顾得上坐下来歇口气。她脚下一软，人就倒在了地上，眼前就有了幻影……

江顺丽想起了十二年前。

水果易腐烂，水果生意竞争异常激烈。她做水果生意的八年中，有七个春节都是在陕西、河南、河北、云南那呼呼嘭嘭的鞭炮声、红红火火的节日灯笼下，孤孤单单一人在旅馆里度过的。一年四季，江顺丽从来没有一次在家待过十天，那时春燕才两岁多。每次，春燕瞧见妈妈又在准备衣物、方便面之类的东西了，就明白妈妈又要走了。中午，全家人吃饭时，她就神色郁郁地不肯吃饭，静静地看着妈妈；一家人都睡下了，她也搂着妈妈，不肯入睡，她说："我一睡，妈妈就走了。"顺丽出差在外，家里吃饭时，春燕顿顿都要多摆上一双筷子，说："那是我妈妈的。"天天早晨一起床，她就把妈妈的拖鞋整整齐齐地摆在门边，搭一个小板凳面向门外，恭恭敬敬地坐在那里，说："我等妈妈回来……"

渐渐地，她眼前又出现了那年从陕西洛川收苹果回来的情景。

腊月二十七，早晨天不亮，江顺丽从洛川旅社起来，匆匆洗了个脸就上了去西安的车。到了西安，才得知回石城的火车票早已售完，江顺丽只好又上了要多走几个小时的长途汽车。哪知车一到秦岭，遇上大雪封山，一辆载重三十多吨的大货车抛锚，一下堵死了来往回家过年的几百辆车，上万乘客把沿途老百姓家的面条、米饭炒高了近十倍，一盒方便面三十元、一碗洋芋米饭十五元、一杯开水两元。江顺丽一看那车进退不能，三两天出不了山，不得不和七八个在外打工的农民工一样肩扛背负，手提着行李，徒步向前，甩开膀子一路深一脚浅一脚踩着积雪，披星戴月赶起路来。连续走了一天一夜，下秦岭，过佛坪，到了离洋县只有十余公里的一个小镇，才终于赶上了从西安调头返回石城的汽车。第三天中午十一点，江顺丽才风尘仆仆到了家门前。屋里不到三岁的小春燕一听到母亲的声音，连忙搭起板凳打开门，一双冻得像馒头的小手，提着那双她天天都好好摆在门边、"等妈妈回来穿"的鞋子，递到了母亲面前。一见孩子冻得瑟瑟发抖、流着两路鼻涕，江顺丽一把把孩子搂在怀里："春燕乖，妈妈对不起你呀！"江顺丽说着，眼泪就流了出来。春燕忙从脏兮兮的衣兜里掏出一截皱皱的卫生纸，指指正在做饭还没有灶台高的姐姐，说："姐姐说要讲卫生，给我揣了几张纸，我来帮妈妈擦眼泪。妈妈莫哭，莫哭。燕燕三岁了，燕燕长大了……"

"好孩子，妈妈没哭！妈妈没哭！"

江顺丽再次醒来时，才发现自己躺在街边的一家小餐馆里，时间已是凌晨五点。老板娘正在给她灌热乎乎的白糖开水。江顺丽谢了主人出来，在五颜六色的灯光下，满脑袋里依然是春燕的幻影。她边走边在心里呼唤："孩子，你在哪里？孩子，妈妈在找你呀……"

11

春燕彷徨在外已四天了。她原本打算白天去府城河两岸，打发漫长的日子，一想到二舅他们爱陪客人在那一带喝茶，妈也可能去那些地方找她，就躲进离学校很远很远的一个废工厂里，晚上才出来寻些吃的。几天下来，春燕憔悴了许多，原来红润的脸蛋儿已成灰土色，两眼深陷，目光迷离。她一直处于极度的矛盾之中。她是妈妈的小棉袄、小月亮，这是妈妈常念叨的一句话，现在，她怎么忍心撇下孤苦伶仃的妈妈！"妈妈，春燕好想你，真的好想你……不是女儿心狠、不懂事要气你，是女儿不想再让妈妈操心了啊！"一想到妈妈，春燕的眼泪又一次悄然落下。

恍惚中，春燕一趔趄，连忙扶住了一个什么，低头一看，原来是饭店前的一个垃圾桶。她左右张望，树影掩映了深夜的街道，没有一个行人。饿得脚步虚浮的春燕，顺手一拨拉，桶里竟有半盒饭菜，旁边还有两块面包。她连忙拿起面包，端起盒饭，走进了巷子的黑暗处，折了一根树枝，三口两口扒完，掏出兜里的卫生纸一擦，把面包往书包里一放，又往前赶起路来。

春燕明白，这里离火车站不远了。她要走得远远，不想被冰城的亲戚看到，她会离得远些，再远些；她要自己养活自己，出去一边拾些废品，一边读完带走的书，再想办法找来初二的课本自学。因为在她心里，读书比生命还重要，她还没有读够啊！妈妈讲过张海迪自学的故事，还常说"三顿不吃饭装个卖米汉"。春燕觉得自己一两顿不吃也能挺过去，实在不行，晚上可以悄悄在饭店门前的潲水桶里翻捡些吃的洗了充饥。以前都是春燕不知事，不明白妈妈说的"饿了饭如蜜，饱了蜜不甜"，才扔掉了不爱吃的面包、不可口的饭菜。现在春燕知错了，不会像过去那样浪费粮食了。妈，春燕会照顾自己的，不会穿得脏兮兮的去见人，会找个地方把带的衣服换了，趁晚上洗得干干净净，然后钻进哪个草垛或能避风遮雨的地方就过去了。第二天会去捡些瓶瓶罐罐、废铁烂纸卖了做生活费。妈，春燕不会丢你的人，不得去拿人家一件东西的，春燕不懒。妈，春燕马上就到火车站了，这几天没花一分钱，身上还有九十三块钱，够买车票了。冰城火车站是西南第一大站。朦胧的灯光下，两列"和谐"号刚进站。出站口前，两个年过二十的女迎宾，并肩高举着两块牌子，上面写着"欢迎广州张映霞女士一行到冰城""欢迎上海腾飞龙先生一行到冰城"，落款都是"中国冰城顺风集团"。一旁的江顺风、邱菊两人紧盯着出站的人群。当两路着装不凡的人一出现，江顺风、邱菊两口子就伸着脖子，挥起手来，喊："张总！我们在这里！"

"滕总裁！滕总裁！"

原来，那披金戴银的张姓中年女士身后，还跟着三位着装高档的先生，旁边戴着一副金丝眼镜的滕老先生身后，也跟着三位先生和一位女士。两队男女一出站，江顺风、邱菊两口子就迎了上去，热情道："辛苦了！辛苦了！"

"你们久等了，久等了！"

"嘿嘿，坐这'和谐'号，比坐飞机还舒服、放心！"

在江顺风、邱菊彬彬有礼的手势下，两队人马上了顺风集团派来的四辆高级轿车，邱菊、江顺风亲自为两位老总驾车在前，后面两台车则紧随其后。

刚到火车站的春燕，一见这情景，心里一咯噔，忙退到了树荫下。原本还牵挂着妈妈的春燕，此时心一横，想："二舅、二舅妈，等着瞧。就冲你们两个，我也要混出个人样来，我要给妈争这个脸！"

四辆车一离去，着学生装、身背书包、蓄短发的春燕就钻进了熙熙攘攘的售票厅，一会儿，就跟着人流检票上了车，坐在了临窗的位置。春燕两眼茫然地望着窗外远去的冰城，一串泪水汩汩落下，心中默默念着："再见了，我的妈妈；再见了，我的学校；再见了，我的老师、同学；再见了，我的外公、大舅、三舅，还有两个好舅妈；再见了，春兰……"

12

对于春燕的离去，老二一家人自然心知肚明，却又都装作若无其事，谁也没有给顺丽吭声。还是在顺丽主动打听春燕的下落时，老二才含含糊糊地说，孩子曾来过家里一趟，连夜饭都没吃就走了。邱菊更把责任推得干干净净，说："我看，是有其父必有其女！也不知顺丽是咋个管教的？她一个女孩儿家，不老老实实地在家待着，到处乱跑！"

除了老二两口子照常做生意外，顺水、顺当、顺丽三家都默契地找起春燕来。老大负责向媒体、网站发布寻人启事，收集春燕的信息；老三一家白天开门市，晚上就去大街小巷找人；春兰一放学就登上QQ，边做作业边瞅着春燕的头像；顺丽则像过"梳子"般找遍了冰城，还准备到别的城市去找找。

一连三个月过去，几家人都瞒着江长水，不敢让老人知道孙女出走的事。一天下午，住在老大家的江长水照常出去锻炼，可没一会儿，就拿着一摞报纸，神情沮丧、步履蹒跚地回来了。刚一进门，人就瘫软在地上。老大一阵急救。老人一醒过来，就质问顺水："为啥娃儿不在了？为啥一直瞒着我？"说完，江长水便老泪纵横，自言自语呼唤："春燕！春燕！春燕………"

一旁的顺水没敢说话，侯勤只是默默地擦眼泪。孙子见状，才告诉爷爷，春燕是从二舅家出走的……

　　江长水毕竟是少小就从险滩恶水、风风雨雨中过来的人。第二天，他情绪就平稳了，像平常一样吃饭、喝水，甚至还边叠铺盖边打趣孙子："你怕要娶了媳妇，才改得了不叠被子的毛病喽——"

　　顺水两口子见老人心情不错，照常上班去了，准备下班后再到一些偏僻地去看看。而江长水自从看到那则寻人启事，得知春燕出走后，就一直在琢磨，这孩子会去哪儿呢？是不是回了老家？是的，一定是在老家！老人这么一想，就心急火燎地拦了辆的士，回了老家。

　　顺水、侯勤下班回来，发现老人不见了，便分头找人，一个去火车站、汽车站，一个跑公园、草堂、府城河，该找的地方都找遍了，还是不见老人的影子。老大这才将此事告诉顺风、顺当。两弟兄考虑老人常常念叨老家，就连夜驱车赶了回去。

　　回到老家，江长水满脑子都是春燕的影子。他房前屋后、里里外外看了，也没有春燕回来过的迹象。面对空寂的老家，江长水一脸茫然，两行浊泪顺着脸颊的沟沟壑壑直往下落，屋里静得出奇，似乎能听到泪滴的声响。"孩子，你在哪儿？这些天，你吃住怎么办？一个女孩家，要是遇上坏人……"江长水急得在屋里团团转。走着，走着，他突然停了下来，翻出纸笔，颤颤抖抖写了一阵，就把那纸条压在饭桌上，顺手从身上掏出一摞钱塞进床下，接着，又翻出一捆草纸来，恭恭敬敬地放进一个大背包里，顺手把门一锁，将钥匙往"老地方"一放，直奔观音溪码头而去。

　　来到一座坟前，江长水停了下来。

　　这座坟长满了青草，周围看不到足迹。他蹲下来，拿出那捆黄纸，小心翼翼地解开，颤巍巍地掏出火柴，轻轻地一划一点，火苗嘻嘻地往上蹿，他的泪水也跟着潸然而下。火光中，他又看到了爱妻的身影。她还是那么文静、清瘦，脸上也在流泪。面对这情景，他郁积在心头的悲绪，变成了深深的愧疚、自责。"月啊，我对不住你！想我江长水人前人后，谁不羡慕？儿子中有亿万富翁，有识文断字的作家，女儿从小聪明能干……可谁又知道我心中的苦啊？谁都不知，只有你知！钱为何物？钱咯——不长眼睛呢！'爹亲娘亲，没有儿女亲；千好万好，没有钱好'呵！姊妹弟兄是个啥？连同船过渡的陌生人都不及！人家同船人一遇到风高浪急，都知道祈祷一船平安呢！亿万富翁是个啥？是穷得只剩下钱的"冷血动物"！畜生都懂感情，都分得清亲疏啊！可是，你我却生了个连畜生都不如的东西，他还娶进来一个一模一样的奸诈女人！我这一辈子好后悔呀，后悔不该生的，生了；不该养的，当宝贝一样养了；不该让进门的，也糊里糊涂让她进了门。后悔我今年七十八，眼睁睁看着自己的骨肉掉进河里，无力拉扯，有话说不出口……自从顺丽求职无着落，她们娘俩四处碰壁、漂泊，我就一直瞒着你和孩子们，悄悄在做一件事情。也没敢让熟人知道，我怕给你们丢面子。我想帮帮顺丽，哪怕是帮她挣点钱，够租个草棚棚，让咱春燕放学后有个地儿放板凳做作业，晚上有个遮露气、躲躲雨的地方，也尽到了一个当爷爷的心。可是我背着你们捡了半年破烂，加上平时省下的生活费，只存了九千一百零一块钱。明天就过年了，人家的孩子欢天喜地，又放鞭炮又有人疼，一家人热热闹闹，而咱春燕却无家可归，孤孤单单一人流浪在外。顺丽在外面找孩子，到现在还没有着落。我的心都碎了啊！可这些，我又能跟谁说？跟谁都不能说啊！刚才，我把身上那点钱留给了顺丽，就当是你和我的一点心意，你该不会怪我吧？我走了，我去找咱春燕。要是找不到这孩子，我也不回来了，我就去天堂找你。月啊，我走了，别惦记我。你要多保重，多保重！"

江长水跪在坟前，连磕三个头，起来又深鞠三个躬。最后，他看了看那袅袅飞舞的纸灰、冥冥缭绕的青烟，就转身离去了……

顺风、顺当风尘仆仆地赶到老家，一进门，就看到了那张用繁体字写下的信。

老大、老二、老三：

我知道，你们会回来的。不过，当你们看到这封信时，我已走了很远很远。虽然我年事已高，反应迟钝了，但还是和你们一样心疼儿女。顺丽、春燕也是我的骨肉啊！这些日子，我看她们母女俩可怜，一直放心不下，就攒了一笔钱。放心吧，这些钱是干净的，你们也不必猜想是哪儿来的。我放在以前咱家存钱的地方了，你们拿出来交给顺丽。这回，是爸偏心顺丽了！

你们也不要考虑那么多，都回去忙自己的事吧。我风里雨里惯了，现在一个闲人，出不了钱就出力，一边捡破烂一边去找我春燕。找到了春燕，我立马就把孩子带回老家，远离那虚假的城市，在码头摆渡、撒网，挣点干净钱，让她在这乡村中学读书。毕业后，春燕就种些田地，养点家禽，在这块偏僻、清静的农村，与淳朴、憨厚的农民一起生活。如果找不到春燕，我就不回来了，你们也别找我了……

江长水　己丑年腊月二十九

当顺风从床下的盒子里取出钱来，一下惊呆了，那是怎样的钱啊！除几千元是崭新的纸币，连编号都挨着，明显是他们给老人的生活费外，余下的全是脏兮兮的、皱皱巴巴的零碎钱，是哪里来的？

顺风摇了摇头，叹了一口气，神情漠然。

顺当读着读着，就感到事情比预想的还严重，忙给大哥和妹妹发了一条短信。一会儿，老大就回复过来，大意是说，侯勤向单位请了半个月假，专门找人，他已和十多个省级媒体联系了，请他们写"软文"，发动社会各界帮忙。顺丽则发来短信："老二、老三，商场竞争激烈，你们生意要紧。这事不怪你们，只怪妹妹命不好，牵连了老人。门市我不租了，班我也不去上了。爸和孩子，该由我去找。冰城已经找遍了，我已离开那里。我从小就能吃苦，哪怕是冻死、饿死、累死在外面，我也要找到他们才回来……"

顺当、顺风来到码头，只见母亲坟前，一团烧过的纸灰在山风里摇曳，似乎在述说着什么；小船静静地泊在岸边，也没有老人的身影。面对寂静的码头、宽坦的河面，顺当遥望远方，心头的苍凉、悲怆就伴着泪水喷薄而出，似是问水又像问天："爸爸呀，爸爸！你们在哪里？我们一家人就出走了仨，怎么办……"

一只羽翼未丰的小鸟，"噗"地从船棚上惊起，在码头上盘旋了两圈，就顺着对峙的悬崖渐飞渐远，消失在茫茫天际……

奸小

1

位于大巴山深处的天州，与鄂西、渝都、陇南、秦地近邻，是个不足六百万人口的地级市。市里除一个农用汽车制造厂和几个上世纪五六十年代建起的军工企业外，别无其他像样的厂矿，其唯一优势，只是地处四省交界。也许因了这个原因，坐落于老城区、路陡道窄、常被外地客商和驾驶员戏称为"尿包市场"的一块畸形三角带，竟成了商家和掮客的香饽饽。

"尿包市场"，实际叫辽包水果市场。天空，烂线朽绳，横空乱拉；墙壁，脏话满目、渍迹斑斑；地面，坏梨烂果、香蕉皮、脐橙皮、广柑皮随处可见。顺着门市有一条污水沟，四季塞满腐烂物，臭气呛鼻，每遇暴雨，污水顺街横淌。用塑料布搭起的"门市"，花花绿绿如万国帐篷，卸货、进货的大小车辆横七竖八、见缝就钻，客商、棒棒、老板摩肩接踵，络绎不绝，进出车辆压死人、撞翻摊的事屡见不鲜……

这个"尿包市场"其貌不扬，可谁能想到它是一个一年最少要销售十五个主产县的水果、养活五百万果农和本市五县两市及邻近十多个县近万家水果门市的集贸市场？

严冬，某日上午，天州市简陋的余家旧院。

"丁零零——"一阵悦耳的电话铃，把王不非从酣睡中惊醒。他软绵绵地伸出一只手去拿电话，抓了两次也没够着，眼睛有些睁不开。

"麻将，麻将！总有一天，这个家要让你毁了！"在外间做午饭的张勤一边在围裙上擦着湿手，一边跑进来抓起话筒，"喂！你好，你好！行，行，我跟他商量。"她一手给王不非压严被子，一手捂住话筒，对躺着的丈夫道："南宁老杨说，发两车皮甘蔗来。"

王不非仍处于半睡状态，含混道："叫他拉来，要又粗又长节又少的新鲜货。"王不非还想说啥，张了张嘴，又迷迷糊糊睡去了。

张勤松开话筒，皱皱眉又捂上，提醒丈夫："根据天气预报，近两天云南、广西、重庆路上有雪，甘蔗可能会冻坏哟！"

王不非霍地向里一翻身，极不耐烦地说："不说合不合伙，先让他发来！"王不非的意思是发来遇上行情好，趁势占股；若行情亏，只帮忙发一下货，让对方一人承担风险。

张勤反感这种卑鄙手段，正觉得难以启齿，刚合伙发毕梨子的晓安走了进来。

晓安年近三十，中等个头，国字形的脸上长满密密麻麻的胡茬。他和王不非已合伙多年，做事细心，采货挑剔。同行都只知其名不知其姓，称他晓安。

见王不非还在睡觉，晓安把一个账本和一沓发票交给张勤，轻声道："这三个月的明细都在上面，你们将利润算了，打到我账上就行。"他装着没听到王不非刚才挖了个坑等杨老板跳的事，找了个借口回避，"这几天，女儿升学，我没时间入伙，等拉香蕉的时候，我再过来。"说完，向张勤甜甜道一声"拜"，就退了出去。

张勤正准备接着和丈夫说拉甘蔗的事，蔡光亮、马丽萍两口子一前一后进来了。

蔡光亮一身咖啡色羽绒棉衣，里面是青色汗衫。马丽萍上穿雪白紧身羊毛衫，下着高级超短皮裙。她一进门就高声道："王老板还在睡呀！"

张勤和他们打过招呼，忙自己的去了。

王不非伸了个懒腰坐起，顺手拿出一支玉溪叨上，又甩了根给马丽萍。马丽萍"嚓"一声打燃那价值百余元的高级打火机递上去，王不非就着火苗深吸一口，目光顺着那修长的玉臂上去，瞅了那白嫩嫩的脖颈一眼。

马丽萍点燃香烟后，装模作样地瞄瞄打火机，才顺手把打火机放回床柜上。

蔡光亮颠来倒去地摆弄着刚才买的一瓶特曲酒。马丽萍夺过丈夫手上的酒瓶，说："你呀，在外面少喝点马尿水水！"

蔡光亮像没听到老婆的训斥，自言自语："这几天太冷，拉云南蕉的都赔了，全在家歇着哩。"

马丽萍把刚泡上茶叶的杯子，往王不非面前一放，道："别人不收我们收，准赚钱！"

"那，先抓紧发一车回来，后头的再根据市场决定。"王不非也感到有一线"赚"的希望，他看了一眼蔡光亮，"晚上你去云南。一会儿去把机票买起，别省几个小钱，把我这'二哥大'带上。"说着，就把半截话筒大的手机，放在了蔡光亮面前。

马丽萍眼睛一转，提醒道："听说，这几天香蕉老板都在商量大联合的事呢。这一帮人，只有你去说了才团得拢，万一别人去牵头对我们很不利哟……"

王不非立即抓起旁边的衣服，一边穿一边对正在洗衣机前忙碌的妻子张勤说："等会儿，你去银行划三百万元现金到云南。"说完，王不非来到穿衣柜前，整了整衣服，喷喷发油，小心翼翼地梳理着发型，然后又熟练地往衣衫里喷了喷法国香水，拿起一包"硬玉"、一包"软中"，各放进一个兜，便出了家门。

王不非穿一身笔挺的银灰色西服，兰底白花的领带映着洁白的衬衣。他迈着健步，不时吸一口烟，手上那硕大的缅甸钻戒闪烁出耀眼的亮光。只几分钟，他就来到了仅隔一条街的挂着"天州市辽包水果批发市场"牌子的门市。

门口空旷的坝子里，已聚集近百人。王不非与人打了招呼，大家你一言我一语，顿时热闹起来。最后，几个热心人走过来，提出由王不非来组织香蕉老板们"合家"，王不非客套了几句就向大家表态："既然大家这么信任，我保证每家一年赚四五十万，买两大套精装房不成问题。不过，大伙要给我凑（四川话读作cōu）起，多支持我工作才行。"说完，又向人群喊道："覃新、蔡光亮、刘文、铁脑壳，跟我来！"

生意人走到一起谈的都是钱，谁也不敢怠慢，说干就干。不到三天，全国最大的水果联合体——天州市106家香蕉老板大联合宣告成立。

面对这个既非三资也非国企，都是些老板组成的集体，咋称呼呢？就取名"老板集团"吧！大伙三言两语定了名称，又决定由善经营会管理、办事果断的王不非任董事长兼总经理；覃新、蔡光亮常年在外，懂技术、能吃苦耐劳，任业务副总经理；刘文能写会算，任会计；佑九儿家底厚，掌管现金。

老板集团的买卖随之展开，有条不紊地运行起来。

2

集团的班子一搭起来，王不非才发现，需要他考虑的问题实在太多。

用汽车贩运苹果到天州，一般不超过一千公里，运价都在五千元内。而运输香蕉则不同，从广西、云南贩运，汽车最少行驶四个昼夜，而且还要经过老驾驶员一听就摇头的"七十二道拐""青杠哨""酒店垭"和历史上有天险之称的"乌江"、有雄关之誉的"娄山"，全程达一千八百公里，翻山越岭又耗油伤车又危险，所以，汽运香蕉价一直居高不下，特别是近几年，更是成倍增长，加上产销两地税收，每公斤就需杂费一元多。如从广西用火车运输，可省下一路交警罚款和司机提出的一些苛刻条件，而火车载量大，无疑风险惊人。广西蕉口味佳、色泽金黄，适合一二线城市销售，而云南蕉个肥串大、价钱实惠，颇受三四线城市商贩的青睐。于是，集团决定兵分两地采货，汽铁两运以适应不同客户的需求。

在机关事业单位任职，谁违犯了规章制度，都可以对其扣工资奖金或撤职降级，而在老板集团任职，这些成员谁不是三头六臂，在家出门谁不是一个顶几个的角色，今天你对他不"友好"，轻则眼睛一瞪自己混，"联合"就给"单干"搞乱；重则带走你几十上百万，一去不复返。不详内情的人往往爱说："娃读不得书，将来做生意去。"好像经商的人人文盲、个个笨蛋，钱放在那里只等商人去捡那般轻巧。

在老板集团里，有人本科毕业，有人过去是机关干部、银行职员、学校教师。即使文凭差一点的人，天赋也都出奇得好，智商特别高，歪歪点子、花花肠子比知识分子还多。平时，看他衣冠楚楚，干起坏事来两院一局也感到头痛，打架斗殴、红白两道任你挑。即使那些夏天一身短衣赤臂露胸、寒冬一身破衣不值分文的人，背后也有几个硬角色，弄得你有理无法伸张，有钱也白使劲。

显然，这集团经理一职，不是常人能胜任的，不仅要精通专业，还要说话有人听、做事让人服、有事担得起。众所周知，王不非是三教九流无不能交，且毕业于音乐学院，唱得一口好歌，写得一手好字，深得集团男女好感。董事长和总经理的人选自然非他莫属。

王不非更清楚，老板集团乃卧虎藏龙之地，要当好这个家，遇到的"雄关""天险"会更多。首先，要解决的两个难题，就像和尚头上摆着的两只虱子：一是经营香蕉的场地，二是股份的分配。

经营香蕉的场地要冬暖夏凉。在天州市唯一可以利用的是二十世纪六十年代"深挖洞"时留下的防空洞，而离市场近的几处防空洞又被个别人"先入为主"。再则，集团里有的丈夫本事一般，往往吃喝嫖赌俱全，老婆发货不行，胡搅蛮缠却专业；有的则是天生的一对能人，又有钱又心狠。如按人定股入资显然不妥，而依其能力定股，人人都爱面子都爱钱，死活不愿吃亏。同时，曾经做过香蕉生意的妻哥张清、老搭档晓安，也要求入股。难题一个紧跟一个，面对几百双眼睛几千条心，自己如何让人心服口服呢？

3

一连几天，王不非在家里放音乐，将那首百听不厌的老歌《爱拼才会赢》听了一遍又一遍。

今天王不非像往常一样，一而再再而三地欣赏这首坦荡、饱满、豪放的旋律，不知不觉，他心里又有了热乎乎的暖流。他看到了蓝蓝的天空，一望无涯的草原，自己就是那奋蹄驰骋的骏马。那弯而腾空的前蹄，急速刚劲；那蹦直的后腿、神奇有力；那块状的肌肉，结实雄健；那迎风的鬃毛，英俊抖擞；那清癯的头颅，在傲视征程的遥远、艰难……它越过了沼泽，跃过了死亡，踏上了绿草如茵、生机勃勃的草地，前面还有江河、沙漠，还有沙尘暴、泥泞。他看到的是运动健儿们奋力拼搏的劲头和走上领奖台时的从容，王不非没有想到那些"金牌""成绩""激动"之类的浅薄词儿，正如一位老歌唱家说过的一句话："真正懂音乐的人不是在听而是在读。"有了这种音乐天赋，而又得力于音乐悟性，王不非才在《爱拼才会赢》的旋律中，看清了纷纭复杂的商场险象，创造了令人瞩目的业绩，得到了同行的敬仰。不过，他也明白自己的弱点，往往在一些女性对自己倍加亲昵、照顾有加时，自己就藏不住感情、束不住行为，做出些有悖伦理、让人说三道四的事来。自己也后悔过，既深深自责，对不起妻室儿女，又觉得有负家人一腔真情……

张勤毕业于中文系，是天州有名的才女，写得一手好文章，练得一笔潇洒的字，音乐悟性也不差，钢琴、二胡尚够半专业水准。这些年来，每当王不非遇上什么困难，心里有啥重大事情，她就把这首歌放给他听。王不非原本抽的十元一包的烟，被她换成了二十元一盒的"软玉"，每天一早，不等他起床，一杯清茶已泡好候着。

听到这歌声，正在厨房做饭的张勤也思绪万千。结婚十五年，她比谁都清楚，丈夫事业心强，视生意如生命。为了买卖常常忘了吃喝、休息，甚至忘了孩子和老婆；而她总是加倍细心，把生活安排好，尽力照看和辅导好孩子。但是，她不得不多个心眼。买房子的事，她提了几次，丈夫不是说租房子住划算，就是说多凑些钱，到时买个大户型。还有，丈夫是性情中人，爱往美人身边凑，爱打牌，买卖上的事大多还得她给提醒。张勤把煮好的鸡蛋面端到出神的丈夫面前，宽慰道："欲速则不达，一步一步来吧！"她端出油罐，又往丈夫碗里加了两调羹，说："我哥入伙的事，现在不能提出来；晓安入伙的事，该给人家解决了，我们不能无情无义，晓安也的确是实干人才；为了得到大家的支持，让几个经理都入全股，其余工作能力差一点的股份不等，否则会助长吃大锅饭的懒散之风；防空洞往往是三五家合租一个，一个洞一股，利润由人家去分摊，但所有权归属集团；我们和工作能力差的一样入半股。"

"这个入伙，那个全股，我们不是'猫爬甑子替狗干'吗？"王不非一愣，把碗一搁。

张勤没有正面回答，又给丈夫把茶添上，缓缓道："稳定局势要紧，你在家里管好集团的事。我们女人心细，不嗜烟酒，也不像你们男人爱赌，我带队先出去压缩各种开支，抓足重量，卡好质量，自然要比别人效益好。那时有了成绩，再由关系好的提出，补上我们的股份，不就成了？"

除晓安入伙的事，王不非没同意外，张勤献出的锦囊妙计，王不非几乎照单采纳。

老板集团兵分两路收香蕉。一路由以长于吃苦耐劳、勤奋实干著称的蔡光亮副经理带队，长驻广西旧州，现场督阵；一路由精通业务、以卡质量闻名云南的妻子张勤带领精兵良将，直扑河口，督收监管。

选择香蕉产地，全国老板各有不同。西安的选在广东，成都、重庆的选在红河，长沙、武汉的分别选在广西的灵山和武利，而天州的老板则选在广西的旧州一带。

这天，蔡光亮和往常收货一样，与"二拐"（信息员）一早就来到旧州街上，先开了门，又顺着街一去一回观察局势。因为天州"合家"，没有人争货，街两旁的蕉显得十分拥挤。一些被人徒步背来的筐子，见缝插针般占着有利地形；一辆辆左右各挂着满满一大筐的自行车，擦肩挨臂地靠成长长一排；一张张沾满红土的板车上，六七只大筐装得冒冒梭梭；一些还在冒着热气、满载着香蕉的柴油三轮和农用汽车，庞然大物般把街道塞得窄窄的。筐里、筐沿和香蕉，都被蕉农用蕉叶隔着、围着、盖着，只露出一点肥壮的蕉体，里面还有湿淋淋的露水。一些缠着各色头巾或不缠头巾只戴小斗笠帽的蕉农们站在自己的筐子后面，纷纷说着"叽里咔啦"的白话。没有"二拐"的翻译，蔡光亮一句也听不懂。那声音就像进了麻雀林"叽叽喳喳""嗡嗡嘤嘤"……蔡光亮看到旧州这些蕉农就气不打一处来。如果他们有几筐好点的蕉，拉到街上一摆，再转悠一圈，那样子比巴顿检阅他的部队还神气，回过头来就给你漫天要价，而且还得看哪个老板的价出得高、质量收得松、秤过得公道。如果你想买他的蕉，明明给了高价，眼看讲成了，他却说："等一等。"你一转身，别的老板去问，他就说："人家刚才给的价，比你的还高呢！"其实，他说的价，就比你给的价高了一截。一些不明真相的老板，误以为同行真的给了那价，就买吧。可他又不卖了，说："再添点！"老板们都想买几筐好点的蕉回去装点门面，一经你添我添，价就上去了，真要买到手比买一件价值连城的文物还难。旁边的蕉农一听："噢？某某都卖那价，我这东西也不少。"他明明知道自己的货差得老远，还睁着眼说瞎话。气得老板们干瞪眼不收吧，货已收了个头，放久了要烂；若是收，这后面的价更高。

不知不觉，蔡光亮走到一个麻老头跟前。一见那人满脸坑坑洼洼、说话冒白泡的样子，蔡光亮恨不得狠揍他一顿。那是去年，七八家老板的货才收一半，市场上就缺货了。蔡光亮来到麻老头车前，不知哪句话不对老头的味，他前脚一离开，背后的麻老头就宣扬："这老板不行。"弄得不少果农贵贱都不卖给他了。蔡光亮一气之下把价出得吓人。那老头又纵容几个果农去问他："筐子咋除皮？""质量啥标准？"蔡光亮左思右想，便去报复麻老头了。

他拿起老头筐里一串又小又瘦又麻的蕉，问："这种，啥价？"

"一元——一两！"老头脖子一伸，差点把蔡光亮给气死。

蔡光亮眼睛一转，道："麻货！"老头脸上那坑里蓦地盛满了火，一下向他扑来。蔡光亮顺势一拉，老头摔了下去。

麻老头下去就不想起来，说这里摔了那里被打了。围观的蕉农便风风火火送老头到医院。气得蔡光亮一天下来饭也吃不下，觉也睡不着，赔了五千不说，回去的货也没赚钱。

今天，蔡光亮也不理睬麻老头，装着没看见似的。回到门市，蔡光亮对几个兄弟说："你们去了，只拣最好的货，给价一元，次货不看。不说标准，不说筐子除多少。到时，我们有办法。"

一会儿，几个兄弟带回信息："果农说，拉回去'喂牛'，还骂我们是四川'舅子'呢！"

蔡光亮已预料到果农这一招，他甩出两盒扑克，道："打牌！"

蕉农从日上三竿等到日当午，又等到夕阳红，连问价的人都没有。开始，他们还以为有转机，到中午时分就稳不住了。一问，天州已"大联合"，才明白旧州市场今非昔比了。因为，其他省市的老板早就各有地盘，且相隔几十公里，从不互相侵犯，他们若把蕉运到别处，抖坏了谁也不要。收货的不急，卖货的急了。他们像饿急了的乞丐，纷纷推的推、拉的拉，慢慢地都把自己的香蕉涌到了门前。蔡光亮这才以每公斤一元的价开秤，收货不到一吨，又把价降到八角。那麻老头也跟在最后一批果农里来交货了。蔡光亮走过去，装模作样地翻翻货，说："六角。"麻老头气得脸一抖，满脸的坑都绷平了，一声不响地拉走了货。傍晚，麻老头的女儿又把蕉拉了回来，蔡光亮一看那板车、筐子、蕉形，就知道是麻老头的货，开口道："五角。"那女子笑笑，说："大哥，价低了。"蔡光亮摇摇头，那女子叹息了一声，把蕉卖给了他。

果农们面面相觑，再不敢多嘴多舌得罪老板集团了。

老板集团在旧州采货，原来对质量稍严一点，损耗多除半斤四两，果农们就起哄围攻，常常让老板下不了台。如今他们一家收货，若是不愿意卖，还能拉回去吃完不成？所以，便宜几毛、少了十斤八斤，也不计较了。一些不明真相的蕉农与他们闹僵，几筐香蕉卖到日落西山也无人问津。过去，一车皮要收五十吨，还几乎没有长秤，货款需五万多元；而今，收货不与人竞争，一车皮只收四十五吨，可卖出五十余吨，货款不到四万元。原来，短途运输，数家抢车，价格一闪就上去几百；现在，不与人抬价，杂费也减少了，既大幅度降低了成本，又提高了质量档次。货回天州"独家垄断"，再也没有同行与他们杀价抢客了。香蕉发价从两元升到三元，而且三公斤筐不除皮，还捎带了许多没去本钱的下等蕉。过去，小商小贩们对质量千挑万选，其条件苛刻到"雕匠选女婿——千雕（挑）万选"的地步；如今，次蕉混进中蕉，中蕉假冒特蕉，筐子一边过磅一边流水，小贩明知上当，也只有傻瞪眼。不买老板集团的，买谁的？世上没有金凤凰，老母鸡也吃香！

4

几乎是蔡光亮在广西采购香蕉的同时，张勤带领的另一队人马在云南也拉开了采购的帷幕。

云南蕉的色泽不及广西的鲜亮，但它却以体肥串大、口味好的特点，同样受到吃客们喜爱，尤其是那里有一个不成文的规定：客商可以扣除百分之五的"损耗"。老板们常常收九吨加旺（多）秤就可以卖十一吨。不用花钱，白白拾了两吨香蕉——三千元，谁不趋之若鹜呢？

然而，那颇具诱惑力的百分之五，也不是每个老板都有缘分的。如果你找到一个爱财如命、一口就想吃个胖子的"二拐"，贪了你百分之五不说，还串通果农吃你差价，一车蕉连秤带价吃三五千元的黑账易如反掌。张勤明白老板集团年需货不是几百吨，而是几千吨上万吨的买卖，经反复权衡，这"二拐"人选还是牛大姐妥当。

牛大姐是云南金平、红河、马关、河口几县颇具名气的女能人。她的香蕉客户遍布大半个中国。凡是经她代办的香蕉一是一,二是二。老板要啥蕉、出啥价,她就给蕉农定啥标准、出啥价;老板要多少吨,长秤全部归老板。她从不在利益面前动心,不在中间做手脚,深得全国客商和当地蕉农赞赏。她代办的蕉,即使出价低一点,蕉农也愿意卖给她。前两年,有个走马观花的作家和牛大姐收了几天香蕉,吃了几顿饭,见了蕉农背着一篓篓蕉,押着一匹匹运蕉骡马的壮观场面,以为这山里山外,沿河两岸都是蕉,收货只是验质、过磅、上车而已。结果,他回去浮光掠影地胡编了篇二十余万字的小说。小说在县城上市,闹了笑话,一本都没销出去。张勤没有作家笔下那么"简单"。她心细,爱动脑筋。她认为收的香蕉离公路太近,蕉面不净,洗了也不亮;离公路过远,骡马一路颠簸,蕉面磨损,黄了也黑迹斑斑;货主太多,蕉农砍得频繁,蕉串小个也瘦。

显然,选好采货点是关键。

张勤曾经找牛大姐收过货。两个女能人走到一起,一个是客一个是主,说话做事都不绕来绕去。张勤这次一到,就给牛大姐挑明:老板集团准备把云南的香蕉业务全部交给牛大姐代办。但是,只要十六公里、三十二公里和电站三个点的蕉,且要保证足够的货源。牛大姐心里不禁一惊:果然厉害!她这不是把红河一线产好蕉的几个点全部控制了吗?但回头一想,如果自己不同意,面前这个办事果断的女人马上会另找别的"二拐"去控制那三个点,自己就失去了一个永久性的大客户。她笑笑,便同意了,立即给那三个点下了永久性的定金。

同时,在云南收蕉与广西的收法也不相同。广西是在市场上以质论价,看上哪家和哪家讲价;云南是先定价定量,还要把车开到各个点去。

尽管张勤次次都十分谨慎、细心地估算过,往往收的时候,这个点不多,那个点就少。最后,要么是车不够装,要么是装不完。装少了,运费、税收、零杂比收蕉的钱还多，均价摊高；装多了，更是麻烦事成串。因为，这些蕉农大多住在深山里，离收货点近百里，不能让人家又运回去。若是存放在蕉农家，今天的蕉肥串大，明天就变得又瘦又小，重量不差，质量却差了几个档次——被人家换了。

谁稀罕你几个寄存费？人家要那差了一半的差价。

如果货不够，连夜收，黑蕉烂蕉都来了。看不清质量事小，往往车上有人捣乱，车下有人胡缠，待一一处理妥当，磅上又有人做手脚，回去别说长秤，连老本也得贴上两三吨。

特别是一个女人出门，麻烦事就更多了。

五一节前那天，张勤为了让货回家赶节日，匆忙中忘了给搬运工买烟。结果那搬运工磨磨蹭蹭，装货装到天快黑，还差两吨。张勤让附近的蕉农砍些货来。货来了，那几个搬运工一会儿车上要人，一会儿车下有事，故意要张勤一个女人去搬那百多斤重的筐子。张勤找蕉农帮忙，蕉农也说这儿痛那儿不舒服，最后东拖西延，到"露似珍珠月似弓"时，才总算把货装完。然而，当她盖好篷布，扎上车绳，附近的蕉农找她麻烦来了。人家林子里的蕉被偷了——你不连夜收货，小偷钻不了这空档。

张勤明白，这伙人的目的是让她给千儿八百"走路"费。然而，张勤不是别的老板，不吃那一套。她一个电话，叫来了警察。那农民一听就跑了。经调查，那农民家里连一根蕉苗也没有，何有蕉偷？

若是过了夜，等天明再收，脾气好的驾驶员愁眉苦脸地找你诉苦："不耽误，我走几百公里路到贵阳了，老板加几个吧！"脾气坏的司机就吵吵嚷嚷开了："下货，下货，我不装了！"最后，还得赔着笑脸给几百元怠班费，好吃好喝管挑选。否则，就是喊爹叫爷，人家也不走了，还弄得果农、"二拐"都有意见。幸好，驾驶员、"二拐"与张勤是朋友，遇上事好商量，不仅保证了隔天一车，而且每车利润少则七八千，多则万余元。

5

在张勤收蕉发车、发车收蕉的轮回忙碌中，不觉就过去了三个多月。转眼又到了云南气温比天州高十多度的二月——这是采购菠萝的季节。

菠萝销量大、利润高，但烂得快、风险大，被称为"巨亏暴盈一夜变"。

面对风诡云谲的菠萝市场，老板集团十之八九是老手，大多镇定自若，善于面对各种复杂多变的现象。只要有一线"赚"的希望，他们都很敏感。做买卖，关键在于经过仔细观察琢磨、反复推敲后，那一念之间的定夺。

这一年的菠萝在春末夏初壮苗时奇旱不雨，在秋冬开花时又久雨不晴。虽种植面积大，但产量极少，河口的第一车菠萝就以每公斤三元的惊人高价与重庆老板成交。

这消息不胫而走，村村寨寨的货价一夜疯涨。尤其是交通方便的主产区大小南溪和与越南一水之隔的红河一带，大多数客商上午订货，下午去装货时果农就不卖了。弄得全国各地的老板们不得不悄悄把车带到村外等着，说定就装。

然而，幸运的人总是极少的，这些老板们大多拉得越多赔得越多。

近用汽车运输的昆明、贵阳、遵义老板，少则一车赔万儿八千元，远用火车运输的哈尔滨、长春客商，一车亏三万五万。尽管收货的与日渐少，果农见一年的辛苦即将白费，纷纷让菠萝在地里等价。眼见菠萝从青到黄，由黄变烂，人等货不等，你不卖人家卖，不到一个月，客越来越少，原来三元不卖的一地菠萝，现在一两角也没人要了，不少果农站在地里泪流满面。

正在收香蕉的张勤立即给集团打去电话，不待对方研究答复，就顶住一些人的反对意见，带上一个女同事，去大小南溪、中越红河两岸和蚂蟥堡、南坪、新街、坝沙等一带菠萝山订货。她又将正在广西柳州收甘蔗的覃新调到贵州兴义市，长驻黔西南州盘江饭店，专门联系车况好、讲信誉、常跑黔渝线的车辆，自己则和"二拐"一起亲临菠萝地验货装车。

收菠萝，不仅工作量大，老板还须戴着手套像捧刺猬般一个一个验质，稍有疏漏，压伤碰伤没发现，或成熟度偏高，货在途中就"稀"了。

菠萝还分草菠萝、香菠萝两种。前者大而味淡，后者小而香甜。收货时，一般按半公斤的标准起步，上不封顶，个大的比例占得越多越好。而个大的香菠萝与一般的草菠萝又形状相似，没有明显区别，不少缺乏经验的老板，往往出了高价还不知道，买了车卖不出去的"草"货。要寻得好货，汽车常常走村串寨，过几段不足轮胎宽的机耕路，蹚一些"哗哗"流着溪水又估不准虚实的小河。车绕来绕去，大多停在山腰间，还有一条摇摇晃晃的索道。远看，像一条岌岌欲坠通往亡魂界的天梯；近看，又如漂在山雾里的一叶舟筏。当地少数民族同胞和驮着一筐筐山货的骡马走在上面，连绵不断，不慌不忙。

这天，张勤来到大南溪山里的一座索桥头收货。车一停稳，"二拐"就上山监督果农砍货，驾驶员说马达有问题也买零件去了，留下张勤一人。张勤被排在桥头那一筐筐黄灿灿的菠萝陶醉了。从运过来的货观察，竹篓藤筐里都用尼龙袋细心地铺垫着，采装也小心，菠萝没有砸伤压伤，形正个大，几乎百分之八十都是公斤以上的。突然，传来一声呻吟。张勤抬头一看，只见对面山上一位拄着棍子的老大娘，背着一筐菠萝颤巍巍地向桥头走来，那样子比失去阿毛的祥林嫂还弱不禁风。张勤忙向大娘跑去。她刚上索桥，脚跟虚浮，再跑十余步，天摇地晃，往下一看，一阵晕眩。"妈呀——""蹲下，蹲下！闭上眼睛！"一个焦急的声音在提醒她。她本能地蹲下，闭上眼睛。在紧张、惊恐中，她被人搀扶着，恍惚过了一座座大山、一条条河流，才到达了坚实的彼岸。当她胆战心惊地睁开眼时，发现自己已坐在黄澄澄的菠萝前，那大娘却笑出了泪，"好了，好了，都怪我这病连累了你。"

6

张勤平静了一会儿，便赶紧验货收秤。然而，货刚装一半，就发觉筐子比开始装得少，反而重量还多十几斤。初看菠萝的大小、形状、熟度无异，细瞧色泽、硬度却大不相同，她用手指轻轻一压，菠萝就凹下去一个小坑。她又取来两个，破开对比，先收的水分正常、肉质鲜黄，后收的水分过量、肉质呈黑色。一个穿得干干净净的村干部模样的男人眉头微微一皱，故作镇定地说："是一块地的货。"

主人光着膀子、叉着腰，也狡辩道："大小、熟度、形状都对呀。"

旁边，站满了给主人帮忙的邻里。

张勤知道村干部是光膀子的弟弟，即便菠萝烂完，他也不会说公道话。她拿了个尼龙袋，装进十余个菠萝。"先把话说清楚，我们去县里化验，你这后面的如果洒了上水药，我们没法运输，整车货给你，各种损失你来赔偿；如没洒药，所造成的损失我赔偿。"

主人一愣，马上砸烂一个菠萝，一连啃了几口，又"啪啪啪"地拍着肚子，说："有上水药，我还敢吃吗？不管你找谁化验，这货不装，别想动车。"

所谓"上水药"是让果子加剧对根部水分的吸收，使水果增水增重，不能运输储存，里面却没有危害健康的成分。张勤不理睬他耍猴唱戏那一套，但是，打官司要时间，后面几百吨货一过期，几万元定金也泡汤。怎么办？

"赢了官司输了钱。"村干部表面在对他哥说，实际是把话说给张勤听的，"下的下点，让的让点。就半车了，哥哥你少几个钱，张老板也别太认真了。"

"不是扔点货款的事。"张勤指指破开的菠萝，急得团团转，"还要搭上万块的运费税费，回去连前半车好货也得被传染烂掉。"

"小伙子，做事可不能没良心呀！"老大娘从人群中走出来，一改刚才的病态，用拄路的棍子点着货主的鼻子说："你看这满山的菠萝还没人买，还要人进来呀！你二毽真要去打官司，不仅官司要输，恐怕还得搭上几倍的菠萝钱。最后，这一山菠萝也没人敢来收。那时，老娘的菠萝卖不出去，就找你算账！"

果农们都急着想卖自己的货，也劝货主道："'劳模'大妈说得对，咱年年种，以后还要客来。"

人不可貌相，没想到这位耄耋之年的大娘竟是河口有名的全国劳模，她两句话便让局势得以扭转。

"订货时，我就跟你把质量说清楚了的，你耳朵聋了？"村干部先与光膀子演了一出双簧，接着，才给张勤道歉，"张老板，你是队上的客，我确实待你没外心。偏偏他又是我哥，该倒霉挨骂的全是我。不用去化验了，你把有问题的货卸下来就行了。"

"大娘！我出门采货十多年，今天算是在河口碰到好人了。"张勤帮劳模大妈拂去白发上的灰尘和树叶，热泪盈眶道，"你家还有多少菠萝？"

"四万多吧！"劳模大妈睁大眼睛，疑惑不解。

"好，你的我全买了！"张勤拉着劳模大妈的手，激动地说，"你先去砍半车来，把这车补够。价格上浮一角。剩下的明天给你装完。"

"咱货随行市走，钱不多要你的。"劳模大妈是个爽快人，说，"货还给你砍好。不过，我有一个心愿，希望你能把乡亲们的菠萝也收了，这里太偏僻，价还可以降一点，质量你说了算。谁还敢再干缺德事打上水药，我这棍子就不认人。打官司，找县长，我豁出这张老脸去帮你。"

在这个人人都拼命挣钱的年代，换了旁人或许会鄙视大娘"神经病"，而张勤父亲也是上世纪五六十年代的老先进，她理解那一代人。"谢谢大妈理解我们的苦衷，回头我向集团汇报。"

"新鲜！天底下竟有生意人不爱钱？"一个染着黄头发、穿着破洞牛仔裤的男青年说。

"娃，人可不能不要良心！"一个教师模样的大爷感慨道，"嘿！这才是世上最满意的买卖呢。"

劳模就是不一样。果然，大妈砍下来的一筐筐菠萝无论鲜度、硬度，还是色泽、熟度，都是一流的高标准……

这期间，张勤也将脚上的"莎娜"高跟皮鞋换成了轻型软质平跟塑料鞋，女同事身上的皮肤也已晒黑一层又脱一层，脱了一层又晒黑，却从无怨言。仅十多天，他们订装货三百五十余吨，货款不足十一万，均价不上三角。运回天州的菠萝车车金黄、个个成形，几乎没有腐烂现象，为集团创造了一笔惊人的利润。当全国同行开始醒悟，纷纷赶来抢收时，他们已鸣锣收兵，悄悄转移了战场。

7

外面货好价廉，家里独家价高，惊人的利润使集团上下如注入超量的兴奋剂，纷纷满负荷运转。

老板们轮流出差采货，一辆辆满载着货的火车、汽车昼夜兼程，向天州疾驰。老板集团的香蕉独家经营，利润创造了历史奇迹，菠萝更是货不过夜，一气卖空。

利润是明摆着的：除却各种开支，老板集团仅广西蕉每车皮净挣五万不成问题，按月批发五十车皮计算，盈利就有二百五十万；云南蕉每车只按八千元算利，每月至少销六十车，利润不下四十八万。全年只有七八月不能经销，加上跨行业收入，集团年突破千万纯利不在话下。王不非总经理的"户分四五十万——每家一年买一套三室两厅的商品房"并非天方夜谭。

天州106家大联合在全国成功地为百万同行开了先河，率先走出了百年不遇的旱年困境。

成都、昆明、贵阳、西安乃至石家庄、北京、上海、广州等地同行，无不对天州市的香蕉老板刮目相看。他们纷纷组团到天州"取经"，也数次组织本地同行协商、谈判，如法效仿，然而又都因在利益面前各自心怀不轨、不能顾全大局而失败。有的是为那瞩目的经理宝座，更多的则是为了股份和那令人垂涎欲滴的暴利，各自打着如意算盘，互不相让。总之，对于全国其他省市的同行来说，他们都经过了各种形式的痛苦尝试，收获只有一点——散沙一盘！

事实证明，欲达到"统一独市"，仿佛上九天揽月，而对于天州市老板集团之外的人来说，想越雷池一步，争食一点残羹剩汤，也实同下五洋捉鳖。因为王不非有言在先："在天州，谁要与他们作对，就让他尝尝倾家荡产的滋味！一两百万对于老板集团来说，不过一点'毛毛雨'。"

谁敢？要人，一百零六家；论钱，家家财大气粗；比专业，全是玩蕉老手！

8

经营香蕉所需本钱不多，车皮不过六万，汽车多则三万；经营香蕉的技术不难，运回香蕉后，有一个懂保温、升温和会使用催熟剂的内行就行。

天州市的一些香蕉零贩通过对比邻近省市的发价，发现一个产地一个收价，天州里程比人家近，运价比人家低，反而发价比人家高八角左右，也就意味着天州集团一汽车比别人多赚八千，一车皮多赚四万。

做买卖就是算账，对于老板集团的账，天州市从事苹果、梨子买卖的，经营副食、办厂的，甚至连房地产商都窥视出其惊人的暴利。他们盯着这块令人流口水的"肥肉"，纷纷跃跃欲试，只是有的懂技术却一贫如洗，有的资金不愁又是外行。即使万事俱备的，也有贼心无贼胆，害怕集团暗里肇事，面上杀价，自己人吃亏，还落得个连卖带送。

"老板集团可以联合，我们何尝不可效仿？""天州四小贩"第一个组织起来了，他们要啃啃这块螃蟹。

这些人不愧为以分分钱起家的小贩，个个比猴还灵。他们为了避免对方财大气粗地杀价，不去产地，只从重庆沙坪坝香蕉市场接货，而且每次只拉四吨。可想而知，老板集团敢杀价吗？你一车皮五十吨，人家只有四吨。你全部送人分文不取，人家白给不过一根鸡毛，而且这四人组接回的货质量比集团的好，卖价反而还低两角。四人组跑一趟赚一两千，一人一天四张百元钞，下午一点前就到了兜里，三天下来比一个县级干部月工资还高，何乐而不为？

不想，这刀子不大，却捅到了集团的要害，四人组的货不多，却令邻近县乡的商贩们贵贱不要集团的货。他们早就盼望这一天了。过去，老板集团独家经营，让他们吃亏上当太多，若是不进香蕉，消费者们往往爱搭配着买，谁的品种多，谁的生意好，为了赚钱，哪怕香蕉分利不取，也要进老板集团的高价货。现在，即便天州四人组的货卖完了，他们也心甘情愿地等，再不进集团的货了。而老板集团的损失不算则罢，一算不得了：四人组的货少卖两角，集团货不好，每公斤至少比四人组降价八角。同时，大多零商小贩心里有气，集团的货就是一枝花，也不看一眼了。长此下去，烂掉赔本的不是四人组而是集团，百余家庭的开支是多少？庞大的采货队伍的车旅费是多少？

"这简直是乌龟请客——全是王八！"

和几个经理一起商量对策的王不非忍不住骂了一句。他端起茉莉花茶"咕噜"喝了一阵，缓了口气，对覃新几个兄弟说："找几个吃血饭的，给他们点颜色！我就不信，他们有三头六臂，敢跟我姓王的作对！"

"这事交给我办，保证办得妥妥当当，弄他几个'熊猫'（青包）！"覃新一拳砸在桌上，吼道。蔡光亮坐在一旁，手里玩着一只酒瓶，仿佛在研究是20821、20822一类勾兑货，还是10781、26760系列纯粮酒一样，借着门外的光亮，颠来倒去地端详着。"喊几个朋友喝一台，让他们借醉买货去，先捡货，后象征性地施舍几个。不服气，再给点颜色。要告，无凭无据，一个愿买一个愿卖！"

"喝，喝，喝！就离不开那马尿！"妻子马丽萍站在衣柜前，狠狠盯了丈夫一眼。她今天换了一套别致、淡雅的春装。上穿前胸低开的洁白衬衣，超短裙下是一双修长性感的美腿。一头没有染色的黑发梳理得自然、秀美，宽而饱满的天庭留着几缕疏而微卷的刘海，那本来就十分端庄的五官，再加上一双秋水般明净的大眼。马丽萍的眼睛从穿衣镜里瞟着王不非，说："你们这些男人都像公鸡一样好斗！四吨货值几个钱？难道智取就不比黑吃黑保险？依我看，这几个人也不过是小打小闹，还不如……"马丽萍如此这般地对王不非耳语一阵。

王不非从集团挑选了几名能说会道、平时与四人组称兄道弟的老板。这几人找到四人组，经一阵推心置腹的谈话，假意泄露了集团准备收拾人的秘密。接着，他们当着四人组的面与王不非通了电话，说是先斩后奏，让四人组交了风险抵押金。四人组就此加入集团，共占一股，每人占四分之一股。

这四两拨千斤之计，立竿见影。不到三天，集团生意又红火如常。

敢于吃螃蟹的人，没有吃上蟹肉，只是惊动了蟹，反而被蟹钳夹住不能动弹了。

四人组的结局，警醒了同行和小贩们，同时，也给集团带来了新的平静与祥和，助长了集团藐视一切、一路称雄的傲骨与霸气。

然而，老板集团"三天销五车皮"、稳赚二十五万利润，黄金地段老车坝、巴达路口的门市才卖两万一平方呢，谁不动心？谁愿坐而受穷？

9

四人组风波未平，云南芒耗镇汤老板的十八吨香蕉又极不礼貌地闯入了天州。

只要一提起芒耗汤老板的鼎鼎大名，凡是贩运香蕉的云贵川湘渝的商客和司机几乎无人不晓。汤老板虽无官无职，在云南却有大半个省长的名气，难道人家差那十几吨货的利润？

显然，醉翁之意不在酒。

王不非找来几个副总献计献策，有的说让汤老板参一股，立马就有人摇头，说："要是产地来四五人不乱套了？"有人建议，集团不出面，喊几个人把姓汤的锤一顿，大家连忙问："假设集团的人在那边收货遭暗算咋办？"

王不非才意识到，老板集团稍有疏漏，就会断了云南的财路。生意人，不愁没钱，只怕没源。王不非绞尽脑汁，也无一条上策，不觉想起妻子来，叹道："哎，张勤在家多好啊！"

这些年来，为了让他在竞争中无牵无挂、心净脑清地站在市场制高点，俯视商场的各个角落，发现商机和陷阱，张勤从不让他进厨房，连壶开水都不用他烧。十五年如一日，起床有鲜茶，三餐有热饭，四季不愁冷暖，衣服脏了，往往还要她提醒："你那张皮该换了。"通常是，旧衣还没烂，新的已给他买回来，色泽、款式无可挑剔，人见人称赞。三亲六戚、北朋南友也都不用他操心。哪家生日到了，她都在本上记着；哪些人来了，该咋应酬，她也总是那么热情周到，贤淑得体。无论是准备平时三餐，还是要照料十个八个客人，她从不要人帮忙，全是亲力亲为，酒菜不俗，汤饭适口。大到接亲送礼，小到孩子上学，她无一失误，左邻右舍、长辈妯娌无不夸她是个好媳妇。王不非从大学毕业经商至今，仍是不识人间烟火却食人间佳肴，不会缝补洗浆却四季衣冠楚楚。偶尔张勤出差收货，他也是携儿带女光顾"麻辣汤"，剩下满满一衣柜脏衣服等她回来处理。

自从张勤去了云南，幸亏马丽萍来帮忙烧饭、洗衣、料理家务。眼下，马丽萍的丈夫也去了广西，留下她一人在家，生意人难免家里留有几个钱，集团里又只他两家同住一院，生活上互相照顾也是人之常情。此刻，正站在洗衣机前晾衣服的马丽萍见王不非木然地抽着烟，像是没了主意，就走过去给他的茶杯添上水，道："办法总是有的。"

马丽萍把水递到王不非手里，先对云南汤老板的想法做了仔细分析，又对集团的局势进行了全面预测，接着，就谈了自己的想法。

王不非一听眉开眼笑，情不自禁地一把将马丽萍搂进怀里。马丽萍也顺势靠在王不非身上，那瀑布一般健康、秀美的黑发拂过王不非的脸、脖子，那双手也迫不及待地抚摸着王不非那健壮的腰、臀部……突然，王不非松开了手。马丽萍一愣怔，一脸尴尬，倏地又泛起了红云。

王不非从上到下端视着马丽萍，原来，站在面前的这个少妇才是真正的女人！平时，听她说话柔柔的、慢慢的，一对眼睛亮亮的、水汪汪的，初看脖子长长的，走起路来款款的，写起字来美美的，干起活来快快的，看似比一般男人高大，可心细细的，办法还挺多……王不非想到自己的事业，深深感到，身边不能没有这样一个女人。她这么年轻、漂亮，又风情万种、聪颖过人、善解人意，也深深爱着自己，谁能抑制住感情，让它藏而不露？

过去，他总觉得张勤足智多谋、泼辣能干、多才多艺，还写得一手好字。他原以为与张勤的结合是前世五百年的等待，是今生的美丽回眸。可现在，将她与马丽萍一比，才猛然发现，果然是山外有山、花中有花，野花就是比家花香。原来，张勤只不过是一株带刺的仙人球，马丽萍才是一朵永开不败的白牡丹！

老板集团不愧为人们称赞的人才集团，王不非不仅为拥有了马丽萍的智商和温情感到欣慰，同时，也为集团的前景感到自信与骄傲。汤老板的货刚进天州，集团就派人十分友好地把他接到了铜山避暑山庄，并将他的货全部按市场最高价结算，还白送汤老板一扎百元钞当见面礼。王不非总经理又许诺道："以后把云南的代办业务分一半给汤老板。"不过，云南再有不速之客来天州，集团便不再客气，由此而引发的云南那边的"麻烦"，就只有托汤老板包办了。

以前，集团在云南的代办业务是牛大姐一家，竟忽视了真正有影响、善搞歪门邪道的汤老板。俗话说："靠山吃山"，你不找我代办，我"反送"你天州一车货。如要白吃我的货，你就失去了云南那块"荆州"，如买我的货，我就不断送货，收入可观。没想到这帮奇才竟将这棘手之事处理得滴水不漏，不仅保住了集团的长远利益，而且还让汤某无话可说。

10

几乎是在汤老板离开天州的同时，晓安打来电话，问王不非他希望入股拉蕉的事有没有眉目。

一想到晓安的妻子自恃清高，总是瞧不起自己，王不非就不舒服，几声哈哈一打，便官腔十足地编出了人多嘴杂、意见难统一、要他多理解的假话。

哪知不到一周，晓安竟从后院点起了险象环生的熊熊烈火。

事情的起因，还得从晓安说起。

晓安自己的关系不复杂，而他的爱妻几姐妹和岳丈家却不是好欺负的角色，红道官场，他有亲戚；黑道社会，他有一帮哥们，加上晓安与王不非有旧情，相互间还有再度合作的可能。不过，不知何故，王不非组建集团时却把晓安搁到了一边。晓安认为，这些年自己在外征战南北、奔走东西，为王不非的家庭创造了不少财富，这次拉一车货，向他打打招呼，也不为过，想必王不非能理解他的意图。自己原来做过香蕉生意，不图王不非给个高价，起码给予三五千的利润，借机让朋友入一股半股，落个顺水人情，何乐而不为？

不等货到天州，晓安就先去拜望昔日有利共享、患难与共的老朋友王不非。王不非家的门是关着的，晓安敲了敲门，听里面有窸窸窣窣的声响，便等了会儿。虽说王不非早就发了，但他一直不愿买房。一是因为他在兼做贩运山柰八角生意，那东西一公斤二十元左右，一车皮下来，流动资金带欠账，没个两三百万"玩不转"；二是他长期与妻子张勤性格不合，怕买了房子被妻子分走了。所以，他家一直租房子住。租的房子不大，仅一厨一厅一卧。平时，王不非一家爱在卧室看电视、研究工作，外面的客厅、厨房常常没人，还被小偷光顾过几次，便习惯关着外门。晓安等了一阵，才有人来开门。不过，开门的不是王不非，也非张勤，而是以前也与王不非一起做过生意、刚升任经理的蔡光亮的夫人马丽萍。

马丽萍今天的打扮与往常不一样，上着洁白的麻丝衬衣，下着青色超短裙。她把门一开，就自顾转身进去了，只给晓安留下一个丰润的背影和那清晰可见的胸罩背绳。晓安跟在她背后，顺着那股刺鼻的香味走进去，心里很不是滋味。这女人自称是王不非的远亲，而张勤却说："只有鬼知道是啥关系。"只是自从马丽萍到来后，王不非与晓安交往的机会少了，王家孩子的笑声少了，张勤与王不非吵架的次数却多了。

屋里没有旁人，只有王不非一人正坐在床上看电视。他身旁的双人枕上还有压痕，旁边那薄薄的被单掀开一角，一只鞋被踢到了屋中央，好像有人匆匆下床。光天化日之下，孤男寡女在屋里，还把门关得死死的，晓安正觉得尴尬，王不非已爽快地问："需要帮忙吗？"

显然，王不非已知道晓安今天来的目的。晓安也有话直说："兄弟只图有口饭吃，要大哥拉一把啰！"

王不非也不含糊，道："凭你的能力，入股问题不大。我这……"

"他这人直。到时，跟几个头商量一下。你们都是老朋友了，只要旁人没说的，这好说。"

王不非见马丽萍接过了话头，就不再提这事了，晓安也不好再说。马丽萍却捡起些鸡毛蒜皮的小事说个没完，晓安见没插话的机会，就站起身来，准备离开。

"走了？"

"走了。"

晓安前脚刚出门，就听见里屋马丽萍在埋怨、责备王不非："做苹果、梨子生意的有七八百人，与你合过伙的至少还有三四十人，都来找你，咋办？"

晓安的车皮尚未来得及卸货，副总经理覃新便带着几个人来到现场。谁料这伙平时与晓安同桌饮酒碰杯的熟人，一个个都变了面孔。覃新阴沉着脸，凶神恶煞地说："集团研究决定，要么你们按市场半价卖给我们，下不为例；要么你们从此离开天州，重找地盘！"

晓安也不是盏省油的灯，面对覃新的蛮横，他开始惊诧，继而冷静，接着愤怒，道："我从小在天州长大，还没见过两只脚的白眼狼呢！"

集团早有准备，随着一声尖锐的口哨声，旁边的巷子里走出来一群手持棍棒的社会青年。几乎在同时，另一个方向，晓安的同学、战友和哥们也围了过来，人数更多。那帮社会青年见势不妙，纷纷拔腿就跑。市场上，从事其他果类经营的老板们也纷纷为晓安呐喊助威，几个懂点拳脚的年轻人也手脚痒痒，欲跑过去练几招。

可是，老板集团又怎会拱手相让这块"金三角"？

晚上，晓安卖完香蕉回家，刚到水泵厂围墙拐角处，突然从身后遭到一顿砖头、棍棒的毒打，当场昏倒在路边，幸亏被行人及时发现，才捡回条命。

事后，晓安找到王不非，这位昔日的朋友双手一摊，说："这么多人的事，我也没办法呀。"

结果不言而喻。在旁人眼里，晓安与王不非还有"旧情"，今日都得到如此触目惊心的"款待"，谁还敢以身试险？这是杀鸡给猴看，无疑是洪钟大吕般的警示，谁还有胆量虎口夺食？

11

晓安遭遇了这场屈辱后，便从天州销声匿迹了。同事没再见过他身影，朋友打他电话，虽接听及时，但话语明显少了，很多事即或问及，他也惜字如金。在老板集团的员工心里，似乎忘了这个人。只有王不非知道，以晓安的个性来讲，销声匿迹反而是一个危险信号，他极有可能在酝酿一场可怕的反击。

每年元宵节一过，辽包市场就渐渐恢复平日的拥挤。今年，老板集团没有因节日而歇下，仍安排了人员照常采供和管理。六车皮广西蕉、十辆汽车运的云南蕉净赚百余万元，每公斤纯利达两元。

刚进入二月，专门给老板集团转货的一辆车便惹出了人命。

这天，一辆小车突然驶出，把一个棒棒（搬运工）活活挤死。这类安全事件，在辽包市场曾发生过多次。通常是驾驶员把钱一赔，清洁工拿起水管对着地面冲洗一通，第二天又是一片繁荣。但这次的驾驶员与老板集团副总覃新是亲戚，覃新家的八兄妹被称为"市场八恶"。驾驶员仗着这层关系想推脱责任，始终和死者方无法达成协议，一下把每日客流量达万余人的市场堵了近六个小时。

哪知第二天，当地晨报竟以"这里是西部，这里是一片孤城：这里春风难度'玉门关'"为题，推出了一篇令人震惊的深度报道，其内容是：

雨沥沥，夜蒙蒙，在一条宽不足3.5米、长不过800米的C形巷道里，拥塞着30余辆陕A、贵E、云A等地的高栏大篷货车和50多辆川渝两地进货车辆。突然，从巷道里约40度的斜坡上，驶出一台白色小货车，"咣当"一声撞上一辆红色大货车车尾，把两个棒棒一个撞倒在前面的车下，一个给活活夹在中间。一时惊叫声、呼救声和痛苦的呻吟声充斥着整个狭窄而肮脏的街道。人群里，有人在愤怒责备和谩骂："GR的些把水果市场设在这旯旮里，总有一天要碾死一大片……"

新闻以现场写实本来就极具张力，哪知后边的三个分章"斜坡小巷设市场，市民哪能有安全""风景区域煞风景，城市环保咋环保"和"这个天价市场，谁在给他撑腰"，章章锋芒毕露，事事有追问。比如，在第一分题，一起头便把人命关天的事件曝光：

据群众反映，类似的安全事件在这个市场已发生多次。

×××6年10月的一个早晨，停在市场陡坡路段的一辆葡萄车刹车自动脱开，汽车冲出门外，华蓥青年周某被碾死在血泊中。两边近十个门市正在进行交易的几十名商贩躲闪及时，才避免了一场特大伤亡事件的发生。

×××7年1月上旬，也是这条路段，还是因为水果车辆堵塞，一名棒棒挑着东西被一辆重车送下九泉。他的儿子才牙牙学语，刚会喊爸爸。

×××7年2月18日，一台贵E菠萝车车身长、载重大，市场坡度陡，车辆倒退下滑，驾驶员无法控制，险情再次发生……

几乎在同一时间，这篇报道被国家级和省、内外网站转载达十余次。上午，这篇报道刚出来，下午，工商局、商务局、交通局等部门就到现场调查，询问辽包市场的情况，了解近年发生的车辆安全事件。不久，据小道消息透露，天州水果市场要搬迁，准备在东外兴建一个立足天州、辐射"鄂、渝、陇、秦"四省的物资集散中心，包括水果、副食、日杂、百货、建材、电器六大专业在内的批零市场，名叫"康希批发市场"。

王不非听了，放出话来："无论搬迁到哪里，我这106家都是个庞大的体量，搬迁政策不特殊、条件不优惠、利益不倾斜，免谈！"

12

天州所辖六县一市。它东临鄂西、南依渝州、西连陇南、北接秦地，秦天、天渝、天陇铁路三通六达，凤山、凰州二河左夫右妻般环绕天州，然后急急一抱，匆匆躲进峰峦叠嶂的幽谷，向南流去。

平时，集团的老板们常扶老携幼，来这山清水秀、碧波荡漾的谷口抿茶小叙，或坐上游艇，下嘉陵江去观赏两岸的绝壁古松、老树苍藤；或荡着小舟，到大山深处和一群丹顶鹤、山鸟、野鸭一起戏水洗澡，与大自然亲近。

春去夏来，谷口两岸竟成了天州市民避暑的好去处。一条条林荫道上，穿红戴绿的男女络绎不绝。旁边，一个个木屋里，一座座竹楼上，朋友同事相聚，家人老小一起剥着瓜子，喝着啤酒，品着茶。年轻的"流浪歌手"们，或两个姑娘一组，或青年男女一对，穿梭于竹楼木屋间，专请阔气的先生女士点歌。不论是古老的民歌，还是时髦的新曲，他们都能熟练弹奏、演唱。

今天是老板集团一年夏闲的总结会，一见这里的木屋、竹楼，人们又仿佛来到了云南边陲和越南民居的村庄。一家家竹楼下，坐满了集团的成员和他们的老父老母、岳丈岳妈，一些穿戴十分漂亮的孩子在楼外嬉闹，王不非、蔡光亮、覃新和一些着便装的公务人员们欢聚在一起。旁边，刘文正在用无线话筒讲话，人们屏息静听。"这一年，同志们风雨同舟，患难与共，走过了坎坷、曲折、艰难的经商之路。有的人收货，劳累过度，休克在云南；有的人患病在外，坚持采货，不肯休息；有的人遇上抢钱抢货，临危不惧，胆大机敏；有的人押运翻车，留下终身遗憾；有的人坚持质量标准，据理力争，还挨打受伤；有的人别乡离子，常驻偏僻落后的山区，数月不归，毫无怨言；有的人为守护集团利益，铁面无私……"刘文表扬过一批成员后，又说，"特别是张勤同志对市场分析周密，判断准确，抓住产地菠萝跌价的机遇，数人担子一挑，既起了指导性作用，又模范带头，为集团创造了可喜的利润。张勤在云南收货四个月，从未住过一次豪华宾馆，从未吃过一顿超过十五元的饭菜。很多时候，她还长期吃睡在乡下，为集团节省各种开支十余万，她收的货质量好、本钱少、分量足、利润高。经研究决定，给张勤补两股。"

台下，张勤正和几个打扮时髦的女老板坐在一起。她薄施胭脂，微染口红，穿一套洁白无瑕的连衣裙，长长的脖颈上戴着金项链，一对硕大的黄金耳环金光闪闪，双手戴着四只戒指，与出差在外时判若两人。

刘文念完总结稿，把话筒交给王不非。

王不非说："一些优秀的歌曲，唱出了我们的事业人生。'不经历风雨怎能见彩虹'，没有大家的苦拼狠博，哪有集团的今天。只要大家精诚团结，'当道机会满满是'。"接着，他讲了新年的营运计划、经济目标和祝大家新年快乐一类的喜庆话，就宣布会议结束。于是，女人孩子们人手一瓶饮料、几袋瓜子，嘻嘻哈哈地拉着家常，男人们每人几瓶啤酒、一张歌碟，各尽所欢，各取所乐。覃新、蔡光亮、刘文和几个兄弟则几包干杂、一瓶白干，行拳猜令：

"章子怡（一）呀！""哥哥发（八）呀！""刘（六）晓庆啦！""十八岁啦！""哎——不行不行，究竟是'十'还是'八'呀？！"

这些老板个个发型不乱，风度翩翩，行拳猜令，滑稽幽默，一看就是些常年走南闯北爱扯经耍滑的二杆子，引得旁边披金戴银的老板娘们捧腹大笑。从不饮酒的王不非端起一罐饮料，与兄弟们一番应酬，讲了几句客套话，便来到张勤面前，拍拍女儿，对妻子说："集团有事，晚上我不回来吃饭了。"

"拜拜。"王不非与女儿挥挥手，钻进一辆出租车，说，"到天州商场。"

车驶出老城区，进入三十公里外的新区，穿过繁华的服装街，在天州商场前停下。马丽萍正站在商场门口东张西望。王不非下了车向她走去，双方都会心地笑了。

王不非走到她的面前，马丽萍将双手藏在身后，神秘而温柔地说："王哥，你猜我手里的是啥？"

"口红？"

她抿起红润的嘴唇，笑而不语。

"项链？"

她摇了摇头，那明晃晃的项链泛着金光。

"法国香水？"王不非嗅到一股幽幽的香味。

马丽萍笑而不语，款款走近，将一件高级、华丽的男式衬衫展开在他面前。王不非受宠若惊道："噢，又给我买衣服了！"

"你忘了？今天是你的生日……"马丽萍那双水汪汪的眼睛正含情脉脉地看着他，王不非紧紧抓住她那双秀美白嫩的手。马丽萍嗔怪道："这么多人呢，多不好……"

马丽萍又拿出一对钻戒，上面镶嵌着一朵鲜嫩的白牡丹，与绿枝藤叶艺术地缠绕在一起，背面各刻有一组词——"地久""天长"。

王不非迫不及待地伸出中指，马丽萍风情万种地替王不非戴上一枚"天长"，他俩相视一笑。马丽萍又娇滴滴地伸出无名指，王不非一愣，说："咋戴这根手指？""唉，还是等我名正言顺做了你夫人那天吧！"马丽萍叹息道，又换了中指。王不非脸上浮过一丝忧郁，郑重地给马丽萍戴上那枚"地久"。王不非和马丽萍信步逛着一个个繁华、新潮、热闹的服装门市，马丽萍款款地迈着步子，深有感触。"我那男人整天泡在酒里，要死不活的，你整天忙于事业，连自己的生日都忘了。张勤是多荣耀、幸福啊！这也是你对她最珍贵的奖赏，没有事业的家庭就没有味。你不是我名正言顺的丈夫，我多么遗憾，不能拥有这份福气呀。"

马丽萍说着，不觉眼眶里溢出了晶莹的泪花。王不非递上一块面巾纸，马丽萍接过擦了擦，难为情地说："像你这种人，如果把玩麻将的精力用在逛商场上，或许对你的事业有益。今天，我领你走走，顺便让你看几件衣服，也教你点常识。"

13

七八月是老板集团的闲月，几百号人没事做，不知是谁竟把王不非的生活小节说得绘声绘色，传得沸沸扬扬。连时间、地点也有根有据。原来，张勤发现丈夫与马丽萍眉来眼去，早已心存怀疑，但考虑偌大个集团，丈夫不可能不与女人往来，加之还没真凭实据，也就未敢道人短长。

自己出差几个月，是为了把家里的股份升上去，给丈夫脸上增光。丈夫不但不理解她的良苦用心，反而真干出了那种见不得人的事。起初，她还不敢轻易相信旁人的传说，孩子都十二三岁了，在本市读书，三餐在家吃饭，夜夜在家睡觉，孩子是不会说假话的。可当她一问，孩子开始吞吞吐吐，欲言又止，一见妈妈那慈祥、善良、恳求的目光，便原原本本地说了出来。原来，在张勤外出云南几个月里，马丽萍的丈夫也去了广西。王不非在家不会洗衣做饭，马丽萍也没有事做，王不非就让马丽萍过来帮忙，一日三餐也就自然吃在一起了。不想这一男一女，白天吃饭一锅，晚上睡也一床。起初，孩子还不知道，久而久之，在一个深夜，孩子见里屋没有灯光却有马丽萍的声音就疑惑重重，早晨又看见马丽萍乱发蓬松、衣服待扣地从里屋出来，心里便一清二楚了。现在，张勤才明白集团的人私下喊蔡光亮"橡皮脑壳"的原因。所谓"橡皮"可以收缩、张弛、变形也。原本，张勤善意地理解为，是说他脑袋不迟钝、不愚蠢，大凡有应变自如之长。而现在她才明白，人们是指他老婆马丽萍行为不敛，才送他这顶"绿帽"。张勤想揭穿这一对看似正经的男女，又觉得蔡光亮在外辛辛苦苦为集团立下汗马功劳，一个大男人今后无法过日子，原本想给指桑骂槐地提个醒，只要他俩能从此收敛就不予深究了。谁知不出三天，家里来了几个朋友，有要事与王不非商量。张勤东找西寻，竟在一个院里，从马丽萍的床上把丈夫找着。那女人趁丈夫早晨出差，立马就把床铺挪给王不非。张勤实在无法忍受，不再去顾及丈夫的脸面了。她闯进去，把丈夫和马丽萍的内裤甩在了大院里，又将马丽萍家里的锅碗瓢盆、坛坛罐罐砸了一地，忍不住一把鼻涕一把泪地指着丈夫的鼻子数落起来："你八十岁尿裤裆，老毛病不改！我与你结婚不到一年，你就和别人偷情；我刚生孩子不出十天，你就与他人私通；我一个女人走南闯北，给你挣钱争脸，你一个大男人只会在家指手画脚卖嘴皮，今天，竟心安理得又寻花问柳……"

　　幸好，那些来找王不非的朋友及时赶到，劝慰张勤务必看在两个孩子的份上，再加上王不非把张勤拉到一旁，又是悔过保证，又是发誓痛改，事情才得以平息。

14

　　贩运水果，少则十余吨，多则数十近百吨。这对工薪族和不详内情的人来说，肯定吃惊不小："乖乖，几十万的大老板！"其实，接触过水果业的人都知道，没有一种水果生意不让人提心吊胆。尤其是贩运荔枝，行家只要一听说那玩意儿，就神经紧张。全国各地水果商贩充数大街小巷，多如牛毛，明知荔枝利润惊人，何故大多老板不敢轻易冒险，踏上这条路？

　　自从集团决定由张勤去收荔枝，她的脸上就没有了笑容，从早到晚都在思谋去哪些地方订货保险、用啥方法装货耐运、哪里的车辆讲信誉、押运还是不押等一系列细小的环节。常言道："小贩人精，大贩神经。"小贩靠的是精打细算、抠锈刮针，从分分厘厘、钱钱两两上获利；大老板靠的是预测、胆大，多少有点神经质，才敢百万千万元地下手。为了掌握一套过硬的荔枝采货技术，获取第一手市场信息，傍晚，张勤来到凤栖头的水果摊区，与过去也做过批发的余丽君闲聊："这一阵，水果走势怎样？"

　　"两个哑巴睡一头——别摆了！"余丽君过去跟张勤关系不错，正有一肚子怨气，便说，"在你那里拿的货，看嘛，荔枝流水了，也没人要。"张勤提起余丽君摊子上的荔枝，见荔枝都变成了一颗颗黑色的算盘珠子，无可奈何地摇摇头，说："市民买了高价，你们也出了高价，我们赚得也很微薄呀！"与余丽君近邻的猴儿又瘦又狡猾，前几年也发过车皮，因爱在货里掺假露了马脚，批发做不下去，现在改做零售。他嘴上说得甜，话里却有话："嫂子，为啥一样的货，你们的比重庆、成都的还高呢？"

　　"龟儿猴儿，你就不知道'便宜无好货'？"余丽君嘴一撇，以调侃的口吻训斥道，"你看，老娘为啥宁愿做小生意，也不搞批发？别看我们天州那个鬼'尿包市场'又烂又脏，费用比广州南北、重庆菜园坝、成都驷马桥都高，屁股那么大点门市一年顶人家绵阳、德阳、南充、广元几年，还冒出稀奇古怪的进场费、出门费、停车费、卫生费、棒棒管理费，就这些费用一年还不多出一两万，一斤还不多出两三毛成本？这好比住宾馆交了住宿费，不交进门费、茶水费、床铺费就不让上床睡觉一样荒唐！个别人肥了腰包，天王老子都要吃高价呢！"

"你们可以不给，找他们论理呀！"猴儿眼珠一转，眉一横。张勤摇摇头，拿起猴儿摊上的苹果掂了掂，说："你嫌收费高了，人家便说你可以走人啦！"

"唉，那不明显宰人吗？"猴儿侧着头，指指"辽包市场"方向，愤愤不平地说，"谁都知道，你们那行业独木不成林，一两个人势单力薄，当时就没选几个代表，与对方签个什么合同？"

"签合同？"余丽君"扑哧"一笑，旋即又气咻咻地说，"十几年前哪有现在这么复杂？人家只说了一句'收费不变'，大家就相信了。现在，价涨了几倍，谁来管？"

"这样……"猴儿凑近了张勤，一手挡住口形，遮住余丽君视线，说："昨天，我看了一个叫江夫的记者写的一篇曝光文章，就凭那题目'这里是西部，这里是一座孤城——这里春风难度玉门关'，卖报纸收钱都搞不赢。你文化高，写篇新闻稿还不是小菜一碟？还不引起轰动？"

猴儿见街心一对衣着华贵的情侣，朝这边乜了一眼，立即笑脸相迎，说："先生！日本红富士、泰国荔枝、越南香蕉，包尝包鲜，不好吃不收钱噢！"

那先生装着没听见似的，挽着女士款款走到余丽君的摊前，努努嘴，道："拣好的称几斤。"

余丽君顺手取了一个黑色塑料袋，动作麻利地往袋里装。一行的女士，秀手戴钻戒细嫩白净，指甲涂彩风情妖娆。她轻轻挪过果袋，说："慢，我看看！"

接着，把装进袋子里的荔枝又捡了出来，每拾一串出来，就给她先生瞧一眼。装进去的荔枝不是有几粒腐烂就是变了色。猴儿见状，一转身从背后抱出一箱荔枝往自己的摊上一放，故意"哧——"的一声打开，那鲜红的荔枝还带着水淋淋的露珠，一股诱人的果香扑鼻而来。那女士鼻翼一敛，眼睛一亮，放下余丽君的货就过去问："你这个啥价？"

"一看你们都是讲究人！"猴儿恰到好处地奉臾了一句，"我这货鲜，一斤本来该卖八元的，只给你算七元。"猴儿顺手又摘下几颗荔枝，说："来，先尝尝！"

"好好好，称五斤！"先生爽快地点点头。那女士瞪了先生一眼，嗔道："价还没说好呢！五元卖不卖？卖，就称两斤。不卖，就算了。这也不能当饭吃！"

"幺妹，她就是发货的大老板，她发给我们都是五元。大热天的，你总得给我们两毛凉水钱嘛……"猴儿一副可怜兮兮的样子。张勤心想，明明进价才三元，为了卖个高价，竟把我张勤也卖了，但猴儿毕竟是她的客户，她自然不能实话实说。张勤以一副大老板的身份，微笑着点点头。那先生悠闲地吸着烟，女士遇上这一招，也只好顺坡上路了："行，凭你'凉水'二字，称两斤。"

猴儿早已准备好了一个漂亮的塑料袋子，动作麻利地给女士装好，用秤一提，说："不好意思，只多了六两，六毛钱不收，十五元！"

先生似乎是从方城赢了钱出来，心情很好，从西装里掏出一叠大小混杂的钞票。女士挑了两张旧钞轻轻往猴儿摊上一搁，剥了一颗荔枝往先生嘴里一喂，挽上先生款款而去。

"猴儿，又抢了老娘的生意！"见客人远去，余丽君连笑带骂，"明明是卖了一个星期的烂货，你洒几滴水，喷点果香，糊弄人……"

猴儿诡秘一笑，道："这叫不奸不商——竞争！"

外行看热闹，内行看门道。张勤陷入了沉思，这说明荔枝的保鲜有多重要啊！难怪行家们说："苹果讲红，香蕉求黄，荔枝靠鲜。"这次去收货可要倍加小心才是。

15

张勤回到家里，覃新、刘文、蔡光亮正在与王不非一起研究，这次去瑞丽收荔枝，究竟是用贵州兴义市的车，还是用天州本地的。

蔡光亮、王不非认为兴义市的车载重吨位大，运价合理，不过驾驶员在路过兴义时，大多爱回家耽误一夜。即使有货主押车、上午老早可从那里经过的，驾驶员也得磨蹭到下午四五点过家门，然后编些缴费、检修、买配件的"故事"，拖到翌日才肯起程。表面上，用贵州车推迟十几个小时，货到天州再对位卸货，实际延误了一天才发货。覃新、刘文则觉得用天州本地的车合适，驾驶员从天州出发，两天就到瑞丽，将货装上车后，路上不用货主催，驾驶员因想与家人团聚，自己就火急火燎地往回赶。不过，天州车运价一吨要高三四十元，一车就多出公家人员半个月的工资，达五六百元；再则，天州的驾驶员技术普遍差得多，特别是蜀锦一带的长途司机远不及贵州人吃苦，算吨位也不耿直，稍不注意就多给你冒出一两吨，万一车在路上出了毛病，提到赔偿就"耍赖"。大家一致认为，还是去昆明调车，那里汇聚了全国各地的顺路车辆，运价一车也能省下两三千，且驾驶员拉返空货，十之八九，不会扯皮。

与瑞丽联系好货源后，张勤第二天晚上就到了昆明。她跑到火车站几个停车场，里面都停满了全国各地的货车，蜀渝两地的车辆也有十余台。张勤试着联系了几个留在车玻璃上的电话，对方一听是女声，都担心是粉客"设套"，说明天再说。翌日，天刚蒙蒙亮，张勤就来到黔滇停车场。那些驾驶员不是色眯眯地想和相貌不俗的张勤套近乎，就是三四个聚在一处打着牌，干脆说车况不好或没跑过四川。张勤又到川渝停车场问了几个老乡的车，对方一听说是拉荔枝，都担心保证不了时间，当即就拒绝。见附近几个停车场都没希望，张勤租了一辆出租车，来到司机车场，那里有一台马关的车愿意跑天州。不过，对方要价偏高，要求货一上车，运费就得付一半。张勤一想，眼前的陈师傅近四十岁，带着一个二十左右的王师傅，是他的徒弟，两人都衣着朴素、说话实在，就同意了对方的条件。

一老一少两师徒，路上轮换驾驶休息，配合默契，车到瑞丽时天已大亮。"二拐"留了一张纸条，说是包装已发到弄岛，让张勤把车带到那里验货装车。

弄岛，是瑞丽最南边的一个边境镇，与缅甸毗邻。千百年来，两地居民一直保持着友好交往，不仅能说两地的方言土语，而且每有红白喜事还互相往来。离得近的村庄，鸡鸣狗叫，烧水做饭，能耳闻其声；油盐柴米，家什农具，早借晚还；衣着服饰、风俗习惯都融进了浓郁的民族文化。缅甸赶街，弄岛人可以提一篮鸡蛋背一篓小麦去卖；弄岛逢集，缅甸人就背些水果、工艺品去换日用品。上午，才见缅甸老乡赶了几头肥羊壮牛过来赶集，下午，准会看见他们换了一台黑白电视机或洗衣机、电风扇之类的电器回去，那是缅甸老乡为嫁女婆亲备的彩礼。

张勤赶到弄岛，已过午后两点。只见交货的边民，有中国的也有缅甸的。他们交上来的荔枝色泽鲜嫩、颗粒饱满，一串串紧凑量重，一束束形体优美。张勤抽出几筐查看，装箱细心，上下一致，放上磅一称，件件足量。

这对于受过高等教育、足迹踏遍南国北疆、尝尽商场苦头、经历无数次创痛的张勤来说，无疑是莫大的震撼。边民们持守着淳朴善良的民风，固守着民族的声誉，也守住了一笔珍贵的精神家园与久远的的物质财富！

在别的地方装车，农民大多漫天要价，可在弄岛，边民们见车一对好位，老少男女立马七手八脚地搬货装车。不足两小时，十多吨货就装得端端正正、平平整整。张勤给搬运费，老乡们竟分文不收，说弄岛人重长远，只要老板赚了钱，他们就有赚不完的钱。

张勤一想，八十余元的装车费，对集团来说微不足道，但于当地村民来说却是一个多月的生活费，她顺手添成两百元，捐给了一名卖香蕉的孤儿。

这天晚上，张勤回到瑞丽顺风旅社，稀里糊涂吃了顿饭，才倒在床上，手机就响了。原来，车在以奇险闻名的贵州花江坡出事了，让她立即赶去处理。

花江坡离瑞丽六百余公里，距贵阳一百五十公里左右。张勤在"二拐"那里租了辆小车，加好油，连夜行驶八小时，在翌日上午赶到了出事地点。

贵州以山多闻名全国，花江波则以山高、坡陡、石头多而闻名贵州。花江如神工从石山底下凿成的一条又长又窄的河道，四季奔流不息，深不见底。两岸是被风雨蚀黑的花岗岩石，刀劈斧削一般，山脚是黑色的花岗石，山腰是黑色的花岗石，山顶还是黑色的花岗石。山间偶有一二点嫩绿，那便是山民赖以生存的土地。幸好，这里的苗族朋友勤劳、善良、民风淳朴，张勤赶到一看，货秋毫无犯，汽车已在苗族朋友的帮助下，挪到了公路上。原来，昨晚下雨路滑，汽车下山时刹车失灵。司机见外面是一望心惊肉跳的悬崖，路面又是用花岗石铺就的路段，眼看车越滑越快就要冲下悬崖，不得不向里打方向盘，让车厢撞在比车还硬的花岗石上。车厢有些损坏，但车还能行驶，可这位马关砒霜厂的陈师傅死活不肯走。他害怕货到天州，被老板们扣钱。张勤别无他法，想请陈师傅去吃一顿闻名海内外的花江狗肉，但陈师傅说他喜欢吃鱼。张勤便把他带到一家专做乌江鱼的饭店，让他美美地吃了一顿乌江鲜鱼，又通过饭店老乡做工作，陈师傅才不得不缓缓起程。

两天后，天州来电，因撞车的冲击力，这车荔枝看似果皮完好，实际果肉大多受损，连运费也没卖回，折本近八万元。

16

俗话说："福无双至，祸不单行。"这话在老板集团应验了。

天州有"三鬼"。蔬菜市场有一烟鬼，睡着了嘴里也叼着烟，晚上妻子还得给他当义务消防员；干货市场有一茶鬼，上厕所兜里都藏有茶杯；水果市场自然是嗜酒如命的酒鬼蔡光亮。据说，当年他相亲都把酒壶带在身上的。蔡光亮虽然好酒却十分节省，从来舍不得破费买干粮杂食，也不是非晕碟素菜才饮。

为了省下几个酒钱，他常常挎一个黑色皮包，那里面除了几个账本一支笔，余下就是常年伴他出入市场、随他乘车赶船的军用酒壶。蔡光亮有自己的算盘：一是两瓶白干合二为一，便于携带，吃酒的人难免超点量，时有东倒西歪、碰碰撞撞也不致琼浆外流，既无损失又不伤大雅；二是现在白拿白吃的人多，这东西一天吃一两瓶倘不算破费，如遇上几个不嫌弃这土罐罐的，他就像被贼偷了一样心痛好几天。难怪小儿在学校，老师前面说完"人人都要节约一分钱一度电"，那宝贝不假思索就补充道："还要节约一滴酒呢！"

由于常年在外采购，加上有集团制度的约束，蔡光亮的酒瘾本来已大有收敛。哪知，那天他喝得醉眼蒙眬才回去，一见家里那坛坛罐罐都换成了新的，盆子、水桶、炊具也被砸得伤痕累累，心里便明白家里发生了什么事。当时，他很想和妻子谈谈，一考虑到妻子隔三岔五从集团挖些百元钞回来，王不非又给自己增添了股份，同时妻子晚上和自己还是与过去一样睡在一起，夫妻之间该咋就咋，而且妻子还平添了几分妩媚温柔，自己如果把这事挑明，人家顺水推舟跟姓王的一块过日子，最后自己不是真赔了夫人又折兵吗？身在城里，活在钱上，还是糊涂点好。

自从蔡光亮明白家里发生了这件奇闻后，他的酒也喝得多些了。

一日，想起这几天来到河北看货订货，从楼上到楼下，从这库到那库，从辛集市到冀赵两县，从藁城到石家庄邻区，足迹遍布数百个水果冷库，逐一对比梨的果形、果面、质量，分析箱里、库里所烂现象和比例，与对方讨价还价，抓了大的再捞小的，像外交官谈判一样艰难，终于订到五个车皮的梨。蔡光亮考虑到明天就要出库上站了，不觉喜从中来，举起酒壶"咕嘟咕嘟"地舒舒畅畅豪饮一阵。

接着，他来到银行，取好货款。一会儿，蔡光亮不知不觉便有些飘飘然，也分不清到了哪条街哪家饭店，只见几个穿超短裙的女人走了上来。

蔡光亮觉得酒这东西是个怪物，要是平时，自己早已羞红了脸。如今，肚里有了那半壶酒，胆子也壮了，说话也潇洒了，心里还产生了一种不可名状的骚动。对，有酒就什么都可以忘掉，有酒也同样可以像王不非一样寻欢作乐……咋？咋这双眼黑乎乎的，看不清？

原来，蔡光亮竟到了饭店旁的污泥坑边，一跟头摔下坡坎，头陷进了污泥坑里，恰如金鸡倒立，双脚在空中踢蹬一阵，才迷迷糊糊站起来。蔡光亮浑身是泥，可手里依然奇迹般地高举着酒壶，像高举着一颗手榴弹一样，说道："嘿嘿嘿，酒，酒，这东西好，好！"

蔡光亮醒来时，才发现自己被甩在了一片梨树林里，一看挎包，一摸腰上，五十八万元货款不翼而飞……

有人说，这次蔡光亮醉酒是他妻子马丽萍一手导演的，是假醉酒真捞钱；有人则说，是晓安"点了水"，蔡光亮才被人做了"业务"；也有人说，晓安是有胆有识之人，人家真要报复，准会对准要害，损失就不止区区几十万。

不过，有一点是确定的，蔡光亮入股只投了四万，集团要蔡马两口子赔货款。他俩一个寻死觅活，哭得一把鼻涕一把泪；一个一声不吭，连喝了三瓶闷酒，经两天两夜的抢救才醒过来。

王不非思来想去，与集团几个头头沟通，让蔡光亮赔了两万，才算了结。

17

王不非刚松了口气，不几天，天州晨报发出一条小消息，说为助推地方经济腾飞，把天州打造成鄂、渝、天、陇、秦副产品集散地、西部"小广州"，项目已通过国家立项，财政扶持五千万元，拟在东外修建"康希批发市场"，银行给予2.5亿无息贷款，由港资企业"康希有限责任公司"投资建设，计划在半年内竣工营运。

这些财大气粗的老板，少则几百万、多则数千万，一谈到经商个个比猴灵，比鬼精，但一涉及政策，大多迷信媒界，明明知道媒体的公信度普遍坍塌，即便是一篇给钱胡编的广告，只要关乎他们的主业，都会人云亦云。哪怕是子虚乌有的事，都宁信其有，唯恐错过商机。

市场搬迁的消息刊出不到一周，精通传媒的康希公司借奠基动土之名邀请了全国二十多家媒体，进行了铺天盖地的宣传造势。不到十天，康希公司赓即便名正言顺地在天州所有媒体投放广告。电视台、广播电台天天在黄金时段播放，报纸则多以整版，甚至通栏双版宣传，汽车站、火车站、机场的大型电子墙及主要路段的广告牌几乎也被包揽，登出的内容皆是："首批签约入驻康希批发市场，免一年门市费、优先选择地段、门市；第二年收半费，地段、门市不变。"广告打出不到半天，那些原本就眼红老板集团欺行霸市的商贩，立马串通几十家早就想经营香蕉生意的哥们，几乎在当天，就交了押金。不等老板集团反应过来，仅两天，康希批发市场的水果、副食、日杂、百货、建材等六大区，楼上楼下共千余个门市，百分之六十都有了业主。

商场如战场，重在判断商机和抢占时间。如给对方留下喘息的机会，无异于给对方留下了"星火燎原"的机会，于己必定后患无穷。

康希公司一开始就采取"胡萝卜加大棒"的办法，对那些起带头作用又在观望、犹豫的人，他们采取单独密谈的模式，只要一"拆旧入新"立马私下奖励十至三十万元。对面临大势将去却还心存侥幸的辽包市场方、批发副食的牛市街和批发日杂电器的何家巷两条街等，他们采取两种方式：一是塞钱加权要，晓之以"理"；二是跟踪到家，直接威胁。明眼人一看对方少则来三五人，多则几十个，全是歪戴帽子斜穿衣的"混混"，不是身上有文身，便是脸上、胳膊上有刀痕。一想旧市场已处于半空状态，不见了昔日的红火，加之对方给出的条件也不低，出于对家人特别是对孩子安全的考虑，十之八九也见好就收了。

不到半年，康希批发市场圆满完成搬迁，当大家听着豪情满怀的歌曲，汇聚在满眼簇新、铺着红色地毯的广场，以热烈的掌声欢迎康希有限责任公司董事长讲话时，才发现竟是个头不高、言语不多、说话低调、有一年多没露过面的晓安。

曾经带着一帮人去砸过晓安的场子的覃新，"咔嘣"一声，当场咬碎两颗假牙，骂了一句："G R的等到，好汉报仇十年不晚！"

18

对于覃新的愤怒，自然没人当回事。

隔了两三年，有小道消息说起"康希"二字的由来。有人说，"康"是晓安三姐夫的姓，晓安被打后的第三个月，他才调到天州，"希"是他姐夫的一个老领导，在省城任要职。也有人说，"康"是晓安的战友的姐姐，"希"是刚被揪出的大贪官，过去和"康"的关系非同一般，至于晓安占多少股份或三人各是多少股份，还不得而知，但营业执照上的法人一栏，填着"晓安"二字，那是千真万确。

随着康希市场运作的成功，老板集团不解自散，天州结束了香蕉批发业的暴利历史。而晓安做了"康希市场"的法人，仍然与几个耍得好的同行不离不弃，还搭了个股与他们合伙兼做香蕉生意，尽管腾不开身出去采货，但发货时大多在岗在位。

对于康希公司的背景，尽管坊间有"小道消息比新闻联播真实"一说，不过在大家眼里，晓安是康希市场两百多名香蕉老板中的一员，绝对千真万确。

平时，收货回来，往市场上一摆，晓安和大家一样，愿者买，不愿者货看三家，各自比对。不知啥原因，人们再没看到过覃新的身影。有的说他去贵州办厂了，有的又说他神经出了问题，淹死在了粪池里。

覃新的消失，王不非的败落，丝毫没影响到市场的兴旺、繁荣，尝到投资甜头的康希公司，见市场人气日益增多，又请来设计院专家，拟对市场升级改造，准备增添汽车、家具、化工、电子四大批发市场。正要申请政策支持，水果储藏库却突发大火。

由于储藏库系全封闭，又在地下，里面的化学制冷原料是易燃物，下面的人出不来，外面的消防人员进不去。只几分钟，高温就引起楼上的百货、五金、建材、装修、服装、塑料六大市场"火烧连营"。

高压水流冲熄了楼上的火，可下面地库的大火还在"包着"猛燃，消防人员换岗稍慢一点，上面又是大火腾空。急得刚上任的市委书记，从省城、周边二十多个市县和邻近四五个省调来消防力量，昼夜奋战四五天，也使不上劲。最后不得不以爆炸的方式，才终于灭熄这场大火……

　　恰恰在这几天，七八年没露过面的覃新十分诡异地出现了，言谈举止间无不透着幸灾乐祸之意。

　　人们这才想起，几年前，他曾咬碎牙赌过咒，便怀疑火灾与他有关，传言相关部门已把他列入调查对象。也有人否定了这一说法，并神神秘秘地透露，说是康希公司嫌地盘小，想扩大规模，一烧促成搬迁。

　　小道消息于普通商人来说，只是茶余饭后的谈资，无人当真。至于王不非，人们还是喊他王总，据说早跟一个无业牌友结了婚，还生了个孩子。张勤离婚后，去了南方做老本行，她的小女儿也在那边读书。晓安，婚姻还是原配，大家喊他安总，他却说："还是叫我晓安吧。"他说得坦然，没有丝毫的架子，只是脸上隐隐约约多了几许沧桑。

二婚

1

　　故事发生在刚进入二十一世纪那年。

　　楚本已过不惑，本该婚姻稳定，家庭温馨，前妻却嫌他工作在异地，顾不了家，又穷得叮当响，一扭腰，跟人躲进省城别墅，不露面了。而楚本多年不见的老同学刘霞，刚与前夫"拜拜"，再与楚本一见面，又非他不嫁。这位老同学是一名教师，能歌善舞，聪明能干，十二分的漂亮温柔，年龄比他还小八岁。前年，刘霞初次去单位探亲，人还没走拢，那伙"一娶伴终身"的哥们竟两眼发亮，说开了顺口溜："啧啧，你看，你看！大眼睛，水蛇腰，后边撅个小圆鼓，面前两坨大面包——老婆，还是楚本的好！"

　　楚本和刘霞在大学是一个系，一个年龄最大，憨厚稳重；一个年龄最小，脑瓜灵光。平时碰面，楚本像个大哥哥，总是老远就点头。时间一长，两人知道了对方的姓名、爱好。

刘霞一见羽毛球，手脚就痒痒；楚本憨头憨脑，还爱写点短诗、小散文。刘霞打球获了个什么奖，楚本遇上总会祝贺几句；楚本发了篇豆腐块，刘霞也记得恭喜两声。一来二去，两人的关系，也就比一般校友密切。然而又都明白，他们之间，不可能有什么奇迹发生：刘霞的家在城市，父母吃着皇粮，一家人都把这么个宝贝千金捧着、惯着，只差含在嘴里了；而楚本来自乡下，祖祖辈辈脸朝黄土背朝天，称盐打油都要靠几个鸡屁股下钱。毕业那天，刘霞貌似随意来寝室串门，楚本心里清楚，那是为向他作别而来的，尤其是离开时那优雅的挥手⋯⋯

一晃十多年过去，刘霞结了婚，生了个花一样的女儿，而楚本与前妻一直没有孩子。加上近几年单位工作忙，两人聚少离多，前妻竟在楚本没有丝毫预感的情况下，主动向他摊牌，说自己与一融资公司老总好上了，若楚本同意离婚，那人愿意出几十万作为补偿。楚本一听，怒道："谁稀罕他那几个臭钱？你不离，我还怕人家骂'戴绿帽'呢！"

离婚不到一年，就业局局长张宝的夫人李嫂来电话，说有个叫刘霞的教师，和她耍得好，据说是楚本的大学同学，刚离了婚，问楚本认识不认识。如果印象不错，她可以帮忙撮合撮合。楚本暗暗一喜，他和刘霞在大学就耍得好，与张宝又是五年的小学哥们。他没多想就答应了。经李姐牵头，双方选了个周末，在枫树湾见面。

枫树湾，在老家凼凼市后山。

满山的红叶映照着一湾清清亮亮翻卷着浪花的溪水，凉幽幽的山风，淙淙的山泉，偶尔一两声"布谷"划破山野的宁静。楚本脚穿黑色皮鞋，身着欧版蓝色裤配白色短袖衬衫，方正的脸上戴着一副白边眼睛。他刚到约定的"梦圆"茶楼下，李嫂打来电话，说学校临时通知有个会，只好把刘霞一人晾在那里，让他赶紧去，刘霞在那里等。

楚本也没多想，正了正衣领，头一抬，胸一挺，走进梦圆茶楼。几乎在进门的刹那，楚本和刘霞目光一碰，两人都暗暗一惊：

"啊，小刘！"

"楚哥。"

刘霞多了点矜持，细手伸过来与楚本轻轻一捏，向桌上一个优雅示意，道："李嫂说，你喜欢雀舌，她刚给你泡上。"刘霞故意把"李嫂"说得重些，将这份"热情"安到了别人身上。

这时楚本才发现，刘霞的着装跟她读大学时常穿的色调几乎一样，所不同的是，眼前的刘霞少了当年的青春活力，干练中却多了些成熟与风尘。那得体的白底荷红碎花衬衣，将她的身材凸显得妙不可言；一条天蓝色紧身裤，一双乳白色中跟鞋，更是将一个少妇的婀娜曲线衬得楚楚动人。见楚本目不转睛地看着自己，刘霞脸上泛起一抹羞涩，轻声道："不好意思，只化了淡妆。"楚本则有点语无伦次："淡妆好！我，我最喜欢！"

两人坐下。刘霞喝着咖啡，问楚本在外面的工作、生活，又问他父母的身体怎样和前妻的职业、现在的情况。见楚本都坦然作答，她又谈了自己大学毕业后的经历，她与母亲的一个同事的儿子相识后结婚又离婚，两人有一个女儿，被法院判给了男方，末了还特意强调，她除了四千七百多元的工资外，每月还有将近八九千元的外快。听刘霞这么一说，楚本便有点尴尬，道："我只有点净工资，还没你一半多。父母拿去一点，三朋四友来往花销，便不剩什么。我是'月光族'咯。"

"老同学别介意，张宝和李姐已说过你的情况。如果我是为钱，今天不会与你见面的。"刘霞说完，轻轻吹了一下额前的刘海。

"感谢我的、我的美女同学啊！"

"哈哈哈，谁是你的了！"

……

两人从工作聊到生活，从亲友聊到同学，从现在聊到过去。刘霞说有点热，楚本便说："出去转转吧！"

两人出了茶楼，沿着青石小路，边走边聊边看枫树湾的风景。不知不觉，到了一个依山傍水的体育场，场区分篮球、羽毛球、乒乓球三大块。篮球场上，是几个边打边吆喝的青年；乒乓球台边，一对夫妻打得平和默契。见羽毛球场空着，刘霞一努嘴，问："打一会儿吗？"

楚本会心一笑，向值班员交了押金，领过球拍和羽毛球，顺手递给刘霞一只球拍。两人来到球场，楚本将领带一取、欧版蓝色裤一脱，一双颀长、健实的白腿就豁地立在刘霞面前。刘霞微微一惊，只瞥了一眼，粗壮的骨骼，稀疏的黑毛，当她目光触及越上越白越粗的大腿，眼里就有了慌乱，连忙装作若无其事地放下球拍，也缓缓脱下紧身外裤。一条精致、时尚，缀双纽双扣的白色短裤和那双修长、白嫩的美腿，一下出现在楚本眼前。楚本咧嘴一笑："身材还是这么好啊？"

"哈，都老太婆了。"刘霞像没发现楚本的眼神，把辫子一束，款款来到场上，摆出一个骑马式等着楚本发球。楚本担心第一个球坏了刘霞的心情，便给她发了一个举拍可削的温水球。哪知，刘霞"啪"地一个斜扣。楚本猝不及防，猛地一个腾退，才硬生生地把球打向对面的底线。刘霞抿嘴一笑，只轻轻一旋，球"嚓"的一声过网，落在楚本这边。刘霞见楚本有点走神，风度翩翩地做了个"请包涵"的手势，说："不好意思啊！"而此时，楚本在想：这羽毛球咋就像眼前的刘霞？一去十多年没音讯，突然又从天上掉下来，可她什么时候才能像这小小的羽毛球，婷婷袅袅地蹦到我手里呢？

楚本捡起球，在手里抛了抛，又是一个优雅的起球。球竟像一朵洁白的梨花，划着一道优美的弧线，飞向刘霞。刘霞"嘣"地一个轻扣，球从左边向楚本奔去。楚本一个外旋，球急速直扑刘霞后底。刘霞跳起，只轻轻一举拍，球便朝楚本举拍可及的右边而来。楚本不知是刘霞有意送来的"方便"，"啪"地一个远扣打过去。刘霞躲闪不及，"嘣"地一个长边球打回。楚本一个斜跳，身形一歪，"噗"地一下摔下去。

刘霞跑过去，要拉他起来。楚本摇摇头，休息了一会儿，才在刘霞的搀扶下，缓缓站起。楚本知道，这下摔得不轻，忙向一辆出租车招手，要去医院。

刘霞让楚本一手搭在她肩上，楚本心下一喜，就一瘸一拐地跟着刘霞朝球场边走去。

刘霞扶楚本坐下，递上那欧版蓝裤。楚本撅着屁股，艰难地屈着腿。刘霞见状，拿过裤子，身子一蹲，把那只又大又结实的左脚往自己的腿上一搁，让那裤腰口对准脚一套，再把他腿轻轻一抬，一只脚就穿上了。

刘霞抬头见楚本正盯着自己瞧，眼里一慌，心下一乱，忙放下他的脚。待楚本起身站稳，刘霞又搀着他上了车。

到了医院一照片子，医生说是左腿关节扭伤，一周内不得轻易活动，要上石膏加固。楚本看看刘霞，刘霞一捋秀发，道："干脆住下吧。刚好是国庆假期，我也放假七天，可以陪你……"楚本一听，借势就向单位延了假。

住进病房，楚本见靠窗的病床边放着一根熟悉的拐杖，那龙头柄、龙鳞身，还有那泛着酱色的光，越看越觉得像前岳父的手杖。不会吧？老人家偏瘫后，自己给他求方寄药，不是已康复不用拄拐杖了吗？

楚本前岳父姓邹，前岳母姓唐，二老一直把楚本当亲生儿子。即使楚本与邹姗离了，平时看到楚本，他们也要嘘寒问暖几句。楚本没多想，就往自己病床走去，哪知，楚本刚一落座，唐姨和邹叔就一左一右搀着脚上缠着绷带的邹姗进来了。邹姗、楚本一惊，一下不知所措起来，唐姨、邹叔则异口同声问："小楚，你怎么了？"当听说楚本是打羽毛球摔伤的，两位老人才松了口气。唐姨乜了眼已面向窗外坐在病床头、把一个背影甩给他们的邹姗，说："唉，千怪万怪，都怪我这死女子不听劝！我说这山望着那山高要吃亏，她说现在的女孩，过不下去就离。这下安逸，找了个融资骗人的'漏灯盏'（四川话，指成事不足败事有余、毛病多的人）！"邹姗霍地火冒三丈道："我怎么了？至少，不会像他现在找的那货，给……"邹叔厉声断喝："好了，好了，麻绳拴豆腐——别提了！"

话音刚毕，刘霞出现在门口，双手捧着两份盒饭。显然，她听了个一清二楚。几人都以为刘霞会跟邹姗吵起来，谁知，她像啥事都没发生一样，一声"老伯"、一声"阿姨"，极有涵养地向二老问候。一会儿，才悄悄跟楚本商量："你看，这里说个私房话都不方便，这药不断，房不退，咱俩在附近找个宾馆行不？"楚本看了看两位白发老人，在心底说了声"对不起，邹叔、唐姨"，才点了点头。不过，脑袋里还在想，刚才邹姗说的"至少，不会像他现在找的那货，给……"是"给"什么呢？难道刘霞与谁有啥故事？

2

楚本、刘霞在宾馆这七天，一晃就过去了。

楚本星期一就要回单位，刘霞想到这几天唐姨还给楚本打了两回电话，问他病情怎样，啥时候回单位。她发现，这二婚得提防点，只要是认准的人，不抓紧就要"飞"。一权衡，刘霞果断向学校请了半个月假，跟楚本"飞"到单位去"度假"了。

经十多天相处，两人难舍难分，一商量，索性在单位举行了婚礼。哪知在一起这半个多月，刘霞就有了。楚本与前妻结婚十年，那么深耕细做，兢兢业业，都是只见花开不见果。这一听说，自己竟当了爸爸，就感叹善有善报，这个孩子一定是上天赐予他的。楚本心头天天念叨着刘霞和孩子，总想找个理由回去看看，只因单位工作紧张，接着又被派到国外学习，一直请不了假。哪知，待他再回来，孩子都满了百天，牙牙学语了……

紧张的任务一波接一波，不知不觉，儿子两岁半，楚本才回去过两次，刘霞也只有一次探亲。这一晃又是半年没与孩子见面。唉，时间不早了，孩子在他外婆家，明天去吧。

这些年，楚本原本就觉得亏欠刘霞不少，眼下为了帮他转到本市工作，刘霞又四处找关系，就差把楚本夸上天了。最终，若不是他们再婚的月老、楚本的同窗张宝，举荐他去幽幽市人才中心任书记，或许还等十年八年也调不回来。

不过，张局长有所不知，楚本已非当年那个乐于抛头露面的班长。他只是想图个稳定、单纯的工作环境，不为权力所累，不受金钱折磨，能多些时间静下来"咬文嚼字"就行。在人才中心工作，一般是与培训学校打交道，基本算文化单位，楚本这样一想，心头对这位老同学更是感激不已。

这次探亲，楚本只带了一套换洗衣服和两本书。他正从张局长家附近路过，抬头望去，见房内灯火未熄，显然，这一个办事文绉绉像学者，一个讲话引经据典酸溜溜的两口子尚未休息。

刘霞以为楚本不识人间烟火，提醒道："灯还亮着，上去打个招呼，顺便看看给你分的房子吧。"

"行！"

张局长住在七楼。楚本与刘霞一前一后来到门前，一股幽幽的酒香从窗口飘散而出。刘霞伸手按下门铃，随着"叮咚"两声，来开门的正是张局长。

这位同窗一见楚本，立即把他拉进屋。李嫂也笑着说："贵客，贵客！来，楚本，刘霞，都喝两盅！"

楚本说："我不善酒，一饮就醉。"

张局长也不管，说："李白斗诗百篇，天下有几个骚客不喝酒？"说着，自顾取来两只酒杯斟满，要他和刘霞都喝些。刘霞与李嫂是高中同班同学，后来，刘霞念了师专，李嫂读了美院。毕业后，两人一个在凶东一小任教，一个在县中教美术，都是一路考上去的"硬牌"。李嫂上下班必经一小，几乎天天与刘霞碰面，平时关系自然不错。张局长和楚本，从小就是好得穿一条裤子的兄弟，他随意招呼道："来，给你接风！"

楚本慢慢喝下，就一颗一颗往嘴里夹着花生米。张局长把碟子朝楚本面前挪了点，又将两个酒杯斟得满当当，"说曹操，曹操到。刚才，你李嫂还在念叨你们呢！"刘霞立马解释道："他回来还没进家门，刚到半路上，见你们还没熄灯，我们就上来了。"

"老同学就是不一样啊！"张局长又端起酒杯，"咱们以后就是同事了，来，三杯通大道！"

喝酒，新疆牧民用葫芦，陕北农民以黑陶大碗，贵州的兵爱说"好到底（喝倒地）"，而凶凶市的喝法则是"入席三杯"，否则，就扫主人雅兴。楚本心想，这下只好豁出去了，才端起酒杯一碰说了一句："恭敬不如从命！"

张局长原来在南方一所大学任教，爱写作，一年总有几篇杂文或文学短评之类的文章见诸报刊。后因一不小心写了篇评论，得罪了人，被调去管图书馆。不久，他才想办法调回了老家。

凡是认识张宝的人都知道，他不会扑克、麻将，连象棋也不知道怎么"过河"，唯四季不辍文笔，三餐难离酒杯。这时，李姐端出一盘油炸小鱼、一碟凉拌牛肉和一素一汤，张局长赶紧夹了些菜放进楚本碗里，又为楚本倒满一杯，说："来，喝！"

平时和同事一起就餐，哪怕你巧舌如簧，说得乱坠天花，楚本也滴酒不沾。

你说他"妻管严",对,他怕老婆;你说他看不起你,行,那你连饭也别吃;你说不喝酒的钻桌子,可以,你喝十瓶,他爬十遍。一句话:不喝!你灌他不成?最后你醉得难受,他吃得舒服。眼前不喝已喝了,还喝得不少,再随他喝下去,恐怕不仅要学贵州人"倒地",而且还得"美酒化春泥",他只好苦着脸求饶:"老同学忘了?我是一杯红上脸,二杯吓破胆,三杯桌下钻?"

张局长一听"桌下钻",是要他"喝满瓶",立即借梯下楼,道:"不敢,不敢。你们牛郎织女难得相逢,怕你夜半不称职,刘霞骂我呢!"

刘霞也不是盏省油的灯,说:"老鬼!我李嫂能画扬州八怪,咋不画你这凼东一怪呢?"

"凼东一怪"是张宝的绰号,说的是他到就业局之初,有人嫌他开会太久,趁一位司机趴着睡了,在其背上临摹了一幅张宝的像,题名"一怪"——想到这儿,一屋人都笑了。

李嫂的笑敞亮,刘霞的笑妩媚,张局长和楚本竟笑得举着杯子洒了一桌的酒。

"凼东一怪"也名不虚传。一因他才华横溢,貌似糊涂;二因老婆点子多,对局里的事热心。局长爱写,夫人长画。于是,凼凼就业局经他俩"珠联璧合""穿针引线",所辖几十个培训学校竟像模像样,不是被授予"基地""先进",便是偶尔有一两个写作、书法、绘画的学员参赛获奖。这不,张局长又是三句话不离本行,说:"老同学,最近可有大作?"

"大作?"楚本掏出一盒烟给他一支,然后自己也点上,吐出一股浓浓的烟圈,忧心忡忡道,"写小说,财政不给出版社拨款,编辑不吃饭?印刷、发行不要钱?投给期刊,大多刊物人手不足三分之一,编辑就是不吃不睡,想从几十几百个新面孔作者中选稿也没时间,只有优先惠顾实力家——像我这种无名小卒,即或写得再优秀,谁看?"

几杯酒下肚，张宝也悲愤之情溢于言表，说："是啊，有的写诗歌、散文的更扯淡，要刻意生造一种陌生语言，远离真诚和现实，让人读不懂，编辑才觉得上档次，专家学者们才会冠之以'第一''代表''土豆派''南瓜派''茄子派'之类的光环——纯粹是自宫一个刊物，糟蹋一种文体！"

刘霞则嘴一瘪，道："这年头，你们搞文学的都有点病！把海子的自杀说成'崇尚死亡'，把三毛的死美化为'赴荷西之约'，把写'穿越大半个中国去睡你'的人称为诗人……所以呀——我觉得买本刊物，不如买把小菜实惠。"

对妻子这种有些世故的见解，楚本顿感无地自容。他正想提醒刘霞，谁知，李嫂却愤愤不平地讲起一件校园怪事来：说某中学有两个学生晚自习私自外出，教导主任借势把他俩的桌子、板凳搬走，故意把两个孩子赶出学校。两个孩子回到学校，写了检讨又写保证，老师还是不买账，学生只好晚上回寝室，白天又出去玩，还不敢告诉家长。事隔一星期，家长才知道。家长找到学校，校长和班主任同意孩子回去，两个孩子才进成教室。

楚本有些不解，忍不住道："像数理化和英语，学生一节课没听懂，从此就可能掉队，这不是故意把孩子向差生方向推吗？"张局长点了点头，说："是的，明显是两个学生成绩差，教导主任为了绩效，怕影响升学率，故意逼学生退学啊！"

"为人师表，误人子弟，这败类！如果我是那家长，就告他！"楚本越说越气。

张局连忙帮楚本圆场："老楚也不是要当干部的都没点人情味。他的意思是说，总得像那么回事。"

李嫂白了丈夫一眼，对楚本说："好兄弟呢，千万别学他！那天他开会去了。编辑部来电话，夸他写得不错，让我们也帮忙销些书。我看老头子写东西那阵仗连老婆都忘了，才给汇了两千元去。人家还给我们多寄了几本书来。那书一本二十几元。我把书拿到培训中心，一个课间就卖完了。他硬是说我利用他的职权做买卖，让我给把钱退了。"

张宝端起酒杯，"哧"地抿了一口，说："影响不好。"

李嫂平平淡淡地问丈夫："你知道《清明上河图》吧？"

张宝随口便答："北宋张择端的杰作嘛。"

李嫂狡黠一笑："见过吗？"

张宝不屑地说："无非是些城郭邻野、老桥舟船和几个挑夫、官吏、富豪、无赖而已呀！"

张局长的回答从容利落。李嫂则如鱼得水，对丈夫紧追不舍："还有啥？"

张局长一下张口结舌，不知从何而答了。

李嫂眼里闪过一丝狡黠，开导道："有没有个老头？"

张局长眼睛一亮，说："有！"

李嫂循循善诱："在向一个牵着小孩子的妇女做买卖？"

张局长恍然大悟，道："对，对对！"

楚本大吃一惊，莫非这两口在研究国画？

李嫂哑然一笑，又问："你知道子贡吗？"

张局长脱口而出："孔夫子的弟子，谁不知道？"

李嫂优雅一笑，反问道："张择端重视商人，孔子的弟子也经商，我卖几本书又何过之有？夫君！就你那脾性还写书？离了本夫人，还行得通？"

张局长一愣，才明白被夫人耍了。刘霞一把拽住李嫂，笑弯了腰；楚本站了起来，像不认识似的瞧瞧张宝，又上前看了看李嫂，才摇摇晃晃到刘霞跟前问："谁，谁说凼东只有一怪？我，我李嫂才真正是一怪，不，凼东这两口子都怪——怪才！"

见楚本飘飘欲仙，话不成句，李嫂心下想，表面上教训丈夫实则在旁敲侧击楚本，目的既已达到，今晚就打住吧。于是，把瓶里剩下的一两多酒，匀给大家，说："老张这人把多半心思都放在写作上去了，没甚心眼，还需楚本在工作上多帮帮张宝。如兄弟能适应，辖区这些局的头头，三年两年就轮换，只要好好干，机会是有的。"张局长忙说，他和李姐今晚高兴，多喝了几杯，恐怕都说了些酒话。刘霞见都有些醉了，提醒楚本："这次局里给咱们解决住房，全靠张局关照呢！"

张局长哈哈一笑："不是我关照，是企业心系教育，一次性赞助了十套住房、一百台电脑。"

楚本问刘霞："还真有这种企业？"刘霞朝街对门一努嘴，抖抖手里的钥匙，说："走吧，看看去！"

3

房子是刚装修的。门一开，一股刺鼻的油漆味和那雪亮的灯光、豪华的装修，一下让楚本清醒了多半。他按了按太阳穴，揉了揉眼睛，只见是：条木地板，哑光丝绸水洗墙，三个房间的空调全是清一色的极品一级节能，防火仿木吊顶；壁灯、吊灯是时尚款式；厨房、卫生间是成套的；吊柜、餐柜是304压花不锈钢；即使是小小的龙头开关也是镀金的。

他粗略估算了一下，仅装修就花销甚多。与张局长那石膏板吊顶、纸面贴墙、几只吸顶灯一安就叫"装修"的房子相比，更令楚本忐忑不安了。他忙把刘霞拉到一边，醉醺醺地问："他家那么简陋，我们家这样豪华，怎么回事？"

刘霞瞥了他一眼，说："等会儿告诉你。"

张局长以为他嫌房间窄小，忙解释："按级别，你是该享受高一点的待遇。"

李嫂则借典说事，替丈夫表功，道："为批这地皮，老师们还笑话老张呢！说他给有关部门写报告比李密陈情还委婉，比王安石急谏还刚直，一盏孤灯熬到天亮，一双麻秆腿跑到天黑。哈，够卖力吧？"

楚本一听，愈是惶惶不安："这装修太高大上了。"

李嫂朝刘霞一歪嘴，那意思是问刘霞去。刘霞点点头，说："装修，学校补贴两万，其余都是我们自己出的。"

楚本心想：刘霞不是说家里也买了房吗？钱从何而来？

看完房，刘霞和楚本向张局长、李嫂说了些感激话。道了别，刘霞才悄悄给楚本说："张宝家的寒酸是装的，他那个婆娘不简单！"

楚本一听，酒意被吓跑多半。他想到刚才张宝对时下风气的义愤，还有李嫂从骨子里流露出的风雅书气，忙提醒："不要一谈到'官'，就与'贪'字扯在一起。"

"一会儿，你就知道了。"刘霞不慌不忙道，"实话跟你说吧，我们那装修，我只花了三万五六，不够的部分是几个学生家长给的——他们有的是建材商，有的是装修公司小老板，有的是房产中介。他们都是暴发户，讲义气，但我对他们的孩子也没少操心。我对得起良心。"

楚本皱着眉头，道："房子是赞助的，装修是学生家长出的钱。这套房，你才投入三万多？"

刘霞点点头，得意扬扬。

楚本眼前出现了一群戴着红领巾的孩子正在宣誓的幻景。他本想提醒刘霞，对学生不要用金钱去决定远近，可回头一想，就业这么难，刘霞为他联系了对口的工作，连住房都给落实了，一个女人能做到这些很不容易，夫妻之间，以后提醒也不迟。楚本想到这些，就把话咽了回去。不过，心头还是袭来一股无以名状的烦躁与担忧……

楚本暗暗祈祷，但愿张宝不是那种人。走着走着，突然，"哧"的一声，一辆卡宴停在他俩旁边。路灯下，一个蓄金色盖发、刀削脸、打蓝花领带配白衬衣的中年男人，从驾座门窗探出半截身子，"咔嚓"一声点燃一支烟，在等着他们走近。这人是刘霞的前夫，楚本心里一"咯噔"，他今晚想干啥？只听那人话中有话地说："嗬，楚夫人又在向局长汇报工作吧？"

刘霞立马以牙还牙："有屁就放！"

那人像没听见，依然坐在驾坐上，举着一个透明文件袋晃了晃，说："土地证、房产证办下来了，都在里面。想要，就把那三百万存单还我，明天我就去给你过户。"

刘霞白了那人一眼，说："谁稀罕你过户？我嫁到你家十多年，像保姆一样烧火做饭、洗衣拖屋、端茶递水，你们想用那八九十万就打发了我？没门！"刘霞没停步。

那人开着车与刘霞并行着，说："你两手空空地嫁过来，除了吃喝玩乐穿戴，白捡几捆钱还嫌少？"

刘霞环视了一眼，才冷冷地说："你可别忘了，你家这些年干的事，我全清楚！"

那人剜了眼刘霞，问："那你想怎么做？"

"这套房子、那张存单归我，再补偿我两百万。否则，我就给你捅出去！"

那人似乎也掌握着什么撒手锏，说："你也别忘了，这些年，你背着我干了些啥'好'事，别以为我糊涂。"

"你！"

楚本见后面有人来了，拉上刘霞就走。那人的车子跟了上来，低沉的声音里夹杂着一股杀气："好！看在孩子这些年'爸'前'爸'后喊我的份上，存单我不要了。从此，如果你再提出一分钱的要求，小心你和这男人一块消失！"

　　楚本一步上前，要把那家伙揪下来。卡宴灯光一闪，已驶入夜幕。

　　车离人去，楚本心里一空，突然袭来一绪悲观——唉，那边我给邹叔、唐姨添了那么多白发，这边我咋就稀里糊涂成了这该死的"二婚夫"？钱，刘霞存得不少，但是……

　　他觉得刘霞未免太强势。对一个曾经同床共枕的伴侣，若抓住点把柄就讨价还价甚至敲诈，真让他不敢往下想，便问："假设，我今后有点错处，你也这样对付我？"

　　"怎么会呢！"刘霞有些娇羞、扭捏，又有些气愤，"我本身就恨他这样的人。他凭他爸那棵大树，仅跟凼凼市人才中心修那点房子，就明抢暗占地皮几十亩，不然，他会给'老职工'捐十套住房？'老职工'是谁？呵呵，你懂的，然后这些人再转手卖给职工，刚才领你看的那一单元就是其中一套。我不是他家的人了，但我在他家做过奴隶！"刘霞越说越气，道："我要的这点，没他家一个月收的红包多。谁叫他，有几个钱就找小三小四呢！"

　　说到这儿，刘霞"咯吱咯吱"的脚步声迈得更响。

　　这时，楚本才发现，圆月已从东边的山脊泛出苍白的亮光，市民的喧嚣、商人的吆喝早已消遁。只有城市那五颜六色的夜景和如织的车辆灯光，悄无声息地变化着。西边，黑黝黝的鸡公山棱角分明；东边，一幢幢高楼的倒影朦胧、神秘。

　　刘霞一手提着他的旅行包，一手挽着楚本，迎着如水的月光，一脸陶醉的模样，道："多美的月色呀！"

　　面对她的雅兴，楚本竟鬼使神差地想到了李苦禅的鸦——一片漆黑。

　　刘霞一下就窥出楚本的心猿意马，送上一个闪电式的疾吻，问："你在想什么？"

　　楚本忙掩饰地搔搔脖颈，说："嘿嘿，我在想我们有两处住房，空一处怎么办呢？”

"怎么办？哈，这就要从那里过，跟我来。"刘霞一指前面的凼凼市人才中心大楼。

<h1 style="text-align:center">4</h1>

跟着刘霞走进人才中心大楼，从大厅墙上的公示牌发现，接收他的单位"凼凼市人才中心"在顶楼。他们顺着宽大奢侈的楼梯刚上几步，只见前面一楼与二楼的转弯处，贴着一张大气醒目的"青北培训助你进名校"的彩色广告。楚本随着指示路标上楼，只见二楼灯火通明。

楼道间，熙熙攘攘地站着些家长，有的三五个在一起闲聊，有的挤在窗口外瞅着里面。大厅里的几张长椅上，还懒懒散散坐着三十多个家长在看电视、玩手机或翻阅书报架上的刊物。原来，二楼十七八个宽宽敞敞的教室都是辅导班，几乎涵盖了升学必考的英语、数学、语文、理化等常规课目和主持、舞蹈、钢琴、绘画等艺术类科目，而且根据年龄和所教内容，明显是临近考试的强化班。楚本皱着眉头，碰碰刘霞，轻声问："你带我来，是让我先熟悉一下工作环境？"

"恰恰相反，平时，你要装着与这些人没一毛钱的关系！"

"那……"

"嘘！"刘霞示意他别多问，然后，带着他走进一个写着"报名处"的办公室。办公室里一位年约三十的女子正在与一位戴着眼镜的瘦高个中年男子聊天。见有人进来，那女子满面阳光地问："请问二位有事吗？"

刘霞文文静静一点头，说："老师，我家有一个十二岁的女孩，她在别的地方学过跳舞，已过八级，想来你这里继续学。你们怎么收费呀？"

辅导老师优雅一笑，介绍道："我们青北培训已有十七年办学历史，有一支由重点大学、名牌中学从教的教师组成的一流师资队伍，也有不少从北京、上海等名校毕业、曾多次获得过国际国内大奖的画家、音乐家、舞蹈家、教育家，他们很多都是高校教授或博士生。你的孩子进我们的学校，花的是初级班的钱，享受的是教授级教育，而且无形中，也为孩子今后的升学、进名校，架起了人脉桥梁——这，你懂滴！费用也不高，一学期只收六千八百元。上多少节课？要上五十多个小时呢！一年一考，我们包过级，包领证。"

刘霞看了一眼楚本，又问那老师："我这孩子，马上面临小升初，想在这一学期一下过两级。你们能不能想想办法，让她在这一学期就拿到十级的证书？"

"这个啊——"女子抿嘴一笑，"四六二四，四八三二，你按四个学期一次性缴两万七千两百元，我们培训时多操些心，让孩子跳个两三级，给考官通融通融就行了。"

"能过吗？"

"放心，包过包领证。同样的分数，我们还保证优先进名校。"

"那，我回去商量商量。"

"给！"那女子随手恭恭敬敬递上一张名片，"回去商量好了，就打上面的电话。"

楚本、刘霞正欲离开，一个年约七十的大娘颤颤巍巍地走了进来，话没出口，眼泪就流了出来："老，老师，我这个孙女，开先，是，是她班主任介绍来的。哦，小琴，你班主任叫啥名字？"老大娘说着，把小琴拉了过来。小琴胆怯地说："班主任叫高朴希，我叫肖琴，在十一楼已补习三个学期了。马上小升初，这个月的补习是关键，万一考到那些题怎么办？补习规定五十元一小时，这个暑假补习二十六个小时，得交一千三百元补课费、两百元资料费，可我们家只凑到八百元，还差七百元。想请老师宽延一下，等下个月底，老板给我爸结了账，我爸再把钱寄回来，就立马补清。"

小琴说完，就低着头"吭哧吭哧"抽泣起来。大娘见女老师露出轻蔑的眼神，连忙哀求："老师，做做好事吧，这八百元都是她爸寄回来给我抓药用的，我哪怕是不吃不喝，下个月也要付清。"

女教师眼一瞪，说："下个月？小升初都考了，课都上完了，我找谁要啊？"

楚本手已伸进衣兜，刘霞拉了拉他衣角，意思是别急。

面对女教师的冷酷，大娘绝望了，"卜通"一声，就给一旁的男教师跪下，说："老师，我这人穷，但这辈子没撒过谎，你们就延长几天吧！我琴娃成绩好，是班上前五名，我们家几代没出过文化人，我想让她考个重点高中，读个二本三本也好啊！"

男老师想了想，缓缓掏出手机，拨出了"高朴希"三个字，说："喂，高老师吗？你介绍来这个肖琴只带了八百元来，差七百元，您看？哦，给她爸打电话？电话号码是多少……"

小琴见要给她爸打电话，一下大哭道："老师，求求您，千万别打电话，我爸一个月看门才挣一千五百元，一天只吃两顿，一月才用六百元饭钱，和我通电话用去九十元，零杂十元，给我和奶奶就寄来了八百元。去年暑假，我捡废品挣八百一十一元，寒假挣了八百九十九元。等这补习一结束，我就去捡，保证开学前给您送来。您这电话一打，您叫我爸爸不活不吃饭啊。我不到两岁，妈就跟人跑了，一直是爸一个人管着我和奶奶，我不能再没有爸爸了。爸爸为了我们，一天只吃两顿饭。"小琴说着，忍不住嚎啕大哭起来，"老师，我已经十二岁了，我能捡到很多很多矿泉水瓶、玻璃瓶、易拉罐、废纸。如果你们不相信我，还要逼我爸，这书我就不读了，补习也就算了……"

两眼泪汪汪的楚本掏出七百元，正要交给那女教师，刘霞已对着收款二维码，用手机一扫，"叮"的一声，显示付款成功。两个教师还没明白过来，只见楚本满眼怜爱地把手里的七百元放在了小孩手上，说："叔叔身上只带了这点零钱，小朋友，加油！"

大娘见状，要跪下致谢，刘霞双手扶住她，说："这钱，是我们送给孩子读书的，不用还了。"

接着，刘霞一挽楚本，装着散步的样子，向楼上走去。走着走着，楚本心事重重地问："你也在辅导班工作，你也在挣补习钱。平时，你遇到给不起钱的学生，也是他们这样？"刘霞心下一惊，随即就摇了摇头，说："我还没遇到过这种情况。"楚本似乎不太相信："假设遇到了呢？""噢，"刘霞警觉了起来，小心翼翼地说，"我会减半，不，我会免费补习。"

两人上到三楼，这里接送孩子的家长更多。刘霞指了指过道，又指指楼上，瞥了一眼楚本嗔道："这在哪个城市，都是普遍现象。"她继续向楚本介绍情况，"这一幢楼十三层，除顶上一层是人才中心的办公区和成人大学的考场外，下面这十二层社会办学辅导班，都是青北的ATM机呢！房租不到市场价的一半，每天收入顶几千人的企业。"接着，她又一脸神秘地问："你知道刚才那个收费的女子是谁吗？"

楚本木讷地摇摇头。刘霞嘴一瘪，"噗哧"一笑，说："量你也想不到。告诉你吧，那是张宝的小姨子！"

"啊！张局长他妻妹？"

"嘻嘻，'办班'的人——多得很呢！"刘霞话锋一转，接着才说，"这成人大学办在人才中心，实际是给青北培训撑了门面。收入？你以后就知道了。人家张宝能让你来坐在凼凼市人才中心二把手这个位置上，对你够意思了！"

楚本一脸惊讶："你，你怎么知道这些的？"

刘霞用胸脯轻轻一撞楚本，娇羞一瞥，万般柔情地说："我不是跟你说过嘛，原来我在这里上过课，这两年家里来了几个孩子，我才没来呀！"

楚本这才恍恍惚惚想起，刘霞似乎说过这事。

随着刘霞下了楼，楚本才反应过来，刘霞多买一套房，是想办个规模小点的补习班。不过，让楚本想不明白的是，作为曾经以一副学者派头、而今以作家名义出现在大众面前的一个就业局局长，竟与这些人撇不清。楚本还是不相信，便问："张宝这人没问题吧？"

"去年休假，你看到鸡公山下那个凼凼市现代××学校了吧？"

"看到了啊！在搬走的私立学校院内，我回家那天才开工装修，不到二十天就焕然一新，门前竟挂起了新崭崭七八块像模像样的牌子，凼凼市现代××示范基地，凼凼市现代××有限公司，还有凼凼市××儿童中心，凼凼市××研究协会。"

"还记得你回单位的头天晚上，我俩散步路过那个学校看到的庆典吗？"

"记得记得，彩旗飘飘，华灯闪烁，一大批年轻女孩、漂亮少妇和各界人士轻歌曼舞，一派节日气氛。还真像个什么基地。"

"你真以为那是基地？"

"这，这，又咋了？"

"你呀，真笨！上面没有项目奖金？一年没得几十万百把万的扶持款，傻了啊？"

"谁办的？"

"你说呢？"

"我看张宝不是那种人，至少文人骨子里的那份清高还有！"楚本乜了刘霞一眼，有些不服气。

刘霞则一脸不屑，说："告诉你吧，财务室主任是张宝的亲弟弟，出纳、会计你更想不到是谁的背景更厉害呢！好好干吧，到时当个什么长，还不简单？"

尽管刘霞说得有板有眼，但楚本却认为刘霞的想法太片面。又一想，许是女人天性吧，老婆嘛，都爱唠叨不休。

刘霞勤奋、灵性，几乎从分到凶东五小起就一直教主科兼班主任，年年先进。升学统考，她的班不是区第一就是第二。当然也没少沾张宝的光，一个又一个本本都是他办的，晋升为副高、高级，还多次被评为劳模。而刘霞争先进、晋级的目的却很简单，用她的话说，化知识荣誉为财力，多挣钱，多存款，养家养孩，买车买房。

前不久，刘霞给楚本写信，说把旧房卖了，添了些积蓄，买了一套一百六十平方米的新房，刚住进去不久。从信中可以看出，她对这套房非常满意。

5

楚本想着心事，不知不觉就走到新房门口了。

刘霞掏出一串哗哗作响、亮光闪闪的钥匙，打开门。伴着"嚓嚓"两声，屋顶的枝形吊灯与工艺壁灯，一齐发出温馨、柔和的光亮来。

楚本见那精致、豪华的装修，一下就佩服起刘霞的精明能干来，像个芭蕾舞演员似的搂着她旋了个圈，喊道："老婆万岁！"

楚本前脚刚跨进门，刘霞就扔过来一双拖鞋，嗔道："换鞋！"

他这才发现，这新拖鞋竟是专门为他买的。他以前住单位宿舍，同事们都没有换鞋的习惯。眼下，回家第一步就得入"家"随俗了。可是，就在刘霞给楚本取鞋的同时，楚本发现鞋柜里还有十余双新旧不一、长短不同、式样各异的男女式鞋，心头一惊：咋的？开旅馆了？

刘霞随便说了一句："有几个学生在这里辅导。"

客厅里摆着一套四维一体的全数字多媒体五十英寸电视，一对黑罩木质超大

"HJ"音响竖立两边，显示着昂贵的身价。两只音响上各放一只白玉花瓶，瓶里插的不是常见的鲜花绿叶，而是两株极具生命力的劲草。墙上的一副松鹤图，不是那铺天盖地的迎客松，它松鳞苍老斑驳，粗而短的躯干显示着惊人的力量，几许细嫩的松枝映出蓬蓬生机。在那深邃的远方，白鹤翔空，虚虚实实的村庄，漂浮着几屡烟云，农夫躬耕肩挑，千姿百态。与之相对的墙上，是一幅放大数倍的徐悲鸿《八骏图》。前者水彩，后者仿作，均出自张宝夫人李嫂之笔。客厅中，一张豪华铜柱咖啡色玻璃茶几，两边一套酱色真皮沙发，墙上挂着块超大钢化玻璃镜面。

从客厅的布置上，楚本隐约感到了刘霞前公公家的官场气息，他心里有种说不出的不悦。

穿过客厅是餐厅，那铝合金滑动窗几乎与餐厅一样长。窗外，黑黢黢的山里灯光闪烁，凉风习习，山泉浅唱，空灵幽静，令人神清气爽。餐厅的墙根下摆着四季常绿的盆景，一张张精致小巧、做工考究的黄木靠椅围着两张双层钢化玻璃餐桌。这餐厅，倒像一个环境幽雅的小型酒店大堂。

见楚本看得仔细，刘霞走过来说："我考虑你回来了，总要多一些亲戚、朋友来往，就干脆买下了。"楚本一想也是，刘霞在待人接物、料理家事上是无可挑剔的。自己四十又三，能有这么聪明能干、贤惠温柔又有知识的娇妻，也知足了。

再一看其他房间，哪知，四个房间经刘霞一布置，竟有些不伦不类。

紧靠客厅的一间卧室，十二张课桌被摆成三排，每排一根长条凳，原本雪白的新墙壁上，还怪怪地挂了一块小黑板，旁边贴着一张小学汉语拼音音节全表；再里间，课桌、板凳的数量、摆法与前面一间一模一样，黑板也是同一个型号的，而黑板旁贴的是一张单位换算表和小学数学公式带定理的图解；最出人意料的是书房，除三面红木大书柜外，竟塞了一张约两米长、一米五宽的大型简易木台，上面静静地放着一本字帖和几个塑料砚台。楚本正想问刘霞，凭她那一手像醉了酒的字还辅导书法，一下看到外面有个人影。原来，阳台上有个衣服上缀了补丁的小女孩正在帮忙擦窗玻璃。

小女孩见毛巾擦过的地方留下了一点痕迹，忙把毛巾浸进旁边的一盆清水里，一双小手搓得文静细心，滴水不溅。她像是没有发现自己额前已汗珠欲滴，也没顾及两鬓的汗水一边流到了腮膀，另一边已浸湿脖颈，擦得极专心，极用心。

楚本没去打扰小女孩，心情复杂地走进了卧室。

刘霞布置的卧室，竟是另一个世界。任薰的《东坡爱砚》仙气飘逸，妙不可言；郑板桥的《竹》骨节刚劲，又枝叶纤秀青翠；吴道子的《寒江冷月》凉气逼人，淡远清丽；一盘墨兰，众星捧月般摆在床头，幽香清神。怎么？楚本那梦寐以求的人间仙境，竟在刘霞匠心独具地布置下，呈现在了眼前……梳妆台上摆着化妆品，桌面一尘不染。

隐隐约约，楚本看到了张宝那卧室的影子，心头正有股说不清的醋意，刚才那女孩就走了进来，拭了一下额头上的汗，文文静静地问："叔叔饿了吧？我给您做点吃的？"

"他爱吃醪糟蛋，煮两个吧。"

刘霞说的是他心里渴盼已久的美食。可是，人家是来学习的呀，又不是保姆。楚本不让煮不对，让煮也不对。刘霞告诉他，那孩子有点倔强，想考重点，但成绩一般，走留级转学的路吧，接收的学校要收一万多选校费。她父母又下了岗，家庭经济拮据，刘霞就让她一边跟着别的孩子参加辅导，一边帮忙做点家务啥的，还专门把那个小杂物间腾给她睡，才收她五折的辅导费。

刘霞的话，就像在推论一个定理，既严谨合理，又水到渠成，言外之意好像自己还吃了亏。

中小学生借暑假寒假参加社会活动，顺便挣点零花钱的事，楚本听说过，但从未听说过，有让学生以天天帮老师干家务活换取五折辅导费的。楚本心里很反感，就问："你不怕学校知道？"刘霞嘴一瘪，说："现在哪个学校的老师不是变着法子加倍收费，往自个口袋里装？我这里都是进名校没人缘、上贵族学校钱不够的一些小虾米哟。"

说话间，一碗热气腾腾的醪糟蛋被捧到了楚本面前。"趁热吃吧，楚叔叔！"

仔细一看，楚本才发现这孩子与别的孩子不同：一套洗得泛白的牛仔服，磨烂的袖边用蓝布精心缝补，针脚均匀细密、色泽相近，长长的两根辫子垂在那瘦瘦的腰间，圆圆的脸上没有血色……

到底是贫寒出乖孩。这娃煮的醪糟干稀适度，而且煮的时间特别长，醪糟几乎浮在水面；白糖也放得恰到好处，不粘不稠，喝着既无水味，又不过甜；白白的两个荷包蛋飘荡在碗里，往嘴里一放，火候极佳，软软的，嫩嫩的，舌头一动，就流出鲜鲜的黄汁来。

楚本刚吃完，那娃又小心翼翼地收了碗勺，一一洗净放好，才缄默不语地走出来，小心翼翼地从那牛仔裤兜里摸摸索索，掏出叠了数层、四角已磨损的几张百元和五十元纸钞，递给刘霞，低着头口讷词拙地说："刘老师，明天是教师节。妈妈说，我们家不敢和同学比，这只是点心意。"

刘霞笑逐颜开，如接一块巧克力一般平平常常地接过来，说："你这孩子还送啥子钱嘛！"

楚本目瞪口呆。学生给老师送礼物，本是情理之中。一束鲜花就足以表达那一份高尚、纯洁的情操，一张精美的生日贺卡也可以体现师生之间的深情厚谊，甚至一声真诚的问候、一句真心的祝福，已包含了人间最美好祝愿。何需如此世俗？岂不把师生间本身就该有的那份真诚变得肮脏、丑恶、虚伪？

楚本想起了张宝那忧虑的神情，仿佛看到了乾隆年间师道南那篇《鼠死行》

中所述之景："东死鼠、西死鼠，人见死鼠如见虎。鼠死不几日，人死如圻堵。"
但他一见刘霞对那孩子和蔼可亲的态度，又怀疑自己以"小人之心度君子之腹"
了。哪知，待孩子一出去，刘霞"嗞"的一声，拉开一个红色真皮包，抓出两扎
新崭崭的百元钞，抖了抖，说："你看，足足二万三。这个教师节，至少还有这
么多吧！嫁给你呀，都过了三个教师节了，你连一束花都没送过，还没这些娃娃
懂事呢！"说着，刘霞在他脸上印了一吻，便洗澡去了。

　　几天的旅途劳累，加之在张宝那里喝了酒，又吃过家乡曲酒发酵的特产，一
股酒劲上来，楚本昏昏沉沉，弄不清是刘霞变了，还是两地分居相处太少？抑
或以前未转业，没在意这些？不，不！她是……楚本这样天上地下地想着，觉得
眼前的刘霞都不是他以前看到的。他取下眼镜，朦胧混沌；擦擦镜片，手感良
好……醉意朦胧中，楚本感到一缕倦意袭来，脚底缥缈，沉重的脑袋越发不清
醒。尤其是那几昼夜未眠的眼睑重若千斤，睁也睁不开，最后，向朦胧中走去，
他睡在了云里。

　　不知过了多久，他闻到一种异性的芳香。接着，一张冰凉的嘴唇吻了他一
口，他没有反应。又一口，他还是懒得反应，只是张了张那麻木的嘴，问："这
些补课，你收费了？"

　　"收了。"

　　他意识到，不知何时自己已被脱得一丝不挂，还有一个光滑细腻的身子贴
近了他，那丰厚圆润的大腿压在了他腿上。他动了动，浑身软绵绵的没有一点力
气，"收多少？"

　　"一个月辅导费两千二。"接着，一只纤细的玉手抚摸着他热乎乎的胸膛，能
听到那均匀的呼吸声。

　　他的声音有气无力："一个月能收多少？"

　　"只有一万多点。"那只手用力搂了搂他的脖子，柔软的身子紧紧地贴着他。

那声音娇滴滴，如数家珍："生日也要收些礼物，春节、端午节、中秋节、教师节，还有开学、升学……"

"一年能收不少吧？"

"也就十三四万。"嘴唇贴着了他的腮，一股清新的幽香扑来。柔软的秀发摩挲着他的脖子，那呼吸变得急促了，那只抚摸着他胸膛的手在向下移动……

"学校发工资干啥？"他"咕咚"一翻身，把脊背给了她。对方似乎没发觉他的不快，还在安慰："别想那么多，累了就睡吧。我爷爷奶奶、我爸我妈、我大舅二姨听说你回来了，明天还要来看你这刘家女婿呢！"

楚本一个字也不想说。唉，她大舅二姨要来，得接待；她姑父病了、叔伯快过生日，说是要去送礼；她大老表后天嫁女，堂弟周末娶媳妇，请柬还在柜上；前岳父星期天六十大寿，已电话通知在"铜锅居"过；虽和邹姗没来往了，但她同学下周乔迁得去……这二婚啊，生活上得考虑对方过去的情感，工作上得兼顾对方的思路，十几家新的亲戚要面对，二十多家老亲戚还得来往，还有这屋里的一群孩子，楚本心里有一种说不清的悲怆……"宝器（笨蛋），这不是你们单位。"刘霞还在唠叨，她拍了拍楚本那粗实的大腿，"你不能用你们那些准则来规范自己了。古今中外的书，你比我读得多。连墨子都知道'兼相爱，交相利''利人者，人亦从而利之'。人家给点钱，我们多操些心，合情合理嘛。像张宝那种文化人的清高、官场人的正气，是作秀，不可信！"

说着说着，刘霞就睡着了。

迷迷糊糊中，"叮咚"一声提示有新短信，楚本习惯性地拿起手机，才发现原来是刘霞的手机，是她前夫发来的一幅图片。楚本点开一看，是一份隐去了检验表和医学院名、教授名的《DNA检验报告书》，上面明白无误地写着委托检验人和被检验人分别系刘霞的前夫和他俩的女儿，结论如下：

依据DNA检测结果，待测父系样本无法确认是待测子女样本亲生父系的可能。基于15个不同基因位点结果的分析，这种生物学亲缘关系成立的可能为0.0001%……

复核人：×××教授 执业证号53700567×××××

检验报告后面，刘霞的前夫只附了一句话："你想我再搞来一两根张宝的头发，去验DNA吗？"

楚本表面上纹丝不动，其实心头已是翻江倒海。刘霞，你怎么能闹出这样的丑闻？将来你怎么面对学生？你的女儿怎么面对同学、社会？噢？刘霞她妈好像曾说过，我们那儿子"不足月"，是不是也……

楚本睡意全无。他提醒自己，明天要和刘霞谈谈，谈谈这些孩子，谈谈别沾前夫的钱了，谈谈挣多少花多少，谈谈能否离张宝远点……

隔单

1

薛亮喉咙里"咕噜"一声，眼神一散，落气了。

守候了七天七夜的薛诚，想把父亲扶正，一端视，父亲竟和平时一样坐得正。他用手背在父亲鼻子前靠了靠，才掏出手机给幺弟报信："薛胜，爸爸走了，赶紧通知三个姐姐。妈那里？那，按你们说的办吧。"

薛亮有两儿三女。老大薛诚被内招到渠江教育局搞勤杂，三个女儿和幺儿在巴陵市经商。整个清水镇的人都羡慕他和石琴命好，两口子生了五姊妹。而与薛亮年岁差不多的人则认为，那是老薛天干天湿有工资，弄了几张医学"鉴定"，把关系整得又巴适，才有机会生一窝娃儿。

其实，薛亮的家庭也有不幸。长子薛诚出生时，脑袋撞地受损，直到五岁才会说话，六岁多才知端碗。这期间，薛亮让石琴抽个赶场天，把薛诚背到渠江车站或者东门码头丢掉。石琴眼一瞪，说："谁敢扔，我就跟他拼命！"于是，没几年，又生下薛梅、薛秀、薛丽和幺儿薛胜。后边四个像野草似的，竟长得嫩洋洋、绿油油。三个女儿，一个比一个漂亮，出落得跟花一样，而且那些"花主"，个个都十二分优秀。大女婿邱平、二女婿任乾乾、三女婿肖遥和幺儿子薛胜是同行，经营副食百货，个个有钱有面子。老人考虑到薛诚本分，怕他今后吃亏，便让他参加了内招，儿媳妇还是个小学教师。

把儿女婚事处理完，眼见自己快退了，薛亮再将老伴的社保一补。第二个月，老两口同步退休，一个月养老金六七千。

和泥巴打了一辈子交道的石琴，见自己老来还有保障，自然佩服丈夫的能耐。老两口一合计，儿女个个有业有家，与其在城里闲耍，不如回农村养老，一边种点杂粮蔬菜，一边过田园生活。

回到农村，见田坡上一抹浅绿，一家家房前屋后，一片片新土，有的已种下四季豆，石琴在想，自家坡下那块自留地连续种了两年辣子，今年也得改种四季豆了。

石琴来到大门后，取下倒挂在墙沿上的锄头。这个锄头，看似秀秀气气，实则锐利无比，举锄铲物"嚓嚓"生风，横挖竖劈如剑削泥。这是薛亮以双倍价钱外加一包十六元的黄鹤楼烟，请镇上头号铁匠田麻子打的。

田麻子满脸的坑，不是得病引起的。据说他祖祖辈辈是铁匠，他小时爱跟着大人去铁匠铺子玩，被飞溅的火星烙下的痕迹，其技术可想而知。

从石琴嫁过来，薛亮对石琴的锄头、铁耙，哪怕是一把镰刀、一张连枷，都特别上心，一直是亲自定做，必须轻便好使；而石琴自从做了薛亮的女人，即便是年轻时，薛亮回家，石琴连扁担也不准他摸，更别说让他深一脚浅一脚下田。

她知道，薛亮每个月的固定工资，是她和五个孩子的脊梁。

于是乎，在农村人眼里，大多时候，薛亮将一张竹椅在地坝里一搭，几张报纸一杯茶，就陪他一上午；星期天下午，则转转田边与张三唠叨几句，走地角到李四跟前问一下长短。只有农忙季节，家里请人栽秧挞谷，薛亮才偶尔提一瓶开水、送几只茶碗。平时锄地插秧、担水挑粪，全是石琴一肩挑。石琴说，她的工作是务农，薛亮的工作是保护好身体，多领几年工资，才是最称职的父亲。

石琴来到门前坡地，发现几天不来，地边的野草、坡上的猫儿刺又开始向地里爬来。她把外衣一脱，袖子一挽，白底蓝色碎花衬衣就随着她下挖、平铲的身影舞动起来。几锄一铲一蹬，野刺就铺到了石坝上，只需几个太阳，就会被晒干。接着，两口唾沫往手心一吐，八字脚一蹬，她便举锄挥臂"咔嚓咔嚓"挖起来。

看了一会儿报纸，从来不下厨的薛亮，把红苕洗得干干净净，斩得均均匀匀，连做饭的水都舀在了铁罐里，还从楼上抱下来两捆油菜梗，放在柴灶前，只等石琴回来生火煮饭。

这顿饭煮的是红苕干饭、炒白萝卜丝，本来石琴不打算烧肉丝豌豆尖汤的，一想到丈夫退休后，每隔一夜必做那事，有时连续两三天晚上都要，怕他身体受不了，就额外加了个汤。

老两口把饭一吃，石琴洗完碗，刚擦干手解下围腰，薛亮就递上一杯柠檬茶，说是可养颜保湿。这是薛亮第一次在饭后给她泡茶，石琴双手接过，一抹羞色浮上脸颊。薛亮发现她那眼里竟是满满的温柔……

2

这样的日子过了两天，第三天是周末，二女薛秀和丈夫任乾乾，带上六岁的儿子，来见外爷外婆。见儿子正黏着外爷外婆亲热，薛秀才叫苦，说孩子要上一年级了，生意上又丢不了手，想请二老去城里住，顺便接送一下孩子。薛亮两口子，没说去不去，把半只土鸡和木耳炖上，一块腊肉切成片和蒜苗炒出来，半瓶好酒摆上桌，像待稀客一样，等薛秀、任乾乾吃好喝足才回话："我们刚回来，等多待几天，再去你们那里吧。"

二女回去不到一个月，三女婿肖遥来电话，说本来不好意思麻烦老人的，但一想到薛丽已有身孕五六个月，几次怀上孩子都没保住，自己从早到晚要忙生意，家里拖屋弯腰的事，再让薛丽去做，担心引起流产，到四十来岁就更难得怀上了。老人一听，怀娃是大事，耽误不得。第二天，老两口就像出远门，背包提袋地带着换洗衣物，还捎了些红苕、萝卜过去。

去肖遥、薛丽家，要从莲花市场经过。石琴心想，薛胜、薛秀、薛丽三家都在这个市场。他们三兄妹搬进去已整整六年，自己和老伴还没去过，今天从这里经过都不进去看看，有点说不过去。

薛亮一听，说："这恐怕不合适吧！二女来请，我们都没去；三女喊帮忙，今天就去了。你说他们看到，心头没意见？"

平时，石琴很少和薛亮争辩。哪知这次，她白了老伴一眼，说："这赶公交、坐地铁让座，为啥都把老人、孕妇放在第一位？人家好不容易有了身孕，这生儿育女、传宗接代，哪个不是把孙辈当头等大事？"说毕，顺手把包一提，兀自就到车门边去等下车了。薛亮从来没见过老伴这么固执，当着一车人也不好发脾气，只好悻悻地跟在后边。

远远地，薛亮就看到在市场外的公路边，三家人都来了一个"代表"接站。幺儿家，是儿媳莫瑶；二女家，是薛秀；三女家，是薛丽。五个子女，除大儿两口子在老家上班，大女在五六公里外经营零售店外，三家都来齐了。薛亮心头像喝了蜜般，刚才拌嘴的不愉快一下也烟消云散。

几兄妹把老人接到三女儿的门市上，正在帮客人取货的肖遥，把货往客人跟前一放，就跑了过来，两把干干净净的椅子一摆，一杯刚泡好的雀舌恭恭敬敬放在薛亮面前。石琴正为这个女婿的聪明、心细感到欣慰，一个她最喜欢吃的丑柑也递在她手上，比亲生儿子都乖。

薛亮坐了一会儿，端着茶杯，边呷茶边看市场。石琴一瓣一瓣吃着丑柑，走在薛亮身后。老两口在幺儿、二女婿的门市上都小站了一会儿，才随三女薛丽搭了一辆出租去家里。

住进三女家的第二天，正在擦窗的石琴听到隔壁议论："唉，这人啦，也不知足，她婆婆在这里煮饭做卫生三四年，一件好衣服都没得到过，她还说婆婆带个'老拖斗'来吃闲饭。老拖斗，是那媳妇的公公呗……"

石琴心下一惊，和薛亮商量道："老头子啊，这一日三餐，咱们两个人在这里吃，年轻人需要用钱的地方不少呢！"

薛亮心想，三女这些年的确不容易，几次引产，几次耽搁，里里外外都是肖遥一人守着那点生意，当即表态，每月给三千元吧！

晚上回来，石琴把钱放在肖遥面前。肖遥摇摇头不要。薛丽则浅浅一笑，淡淡地问："妈，爸在单位时就爱上上网，这退了休，夜饭后，你们也要看一会儿新闻联播、电视剧什么的才睡吧。现在的生意越来越难做，你们那个卧室的电脑电视，可能这一两年也买不了。要不，换个卧室，你们睡我们那间屋，怎样？"

薛亮想，既然来女儿这里住了，就不能分你的我的。同时，自己和老伴该穿的、该吃的、该看的几乎都享受遍了，身为老人怎么忍心反客为主，让女婿女儿吃亏搬到没电脑、没电视的卧室呢？薛亮忙说："买，买好的，钱我出！"

第二天，石琴拿上银行卡问老伴："取七千够了吧？"薛亮回答："干脆取一万，他们肩膀还没长硬啊。"一会儿，石琴就把整整一万元交给女儿了。

中午，商场的技术人员来装好电脑、调毕电视，女儿还额外买了一只花瓶、一束鲜花和电子驱蚊器，放在老爸的电脑桌上，才千叮万嘱地退出去，却只字不提剩下的几千块钱。

3

习惯了早起早睡的石琴，第二天，不到六点，便起了床，按女儿的吩咐，熬了半锅稀饭，蒸了一盘水饺，配了四碟煎油辣子调料，刚七点，就摆上了桌。

肖遥到做生意的地方，坐地铁要半个小时。女婿起来一看，立马眉开眼笑，道："妈，这么早就煮好了啊，辛苦您老人家了哦！"肖遥三下两下洗漱完毕，喊了一声："爸、妈，你们也来吃。"几口喝完两碗稀饭，吃了几个饺子，一搁筷子，摆摆手，"Goodbye！"上班去了。

薛亮看着扔在桌子上的脏筷脏碗和盘子里剩下的饺子，不知如何是好，而老伴却没事似的，在倒腾整理到处都胡乱揉塞着衣物的卧室。女儿那房间半关半开着，还传出均匀轻微的鼾声。他悄悄来到老伴面前，指指女儿房间，说："饺子都冷硬了哦。是喊薛丽起来趁热吃，还是把饺子端到锅里，等她醒了一起吃？"老伴不假思索地说："你先吃吧，我等女儿一起吃！"

薛亮叹息一声，说："行，我也等。"说完，打开电视，又把电视声音开得很小看起来。

习惯了准时起床、按时上班的薛亮，看一会儿电视瞧瞧表，隔一会儿又竖起耳朵，听女儿是否醒来。直到心不在焉地熬到十点，女儿还像夜半梦深般睡得正酣。

薛亮皱皱眉，来到洗衣间，老伴已收集了一大堆脏鞋，放在洗衣台上，正在不慌不忙、极有耐心地刷了鞋底刷鞋帮、刷了里面刷外边。石琴见薛亮不说话，白了他一眼，轻脚轻手地走到女儿门前，把门推开一条缝，小声道："薛丽，十点多了，吃了早饭都十一点了。"

薛丽才缓缓翻一个身，懒洋洋地回道："知——道——了。"一会儿，她才慵慵散散穿着睡衣、趿着拖鞋出来，洗脸，漱口，梳头……

活了六十多岁，薛亮第一次过了十点才吃早饭。

薛亮的脸像霜打了的茄子，有一股无言的冷气。石琴则像啥事都没发生，利利索索把一碗稀饭喝下肚，没有咀嚼似的连着吞下几个饺子。薛丽却边吃边夸妈妈配的调料香，稀饭煮得好吃。薛亮一声没吭，吃完早餐，把自己的碗筷收进洗碗盆，提上只空菜篮，站在门边等老伴刷锅洗碗。

女儿见状，不紧不慢地从卧室里取出五十元，放在桌子上，说："妈，好想吃你炒的回锅肉了哟，一会儿割两斤肉哈。肖遥喜欢吃您做的清炖鱼汤，称点石板鲐。你们喜欢吃啥就买啥哈！"

薛亮、石琴出了门，一前一后向农贸市场走去，两人冷不丁冒出一两句对话：

"薛丽一年四季都是这么迟起床吗？"

"你们男人懂啥？妊娠期，贪睡呢！"

"四张嘴巴，五十块钱，要割两斤肉，还要称石板鲐，农贸市场的屠夫、鱼贩会倒贴？不卖儿卖女？"

"没事，我这儿还有几百块。"

"哼，就你阿弥陀佛，几个孩子都是你惯的！"

……

刚才的事，就像随晨风吹过，石琴依然一脸和善、平静地在一个个肉摊前观察，挑选肉的颜色、干湿。薛亮跟在后边，亦步亦趋，面无表情。

割好肉，石琴沿街看完一个个鱼池鱼盆，停在一个装着几十条野生石板鲐的红色塑料盆前。石琴问价，对方说要五十。石琴问他三十卖不卖，对方说全要了可以。石琴顿了下，说："称一斤。"对方不吭声。石琴抬腿离开，对方忙说："卖、卖、卖。"

挑上鱼，称了秤，对方要帮忙杀，石琴说："别急。"顺手把鱼放在旁边菜摊的电子秤上。对方赶紧又丢了两条进去，不声不响地杀了鱼，收了钱。薛亮、石琴刚离开，只听得后边那人在嘀咕："没想到土包子模样，心这么细……"

五十元早花光了，石琴依然不慌不忙在一个个蔬菜、水果摊前转悠。几乎问完看完，才回头选了三家货最好、价稍高的摊位，称了两斤鲜杏，挑了三把苕尖、一把冬苋菜。

正要离开市场，老伴突然想起，生姜、大蒜、葱子还没买。

石琴十分平和，买了六元的生姜、四元的辣椒面、三元的大蒜、一元的葱子，最后像突然发现薛亮在一旁似的，把一瓶醋塞在他手上，说："老头子，回吧！"

回到三女家，老薛变得寡言少语，既不和老伴说话，也不帮老伴干活，晚饭后散步，不再喊老伴作陪，兀自一人出去。其余时间，一人在卧室里看电视。一日三餐，老伴喊吃饭，他都懒得回答，只吐两个字："来了。"

而女儿一到下午两点，就有电话打来，说是"三缺一""差两个"。她几乎是边接电话边穿戴，像消防队似的，迅急地出门。女婿回来，则边吃晚饭边联系牌友，碗筷一撂就装得乖顺听话，扔下一句："爸、妈，我玩一会儿就回来哈。"女儿、女婿一走，老薛、石琴就留下来守门看家。几乎天天一个模式，老薛翻翻书、上上网，石琴则一直在电视跟前看那些炸得满天飞，不是谍战便是宫斗的电视剧，直到女儿、女婿十一点多或过零点回家，老两口才不声不响地回房间。

这样的日子过了三四天，老薛觉得不是滋味，心里总是烦躁不安。第五天晚上，见女儿女婿过了零点还没回来，老薛让老伴把声音调小点，不慌不忙地问石琴："你习惯这样的生活吗？"

石琴说："这是二十一世纪，年轻人有年轻人的圈子，有他们的生活方式。薛丽有孕在身，一天到晚在家坐着不动也不行。肖遥为生意应酬忙碌了一天，晚饭后打会儿小麻将嘛。你操那么多心，累不累？"

老薛立马驳斥："十赌九上瘾！一个个才三十四五岁，做小本生意是不需要多高的文化水平，但他们晚上回来就不可以看点书，学点知识？今后教孩子没用？"

石琴还是不急不躁地说："儿孙自有儿孙福。你看那些本科毕业生，有几个二十几岁一月有七八千工资？薛丽念了个高中，肖遥专科文凭，你我才小学文化，他们很不错了！"

"哼，我干了一辈子勤杂，就吃了文化低的亏。你们啦，缺进取精神，差危机意识！有朝一日，生意出现变故咋办？现在趁年轻考个本科，万一生意做不成了，改行应聘，没用？"

"唉，一代是一代，你管得了他们一辈子？"

"那你在这里干啥？"

老薛豁地站起，兀自进了卧室，"呼"地一下倒在床上。渐渐地，老薛意识到，等女儿回来，得找她谈谈。

老薛在家冒火，女儿女婿却不知。这几天，薛丽、肖遥每晚都是零点前回家，可是今晚过了凌晨一点，客厅的门才"嚓啦"一声开了。

待薛丽先进门，见屋里没有异样，肖遥才小心翼翼地进来，问道："爸，妈，还没睡呀？"老薛没有回答。待女儿、女婿都进门了，老薛才严肃而带有警告味地提醒道："薛丽，你看几点了？"

"噢，爸，这次是回来晚了点啊！"

"这次？希望你们下不为例！"

第二天，刚到晚上十一点半，薛丽和肖遥就进了门；第三天，他们却食言了。

　　这晚，他俩不声不响地回来，见老薛端坐在客厅，满脸阴云密布。肖遥连忙弯弯腰，歉意一笑，道："爸、妈，久等了啊，几个输了的牌友不让走，不好意思。"

　　薛丽忍俊不禁，正为老公的圆滑得意。不料，老薛指指旁边的沙发，待两个年轻人坐定，才冷冷地也了眼肖遥，严肃地问女儿："你嫁过来这些年，就是这样生活的？"

　　"爸，您又要凶女儿了？"薛丽怕肖遥尴尬，装着一副可怜兮兮的样子。

　　"你还有几个三十五岁？"

　　"只一个呀。"

　　"你这叫创业？叫生意人？你妈那些年，天天六点起，每晚半夜睡，我们从不打牌摸麻将，上奉两个老的，下养五个小的。像这样下去，你咋给子女买房，咋供他上学？他不跟你们学懒学坏？"

　　与薛丽结婚十年来，肖遥第一次见岳父大人发这么大的火。老人越说越气愤，肖遥怕邻居听到，明天没脸面，想再编点别的理由，可显然于见多识广的岳父，不但不起作用，相反还会被鄙视。正在没辙之际，还是薛丽一马当先解了围："爸，你都是为女儿好，以后啊，我们早点回来就行了哈！别生气啊，早点休息吧，我们也睡了。"

　　说毕，她拉上肖遥就进了卧室。不过，肖遥还是回头给老薛留下了一句甜甜的"Good night"。

4

老薛训斥了女儿、女婿，回头也在反思，难道没本科文凭的只是薛丽、肖遥？小则这个院，大则整个巴陵市，有几个生意人还把文凭、读书放在眼里？谁不是白天上班、做事，晚上聚在茶楼、酒店、家里"唏里哗啦"地打牌打到头晕眼花脚抽筋？人家不也同样在买车买房、生儿育女？女孩嘛，在生活上娇惯一点，在钱财上淡薄一点，何尝不是一种美？既然养了几十年的女儿都给他了，帮女儿女婿补贴几个钱，还犯得着斤斤计较、冒这么大的火？

这样一想，老薛看薛丽、肖遥进门出门、穿戴行事就顺眼得多了，听他们评外面的人、论同行间的事、谈邻里亲友关系，也顺耳顺心了；而薛丽、肖遥自从老爸那晚发了火，再不敢过零点才回家，大多时候是一到十一点，就恩恩爱爱地双双回家，喊一声"爸"，唤一声"妈"，再换鞋、洗漱，每天睡前必道晚安。

一晃三个月过去了，眼见女儿快到临盆期。想到女儿怀了第五胎，才终于看到了希望，老薛、石琴便把后勤工作做得更加细心周到。

过去，一天一荤，隔天一顿鱼，除每月定额给的三千元外，老人平均每天还悄悄补贴五六十元。现在，早餐，核桃、黑芝麻加黄豆、花生、燕麦的自制饮料；午餐，两荤三蔬一汤；晚餐，面食另加一份粥，且主食菜品一天一换，水果天天买鲜货，每天私下的补贴升到七八十元。

这天，老薛、石琴正在外面买菜，薛丽打来电话，说她肚子隐隐作痛。老薛、石琴付了钱，连菜都忘了提，拦住一辆载着客人的出租车，强迫人家"雷锋"了一回，接上女儿便直奔医院。

薛丽生产很快，从进产房到孩子下地，不到二十分钟。当女婿得知喜讯赶到，薛丽已回床上休息。肖遥看到躺在薛丽旁边的孩子激动得像个小孩，正欲上前亲吻，被薛丽伸手一挡。"宝器（笨），你儿子这么嫩，小心传染细菌！"

肖遥手足无措地一会儿喊狗儿，一会儿叫么儿，才想起什么似的，转头说："爸，妈，辛苦二老了。你们给孩子起个名吧！"

老薛说："叫肖权吧，长大了当官。"石琴嘴一瘪，道："那有什么好？不如叫肖干，实在实干，又有干部的意思。"薛丽"噗哧"一笑，说："都啥年代了，你们还是官迷啊？我看阿里巴巴、腾讯、英特尔刷新了世界，改变了人类的生活方式，不如四个字洋气，叫肖尔腾云吧。"肖遥一听，道："对，比我这个名字常常被人理解为'不务正业'强，挺现代时尚，还有崇尚科学的寓意。爸，您觉得怎样？"

老薛当年入伍时，连小学都没毕业。幸好，他脑袋好使，人也勤奋，又没有打牌聊天酗酒泡茶馆的习惯，这些年兢兢业业才混了个副科。听了女儿起的名，横竖都挑不出毛病，他才说："你们的文化比我高。名字嘛，就是符号，你们说了算！"

于是，外孙的名字，就正式定为"肖尔腾云"。

肖尔腾云一生下来，就特别聪明。下地才几分钟，一张小嘴便四处蹭奶，找不到还"咿咿呀呀"地哭喊，一双小脚跟着不停地踢蹬。当外婆、外爷一喊薛丽，他爸一喊丽丽（薛丽小名）时，小家伙立马就停止哭闹，侧耳倾听，一双眼睛四处寻找。如等上三四秒不理他，又开始大哭大叫、踢蹬起来，而他妈只要一开口，或轻轻叫一声"么儿""肖尔腾云"，小家伙一下便知道是他母亲，脸和眼睛都转了过来，待乳头一靠近，嘴一凑就含住了，"巴哧巴哧"吃得有声有节奏。

小家伙吃奶声响、哭声大、胃口好，不到三个月，一双小眼睛看着大人，竟主动牙牙学语，刚到八个月就拽着人，撅着屁股"马马马"，一颠一晃地学走路了。

看到外孙一天比一天可爱，老薛、石琴高兴得合不拢嘴。石琴买菜比以往跑得更欢，用钱也更洒脱大气。从不做饭、洗衣服的老薛，也主动操刀切菜下厨。遇上小家伙尿湿了裤衩，他还亲手换洗，屁屁蹭到手上，竟也乐得哈哈大笑。他明知肖尔腾云才八九个月，还不会玩玩具，却看到玩具就买，两三岁才能耍的遥控飞机、有轨火车、七彩火箭，已买回来一箱又一箱……

孩子刚满十个月，薛丽就让他跟外爷外婆睡，把买菜、做饭、带孩子的一揽子事，全交给二老操劳。这于老薛、石琴无疑是一种莫大的信任，更是一种责任和乐趣，老两口也就顺其自然地接受了这份光荣的任务。

有了小外孙的笑声，外爷、外婆累并快乐着，似乎也年轻许多。

朝不要人喊，肖尔腾云准时早醒；夜无须定时，肖尔腾云便知道按时入睡。在老薛、石琴眼里，小家伙竟比儿女都惹人疼惹人爱。薛丽、肖遥回来，顶多就是晚饭后，推着抱着小家伙在小区里走走。如遇上牌友催得紧，两人将碗筷一搁，就双双出了门。很多时候，小两口都是夜深人静才回来。两人进屋，见小家伙都睡着了，只是怜爱地捏捏他的小手小脚，说一句"让爸爸、妈妈操心了"，就进了他们的二人天地。

生活在一个屋檐下，同是一家人，身为老人，老薛、石琴也没在意这些。只是有一天，遇上有人说被"理财产品"坑了，老薛才想起，来三女家快到四年，老两口的退休工资，从七千多已涨到近八千，可存折上的十万元不增反降，只有七万多点了。到时，遇上孙娃升学或获奖，自己再表示点，岂不连五万都保不住？万一，几个儿女哪家有啥事需要老人救点急，他们怎么解释？

正当两位老人为这事隐隐纠结、不知咋办时，幺女薛梅那边还真出事了。

5

六一儿童节这天，薛梅仍然在家守门市，丈夫邱平带着女儿邱倩去野外玩。下午在回家的山路上，小车抛锚，冲向悬崖，邱平见势不妙，一下把邱倩扔出窗外。邱倩摔破了一点皮，他自己却一条腿残废、一只胳膊摔断。薛梅找保险公司，对方开始像模像样，最后却要这证明那手续，甚至当场就否定了很多条款，纯粹就是赖账失信。

一家三口要开销，薛梅得支撑门面，可护理邱平和做饭、接送孩子的事，找邱平的父母吧，一个有心脏病，一个半身不遂，眼睛也不好使。薛梅只有求助老薛、石琴两位老人了。

虽然老薛、石琴平时很少到大女家，但心里牵挂最多的却是这家人。上有公公婆婆需要薛梅、邱平见月寄钱，老薛、石琴虽然不需要他们给啥、送啥，但遇上生日或逢年过节，总也少不了一份礼品。更别说孩子上学、一日三餐之需，都靠那爿二十多平方米的门市呢！

得知大女家遭遇不幸，石琴便买了枇杷、大枣一类的水果，准备前去探望。老薛心想，女婿虽然是个小商贩，但平时爱看小说类选刊和散文杂志，就买了几本，又购了满满一篮鲜嫩嫩的月季、兰花、栀子花。

老薛、石琴到了医院，薛梅正扶着丈夫拍完片出来。老薛连忙上前，和薛梅一左一右把邱平搀到病房等结果。刚落座，老薛电话响了，大儿薛诚、么儿薛胜、二女薛秀、三女薛丽来看邱平，已到了楼下。

一会儿，四兄妹就提着水果、奶粉、蜂王浆一类礼品出现在门前。大家一看邱平手臂、腿脚伤势不轻，都一愣。薛丽上前，问邱倩伤着没有，听说只擦了点皮外伤，又问邱平的片子几时出来。薛梅说还有两个小时，薛丽就暗暗祈祷，但愿姐夫只是脱臼、扭伤一类的小伤。薛秀则皱起了眉，要是这手脚断了，大姐年纪轻轻的，就守着这么个废人？薛胜却在盘算，这得要多少钱？如果邱平向我借咋办？薛胜安慰了邱平几句，便站起来，说门市上只莫瑶一人。

大家见状，也纷纷起来。薛诚见几姊妹都走了，便留了下来，跑上跑下，直忙到邱倩快放学了，石琴要帮女儿接邱倩、做饭，薛梅要回去收货、送货，他才和母亲、大妹一同离开。

邱倩还有两个月就满三岁了。小姑娘就像她名字，长得苗苗条条、文文静静，对人有礼有节，平时只要发现地上有一星纸屑、半点瓜皮，她总会不声不响地弯腰拾进垃圾桶，哪怕是自己吃饭掉了一粒米、一滴汤，她都会连忙捡走擦净。在邻居眼里，邱倩是人见人夸的乖乖女。

石琴见外孙女竟比薛家老少的习惯都好，自然明白是邱家的功劳，对这个其貌不扬、职业低微的邱平便有些刮目相看，平白心头也多了几分柔软。当初，大女的婚事东不成西不就，好不容易遇上邱平这个朴实的小伙子，在石琴力主下，大女才松了口。只是婆家负担重，大女和邱平急待创业，才拖着缓了几年要孩子……

石琴正一边扫地，一边感叹邱倩的乖巧，一边责备女儿扫屋拖地总是留点旮旯角角，一下才想起，应该叮嘱老薛几句，便拨通了电话，说道："老薛啊，邱平那小子不错哟。明明咱家薛梅差他一大截，他仍然无怨无悔，和薛梅有商有量地持家，对邱倩也教育有方，你可要耐心点，把他照顾好啊！嗯，不管医得怎样，我们都不嫌弃他！对，你告诉他，天垮了还有墙顶着，生意上的事、家里的事，我会协助薛梅打理好，只要他一心一意养病，就是最好的父亲。"

邱平在旁边听得清清楚楚，忙接过手机，说："妈，您放心吧。只要我这一条腿接好了，哪怕少一只胳膊，只要薛梅不说啥，我会一如既往地对她好、对二老好！邱倩，女孩儿嘛，我会像养花儿喂鸟儿一样，不让她晒着冷着饿着的。只要她成绩好，专科本科、读硕考研，她读到哪儿我供到哪儿，直到她解决工作，我这个爸才配……"一旁的老薛已是泪流满面。这边的石琴听着，心里一软，便轻声提醒丈夫："薛梅的门市才开上不久呢！一家人的开销都靠那个小门市，邱平出了这样大的事，你看，咱们该拉他一下吧？"老薛担心邱平听到，伤了他自尊，来到门外才表态："那，一会儿你取两万打过来。至于你那边买菜什么的，一碗水端平，像在三女家一样，给填补两三千吧。"

说毕，老薛回到房间。邱平似乎意识到岳父、岳母刚才在说钱的事，第一句话就问："爸，这医疗费、生活费要不少呢！刚好存折在我身上，你拿去取几千块钱零用吧！"见邱平一脸坦然，老薛更担心经济负担影响女婿的康复，忙撒了个谎，说："呵，忘了跟你说，送你来医院，薛梅掏了些钱给我。够了，够了，你就安心养伤吧！"

老薛把邱平扶到拍片室，待邱平拍完片，估计拍片室的结论出来了，就去咨询主治医师。

主治医师叫刘克冰，他接过X光片，戴上黑边眼镜，推了推镜架，指着胶片，一副学者派头，说："这样吧，他这只胳膊呢，我准备尽最大努力，采取内固定手术给予施救。噢，通俗地说，这种内固定就是接骨时，把骨头钻个眼，旋上螺丝，待骨头长拢了，再把螺丝取出来。至于他这条腿呢，出于慎重，经专家组研究，唯一的办法是截肢。嗯，必须截肢！截了之后也可以装假肢，用拐杖辅助行走啊！"

老薛回来后，耳旁总是萦绕着"内固定""截肢""截肢""内固定"几个词，突然想起，薛诚的一位同学在一家三甲医院当医生。他把电话打过去，将情况复述了一遍。薛诚说他那位同学在巴陵医院，叫秦科，离这儿二十公里。老薛立马联系对方，秦科一听是薛诚的父亲，连忙说："薛叔，记得，记得。当年，我在镇上读中学，中午和薛诚去你那里蹭饭，你还从伙食团给我端了一碗粉蒸膳肉呢！薛叔，你把你女婿的片子放在阅片灯前，用手机拍一张照，连同诊断书也拍一张发过来。十分钟内，我给你答复。"老薛按秦科的吩咐，把照片发过去。一会儿，秦科打来电话，说医院有辆车刚好从那里过，让他用推床把邱平推到楼下。

6

巴陵医院，秦科看着片子，一边捏拿一边询问邱平的受伤经过，问着问着，邱平"唉哟"一声大叫，几乎跳了起来。秦科则哈哈一笑，说："对了，对了！别动，我再给你照个片子。如刚才这一捏，将骨头归位了，我就给你打上石膏架。两个夹片一上，你这个手臂就不需要动刀打眼上螺丝了，也省了后边破开取螺丝再缝合、受痛又烧冤枉钱的折腾。"

只见秦科把邱平的胳膊往镜头前一放，又换了个角度瞧，低调地点了点头，说："这只胳膊没问题了，半个月后再来照个片子，如果没移位，三个月后可取石膏架。"

这里一完毕，根据影像资料，秦科又反复诊断邱平的右脚，最后又喊来几位年过六旬、戴着眼镜的同行看了看片子。大家都一致赞同秦科的治疗方案，也就是用"内固法"加再生骨板给予接肢。老薛一惊，问："那再生骨以后要不要取？"秦科微微一笑，道："这不是外国的聚酯材料，也不是还要取螺丝的老式内固法，而是我国刚研制成功的生物科技产品。两三年后，它就逐渐与骨头长在一起，和原生骨相融相生、通血生肉了……"

三个小时后，邱平被推出手术室，回到了病房。秦科对这次手术很满意，他嘱咐老薛道："薛叔，如果不出现个体差异，患者的手臂和腿都会恢复得和正常人几乎没有区别差异，但这就需要您老多操些心。你们要多给他炖些排骨汤喝，近一两周少翻动，尽量不要让他上床下床，大小便时，一个人换不稳，可以叫邻床的护友帮一下。接好的骨头一旦移了位，再接就比第一次难了……"

听了医生的嘱咐，老薛让邱平吃了药，问他要不要上厕所，邱平不好意思地说："爸，这多不好啊！"

"我把女儿都嫁给你了，还有啥不好意思？"老薛说着，从厕所里端来便盆，把邱平一点一点地移到床边，让邱平没有受伤的一只手扶着自己腰背，他才帮邱平解开皮带、褪下裤子，端过便盆，让邱平解了大便。老薛正要帮他擦屁股，邱平死活不准，老薛只好把卫生纸叠好，放在他面前，然后双手扶住邱平，让他自行解决。

邱平解完便，由老薛扶着躺了下来。老薛又取来湿毛巾，让他擦手，这才发现仅刚才上厕所的工夫，邱平竟是满脸汗水。老薛帮邱平擦掉汗，理好腿脚躺正，把手机放在旁边，才出了医院，向农贸市场赶去。

来到市场，老薛才发现，衣兜里的八千元刚才缴了手术费、医药费，只剩下十多元零钱，赶紧到大门口边的自助银行取了些钱，在市场猪肉摊称了两斤排骨，买了一袋长白山黑木耳、一瓶宁夏枸杞、两盒山西红枣和几样水果、蔬菜，马不停蹄回到医院。

可能是车祸的紧张、一路上的伤痛和手术时麻醉药的作用，老薛回到病房时，邱平已沉沉入睡，还发出"吱吱"的鼾声。老薛放下东西才发现，邱平脱下的衣服还没洗，便把外衣内衣、长裤短裤、鞋子袜子收了一大盆，提了袋洗衣粉洗衣服去了。

邱平看到，在家从不动手洗衣的岳父竟给自己洗衣洗裤洗裤衩，心里更内疚，眼泪也偷偷地在眼眶里打旋。他暗自对自己说："今后，一定要好好孝敬岳父岳母，要加倍心疼薛梅才行……"

薛梅也想得周到，每到周末，她都要和石琴带着邱倩来医院，与邱平一起吃顿饭，聊上一会儿。邱平心情好，人年轻，恢复得快，多次提出要出院，总是念叨着家里的生意和学校里的孩子，还担心把薛梅累出个三长两短。

一个大男人，整天卧在床上，是煎熬呢！老薛这样一想，就拿出干净衣服让邱平换上，收拾得精精神神的，每天都扶着他出去走走。还在过去每天早上一碗醪糟、一个鸡蛋、两个馒头的标准上，又给他加了一个鸡蛋、一个馒头。没想到，邱平一口气消灭得干干净净，好像有意告诉老薛"你看我能吃能走，可以出院"似的，饭后又干掉一个大苹果。

不知不觉，已过去九十天。邱平终于卸下石膏架，那腿也可以一晃一晃地接触地面了。

每天，五点刚过，小鸟才在林里晨唱，人们准会看见老薛搀着邱平在医院花园里缓缓走动，走一会儿，老薛又会扶他坐下来。午饭和晚饭后，老薛也会带着邱平出现在医院后边的人造湖边。老薛弯着腰让邱平扶着他壮实的腰背，邱平在一只拐杖的支撑下，一条腿或伸曲，或摇晃，或尝试行走。练一会儿，老薛会给邱平擦拭额头上的汗水，或递上一瓶矿泉水，又继续移步……

不到四个月，邱平出了院，受伤的手已可以拿筷端碗。

7

邱平回到家里，第一天就拄着拐杖去了门市，帮薛梅干点收钱、应答一类的轻活，但遇上客人要买袋大米、清油时，邱平却无法提一提、拿一下。

邱平摔断手臂、脚杆的这些日子，送货的事，要么是薛梅请搬运，要么是晚上关门后她送去，有几个利润大多给了搬运工。

面对大女家的处境，老薛、石琴只好留了下来。老薛帮客户送货进货、接送孩子，石琴买菜煮饭、做卫生，薛梅和邱平则在门店打理生意。十多天下来，门店上的人似乎在渐渐增多。

一个多月过去，门店上果然热闹了一些，一家人脸上也有了久违的喜悦。一年后，邱平可以在拐杖的助力下行走；又过了半年，邱平扔掉了手杖，两条腿可勉强上坡下坎。

这天，老薛又到市场进货，买下五十壶洗洁精、三十袋大米、二十瓶菜籽油、十件矿泉水，一算账，钱不够。

出门时，女儿只给了他三千整，而货款要三千八百七十九元。老薛想，若是欠着，就几百元，留个欠账不合适；若是用自己的钱付清，这一个多月他帮忙进货，东填西补，加上老伴买菜，隔三岔五掏腰包，已扯走了四五千，还别说他和老伴一个月名正言顺给的五千元生活费。照这样下去，这几年悄悄存的那七八万块钱，不出一年就会被蚂蚁啃骨头般给啃得一干二净，万一得了急病、跌倒磕碰啥的，火烧眉毛急需钱，到时就真是外爷死儿子——没舅（救）了！回头一想，女儿女婿正在困难之际，做岳父岳母的不帮，谁帮？老薛心一软，又像以前一样付清了余款。

货拉回去，邱平见薛梅正在算账收钱，一瘸一拐地过来就要帮卸货。老薛伸手一挡，说："别动，别动，你给我多养息几天。"说着，他慢慢地把一桶桶清油、一件件矿泉水和大米、洗洁精搬到了一旁。

打发走顾客的薛梅见状，连忙跑上前，"邱平，你去门市上瞧着，我来！"说着，她就和父亲一起，一手两桶、一趟四桶，一路小跑提起油来。老薛虽已年过六十，但毕竟是男人，两包一趟地搬大米，一小会儿，父女俩就把进的货搬进门市，归置妥帖。

一旁的邱平，见岳父汗流如注，赶忙递上一瓶苏打水。老薛摆摆手，端上自己的茶杯，"咕嘟咕嘟"一灌，又把两袋面粉、十把精面往自行车后架上一捆，送货去了。

送午饭来的石琴，见老伴干得井井有条、不亦乐乎，一绪柔软浮上心头，道："老薛，吃了饭再去吧！"老薛扔下一句："先吃吧，你胃不好，莫等我！"连头都没回一下，骑着自行车就消失在小区的绿树丛中。

送了货回到门市，老薛正要回去吃饭，老幺薛胜一脸愁容地从出租车上下来。他瞄了眼正在里面调整货架的薛梅，低声问老薛："爸，妈呢？"老薛正要像平时一样爽快回答，见薛胜像有什么心事的样子，便改了口，说："走吧，有啥到屋里去说。"

薛胜和薛梅打过招呼，才边走边告诉老薛，前几天他看上一套四室两厅的房子，对方要连楼下的两间门面一起卖。莫瑶天天吵着要买。他一想，买过来也是只赚不亏，光租金一年就是二三十万，更别说升值。可门面按百分之五十交首付，要五百多万元，自己手上才三四百万，只有跑来求援了。

几年前，老薛就提醒过薛胜，眼下的房价像鬼吹火一样在往上蹿，早买为妙。今天见薛胜要借钱，老薛便摇了摇头。他哪里有那么多钱啊。这些年，几家来来往往，年头岁尾给孙子们红包，人情世故处处用钱……

石琴把存折取完才七万七千元，一想，生意人要"发"，又从刚到老薛账上的退休金中取出三千元，凑足整整八万元。薛胜以为两个老人至少有二三十万元，一见这点钱，脑子里就出现了肖遥、邱平在老人面前那副讨好相，虽恨得咬牙切齿，但一见石琴手上几沓新崭崭的百元钞，立马又点头哈腰，喊得亲热，正要伸手去拿，石琴眼睛一瞥，说："还是出个手续吧。"

心头正有些不快的薛胜脸色一冷，道："妈，我是你亲生儿子呢，还不相信我？"旋即，又狡黠一笑，"好，我出！"说着，他拿过纸笔，几笔写下："收到老薛人民币8000元",故意少写个"0",签了一个谁都认不得的名,"噗"地一声就撕下纸条,递给母亲。

石琴随手把一沓新崭崭的钞票推给儿子,也没看一眼纸条,像什么事都没发生一样,默默地看着儿子上了车,才关上门,继续收拾回乡下的行李。

第二天,老两口回到老家农村。

老薛进门,把从地里撒(摘)回的青菜,往盆里一放,催促老伴:"城里那些反季节菜吃烦了,赶紧煮青菜稀饭!"

吃了夜饭,老薛也懒得像以前在家一样出去走走,便急不可耐地叫老伴攤铺,一躺下,也不用像在城里担心楼上楼下有人听到,放开手脚恩爱了一回。从不睡懒觉的老伴,竟一觉睡了十多个小时。到第二天,太阳晒到屋中间,两人开了门,才发现已到晌午时分。

8

回到农村,一日三餐皆是新米鲜菜,天天空气清新,左邻右舍又沾亲带故,老薛心情格外舒畅,不到三个月,竟红光满面,腰腿有力,出门进屋、上坡下坎都利利索索,像年轻了十多岁。

莫瑶见公公住在乡下,一想到在附近嘉陵中学读书的儿子,总是抱怨学校的生活太差,常常借口上街改善伙食,几次一去就通宵不回寝室,便和丈夫商量:"薛胜,我们那淘气包,隔几天就通宵不回校,久而久之要学坏呢。娃是你妈带大的,他一直听她的。不如把你妈接来做饭,让儿子三顿回来吃,既有人帮我们管孩子,又免得一家天天下馆子。小心钱没挣几个,全家吃起病咯!"

薛胜眉头一皱,说:"那,我老汉怎么办?要不,干脆也把他接来?"

"接来干啥？他总是高高在上，横挑鼻子竖挑眼，用他那一套老眼光看事情，一张嘴老爱搁到别人身上，算了吧。隔三岔五，让你妈回去耍一两天，或者十天半月，接他来住上几天。反正他有退休工资，也不在乎几个车费。"

薛胜顿了一下，说："那，你跟妈说吧。我上次去借了钱没还，她还不高兴呢！平时，妈对你们几个儿媳都好，你一说，准成。"

莫瑶拨通电话，说："妈，吃饭没有？吃的啥？哈，我都闻到香味了哦。农村那些土鸡土鸭、河水鱼、放山羊，不要舍不得买啊，虽说我们生意不好做，你们真的钱不够了，我们当后人的还是管得起的。爸爸身体还好吧？嗯，妈，既然爸爸身体好着，你看你那个小孙薛健咯，总是借口学校的饭菜差，三顿都翻围墙出去下馆子，花几个钱是次要，关键是天天晚上不回寝室。我想回来给他做饭，免得他天天晚上不落屋学坏，可哪里腾得出人手嘛，只有麻烦妈来做一下饭了哦。妈，娃虽然跟我们有点反起反起的，但在你面前，他一直是百依百顺的。嗯，那你和爸爸商量好，争取这两天就来哟！"

站在一旁的老薛，听得一清二楚，早已气得眉眼直歪，说："这两口子简直不像话，借了钱又来借人，啥子都想占便宜。娃儿不满一岁就甩给我们，又管吃又管喝，一直带到七岁还不够？还要我们伺候到讨婆娘？虽说我们帮衬了肖遥一阵，可那是人家两口子结婚十多年都怀不上孩子、屡屡流产了啊。他家的事，有人家重要？这下倒好，两个老家伙退而不休，反倒要长期'隔单'了！"

"老头子啊，火大伤肝，气大伤肺呢！农村空气好，水好粮好菜好，你暂时留在家里，我一人去。如果你想去了，就去耍两天；如果你懒得走，我隔几天就回来嘛。况且，他们只有那么一棵苗苗，也是咱薛家的后代呢。你看在孙子面上，就不要跟他们一般见识了。我们当爷爷奶奶的，也该考虑孩子的前程呢！"

"哼，他那个家，就倒贴十万，我也不想去。如果是为咱孙子，哪怕献出这把老骨头，我也没说的。关键是这两口子，没一个好东西，一个竟跟姐夫苟且，一个连亲姊妹、亲爹妈都不认，如果不是自家人给死死护着那一层薄薄的纸，只轻轻一捅，早臭名远扬了。"

"就是啊，我若不答应，凭莫瑶的个性，还不报复？还不把任乾乾缠得更凶？孩子不更遭殃？"

"唉，你去吧，去吧，只是平时别忘了打个电话回来，隔上些日子，记得回来看看我这老骨头就行。不然，小心哪天我死得硬翘翘，生了蛆，你都不知道哟！"

"别说不吉利的话。老头子啊，你在这里好好的，等孙子再大点，我就回来陪你啊……"

9

第二天，石琴把家里该拆换的被套、枕套、床单拆下，连同老薛换下的衣裤一并洗净，又把棉絮、棉袄一类什物翻出来晒了，又叠得整整齐齐，捡进衣柜。做完这些，她又特地去山后，从张二娃的渔船上，称回活蹦乱跳的几条鱼，放进门前池子里，跑到邻村陈屠夫那里割了十多斤鲜肉，顺道在市场上买了些面皮，花了整整一下午给老薛包了一大袋包面、一大袋饺子，剩下的还给分装了七八个小袋，放在冰箱储藏室，叮嘱老薛不想做饭时，合点小菜煮，一顿一袋。

石琴搭公交乘火车，到薛胜家已是午后三点。这天是星期五，孙子要五点多才回来。石琴把儿子家的卧室、客厅、厨房收拾了一遍，做了孙子喜欢吃的红烧牛肉，可是到了七点半，也没见孙子回来。薛胜、莫瑶打电话发短信，孩子都不接。石琴问附近有没有薛健的同学，薛胜说没有。石琴又问知不知道和薛健耍得好的同学的电话，莫瑶说知道几个孩子的姓名，但不知道电话，灵机一动，道：

"妈，用你的手机给薛健发个短信试试！"石琴立马发了条短信："薛健，我在你家里，啥时回来？"很快，薛健回复道："奶奶，我马上回来！"

薛健进屋，恭恭敬敬地喊了一声"奶奶"，见桌上已摆好了红烧牛肉、麻辣鸡丁、酸菜粉丝汤，把书包往卧室里一甩，紧挨奶奶坐下，给奶奶碗里夹了一块又肥又厚的鱼肉，才自个吃起来。薛胜见莫瑶看着儿子吃饭欲言又止，忍不住问："今天这么晚回来，是怎么回事？"薛健自顾扒着碗里的饭没理睬，莫瑶急了，道："哎，你老汉问你吧！"薛健白了他妈一眼，依旧缓缓地舀汤。石琴连忙阻止儿子儿媳，说："吃了饭，你们再慢慢问，行不？"薛健两口饭一扒，一抹嘴，"啪"地在奶奶脸上一亲，"嘭"的一声把门一关，躲进了房间。

莫瑶对丈夫瘪瘪嘴，说："怎么样，还是老太太来得好吧？"薛胜无可奈何地摇摇头，朝薛健努努嘴，示意母亲，一会儿去开导开导。

石琴收拾完厨房，解下围腰，见孙子正在做作业，泡了一杯柠檬茶，轻轻放在孙子面前。薛健甜甜地说了声"谢谢"，又继续做自己的事。待晚上九点一过，见孙子在缓缓收拾书桌了，石琴才问："你晚上吃那么点，是不是奶奶做的饭不好吃啊？"薛健连忙摇头。"那么是身体不舒服？"石琴摸了摸薛健的前额，没发烧发热。薛健见奶奶还想问，才说："前几次，我请了同学，今晚轮到同学们请我。我们刚吃完饭，正要去嗨歌，我看到奶奶发来短信，就马上回来了。奶奶，这事千万不能让爸妈知道啊！这些年，他们既不准我参加同学聚会，也不准我请同学。"石琴颇有感触地说："是啊，咱孙子大了，也该有自己的朋友了。你请别人，别人回请，是人之常情。我想，你爸妈知道了，也会理解你的嘛！"

薛健立即紧张了，说："说不得！奶奶，你一说，只要我有一次回来晚点，他们又要疑神疑鬼。我浑身是嘴，也说不清。""好，奶奶不说。你知道奶奶是来干啥的吗？""咋不知道，奶奶是来做客的呗！""假设，奶奶是专门来给你做饭的，你高兴不？""高兴，太高兴了，爷爷奶奶待我最好。"

石琴想了想，小心翼翼地问："假设奶奶来跟你做饭，奶奶想你做到三件事，你答应不？"薛健有几分好奇，说："奶奶每回都替我着想，我答应。""好，那奶奶告诉你：一、以后上午下午放学要按时回家；二、若有老师同学请客，你得提前跟奶奶说，除了生日、节假日，一般不能答应人家；三、聚会唱歌可以，但只能跟老师和表现好的同学一起，一学期不得超过两次，超过了，要学会放弃。至于爸爸妈妈那里，由奶奶去做工作，但不准再在爸妈跟前撒谎。需要花钱，只要理由正当，奶奶支持你。你看做得到不？""奶奶，我保证做到。""那，咱俩拉钩？说好了，一百年不准变，谁变谁是小狗狗！"

俗话说，"一条狗儿服一个夹夹"。石琴观察了一个多月，几乎看不出薛健有啥不良习惯。进门，他先唤一声"奶奶"；出门，他满脸都是阳光。周末，他要参加篮球队、绘画班，会缠着奶奶要几个零钱，路上买两本书、一支笔什么的，然后，津津有味地吃着一小袋麻辣鸡爪或鸭脚板，哼着《虫儿飞》回来：

> 黑黑的天空低垂，
>
> 亮亮的繁星相随。
>
> 虫儿飞，
>
> 虫儿飞，
>
> 你在思念谁？
>
> 天上的星星流泪，
>
> 地上的玫瑰枯萎，
>
> ……

听到这歌声，莫瑶悄悄问："儿子，是爱上哪个女同学了吧？"薛健眼睛一乜，说："你看，我是随便哪个都爱的人？"莫瑶意识到孩子懂事了，才想到婆婆功不可没。每天买菜买米，她拿钱给婆婆，婆婆接下，不拿钱，婆婆则花自己的，一个月下来，暗自一算，婆婆东填西补得帮衬三四千元，一年就是四五万，自己还省下了请保姆的钱，等于一年白捡十万八万，还把儿子管好了。

薛胜见妻子对母亲的态度由冷变暖，也一改原来从不主动给父亲打电话的毛病，高兴时还会借母亲和父亲通话之际，接过手机不咸不淡地问候两句。石琴却想得简单，以为是儿子懂事了，儿媳学会了换位思考，对儿子的势利、儿媳的算计，也就不计前嫌，没放在心上了。

婆媳、母子、祖孙间关系亲近，薛胜家一下平添了过去从未有过的温馨。

不知不觉，石琴在薛胜家已是二十多天。老薛留在老家，自从老伴去了幺儿家，便觉得家里突然变得空旷、安静，但还是和老伴在家时一样，起床、睡觉、做饭、转田埂，都是手机定时。每天两餐米饭一顿面条，菜也力求三餐不同，一天一变。只是到了晚上，一个人睡在宽宽大大的床上，想着想着，会给石琴拨个电话，问一下老伴在干啥，睡觉没有。如果儿子儿媳没在旁边，老伴会答得温柔一点，早就吃了哦；如儿子儿媳在一旁，石琴的回答，自然会响亮点，随即借口说她要洗脚或洗碗了。此刻，老薛才会发现，离老伴是那么近，又是那么远，四间房子一个大院，静得能听见屋后林坝里的竹叶"沙沙"落地。有时一只老鼠出来，一个蚊子飞过，他也会有一丝莫名的喜悦，似乎在暗示一种生命的陪伴……

时间静如死水，又过去七八天，时逢嘉陵区老薛表弟满五十大寿，石琴打来电话，问老薛去不去。老薛说："我们嫁女婆亲，人家来了的呢！"石琴说："那只有你去啊。我虽然近些，但中午要给孙子做饭，还要给儿子送饭呢！"

老薛知道，凡涉及两性间的事，石琴从来不得明说，从谈恋爱到结婚，即使她心里想做那事了，也是要么一句，早点睡吧，要么问他几点了，从来不得主动直说。见石琴在暗示，想他过去了，老薛心下一喜，说："好，娃儿他妈，等几天见！"。

老薛放下电话，咦？若这样说去就去，岂不有点唐突，有损一个正派父亲的尊严。他忙装模作样给薛胜打电话，问在嘉陵区的表叔五十大寿，是怎么安排的？儿子反问："你满六十，他送了多少来？"当听说对方送了一千元，儿子当即就说："爸，您退休了，也该走动走动。我那两天刚好要和几个供货商签单，您去吧。"老薛顺势才说："那，等两天我下来。"

10

谷雨这天，霞光从东山喷薄而出，映红半边天空，刺得老薛睁不开眼。

后天是表弟的生日，他看了一遍收拾好的行李：春节前用纯稻壳、柏桠熏的一袋香肠、两块腊肉、八条牛肉，都按老伴的吩咐带上了；孙子爱吃滑肉，这十斤纯豆粉足够吃一年；儿媳那天说城里的大米不香，这三十斤新米可以吃半个月，再多真背不动了。

老薛看了看时间，来到地坝里，见坡下公路上，几个妇女已换上了薄衣、短裙，有说有笑去赶场，一个难看的反抹了口红，两个四十多岁的男人也穿上了短袖、桩桩裤。一回头，目光触及椅子上准备好的大包小包，他才想起也该换换衣服，忙把三年前邱平买来的白色精棉衬衣、深蓝欧版裤取出来，上下一穿，庄重高贵，还有点时髦。这，万一天变凉了咋办？对，再带上肖遥送的保温衬衣。

老薛又浏览了一遍，该带的都带了，才肩上背一大包，一手提两袋，出了门，像头骆驼似的上了公交赶火车，乘了地铁又搭出租。幸好，嘉陵的人实诚，他上车，总有人让座。

当他汗流浃背地到了薛胜家的小区，随老伴进了屋，见屋里就他俩，心里一热，给了老伴一个响吻。老伴忙说："孙子快回来了，得赶紧做夜饭。"

老薛有个习惯，无论到谁家，都会观察家里的卫生状况。他总说一个家庭主妇是否能干，一看灶台，二看厕所，三看卧室，便一清二楚。

　　莫瑶知道，公公鄙视不爱清洁的女人。她刚嫁过来，租人家的房子时，一怕房东不高兴，二担心公公掉脸，还比较注意卫生，可自从买了房子，成了房主，就变得拖拖沓沓、不讲究细节了。老薛第一次来薛胜家都下午了，却发现灶台上还泡着早上的碗筷，床上被盖、枕头、衣物乱成一团，洗漱台上头发、牙膏渍到处都是，就不轻不重地批评了薛胜几句："一个百多万元的房子，莫瑶没时间，你不可以收拾？不把儿子带坏？"儿媳一听就变了脸脸，直到他离开，也没笑容。从此，他也懒得管了。

　　如今，见房间里窗明几净，摆放有序，老薛问："现在莫瑶的卫生习惯怎么样？"老伴立马警告："老了，少管闲事！"

　　老薛点点头，又问："莫瑶和任乾乾还搅在一起？"石琴的心情有些沉重，说她来的第二天，好像薛胜在问莫瑶下午干啥去了，二人还吵了几句。这一阵，再没发现莫瑶单独出去过了。正在这时，电子门铃响了，老伴说："薛健放学了。"

　　薛健一见爷爷，鞋也没换，上前把爷爷紧紧一搂，说："爷爷，今天周五，一会儿吃了夜饭，您陪我去书店买本《百年孤独》和《飘》，行不行？"

　　"要得，要得！"薛健从小跟着他和老伴长大，每有好吃好喝，他们总是先满足孙子，再管自己。孙子和爷爷奶奶的感情远比与薛胜、莫瑶的深。随即，老薛拿出一部《辞海》，这是刚才等出租时，见书店搞活动，想起石琴曾说孙子没有这本书，便顺手买的。薛健双手接过，轻轻摩挲着书面，说："还是爷爷奶奶想得周到呢。他们啦，只晓得问我吃啥，只知道考差了吼我。"

　　孙子捧着《辞海》刚进屋，薛胜、莫瑶也回来了。莫瑶淡淡一笑，说："老汉来了哈！"薛胜则问："几点到的啊？"老薛连连点头，答："四点多。"

　　莫瑶往桌子上摆筷子、调羹、碟子，老伴一边端着热气腾腾的蒸笼跑出来一边说："今晚吃玉米稀饭，还有薛健想吃的粉蒸肉。"接着，又高声道："薛胜吃饭了！薛健狗儿，吃饭了！"薛胜缓缓出来，把上席的椅子一挪，坐下，一副主人的模样对老薛说："爸，吃饭了。"

见薛胜把上席坐了多半，老伴似乎早有预感，已在下席摆了两套碗筷，老薛就顺势和老伴坐在了一方。

老薛从爷爷去世，十几岁就开始和父亲一起坐上席，在儿子面前坐下席，一下才意识到自己在这里的地位。

虽然老伴做的粉蒸肉、炒的苕尖特合胃口，稀饭也香，但老薛心里还是有一种不祥的阴影……

吃毕饭，莫瑶大声把薛胜喊进去，接下来的话尽管低了些，老薛还是听得清清楚楚，那话明显是说给老薛听的："你老汉和你妈，今晚睡在一起，生意人都忌讳'歇双'，你一会儿，还是和你老汉写个东西吧！"薛胜迟疑了一下，这种事怎么说得出口？莫瑶沉吟了一下，道："那，你一次性写二三十年吧，来得再少，妈在这里，他一年还不来住几天？多少收点钱避邪，图个吉利吧。"薛胜出来，把老薛喊到石琴睡的房间，写了个简易租房合同，薛胜见父亲把年限、租金两处空着，一下就挪过去，填下"三十年""三千元"几个字。父子俩尴尬一笑，薛胜就拿着合同，给媳妇交差去了。老薛当啥事都没发生，喊上孙子，便去了书店。

以往，周五晚上，薛健会看一会儿电视，今天买了书回来，他一头扎进新买的小说故事里去了。

老薛住了一夜，第二天晚饭后，在外屋看电视的薛胜，把电视音量开得隔两三层楼都能听到。老薛出来，犹豫了一下，还是走近薛胜，轻声提醒他把声音开小点，娃儿在做作业。薛胜像没听到似的，依然跟着哇啦哇啦地叫喊，旁边的莫瑶也不理睬老薛。老薛只好上前，把电视声关小几格。莫瑶盯了老薛一眼，气昂昂地进了卧室，"嘭"的一声关上门。

薛胜见状，对老薛眼睛一瞪，说："你这人才怪得很，看个电视又啷咯了？

你天天看报，怎么没当局长，当市长？"说完，上前反把声音开得更大。石琴站在一旁，想说儿子，又怕儿媳不服气，找薛胜生事，只好劝老伴："老薛，他们累了一天，看一会儿电视，你多啥子嘴嘛，各自进屋去休息！"

老薛当然明白，这两口子在耍财大气粗，提醒他别在这里久住。可哪怕石琴不和稀泥，说半句公道话，老薛也想得通，偏偏石琴总是偏袒几个孩子。特别是，即便儿女成人了，做得再不对，只要一争论，她都"判"老头子是"输理"。老薛越想越气，说："都怪我这嘴巴痒，对了吧！"

老薛转身进屋，"呼"的一下倒在床上，不知不觉，渐渐睡着了。

不知啥时候，老薛听到窸窸窣窣的响声，感到床在颤动，才知道石琴上床睡觉来了。

石琴边脱衣服边开导："叫你少说话，你总是不听。猫老了不避鼠，你呀，睁只眼闭只眼，以后看得来多住两天，看不来少住两天。老夫老妻了，别生气啊，嗯？"说着，似有一对肥嫩的兔子，在老薛臂膀边蹭了几下。老薛却像一块木头，没半点反应。

约过半小时，床铺开始短暂摇晃，听得两声轻微的呻吟。一会儿，响起了一轻一重的鼻息声和均匀的鼾声……

翌日，天还没明，老薛把自己带来的外裤、内裤、衬衣、袜子和充电器收进旅行包，不等儿子儿媳起床，就出了门。石琴知道老薛的牛脾气，宁可站着挨饿，也不愿跪着吃肉。

石琴一声叹息，把老薛送到楼下。一直看着他独自沿"S"形青石板路，过了月牙形的花台、喷水池，出了大门，她才抹掉泪水，微驼着背，转身回去……

11

吃毕寿宴，老薛回到老家，已是晚上九点。

开了门，老薛见四五天没送的报纸，积到一起从门缝塞了进来。从来没感到过疲累的老薛，还被在薛胜家受到的恼羞萦绕着，浑身没有一点力气，便坐在床上看起报纸来。

老薛文化不高，读长文章没耐心，喜欢看夫妻间的短笑话、儿孙间的小趣事。退休后，兴趣逐渐又向"晚霞""留守"一类题材转移。比如：上海一个八十九岁的老人，临终时把一套价值一千多万元的房产、五百多万元存款赠给保姆，将余下的两个多亿捐给了学校，作为"育德基金"，说是得病这十三年，全靠保姆照顾他，两三年不打一次电话的儿女，竟怀疑遗嘱的真实性……

老薛看到这里，想到了村里的张劳模。

张劳模年轻时，无论是给队上犁田耙地，还是挑抬打杂，都是清水镇二十多个村响当当的庄稼汉，三套青砖红瓦小院给三个儿修起，儿媳妇一个比一个漂亮。政策稍一放开，三个儿子到沿海打拼，也成了"打工劳模"。张劳模七十六岁了，还不服老，老两口在家把十多亩田地种得风风火火，每年还大包小包地给儿女捎些新米、新粮和腊牛肉、熏猪肉。哪知，张劳模骤然连续几天出现呕吐症状，一检查竟是胃癌中期，只能活十几个月了。大女儿把他接去，不到三天，女婿故意生事打架；二儿把他接去，父母还没进屋，儿媳就把存折、衣服收起来，带上孩子回娘家了；张劳模两口子无奈，只好去么儿家。到老么家没一星期，便被赶到一边，独自吃住。一天，菜买少了，儿子让父母过去凑合一顿，儿媳连桌子都掀翻了。张劳模想不通，从十七层楼跳了下去……

想到这里，老薛已是泪流满面，说不出的悲哀与凄凉溢满心头，像是为张劳模两口子，又似乎是为自己。仿佛整个屋子里都是张劳模的影子，渐渐地，那影子在重叠，直到满院子、沟下坎上、全村内外，一会儿，又幻化成他二女家打架、幺儿媳掀桌子的身影。这些影子刚一淡去，张劳模坠楼的情景又出现在眼前……

老薛摇了摇头，眨眨眼，忍不住骂了一句："咦，闯到鬼了！"

老薛抖了抖报纸，想把上面的内容念几段给石琴听，拿起手机撮出石琴的名字，想想又放下了。

不知不觉，老薛靠着床头睡着了，满脑子还是张劳模的影子。迷糊中，他听到"急急起——急急起——"的呼唤，睁开眼才发现是邻居家的公鸡在叫。老薛一伸腰，顿觉浑身酸痛，再左右环视，才明白昨晚竟半坐半靠在床头，过了一夜。他揉了揉眼，趿上拖鞋，"嘭"的一声，踢到了门槛上，疼得他直咧嘴。

第二天，邱平来电话，说梦见了爸爸，说老薛一人在家烧火煮饭麻烦，干脆过去和他们一起住。老薛寻思，虽然邱平这孩子不错，但一想到自己刚在薛胜那里吃了受气饭，当即就说走不脱，要摘绿豆了；隔几天，肖遥打来电话，说有个车子要去送货，让他搭便车去耍几天，老薛也推脱，说要掰苞谷了。

老薛感到，老伴这个角色，谁也没法替代。儿女对父母的伺候、看护是回报，是责任；而石琴为他付出、劳动则属体贴。哪怕是炒一份素菜、烧一碗汤、盛半碗饭，无论咸淡、软硬或是调料的搭配，她都知道他的胃口。无论做啥，两人一个眼神，便心领神会。他认为前一种叫孝敬报答，后一种叫相濡以沫。

以前老薛在老家，每天都要给老伴打一两个电话。可从这次回去后，再不给石琴打电话了。石琴打过去，他也是说两句就挂，石琴以为他还在生闷气。过了两周，薛健问爷爷啥时来，石琴才想起，有四五天没给老头子打电话了，见薛胜两口子没回来，便怂恿孙子给爷爷打个电话，问他在干啥。

这次，老薛和孙子聊了半小时，不时把孙子惹得哈哈大笑，孙子还反复问爷爷什么时候来。老薛问："你爸爸欢迎吗？"薛健忙顺势哄他开心，说："爸爸叫我请爷爷来耍哒！"薛健说着，把电话递给奶奶。石琴一边听一边不住地点头，也学孙子哄老薛，道："是是是，薛胜说了多次，喊爸爸过来呢！莫瑶？她也责怪薛胜好几回了。年轻人嘛，有几个儿子不气爹妈的？儿媳功劳更大哒，你看给咱生的薛健多可爱！你我当老人的，还能计较？你啥时过来？我回去？假期，薛健要补习，我哪里走得脱。不过，据说薛健这次升初中，考到薛秀附近那个学校了呢！他一上初中，吃住在学校，我就回去吧。你要吃饱，睡好，别中暑啊！"

12

八月上旬，薛健收到录取通知书，学校果然在薛秀附近。

这所学校刚修好，学生宿舍不够，要求部分学生自行解决住宿问题。莫瑶考虑到薛秀一直怀疑自己与她丈夫关系暧昧，只好托石琴和薛秀商量，让薛健暂住在薛秀家。

薛秀一听，薛健毕竟是自己亲侄儿，莫瑶再放荡也会顾及在儿子面前的形象，只要把这一狼一狈盯紧点，死灰复燃的可能性不大，也就答应了。

生性狡猾的薛胜从来吃不得亏，想到妻子与任乾乾的糗事，心里早就恨之入骨，为了不误儿子的学业，也不再欠任乾乾的人情，破天荒地答应每个月出三千元，作为儿子和石琴的生活费。铁公鸡任乾乾一听薛胜出了这个数，再加上岳母一个月的"生活补贴"至少有两千元，自己不掏生活费反有盈利，就满口答应了。

薛秀、任乾乾白天要在市场上发货，照顾薛健起居吃饭的事，自然就落在石琴肩上了。

如果用水灵、乖巧比喻老薛的大女、三女，那么老二薛秀则只能算得上朴实大气。原本只一门心思挣钱的二女婿任乾乾，渐渐竟染上嗜牌、好酒、放荡等恶习，很多时候和一群浓妆艳抹的半老徐娘搓麻将，直到深夜一两点才回来，他和莫瑶便是在打牌间隙越走越近。

薛秀嫁给任乾乾二十一年，石琴只去过他家两次，一次是带着薛秀的七姑八姨去任家"看人户"，一次是薛秀生了孩子，她去送红公鸡、醪糟、鸡蛋和小孩衣服。这次去，薛秀、任乾乾两口子早已鸟枪换炮，搬到了花园小区新房，她对薛秀家周边的情况自然陌生。

九月一日，石琴随薛健去了薛秀家。一进屋，薛秀就带着母亲和侄儿，把附近两个超市、一个农贸市场和交水电气的地方走了一遍，当即就把钥匙交到石琴手上。

在回来的路上，见前面一位七十多岁的老大娘上梯子，一步一歇，十分艰难，薛健连忙上前搀扶，到了平路，还反复叮嘱大娘慢些。薛秀哈哈一笑，夸薛健还蛮有爱心。薛健触景生情，问薛秀："二姑，你看那老奶奶，如果有个老爷爷在身旁多好啊。"说完，他悄悄观察奶奶的表情，见满脸皱纹、背微驼的奶奶心事重重，忙问石琴："奶奶，上次爷爷说到我们那里住宿紧张，二姑这里宽敞得多，你喊爷爷过来嘛。"

旁边的任乾乾心下一喜，现在薛胜给生活费三千元，岳母也表态一月补两千元，如果岳父来这里住，他退休工资六千多元，只拿出三千元，一月就是八千元，至少可余下一半，这笔生意做得！他当即就说："妈，你喊老爸过来一起住吧。你一个人万一像刚才那老太婆一样，多危险啊！"他又给岳父打去电话，说："爸，妈在我这边照顾薛健读书，您也过来和我们一起住吧！"老薛知道，这个女婿除了有一副讨女人喜欢的皮囊，还有一张口是心非的嘴，当即就说没时间。"没时间？那几块麦子地有妈重要吗？有您重要吗？如果您不来，我开车去接您，薛健也要去接您呢！您啥时过来？好的，后天见！"

老薛到了薛秀家，三餐按时开饭，清晨独自到小区散步，傍晚和老伴一起到嘉陵江边看水，走着走着，不时还挥挥臂踢踢腿，不到一个月，胃口大开，精神矍铄。

任乾乾见岳父岳母在跟前，也有所收敛，天天和薛秀比肩出门，晚上一同回家，再不和莫瑶来往。薛秀见丈夫大有脱胎换骨般的转变，心下窃喜，生意、家务忙得马不停蹄。乖巧的薛健，每个周末都要带老薛到附近的森林公园、滨河长廊、体育中心散散步。每逢节假日或天气晴朗的日子，他还陪爷爷打打羽毛球。老薛童心未泯，有时一高兴，还和薛健踢踢球，下下象棋、围棋。踢球，孙子最多使上二三分脚力，就够老薛奔跑一通，但下棋本来是老薛的强项，只因岁数不饶人，孙子一认真，爷孙俩便常常下得旗鼓相当。可老薛作为爷爷，很多时候不愿轻易认输，往往走了又退，退了又悔。孙子一讲理，老薛便倚老卖老，弄得孙子不得不反像将就小孩一样，妥协道："好好好，重来重来。"而站在一旁的石琴，常常捧腹大笑："天呢，你像个啥爷爷哟，简直就是个赖皮。一个老顽童！"

老薛和老伴、孙子在一起，过得正开心，莫瑶却发现任乾乾又与市场上一个年轻媳妇悄悄扯在了一起，才意识到当初不该相信任乾乾的甜言蜜语。她不甘心看薛秀、任乾乾两口子借薛健借住之事发了财，于是，就向薛胜抱怨："我们一个月交三千元，还背着一年用了两个老人七八万的虚名，结果多半都被薛秀两口子拿去了呢！"

薛胜在钱上破例吃亏，是想让任乾乾远离莫瑶。既然如今妻子都说吃亏了，说明莫瑶已与任乾乾"闹僵"，真是求之不得。他当天就马不停蹄地在学校附近租了两间房，第二天，便把薛健和岳父岳母的东西搬了进去。

知子莫如父，石琴、老薛知道，这两家人都是瞄着钱在绕圈圈，但看到孙子可爱，一想钱这东西，生不带来死不带去，也就装糊涂了。哪知，在出租房没住几天，老家来电话，说清水村搞旅游开发，要占石琴的菜地。石琴走不开，只好让老薛回去一下。

13

老薛回到老家，正欲开门，龚（因与"公"谐音，巴蜀一带读"wān"）社长老远打招呼道："薛校长，在家呀！"

老薛曾经代理过几天小学副校长，龚社长这一喊也多少满足了老薛的虚荣心。他赶紧端出一根条凳，对方还没走拢，就递上一支烟，说："龚社长，今天是啥风把你吹来的呀？"

"哈，是股喜风呢！明天宋村长结儿媳，你说我这社长不跑跑路，够意思？万一今后哪家托我找他批个条子什么的，或旅游开发反映边边角角丈少了，你说我临时去抱佛脚，人家能买账？"

老薛总算听出话外音，心想："时下农村办这种事，一般是送两百元，我送五百元就体体面面了。"嘴上却说："哈，生儿结媳妇是大事，要去，要去！"

"好，薛校长，明天见！"龚社长见效果已达到，站了起来，向沟对面喊，"田丰收，田丰收在不在家？"

对面一个女人答道："老田在屋后淘井啰！"龚社长一边看脚下高高低低、草草藤藤又多的小路一边说："叫他等等啊，我来找他说个事。"

一会儿，只听得沟对面在对话：

"明天宋村长的儿子讨婆娘，你打算送好多钱？"

"送两百吧。"

"一般都是送三百五百，还有送一千两千的呢！"

"我妈刚住了院，哪有那么多？"

"你还记得，你儿子刚打了报告生两胎的事吧？"

"那，我送五百吧。"

"五百？你送八百吧。不然给你拖起不批，肚子头的娃儿，说下地就要下地哟！没户口，上幼儿园，上小学，要掏几大万呢！"

"那，我再去借三百。"

"这嘛还差不多。"说完，龚社长站了起来。

"吃了午饭走吧？"

"我还要到彭家沟、廖家沱、寨门岩去通知呢！"

老薛听到这里，心里原本对村长结儿媳生出的恭喜之情，一下消失得无影无踪，取而代之的是厌恶，这是一次耻辱性的赴宴。

第二天，他把五百元送去，就要回来。可是宋村长高兴，薛校长前薛校长后，喊得山响，还专门安排了一个教书的亲戚作陪，怎么也不让这位退休回到老家的乡邻走。出于无奈，老薛只好留了下来。

老薛被帮忙接客的龚社长安排到与穿戴讲究、在单位工作或在村上任了一官半职的来客一桌。

宋村长家的婚宴是标准的九大碗，墩钵、肘子、三鲜、炸鱼等一个不少，还额外加了一盘"早生贵子"（由枣子、花生、桂圆、瓜子组成）。

老薛已多年没吃过九大碗，尤其是那墩钵、肘子，肉皮烧得不欠不过，刮洗得干干净净，还在上面抹了一层醪糟、红糖，再将肉皮紧贴碗底，在上面撒一层腌了两三年的干咸菜和几颗已腌熟散发着一股陈香的"炊豆瓣"（黑豆子咸菜）。这道菜，尚未上笼就满院溢香；蒸熟了，还没开笼，沟对面都闻得到肉香。刚才，老薛还在一里外的岩崖下，一闻到这熟悉的香味，就知道是从村长家飘散出来的。

大家边看婚礼仪式边嗑瓜子、吃糖果。老薛这一桌人，经常迎上接下，酒瘾大。他们早开了酒瓶，三四个人一边慢饮一边聊天。

桌上的酒瓶红红火火，台上的歌声甜美撩人，老薛也忘了昨天的不快，和大家就着一碟花生米、几盆凉菜，礼节性地互相敬酒摆谈起来。

酒过数巡，婚礼完毕，伴着厨师一声"上菜了"，酱黄色的九大碗就端了上来。那香味和着腾腾热气扑面而来，桌上三四个人已抵挡不住诱惑，各挟了一块墩钵下起酒来。

老薛连续吃下三块墩钵，也不觉得腻，再夹几筷子三鲜、酥肉、滑肉，竟吃得饱嗝连连、酒意微醺，脚下也飘了。龚社长见状，才连忙让田丰收把他扶回家。

14

回到家里，老薛的肚子隐隐作痛，浑身冒冷汗。田丰收以为他是饮酒过量，拿来湿毛巾给他洗脸敷头，弄来白糖开水给他醒酒。哪知，情况越来越严重，最后老薛竟脸色乏白、说话无力、语焉不明了。

老薛被送到了嘉陵医院，经抢救，老薛病情得到控制，意识清醒了，可手脚却麻木，不能动弹了。

老薛的病情惊动了薛诚、薛梅、薛秀、薛丽、薛胜五兄妹。邱平见岳父的病一天两天难好，当天就搬来被盖，一边护理老人一边百度相关医疗知识。其余几姊妹有的去找村长，有的去找化验机构，不到一周，鉴定结果出来了，问题出在承包宴席的厨师赠送的那几十瓶酒上，都是工业酒精勾兑的假酒。他们找到承包宴席的厨师，对方说，酒虽然是他赠送的，但不是他生产的，他是见对方有店有执照，才掏钱购买的。"你们该去找监管部门，这是监管失职，我也是受害者呢！"

几个儿女找到保险公司，保险公司却说，吃了假冒伪劣食品是生产方的责任，保险公司没义务为违法商家埋单。

三个月过去，依旧无人为此事负责。老薛治病花了四十多万元，丝毫不见好转，医院说极有可能成为植物人，如果坚持使用那几种进口药，或许有救。

几个子女一合计，都不敢说不医，但都有拿不出钱的理由。石琴见状，把薛诚喊到一旁，说："俗话说，有事找大哥，这事只有你出面了。"薛诚一想，万事都得要人带头，若先找薛胜、莫瑶两口子，反而会把事情搞砸，于是，只好先求心善的。

薛诚说："薛梅，你门市上抽得出几个钱吧？"

邱平二话不说，回家把亲戚跑遍，又从他邱家几弟兄那里借了三万元，加上自己积攒的，凑足了五万元，当晚就送了过来。

"三妹，你能不能想点办法？"

薛丽看看肖遥，肖遥说："我晚上去找找老爸，看能不能从他那里扯几个。"第二天，小两口连一把零钱都拿来了，才九千七百元。薛诚看到肖尔腾云可怜兮兮的模样，再不好说什么。

他又问任乾乾："能不能垫支点？"

任乾乾想到几年前，他见这位三姨妹身段漂亮，屁股浑圆，忍不住摸了一把，薛丽竟扇了他一耳光，便说："薛丽才出九千七？她忘了生娃儿时，两个老人又贴人又贴钱？"

薛诚语塞了。晚上，见几姊妹都在场，还是不得不问薛胜："爸妈借给你的钱，总该还了嗉？"

莫瑶眼睛一转，见几姊妹都无异样，便拉开挎包，从一沓百元钞中数出二十张，把剩下的顺手朝薛诚手上一搡。薛诚目瞪口呆，看看石琴，才朝莫瑶抖了抖钱，问："八千？"莫瑶两眼一横，说："你问你妈！"

石琴一听，无助地两眼一闭，晕过去了。待儿女们掐人中、灌糖水，石琴才缓缓睁开眼，看了看四周，然后慢慢掏出薛胜写的欠条，说："对，他们借的八千。"

母亲的语气很肯定，但几姊妹知道，她是惧怕莫瑶找薛胜闹事。大家都想狠狠地骂薛胜、莫瑶两口子一顿，可一看到面前的母亲，想到父亲已倒下，就再也不敢说啥。

薛诚只好想起别的办法来，父亲刚进医院时，自己已垫付五万八千元，那用的是自己和妻子的住房公积金，而薛丽连耳环都卖了，肖遥还向他老爸开口借了钱，这……

薛诚一边安慰母亲一边私下和妻子商量，用房产证作抵押，一次性贷款十万元，才解了燃眉之急……

15

结束了国外学习的秦科，得知老薛病情恶化，当天就赶到医院。问了老薛的患病过程，便去咨询专家，由于他从事的是外科，只好私下给薛诚建议，换掉了主治医生，由一位资深专家给老薛治病，当天便进行了一次全面检查。

看了检查结果，老专家果断选择了以先吃一个星期的中药，辅以穴位针疗一周；再用国产常规西药辅以保健按摩的中西医结合的方案。

薛诚听到"方案"二字，立马就敏感了。前面那医生的方案，医疗费越医越高，一下花去三四十万，病情还越来越严重，忙问："这方案要多少钱啊？"

秦科欠了欠身子，说："老同学，老专家这方案，平均每天下来，药钱可能要一百元，其中不能报销的大概在三十元左右，你看能不能接受？"

"能，能！太感谢你们了！"薛诚激动得直搓手。

老专家说："如果不出现意外，你们耐心护理，他再配合着锻炼，我相信，至少手脚失去知觉的现象，很快会出现好转……"

听着专家的话，薛诚脸上再没了几日来的愁云。可是一想到护理，他心里就没了主意。

他和妻子天天要按时上班，不到点连门都不敢出，根本不可能有时间护理老人，加上薛胜早就把话说在前头，护理老人的事只有请护工。可是目前父亲的医疗费都是由他这个享受了内招的老大垫着，请护工得带头掏钱，自己哪还掏得出钱？

思前想后，还是让妈来吧。

石琴才护理三天就发了高烧，莫瑶顺势提出："妈在农村劳累一辈子，身体本来就不好，你们万一把她也拖下水，是不是还想掏五六十万啦？对不起，护理爸的事，你们必须请人，钱由五兄妹分摊，到时该多少我出多少！妈，我不能由着你们折腾了，就住到我那里去。爸啥时候好了，她啥时候和爸在一起！"话一毕，她拉上母亲就上了车，绝尘而去。

薛诚束手无策了，只好把莫瑶的"孝心"传达给了几兄妹，又不得不硬着头皮请了个五十余岁的男护工，吃住在外，每月四千三百元。

商人多灵性，莫瑶的"点子"奇绝。从经济账算，五兄妹每家一月才摊八百多元，随便哪家把生意打理得好点、把孩子照看得好点都不止几百块钱。

老薛用着老专家的药，不到一个月，面色就红润了起来，手脚也有了点知觉；又过半个月，眼睛也比以前有光亮了，不时还能微微一笑，在护工的帮助下，可缓缓走动了。

从小要强的老薛康复心切。早晨，病友们还在熟睡，他就躺不住了，不停地在床上翻身折腾。护工见状，便不声不响地帮他穿上衣服，又小心翼翼地扶他去洗脸漱口，然后，搀着他到医院后边的花园去散步；中午，趁他小睡的一两个小时，才去给他洗衣和收拾个人卫生，回来又扶着他到湖边，看看天鹅戏水、鱼群逐浪，听听鸟鸣虫唱；待到晚饭后，又搀着他去滨河路，走走停停，听听河滩上的民间艺人吹拉弹唱。有时，老薛看到些老头老太打太极拳、扭秧歌，便会突然一下伤感起来，两眼望着远处，想起老伴来。每当这时，护工就会给他拨通石琴的电话。石琴在那边会问他吃饭没有，劝他好好调养身体，老薛则只能"呵呵呵"地边回应边点头。他心里明白，嘴里却说不出一个字来。护工劝他别激动，赶紧掏出面巾纸帮他擦掉眼泪，提醒石琴不要说久了。

不久，老薛竟频繁地要护工给石琴拨电话，上午打了电话，下午又要拨。薛诚立马与几兄妹商量，薛秀、薛丽、薛梅都同意由母亲来协助护工照料父亲。可莫瑶坚决反对，说："父亲和母亲住在一起，两人年纪这么大了，一个体弱一个病中，一旦出了问题，谁负责？还是等父亲恢复几个月再说吧。"即或石琴坚持要过来看看老薛，莫瑶、薛胜两口子也是寸步不离。母亲和父亲说一会儿话，就被喊走了。

其实，几兄妹都心知肚明，保管着两张工资卡的母亲一走，等于断了薛胜、莫瑶的财路，但薛诚、薛秀、薛丽、薛梅都得过父母的扶持，又不敢明确反对。

时间一晃，又过去三个月。老薛的手能动，腿却依然不能动，更糟糕的是老薛的情绪早没有了过去的平和。石琴隔上一周不来，他就彻夜不眠，害得病友和护工都不得安宁，吵得一间病室的人纷纷搬走。有次，一个年轻家属还过来狠狠地把护工臭骂了一顿："护工是干啥的？病人要打电话，要吵闹，你不可以把他弄到楼梯间或者远点的地方去？你们不休息，也害得我们跟着遭罪？你以为你一个月赚四五千，仅仅只是扶一下病人、做点卫生、端两碗饭？"

护工受了气，收了老薛的电话。哪知，老薛竟抓起旁边的茶杯朝护工砸去。护工被砸，没还手，只是批评了他几句，说："护工也有尊严，病人和护工之间是平等的，你不要以为你真是上帝。"哪知，护工给他洗脸，他竟把一盆水掀翻，还朝护工脸上吐口水。护工气极，顺手扇了他一耳光。

老薛自知理亏，也不说挨了耳光的事。从此，有意不吃不喝，即或吃也是象征地吃一点，医生给的药，转眼就扔了。眼见老薛的身体一天不如一天，护工不得不向薛诚建议，由薛家的人来护理。薛诚却客客气气地劝他继续干下去，还问是不是工资低了。

薛家越是客气，护工越不敢说出真相。渐渐地，老薛身体开始浮肿。一天，趁薛家几兄妹来看老人，护工借故楼下买东西，一去再也没回来。薛胜这才勉强同意，由几兄妹轮流护理老人。

几兄妹接手没几天，老薛大小便失禁，整天只能靠输液和流食维持生命。眼见父亲病情恶化，几兄妹都不敢告诉母亲。母亲见几次打来电话，都不是老伴接的，就多次提出要来看看。几个后人担心母亲承受不了打击，便说医生打了招呼，手机有辐射，不准病人接电话，母亲才半信半疑没吭声。

几兄妹轮流护理，一圈还没有走完，薛诚就发现，么弟媳莫瑶照料父亲时，不是大小便拉在床上，就是两三天不给擦澡，把大多时间都用在描眉画眼上了。薛诚回家和妻子商量，一起去找单位的领导，把父亲的病情和家庭情况一说，领导考虑到老薛是本单位的老职工，估计老人活在世上的时间也不多了，就同意了薛诚"年休"。

请了假，薛诚便和妻子分工：他专门护理爸爸，一天一次擦澡，早晚各一次按摩；妻子针对公公的胃口，一日三餐亲自买菜，亲手做饭，隔天让儿子薛善来一次，一家人陪老人一起吃顿饭，让儿子嘴甜些，多喊几声"爷爷"。

第一天中午，看到儿媳和孙子端来饭菜，已经很久不吃饭的老薛，突然指了指碗筷。正在摆碗筷的孙子赶紧舀了一调羹鱼汤，送到爷爷嘴边。爷爷缓缓张开嘴，很努力地吞了下去。一家人笑了，老薛也笑了，笑得像个小孩，眼里竟滚出两颗浑浊的泪滴……

第二天早上，妻子和儿子送来的饭是八宝粥，菜是枸杞炖土鸡。老薛看到儿媳、孙子，脸上一下又有了笑容。薛善舀了半调羹枸杞汤，送到爷爷嘴边，爷爷张了张嘴，就摇头不要了。

从这，老薛再没进一粒米，没喝一勺汤，只靠输液维持生命。薛诚心里有了一丝不祥的预感。

第七天早上，老薛的精神突然好起来，竟然要了纸笔，写下："我孙子喂的汤，真香。石琴，今后跟薛诚住。"然后，平静地放下笔，示意薛诚把他扶上椅子，又左右看了看，确信自己坐得端端正正。接着，就出现了本文开篇一幕，他喉咙里"咕噜"一声，眼神一散，落气了。

薛胜听说父亲走了，整个人一愣，竟有些反应不过来。他不敢相信，但脑子却清晰地提醒着他。父亲走了？走得这样快？快得他从未想过父亲的死……不是说已经好了些吗？可怎么还会这样……哦，对了，医药费很贵，他却不愿多给一分钱，甚至还骗了二老的养老金，还拦着母亲去护理……

他不敢想下去了，有些后悔，但更多的是害怕和惶恐……

莫瑶听说老薛没气了，一下把薛胜拉进屋，说："你还愣着干啥？你妈这些年掐得紧，手上肯定还存了一坨钱。你赶紧回渠江，把你老汉的银行卡都逮在手头！这边，我得趁你妈去了薛梅那里，赶紧到薛健学校旁那两间临租房，我就不信从你妈住的房间里搜不出几张银行卡！密码我知道，等我把钱一弄到手，带上薛健就回来。如果你妈糊涂了，咱就装糊涂；她要提出来，咱都说不知道。快，老大是个憨B，你得第一个赶到！"

　　见莫瑶越说越兴奋，薛胜没敢反对，只好开车先走一步。

　　薛胜刚到渠江医院，后边薛秀、薛丽、薛梅也火急火燎地到了。几家人一商量，按照落叶归根的传统，将老薛的遗体送回老家。

　　莫瑶坐的动车，晚一个多小时到。当她听说石琴已明确表态，两张卡都在她身上，只有两三万元，但得留着自己日后急用时，莫瑶狠狠剜了薛胜一眼，说："再多的钱，也给那几家了嘛！唉，我也没搜到卡，只翻到几年前邱平送给你老汉的那块三万多元的瑞士表，还新崭崭的，就放在盒子里。哼，你那憨爹妈！"骂毕，她一转身，去接待客人去了。

　　出殡日子很快被定了下来。三天后，薛亮在儿子儿媳、女儿女婿、孙子孙女和亲戚朋友、左邻右舍的护送下，向山上热热闹闹而去。薛诚两口子在前，一个举着灵幡，一个端着遗像，一脸疲惫；薛胜面无表情，像傻了一样，莫瑶哭得死去活来，眼睛又红又肿；任乾乾一身灰色西装干干净净，薛秀上穿韩式圆领衫，下着青色短裙，掩着脸呼天抢地；肖遥、薛丽眼里布满血丝，一左一右牵着肖尔腾云；邱平、薛梅眼泪汪汪，无言无语；薛善、薛健、邱倩几个大一点的孩子，则悄无声息地跟在后边……

　　当天下午，南山上一座气势恢宏的青石新墓拔地而起，青秀的墓石是那么干净，又是那么安静。

附录之一（评论）：

金钱与亲情的苍凉
——浅析实力作家蒋兴强的中篇小说《丢失》

张　静

与文字纠缠几十年，小说始终是我的最爱。若能遇上一篇好作品，那些你来我往的感动、人物间的悲喜情缘、尘世烟火里的酸甜苦辣，都会鲜活而生动地跳出些熟悉的影子来。《丢失》[①]正是这样一部文笔隽永、意绪悲怆的小说。

小说勾勒出的世间浮华、薄凉和人情寡淡，让人深深地刺痛着纠结着；作品所表现出的一种社会责任感、使命感，你不得不敬畏，叹服，佩服！这是作品的境界，也是《丢失》的一道亮丽风景。

一、文风正，笔墨醇，一双慧眼看人生

面对一些小说，大小人物如在沙砾般的尘世间，演绎着一场场精彩绝伦的游戏人生，当那一个个故事落下帷幕，人就像看了一场街头猴戏，锣停鼓息人散去，心头总有空荡荡的怅然，找不到艺术的味觉。而读着《丢失》，仿佛思维疲惫、麻木的人，迎着习习清风前行，越行越精神，越走越清醒。整篇文字，读来愁肠百结，引人深思。

小说是需要真诚和良知来支撑某种精神的。蒋兴强先生不愧为记者，又是

---

① 原名《丢失的人》，见《滇池》2014年第3期、《小说选刊》2014年第5期"佳作搜索"。

实力作家，他才思敏捷、善良勤勉更不乏激情昂扬，把文字作为最直接的灵魂窗口，为人们打开一个个饱满丰盈的精神世界。走进《丢失》，人物的情感、愿望、梦想，就丰富着读者的生活、思想，涵养着人的精神、气质。浸在这样的文字里，一种对亲情薄与厚的诉说、对人性冷与暖的感慨，以及对苦难、不幸的悲悯与肩负等一一被他罗列在人生的窗口，令人百感交集。

二、立意高，题材新，人性弱点掩其中

古人说，"意犹帅也，无帅之兵，谓之乌合。"意思是说，立意好比统帅，无统帅的士兵，只能称它为乌合之众。显然，小说的灵魂是立意。它贯穿整个故事的主线，立意是否深刻、独具慧眼；是否匠心独运、文约意中；能否在第一时间吸引着人的眼球，这三点至关重要。而《丢失》做到了，且贴人心接地气！

《丢失》情节很简单，故事就像发生在我们身边。78岁的江长水膝下有三儿一女，除长子是记者外，其余老二、老三、幺女都是商人。《丢失》全篇一条主线，紧紧围绕幺女顺丽，因震后需要一笔费用租门面，写了她不得不求人借钱所遭遇的人情薄凉和一人拉扯两个孩子的一路艰辛。就是这些看似简单的琐事，却溢满了世间凡夫俗子的五谷杂陈。作家睿智深邃的思想、老辣犀利的文风，为我们勾勒出一个打断骨头还连着筋的大家庭，以及在浮躁的现实里形形色色的人情冷暖。通篇读来，《丢失》在于剖析俗世背后人性、亲情的蚀变；在于揭示被金钱吞噬的尘嚣，人与人之间的善良与可爱正在离我们渐渐远去；更在于呼唤亲情、友情、人性的回归。既击中了现实"软肋"，又是为传统亲情招魂。如此独特的立意，比起那些以吊红尘男女胃口、追求利润最大化的快餐小说，可谓高低雅俗两重天。

三、思路清，神形聚，一根"主线"渗到底

一部好作品，无论小说还是戏剧，都须有思路严谨、主线突出、脉络清晰的

艺术结构，且要作者倾其才气、灵气和艺术功力精心布局，才能展示一个横纵密织交错又纤毫明晰；既环环相扣又曲折跌宕、引人入胜的完整故事。

一读《丢失》我们就会发现，小说从结构的布局到微妙点的延伸，从文字的疏朗、干净到技巧的娴熟，从传统笔法的运用到外国作品的借鉴都做到了独具匠心，新颖更抢眼，小说一开头就是："寂静的码头，停歇着一叶小木船；薄薄的双桨像折断的蜻蜓翅膀，在清澈的溪水里映出悠悠的影子；一只孤独的水鸟栖息在黝黑的船篷上，面向空寂无人的崖涧；一线山路悄无声息，伸向远方……"有了悬念，作家又顺水推波，"江长江水真的不见了"，渐渐地，一个在观音溪上"昼能望远山的云霞与北来南往的船帆，夜可闻邻村的狗吠鸡鸣和水上的桨声、渔歌"的老人就走进了我们视线，他就是江长水，他去了哪里？接着，老人的四个子女，也渐渐拉开了由金钱衍生的、此起彼伏的风景线，我们在这些风景里，被一种渗着钱殇的"线"牵着、痛着、殇着。

这里要特别强调的是，作家在所有情节铺就和技巧构思上，打开的是一扇扇百叶窗。自始至终，我们看到的是钱带给世人风光无限的同时，也带给人不尽的无奈、苍凉和悲怆，这条主脉络一直跳跃在作家的指尖下。特别是结尾，可谓用心良苦，发人深省："一只羽翼未丰的小鸟，'噗！'地从船棚上惊起，在码头上盘旋了两圈，就顺着对峙的悬崖渐飞渐远，消失在茫茫天际……"这不分明就是为亲情操劳了一生的江长水，被亲情深深刺痛，不得不飘落天涯，去寻找春燕的影子吗？

好一篇《丢失》，运笔何其精妙！

四、人物活，手法妙，串起《丢失》百般味

人物是小说的重要要素。从某种角度而言，作家功底的深浅，作品是否成功，在很大程度上都取决于人物塑造。通常，塑造人物的方法多种多样的，但

《丢失》打破了常规小说从肖像、行动、语言、心理等逐一"晾晒"的呆板模式，省下笔墨，把"钢"用在"刀刃"上。小说所有人物淡进淡出，从而构成读者眼底里或纠结或疼惜或温暖的底片色差，也串起了大千世界人之百味百态。

人物一： 江长水是小说的第一个人物，早年没了老伴，勤勤恳恳养儿育女，披星戴月任劳任怨。终于有一天，儿女长大了，出息了，有钱了，他仍然一叶小舟，一顶蓑衣，一把长篙，年复一年、日复一日地在观音溪上穿梭着。作家在勾勒这个人物上，文字干练简约、清新流畅。你瞧："他好像习惯了老家生活，依然两个眼睛一睁，爬起来就挑水扫院、去码头，晚上一关鸡圈鸭笼，又上床看他的戏剧频道，或揿响他那部双喇叭手机，听他的'公社是棵长青藤，社员都是藤上的瓜'一类红歌。全把儿女的话当耳边风。"看到这里，一个开朗豁达、淡定从容的老人渐渐明朗起来，让人觉得天大地大，只要有一撮草叶、一滴露水便足以让春天永驻山川！后来，老人为了顾全儿女孝心，进城了！城里的繁华和热闹，老人百般别扭、万般难受，他留恋的还是那一抹青山，一弯绿水！而女儿顺丽遇到困难、山穷水尽时，他又在古稀之年，偷偷出去捡垃圾达半年之久，那一沓皱巴巴的、有着汗水和灰尘的辛苦钱，渗着多少天下老辈对儿女道不尽的爱和关怀啊！

78岁的江长水，本该安享晚年的天伦之乐，但作家并没有让我们看到这一幕，他做了大胆而合乎情理的构思，"安排"老人离家出走。临走时，简短而又深刻的留言，是老人淡出整篇小说的最后一幕，而且，作品在这一环节上，处理得极为巧妙，语言平平淡淡，没有一丝狂风暴雨，却有含沙射影的悲苦用心。读着读着，一股子惭愧和沉重顺着人的脊梁杆直噌噌往上冒，也足以让自私自利、缺乏人情味的老二无所遁形。

人物二： "钱，味甘，大热，有毒。能利邦国，亏贤达，畏清廉。贪者服之，以均平为良；如不均平，则冷热相激，令人霍乱。所谓一积一散谓之道，一取与一舍谓之义也。"①欣喜的是，我终于在《丢失》里诠释了它的真正含义：《丢失》之殇，在于顺丽坎坷不平的命运，在于顺丽养家糊口艰辛之极中！

对于这一人物，作家不惜浓墨重彩，给我们描摹出一位漂亮聪慧、泼辣能干而又命运多舛的女人。她默默忍受着丈夫的游手好闲和感情背叛，独立支撑着一家的生活和希望，她"下云南收菠萝，进广西拉香蕉，走河北运鸭梨，上甘肃贩花椒，去陕西买苹果。"十几年的辛苦度日、委曲求全，终没能换回丈夫回心转意。她只能吞下离婚的泪水，一个女人的肩膀，要担负两个孩子的生活、读书之需。特别是震后门面房重租需要一大笔钱时，她三餐无味、通宵难寐。"兄弟姐妹是一家，困难有了大家帮"的传统观念，让她低眉顺眼地敲开了亲人的家门，善良的大哥、可敬的父亲倾囊而出却仍是杯水车薪，她不得不把希望寄予了二哥。这个拥有三亿资产风光无限的二哥，只用两千元打发了她！这是小说的重头戏，也是《丢失》之殇的主要渊源！我们读到此，心口被重重的一击：

人间真情，你在哪里？兄妹情深，你在哪里？又有多少……

人物三：值得一提的是，作家在塑造腰缠万贯的老二顺风时，采用强烈讽刺的手法，让这个亿万身家从头到脚都能闻到一股浮躁、虚伪、糜烂而华丽的铜臭气息，充分暴露了他自私自利、人情寡薄的丑恶嘴脸。《丢失》里的老二，在商海里呼风唤雨，在人面前穿金戴银，在社会上鹤立鸡群，在餐桌上一掷万金……他活着，就是为钱而生！人情世故、兄妹情深等离他遥远无干。五套别墅，宝马奔驰、青石墙面、大屏电视、可视电话、花园假山、小桥流水、十八万元的健身床和亲人的苦难形成莫大的讽刺和悲哀。这些都被作家或华丽或直白的文字画片，活脱脱勾勒而出，我们隔着文字，能触摸到顺风的为富不仁和冷漠绝情，让人为之愤怒，为之唾弃，也为之叩问："钱啊钱啊……"

---

① 摘自唐·张说的《钱本草》。

人物四：如果说顺丽的坎坷，艰难以构成《丢失》的主线索，春燕的出现，则让我们沉浸在《丢失》的悲哀里，心窝渗出和承受着一种欲哭无泪的悲怆、凄凉，这是我读完小说最深的体会。

春燕不是主要人物，但她却把整篇小说推向了高潮，这就是作家的过人之处。他让我们从这个孩子身上，读到《丢失》里最让人感到窒息、压抑和心痛的一面。春燕与春兰，一个头天生，一个第二天生，两个从小就要得像亲姊妹一样，她们本该有一个快乐灿烂的童年和少年，但两个孩子却有着截然不同的命运。春兰被父母宠着，姥姥疼着，她的幸福有目共睹；而春燕呢，父亲的背叛、母亲的奔波，迫使她过早独立，她的不幸也历历在目。生存于这种环境，春燕的孤独、敏感、自卑显而易见。她的孤僻和任性也逐渐形成，甚至优点和缺点一样多。作者精心布置撕本子、械斗这些场面，为后面春兰和春燕的分开埋下了伏笔。果然，为了春兰，顺丽让春燕转学了；后来，为了春兰，顺丽让春燕住校了；再后来，春燕迫于孤单和假日一人留校夜晚的恐惧，去了二舅家，挽起袖子收拾屋子做晚饭，希望得到舅舅舅妈的夸奖和肯定。意想不到的是，一下午的辛苦和汗水被舅妈那有钱人的眼光和语言羞辱、鄙视，吞噬殆尽。春燕选择了逃避，那一瞬间，出走自然是她唯一保全自尊的方式。一个不谙世事、仅十四岁的女孩，在夜幕中渐行渐远消失了。紧接着，作家精彩地用了一组组"烘云托月"的大反差镜头。我们看到了街头万家灯火的温暖，看到了霓虹灯下穿红戴绿的多彩世界，闻到了幽幽雅雅的茶香袅袅。而春燕呢？去寝室，学校已放假关门；去三舅家，那里已关系尴尬。真是天大地大，春燕无处可去了！那三个响头，重重叩在所有人的心尖上。读到这，我们不得不惊叹作家对情节构思的奇巧和笔墨渲染的分量！春燕走了，她去了哪里，她会平安吗，她会快乐吗？又是谁，夺走了春燕本该快乐单纯的青春时光？

钱哦，你何以让这世间最亲的人如此得不堪？！至此，作家对世间真情和人情的呐喊呼之欲出！

　　人物五："有风吹大坡，有事找大哥"，老大顺风是在这句朴素的旁白中出场的，这是埋首在《丢失》之中久了，我胸口的疼痛和沉闷过后唯一感到稍许安慰的人物。他一顶笔杆子书尽人间风清月白，自己却半生清寒。我们在他身上看到的是长兄若父的善良、平和、正直与人间道义。妹妹有难了，他"连续几天晚上，把电话本翻过来又翻过去，关系好的都一一给梳理了出来，一个个打电话，一个个求情，最后还是从过去他采访过的一位为人厚道的企业家那里借了2万元。"以尽自己的微薄之力，给予了妹妹顺丽的帮助；父亲来了，他一声不吭在八十平方米的狭小空间，给父亲腾出安身之所；春燕出走后，他寝食不安到处发信息寻找外甥女，亲力亲为……作家在塑造这个人物时，只用了简单的白描和平铺，然而那一言一行一举一动，却渗着浓浓的亲情，让人觉得无情的钱殇背后还有一丝丝的温暖、感动和希望在心头荡漾。

　　是的，这个世界里，人的心灵并不是只有丑陋、荒芜和颓废，还有一缕和风细雨洒落眉间！

　　其他人物：俗话说，三个女人一台戏，何况是一个屋檐下三个大男人的婆姨呢！作家在塑造这三个人物时，没有锅碗瓢盆的交响乐，没有你来我往的磕磕碰碰。她们同为江长水的儿媳妇，生活在各自的天空里，为各自的幸福或生存而忙活着，所有的思想和行为都离我们生活那样贴近。这正是作家一颗慧眼长期积累素材的结果。侯勤（大嫂），一个善良质朴的女人，她尊老爱幼，热情和蔼，她在老大的身后默默地支持着、理解着老大。这个形象是都市老百姓眼里最平和、最具人情味的那种明事理识大体的女子。邱菊（二嫂），一个贪图富贵、虚荣冷酷的女人，她和老二活生生一对视财如命的典型。她过着锦衣玉食的生活，自然体会不到生活的艰难和困苦。在她的眼里只有金钱、名利和地位，她满身的珠光宝气，满眼的庸俗狭隘，从头到尾，她就像只冷血动物。我在想，如果有一天，她的精神世界里被金钱堵得没有一点点罅隙的时候，她或许会窒息的。许灵，是老三的媳妇，在《丢失》里，这个人物可圈可点：一方面有着比较开明且顾大局的人之常情；另一方面，在春兰和春燕的问题上，她过于计较个人得失，过于保护自己的女儿而或多或少伤害了春燕幼小的心灵。这一点，作家巧笔精当、点到为止，我们也能理解，毕竟儿女情长，不为过！

五、底蕴厚，下笔神，世间薄凉墨间走

小说的底蕴从内核中剥离出来，并赋予它某些完整的艺术形式，让它滋生出淋漓尽致的血肉之躯，从而形成厚重的艺术底蕴。惊叹《丢失》里，作者精心巧妙地为我们勾勒出的那些精彩场景，凝结着他深刻而丰富的艺术底蕴，也为《丢失》罩上一层华丽的光环，使人读罢意犹未尽，感慨良多。

场景一： 顺丽生活无着落，她要养活自己和两个女儿，她需要工作！作家在顺丽找工作过程中，"制造"了很多无奈和麻烦以及障碍。从超市到饭店，从服装经营到产品推销，好像有很多机会在等待，可等她交了钱，却一个个石沉大海。失望的她走到人民广场的时候，作家的笔墨峰回路转，以一个"彩旗飘飘，人山人海，声势浩大的'万人招聘会'"横在她面前，这该给顺丽多大的惊喜哦！她赶紧跳下车，挤进人群。"只见半月形主席台上，一排领导模样的人，个个衣冠楚楚、毕恭毕敬戴着胸花，旁边的主持人正在铿锵有力、抑扬顿挫地宣布，'出席今天招聘会的有市委副书记方山、市人民政府副市长牛放，还有社会劳动保障局、就业局和海内外知名企业代表……'"政府牵头，这工作准靠谱了！接着，作家又开始倾尽笔墨极力渲染这个"外资、合资、国有、个体企业多达百余家，招聘工作台一家连一家，沿广场围了个长达近四百米的半圆形"的求职现场，给绝望中的顺丽无限希望。特别是顺丽从一家企业代表嘴里听到答记者问时说"企业要发展，人才是关键。这次市委、市政府为我们搭建了一个很好的

平台。我们企业需要招聘一百零八个岗位，有生产、营销，有管理、文秘……"
的动听之词，更让她吃了定心丸，她一口气在"食堂勤杂、楼道清洁和产品销售
三栏都打了'√'，如释重负……"可是，她真的释去重负了吗？没有！人头攒
动的招聘会还是和她开了一个玩笑。从这些场景，我们看到了被繁华和浮躁掩盖
之下，一串丑陋不堪的虚拟"政绩工程"和职能机构的官场走秀现象。试问，民
情民恤，职能机构究竟该以怎样的方式来告慰百姓？

　　钱呀，又一次让我们在顺丽这个人物命运的坎坷中为之叹息，为之深思……

　　场景二：顺丽向顺水借钱，表面答应了，当她回头去拿钱时，只见老二媳妇
"从价值八千多元的意大利'通派'真皮挎包里取出一个信封，当面交给了顺风，
顺风一副慈善家的派头，双手把信封毕恭毕敬递给顺丽：'妹妹，这是我们的一
点心意，我和嫂子商量好了，这两千块钱是送给妹妹的！'"这一瞬时，相信大
家和我，也和顺丽一样，身体一定僵直在那里，思绪一定还停留在作家浓墨下南
豪酒店的雅典奢华里，"古朴典雅的长廊、阁楼、石舫，掩映在翠柏间，映照在
湖心，形成一幅双面绣，难分虚实。湖面上的小桥灵动而秀美，恍若动人的断桥
会。遐想间，古筝演奏的《渔舟唱晚》，清越、悦耳如鱼跃水欢；黄木栅栏围着
的红木圆形大餐桌，鹤立于那巧夺天工的古朴、清幽中央；桌上，洁白的十八朵
莲花巾，早已整齐划一地高举在一圈金光灿灿的精品餐具上；那杯、碗、羹、盘
是清一色的镀金广东加强极品瓷，瓷面细嫩、柔和，画案、镀金都巧借了那不同
的形态、曲线，把绘画工艺发挥得淋漓尽致，片状处用金大气丰腴圆润、熠熠
生辉，精微处又如行云流水、纤毫柔和。"这些情景和两千元，形成的反差太大
了，老二两口子的吝啬和薄凉，（更重要的是）钱的附庸风雅和钱的丑陋不堪跃
然纸上。

　　场景三：回了老家的江长水在老伴坟前哭诉的场面，"月啊，我对不住你！
想我江长水人前人后，谁不羡慕？儿子中有亿万富翁，有识文断字的作家，女儿

从小聪明能干……可谁又知道我心中的苦啊？谁都不知，只有你知！钱为何物？钱咯——不长眼睛呢！'爹亲娘亲，没有儿女亲；千好万好，没有钱好'呵！姊妹弟兄是个啥？连同船过渡的陌生人都不及！"这段话，就像一把利剑戳着人的心！我一直在想，在亲情与金钱面前，我们的上辈与当下后生，为啥是两种态势了呢？

故事的结尾，春燕走了，顺丽走了，老人走了，他们一一消失在暖融融的风雪中国年里。而此时，我的窗外一股股寒风钻了进来，本能地，我使劲搂了搂软和厚实的绒质睡衣，想暖和一下被冷冻的思绪和躯体，可我还是打了一个冷战。是的，在这样的季节、这样的人物命运里，如果自己孑然一身站在苍白旷远的天宇下，就是那贫瘠荒梁上一棵落光了叶子的老树，正随风飘摇，还会动听地唱那首《生活就是一首歌》吗？

鼓了很大的勇气，我从《丢失》走了出来。想说，一篇好的小说，应该是作者蘸满真诚，倾尽笔墨来关注这个世界，从而帮助人发现亲情的脆弱、触摸生命的可贵、呵护心灵的感动、倾听灵魂的召唤，蒋兴强先生做到了！

作者简介：张静，70后，知名作家、教授，先后在《湖南文学》《延河》《四川文学》《滇池》《散文》《厦门文学》《北方作家》《草原》等发表文学作品200余万字，获叶圣陶散文奖，多篇作品入选年度优秀作品选。出版有散文集《散落的光阴》《以另一种方式抵达》等。

附录之二（评论）：

源于文化品质的艺术自信

——浅析建国70周年、达州建市20周年全国征文一等奖作品《隔单》

谢　军

　　一见这个小说名，就想起苏轼的"传神之难在目"①一说，还有贾岛的"眼目明则全其人之相，足以坐窥万象"②。20世纪30年代，有人深谙其妙，以《丰子恺画画不要脸》成为经典。时隔80余年，四川作家蒋兴强则以《隔单》③做中篇小说名，可谓勾人悬想，别具一格，直追先贤命名之高超。

　　何谓"隔单"？是虚张声势，还是有深意藏焉？无疑唤起了读者的阅读期待。的确，"题好一半文"，小说名取得好，自占吸人眼球之先机，但是否名副其实，这还得进入文本来检验。

　　读罢小说，第一感觉，这是一个表里如一、给人耳目一新的文本。小说讲述奶奶去异地带孙、留下爷爷薛亮看家和幺儿媳为了私欲，阻止婆婆去陪护公公而阴差阳错导致薛亮死亡的故事。一句话，薛亮晚年生活的不幸和悲剧，源于父子（女）亲情的人为阻隔，作者以此给小说起名《隔单》，贴切，让人过目不忘，与小说内里之沉重互为呼应、印证，可直抵人心、人情、人性，于读者于柔软深

---

① 见宋·苏轼《传神记》。

② 见贾岛《二南密旨·论题目所由》。

③ 见《黄河》2020年4期。

处，产生撕裂般的疼痛。《隔单》承继传统的现实主义，但更关注当下的人心世情，不是停留在仅写表面的现实，而是借主人公薛亮晚年生活的悲剧困境，洞穿世人被物欲和金钱困扰和绑缚而人心不古、精神溃败的现实。这无疑源于作者对时代和生活的深切把握和对薛亮的专注塑造，才将一个日常的养老、啃老题材写出了新意和深意。

小说不仅起名贴切、新颖，而且人物命名也颇有讲究：薛亮，有眼亮、镜子之寓意；石琴，与实在、勤奋谐音；薛胜，好胜，吃不得亏；肖遥，看似不在乎，实则灵性、明智；肖尔腾云，似乎融合了戴尔、腾讯、马云等现代元素。即便是邱倩、莫瑶等人名，于当下也有某种稀缺或泛滥的警示。显然，作者平时在研究经典名著上下的功夫不少，笔下所起人名与贾正（假正经）、贾珍（为老不尊）、秦可卿（情可近）贾宝玉（一块废玉）、宋江（送江山）、鲁智深（貌似鲁莽却有主见）等人名有异曲同工之妙，意在让人物因名之独特而助力鲜明个性。

当然，人名只是一个符号，虽寄托了作者或褒或贬的倾向性，但小说要人物形象丰满、个性突出，重中之重还须尊重和践行"小说重在写人"这一要义。《隔单》一起笔就令人叫绝："薛亮喉咙里'咕噜'一声，眼神一散，落气了。"画面感、带入感、悲情味，一石三鸟，其"笔下功夫"不可小觑！接下来写薛亮落气后，借薛诚看父亲"和平时一样坐得正""用手背在父亲鼻子前靠了靠"和给么弟打电话"妈那里？那，按你们说的办吧"。只几笔白描，仅90字，就推出薛亮、薛诚两个人物并借简短的对话暗示了母亲的软弱、薛胜的冷酷和兄妹间的家庭矛盾。

病危中的薛亮被五个儿女各有算计的自私亲情阻隔，仅有老大薛诚送终。薛亮生命的最后之旅，走了艰难的七个昼夜，与内文晚年生活仅仅数年，在时间的长度上形成强烈的反差，这无疑是承接篇名的又一悬念。紧接着，小说开始了从容的倒叙，由薛亮退休生活回归老家，几张报纸一杯茶的悠闲生活写起，但好景不长，五个儿女的家庭先后遭遇生活的风浪，老两口不得不无私地为他们遮风避雨，后来，老两口还为孙子辈劳燕分飞，过起了仅靠电话联络、问候的分居生活。这"隔单"，既是空间上的隔离，也是"年少夫妻老来伴"生生隔开的断裂。小说围绕儿女们的家事、难事、烦心事，专注刻画薛亮夫妇退而不休、委曲求全的晚年生活。无论是写三女睡懒觉、三女和丈夫晚上出去打牌深夜未归、薛亮严厉的批评、母亲的宽容、女儿的聪明、女婿的圆滑，还是写大女婿出了车祸，薛亮的帮洗澡、解裤带、扶着他锻炼；或是写大女婿的感激感恩，大女对丈夫的不离不弃，抑或是写被幺儿、幺儿媳算计，石勤仍然对孙子辈百般疼爱和一如既往无怨无悔的付出，小说自始至终，都注重了各个人物的特性。即便写薛亮被幺儿羞辱了，还忍辱去探望老伴的人性必然和寥寥几笔写肖尔腾云、肖倩等次要人物，也落叶有声，写人有形，叙事蕴情。

　　人物鲜活的小说，必定有精彩的情节去承担和展现。作者巧构思奇出笔，总是在看似无意间，落地开花：薛诚这个长子，出生时脑袋撞地，导致"五岁才会说话，六岁多才知端碗"。父亲让背到东门河边送人，母亲却如母鸡爱雏，"眼一瞪，谁敢扔，我就跟他拼命！"薛诚长大后，父亲见他憨厚，又怕他今后吃亏，果断把接班的机会给他。这成为薛诚在兄弟姊妹面前说不起话的"原罪"；二女薛秀、二女婿任乾乾为了钱，专门来请他们去"带孩子"被薛亮夫妇婉拒，但三女薛丽快到四十岁还没有娃，一日打来电话说"怀上了"，两位老人二话不说就去照顾；幺儿薛胜自私、幺儿媳莫瑶贪财，购门市差钱，老人给取出全部存款，幺儿两口子见独吞不成，竟在借条上将"80000元"，有意少写一个"0"，连名字都写得几不像，而后来父亲病重需钱，母亲见莫瑶只承认"8000"，被当场气昏，醒来还是首先替儿子着想，怕儿媳闹离婚，第一句话就出人意料，当着众人的面给违心地证实："是借的8000。"这一情节，一以当十，将一个母亲左右为难、隐忍护犊的形象，写到了极致！更精彩的是，邱平住院，岳父薛亮义不容辞去精心照料，抱他、扶他，甚至还为邱平洗衣服；岳母第一时间赶去协助女儿生意、帮接送孩子料理家务，还明帮钱治病暗补钱进货。当薛亮住院时，富有的幺儿、二女两家却把钱袋捂得紧紧的，将责任推给无经济实力的老大薛诚、大女薛梅、三女薛丽三家。同样是住院，老人出钱出力，儿女再有钱也总是装穷回避。这一热一冷的写实对比，可谓老少两重天，如醍醐灌顶，令人震惊，无疑是对社会现实的讽刺与鞭笞，引人深思。一个中篇，要有一两个奇笔很难，但小说中还有"隔单"的歪理、做手术的怪象、接骨的传统绝活、薛亮落气前孙子喂汤等出人意料的情节，既扣人心弦，又温暖人心。一个中篇的篇幅，就将薛亮这个"开枝散叶"大家庭，其夫妻情、父子（女）情、兄妹情、祖孙情之各种矛盾冲突，展现得淋漓尽致，能有如此大的信息量，实属难得。稍显不足的是，邱平这个被岳父精心护理过的女婿，在岳父吃酒席喝了假酒中毒住院时，未能到医院护理报恩。这缺席的交代或描写，一是有违人物性格的发展逻辑，二是有损小说呼唤爱老敬老理想性之表达。

一部小说，如一棵树，有了几根"好枝"（情节），还得有绿叶、鲜花，才有灵气、"果实"（立意）。《隔单》以薛亮、石勤夫妇和膝下五家儿女做厚重的家庭文化底色，斜逸旁出般引出幺儿薛胜、二女薛秀两家"厌老虐老"的社会现象，又令人惊喜地演绎了薛胜的儿子在爷爷、奶奶面前的乖顺、听话，褒扬了大儿、大女、幺女三家对两位老人的知冷知暖和无微不至的关心，表现了中华民族文化自信的良好民风：不要忘了父辈的无私、他人的奉献和社会的大爱，世间还有比金钱、物质更重要的东西；强调了从我做起的民族文化品质：自身端正、儿孙向善，才有幸福，你真诚我善良、懂得感恩报恩，才有美好的明天。

《隔单》这个深接地气、直击现实病灶、讲述巴山渠水的"中国故事"，有温度，有情怀，有现实意义，有精神重量。无论是宏观把握，还是深度介入，都践行了作家呼唤社会风气向好、人心向善的责任担当。它能在众多的应征作品中脱颖而出，并被老牌名刊《黄河》看中发表，绝非偶然。除了构思巧妙、语言精美外，《隔单》还远远脱离了常见小说的纷乱、啰唆、一地鸡毛的表象写作或征文小说刻意的应景和虚假的说教。它始终把对人物的刻画和艺术的生命力放在第一位，既注重了选材的烟火气息和故事的水到渠成，又避免了常见小说总是围绕一个场景叙事写人、缺乏厚重底色的刻板，还确保万变不离主要人物，将故事、背景、风俗和人心、人情、人性打通，发散出由此及彼、由己及人、由人及社会的联想，传导出小说健康向上的艺术思想，完成了一个优秀中篇小说出色的文化使命。

在众多流派主义、百花竞开、并行争艳的当下，《隔单》的成功，告诉我们现实主义并没过时，仍有其顽强的生命力。它的夺目之光，源于对当下时代精神的捕捉，源于对人物精神困境的书写和追问，更源于传统优秀文化品质为基石所产生的艺术自信。

作者简介：谢军，达州市文学艺术家联合会常务副主席、秘书长，达州市文艺评论家协会主席。

附录之三（评论）：

一幅生动传神的跨境民族风俗画

——评蒋兴强的中篇小说《瓜客》

张运贵

近年来，写边疆民族生活的小说汗牛充栋，但真正有特色、有突破的很少。直白点说：就是"风景画"不缺，"风俗画"太少，原因是"风景画"好"画"，"风俗画"难"写"。高尔基说："不可忘记：除风景画之外，还有风俗画。"并强调，"须将地方性的世态风俗变成世界性的……这是非常重要的。"[①]近日，看到四川作家蒋兴强写云南省边地跨境民族生活的中篇小说《瓜客》[②]，眼睛陡然一亮。首先，引起我阅读兴趣的是小说的"题记"："山青青，水蓝蓝，一衣带水根相连。云飘飘，雾霭霭，细雨微风秀天然。走云南，闯越南，风清南疆梦缠绵。"其次，独特的选材与清新的文风给予了我阅读的愉悦。读后发现，仅五万余字的《瓜客》，正是我久久寻觅的一幅生动传神的跨境民族风俗画。

题材开掘：天然去雕饰　清水出"四绝"

《瓜客》，情节很简单：四川瓜客刘文到中越边界江口县去，通过"二拐"

---

① 高尔基：《给青年作者》，中国青年出版社，第33页至28页。

② 蒋兴强：《瓜客》，《青年作家》2010第4期。

（信息员）牟大妈引荐，跨境到越南去采购西瓜，不仅如愿以偿买到好瓜，还意外地采到"红河两岸一枝花"、牟大妈的亲闺女沅霞。我读后，被他那殊异的生活、清新的风格、生动的形象、巧妙的构思和鲜活又简洁的语言、浓郁还独特的民族风俗深深吸引，尤其是"题材开掘、人物刻画、瓜技绝活、情歌对唱"更是别出心裁，堪称小说的四绝。这是一部描写边界跨境少数民族风土人情和独特风俗的成功作品，一部值得一读的作品。

初看《瓜客》，会感到并没有什么奇特与吸引人眼球之处，但仔细一看，便会察觉作者苦心孤诣寻觅并精心开掘出了一条绝妙的题材蹊径：

一是采购西瓜地域的选择，不在国内，而在异域，从而顺理成章地注入了跨境风情；二是把收瓜地设置在多民族杂居地区，可以水到渠成地展示丰富的民族风俗；三是表面看是采购西瓜，着笔重点则是写不期而遇的瓜外情，从而使作品内涵得以丰润；四是独特的定情方式，即用歌谣即兴创作和弹唱倾诉感情，极大地增强了风俗文化意蕴。从而赋予了小说"清水出芙蓉，天然去雕饰"般淡远、清新、明澈的艺术意境。

人物塑造：淡描跨境事　凸现奇峻身

《瓜客》集中刻画了三个人物：瓜客刘文、牟大妈闺女沅霞、追求沅霞的瓜农孟檬，重点刻画的是沅霞。作者在写这三个人物时，设想独特、构思巧妙：写刘文，主要从心理活动上写；写沅霞，主要从行动上写。沅霞主"动"、主"情"，刘文主"静"、主"性"。动静结合、情性相通；正负交织、阴阳交错；刚柔相济、张弛有度。刘文是一号人物，作者集中写他夜宿沅霞床上的出神、去县城马上的走神、回来路上的敛情、异境弹唱的传神、定情后的放情。在具体展开描写时，沅霞的示意、异域女的示爱，刘文均不敢收受；与沅霞定情之后，想要初夜权，被沅霞理性婉拒，无情之时情纷至，纵情之际情不允。真是一波三折，跌宕有致，正好应了一句古语："道是无晴却有晴，多情恰是总无情"。

写刘文还有最好的两笔：一是他的"瓜技"，即盲验瓜的生熟与重量，丝毫不差，百发百中；二是他的"艺技"，吹笛子、小号，拉二胡、小提琴，刘文是行家，不管曲谱有多难，他一掂乐器就得心应手，初接触葫芦丝，就能很快学会，可谓"乐器百般，弹奏一理"。还有对歌，刘文也游刃有余。这一笔，把颇有文艺修养的瓜客刘文的艺术修养、音乐技艺，展示得惟妙惟肖、淋漓尽致。

请看他写得最好的一笔，盲验西瓜生熟与重量的绝活：

刘文把毛巾叠了两层，往眼睛上一蒙。大伙一见这阵势，都愣住了。几个小伙觉得新鲜，就抱了些瓜过去。刘文接过，一手把瓜托举在耳边，一手只轻轻拍两下，就从那"当当"有别的声响里，一个一个报出熟度来："六成半！五成！五成半！三成……"

大家连续开了几个，熟度与刘文估计的不差分毫……

常言道："台上一分钟，台下千遍功"，能练就如此绝技，可见其过人的聪颖与勤奋。此"瓜客"非彼"瓜客"，此乃点睛之笔。

《瓜客》中重点描写且写得最成功的是二号人物沅霞。

写沅霞，作者采用了"有真意，去粉饰，少做作，无卖弄"[1]的白描手法，简洁明快、干净利落。表面看，轻描淡抹，实际上，精雕细镂。作者独出心裁地把男儿当女儿写，把女儿当男儿写，精心从外貌、性格、智慧、勇敢、洁身等五个方面完善其性格。既写活了沅霞十分洒脱的男儿气、阳刚美，又点染了刘文矜持的尴尬相、阴柔美，二人同时生动于纸面，活跃于视野。

这里，我们看看她的外貌和智慧，即可一斑窥豹。

---

[1] 鲁迅：《南腔北调集.作文秘诀》

作者先通过刘文的眼睛去写沅霞外貌：

一个浑身灵气，上着短白袖、红嵌肩，一双明眸会说话的姑娘，已等候在三轮摩托旁。她一见大妈，就奔上去搂着脖子亲热："妈也——"

……

一会儿，她换了一身淡雅的鹅黄色连衣裙出来，口红微点，柳眉轻描。刘文发现此刻的沅霞竟如此清纯、美丽、脱俗，刘文目瞪口呆，愣怔半晌，也不敢相信，这就是刚才那位衣着朴素、裤脚高挽的女子。他想："莫非她要去与谁幽会？"

"不认识了？"沅霞那纤嫩的双臂，向刘文一个潇洒示意："上马！"

"我不会骑呀。"

"还有我呢！"沅霞故作傲慢的样子，"本公主保护你！"

仅此两笔，一个清纯娇媚、洒脱靓丽、为人单纯、热情奔放的少女形象便清晰地呈现在读者面前，给人留下了难忘的印象。

更精彩的是二人在马背上不同的所思、所想、所为：

与女孩子靠这么近，刘文还是第一次。他始终让自己后背与沅霞保持一定距离，那马一纵一窜，忽上忽下，刘文左摇右晃，竟险些摔下。

"傻帽！小心摔着！"沅霞一把搂住刘文。

刘文感到背后似乎有一个奇异的烤炉，靠着时热乎乎、暖烘烘，即使保持一定距离，也有一种暖融融的躁动。

他们刚进江口街头，刘文就借口"上厕所"连滚带跳下了马。引得沅霞照刘文的脸戳了一指，说："你呀！还不如我们姑娘呢！"

爽直率真、善良坦诚的沅霞；内敛守旧、矜持传统的刘文，一"正"一"反"，性格活灵活现。

特别精彩的是，作者对沅霞在商店购买"奖品"时的智慧的描写。

刘文根本没想到身居异国的沉霞是一个中国通，打赌考她的中国商品知识输了，请沉霞自己挑一份"奖品"。沉霞先"煞有介事"地试探性挑了一件价值昂贵的钻戒，几乎吓出刘文的冷汗。最终，她只要了一个小小的"九寨沟纪念"的木雕佛像，并以她的聪明才智，把价钱压到了最低。请看她压价的智慧：

沉霞接过菩萨，天真虔诚地问店主："它是上帝？"

"嗯，上帝！"

"它能保佑我逢凶化吉？"

"嗯！"

"你这标价三百多元太高。当着上帝的面，老板你可不能说假话。最低啥价？"沉霞绝顶的聪明，与店老板讲价，把"神"都"请"来帮忙了！老孟一愣怔，似乎也相信"上帝"。"你，你出三百咋样？"

"五十元！愿卖，就买一只。不卖，咱们可走了。"沉霞装着真要离开的样子，招呼刘文，"走，回！"

老孟做着一副苦不堪言、折本甩卖的模样，说："看在上帝分上，卖给你！"

好一个绝顶聪明的姑娘！这一笔，简直让人拍案叫绝。

《瓜客》对人物的塑造，可用王安石的两句诗来评价："看似寻常实崎岖，成如容易却艰辛。"

弹琴说爱：剪裁何精妙　天机现云锦

小说中最精彩的部分是描写越南男女巧借红河两岸秀美的自然山水，用即兴弹唱谈情说爱部分。这既凸显了两国男女的聪慧与才智及歌舞乐技的修养，又展示了异邦独特奇异的风俗民情，使作品的独创性得以增添、强化和彰显，达到了歌、舞、乐完美合璧的艺术境界。

我们先看看异域男方向沅霞求爱：

沅霞将巴乌优雅一掂，香唇轻贴吹孔，两肘舒缓一抬，随着一口深深的吸气，一曲《阿妹采青》徐徐轻起……

沅霞的吹奏一近尾声，一道高亢、雄浑、圆滑的男声就从山那边穿云渡水而来："清晨采青露水多也，阿妹小心湿了脚哟。湿了花鞋妹受冷，却让阿哥心折磨呵……"

沅霞则缓缓踩着节奏行走，陶醉在对方的歌曲里，待对方一近尾音，她才接着唱道："清晨采青露水多也，阿妹前边有阿哥哟。点点滴滴有哥趣，阿兄呢，你上错了坡呵……"

沅霞歌声一毕，这边树林里突然也响起了一群青年男女连续两次的重唱："阿兄呢，你上错了坡呵！你上错了坡呵……"

接着是异域傣家女向刘文示爱：

只见她上着红圆领、白对襟，下着绿色筒裙，那腰身纤巧细小，把女性的胸、腰、臀"三围"之美展示得淋漓尽致，婀娜多姿，干练飘逸。女子拿起大三弦，走上前来，居高临下地弹起了《请陪阿妹河边走》……那女子风情万种，忽闪着一对美目向刘文唱道："青苔做菜滑溜溜，油炸螃蟹好下酒。阿哥若爱水鲜味，请陪阿妹河边走……"

刘文随着沅霞走上草坪，那姑娘的歌也到尾声，她正弹着跳着，和着后面十二个青年男女的重唱，极具挑逗地、潇洒地向刘文做了请答的手势。刘文顺手从草坪上拾起一把小三弦，以既有云南少数民族风情又带中国流行风味的舞姿，踩着前面的旋律，随口唱道："青苔做菜润肠胃，螃蟹下酒是美味。今生河鲜采有伴，来世再陪好阿妹……"

作者在这两组弹唱中，展示了男女双方勇敢、大胆、直率、幽默的主动示爱，凸显了沅霞与刘文的机智巧妙、婉言坦诚地优雅拒爱，爽脆、高雅、适体、有礼！画面人事，情趣丰盈、诗意盎然，让人击节赞赏。

最后是缠绵的定情歌与真诚的誓言歌：

歌声一毕，姐妹们就把沅霞涌到了刘文跟前，后面赶来的那队青年与草坪上的一队汇聚一起，竟有四五十人。大家把他俩围在了中间，如节日盛会般喜气洋洋，弹起了琵琶、三弦，吹着横笛、小号、葫芦丝，没有乐器、已经完婚的几对阿哥阿嫂们则手拉着手围着他俩，跟着弹奏《阿妹送荷包》，跳起了煽动性极强的舞蹈。歌中众女子领唱"阿妹十八心事多"，众男青年重唱"心事多！心事多！"，接着前后如法唱道：

"晴天上山怕蛇儿。"

"怕蛇儿！怕蛇儿！"

"雨天下地身单薄。"

"身单薄！身单薄！"

"夜深灯暗对孤影。"

"对孤影！对孤影！"

"哥呢，阿妹有话对你说。"

"对你说！对你说！"

……

听着这婉丽、缠绵的歌曲，沅霞头一低，小心翼翼地从对襟衫里掏出了一只小巧玲珑、有"双雀登枝"图案的绣荷，神圣而庄重地给刘文挎在了腰上。四目深情相视，刘文唱道：

"今天挎上花荷包，阿哥一生待妹好；上山砍柴不怕累，下河捞鱼养老小；遇上天仙心不乱，遮风挡雨哥任劳……"

这组情歌率真、诚挚、坦诚、优美，令人益智动容、眼界顿开；使人如品芳茗、心旷神怡，赏心悦目、回味无穷。

哭嫁对歌：天籁犹自鸣　好歌近人情

哭嫁是《瓜客》在同类题材小说中堪称一绝的独特风俗画，是全篇感染力最强、最动人心魂之处。云南边地的跨境民族，"男女老少皆歌舞，一草一木都是情"；而当地的民歌、情歌，更是"天籁自鸣天趣足，好诗不过近人情"。那一组如泣如诉、动人心脾的"八哭"的哭嫁歌，十分精彩！

先是清一色的十二个蛮族姑娘簇拥着出嫁女子，肩背藤条篓，头包白头巾，手抚琴弦唱道：

"一哭哎——妈生女儿三四个，小小阿姐就带我。肩上背的老么哭，还怕跑的给摔着！"

出嫁女子接着和上弦律唱道："香蕉芭蕉一家亲，阿姐阿妹根连根。只怪天生命带嫁，丢下小妹姐不忍……"

"姐姐不忍妹不忍，在家冷暖有妈问，嫁去篓重谁来匀？姐呢，人不熟来地也生……"

沅霞与白、傣、德昂、哈尼、景颇等八个少数民族，六十四个女子已同时上场，跳起了《姐姐不忍妹不忍》。

出嫁女踏着旋律，来到阿爸阿妈面前，已是泪如滴露。待姐妹们歌到尾声，她双膝一跪：

"二哭哎——一棵苗苗一尺三，精修细剪十八年。眼看木儿初长成呢——却送人家作房椽。"

二老两眼早已包不住泪水，连忙上前扶起女儿。阿爸拉起马骨胡，阿妈边给女儿拭着泪水边唱道：

"木作房椽是好命也，十八女子正当婚。勤俭持家敬公婆哟，农闲才探娘家亲哎……"

伴着那沧桑、磁亮的缕缕余韵，七八个上穿红色短衫，下着蓝色齐膝裤的阿叔，就吹着排笙、寸笛、洞巴；大妈和十余个头上插钗缩簪，上着黄色绣花衣，下穿青色宽边裙、花布鞋的阿婶则扭着舞步，敲着竹鼓、韵板、傣钹。男队女队一唱一奏，轮流上前，跳起了欢快热烈的《农闲才探娘家亲》：

"农闲才探娘家亲，娘家自有娘家人。扬场晒粮媳帮忙，上山下河婶照应……"

"婶照应！婶照应！"

阿叔们接唱道："阿囡出去别担心，近邻本是一家人。十里香蕉大伙砍，八山菠萝叔帮运……"

"叔帮运！叔帮运！"

阿婶重唱一完，出嫁女却唱起了往事：

"三哭哎——记得六岁我上学，又是寒风又下雪。阿囡掉进小蓝溪，纵身救我是阿爷，从此你老腿变趄……"

人群里一年过七旬、一脸皱纹的大爷，和着场里场外的弹奏，拨着琴弦一趄一趄上场：

"寨上寨下一家人，自古最亲是乡邻。救人危难本应该，好囡不必记在心！"

出嫁女向大爷一深深鞠躬，又面向一阿婶唱道：

"四哭哎——十岁阿囡卧病床，跑遍摩雅（医生）无药方。没有阿婶采草药，那来从此无大恙……"

这些少数民族同胞，个个都能随口而唱，人人都能对答如流。出嫁女与亲友、乡邻刚唱毕"八哭"，各个民族的年轻小伙又纷纷上场，先向出嫁女的阿爸阿妈弹唱："阿叔阿婶要开心，嫁了女子有阿（我）们。上山砍柴咱们帮，下河捞鱼侄能顶！"随着旋律，青年们就变换了队形，全场近百人也跟着站了起来，一齐或弹或吹或唱，伴着极具节奏感的打击乐器声，在那茫茫夜幕下，偏远的山寨里，原生态的欢快、热烈、粗犷歌声倾涌而出：

> 阿妹嫁了好郎君，
>
> 十里乡邻传佳音。
>
> 从今姑娘变女子，
>
> 嫁郎随郎别分心。
>
> 夫妻双双创家业，
>
> 起早睡晚要勤奋。
>
> 趁得年轻盖高楼，
>
> 娘家八族也荣幸……

独特、殊异、罕见的哭嫁与应答歌，独具云南边地的跨境民族特色。从形式上说，它是民歌与情歌的特异糅合；从内容上讲，是养育与谢恩的有机结合；从内涵上说，是一幅优美、生动、独特的民族风情画；从本质上讲，是原生态民族风俗文化的精品大餐。作者把它巧妙地融入小说之中，给作品增色添彩不少。其中，对于色香味形俱佳的独特、殊异的跨境民族饮食文化的展示和著名的白族"三道茶"的介绍，又进一步丰富和充实了作品独特民族风俗的内涵，令读者不仅饱了眼福、耳福，还享受了一顿精神文化大餐，饱了"口服"。

多年来，作家更多关注的是"风景画"，不太注重"风俗画"，因为"风景画"好"画"，"风俗画"难"写"，所以很多作品不是到此止步，就是浅尝辄止，其作品便显得一般化、平淡化、浅表化，缺乏特色，缺乏深度，缺乏张力，缺乏艺术魅力，让人过眼即忘。蒋兴强的强项与优势正在于此，他对云南边地跨境民族风俗的泼墨抒写与尽情展演，凝成了一幅生动传神的跨境民族风俗画。

《瓜客》对奇异的跨境风俗民情的描写俯拾即是，暂且不论作者对跨境环境特色、卧室陈设、商风民俗、越南民情的描写，仅仅对边境独特的气候特点的简笔勾勒，就极其传神：

"云南的茶，越南的山，江口的太阳可点烟。"

"江口跟别的地方不一样，早晨五点明，中午热死人。"

作者的描写之所以如此传神，在《创作札记》中可一窥端倪。作者爷爷是纤夫，父亲是石匠，从小就一直生活在"民歌里"，在部队又从事文化宣传工作。转业后，他曾一度辞职"下海"，在"云南、越南收香蕉、菠萝"数年，一有闲暇就去边民家收集素材。对云南跨境民族的风俗民情与文化，不仅有丰富的积累与沉淀，而且早已烂熟于心。后来，重新回到文化行业工作。他说："回到文化行业20多年来，边疆那些善良的村民、独特的民族习俗，总是让我梦牵魂萦。身处比商场还奸诈的群体，面对城市人的虚伪和某些荒诞、怪异、滥情小说，甚至连不少名家也热衷于追捧只有个故事的所谓'快餐'，我就总是在想，红河两岸那么清澈的水、那么蓝的天、那么好的民风，为什么我就不能写出来，给天天包围在歌厅舞厅的个别家庭和长期出入于洗浴中心、整天为权、为钱身心交瘁的某些读者增添点蓝天白云，给农村文化人一点本土回忆呢？"

于是，他经过"深思熟虑，有意识地从边远少数民族'剪'下几片云彩、一缕清风"，抓住人们不太注意的民族风俗与生活情景的典型细节，欣然命笔，一挥而就。娴熟、自然地勾画出了这一帧帧精美独特的跨境民族风俗画，让读者含英咀华、耳目一新。

当然，《瓜客》也有不足，如对瓜技的描写，深化、细化不够；对跨境民族风俗的丰富内涵，还可深入开掘。

作者简介：张运贵，文艺学教授、著名文艺评论家、中国作家协会会员。云南师范大学原副校长、中文系主任、全国优秀教师；云南省美学学会副会长、省委宣传部文艺阅评员，昆明市文艺评论家协会顾问。已出版著作十余部，发表论文、评论、作品400多万字，有20项研究成果30次获奖。